U0944115

CS
湖南文艺出版社
HUNAN LITERATURE AND ART PUBLISHING HOUSE

目录

CONTENTS

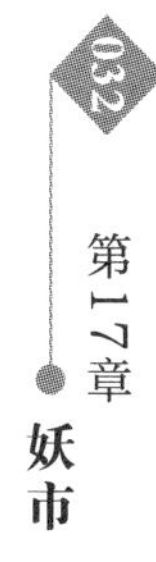
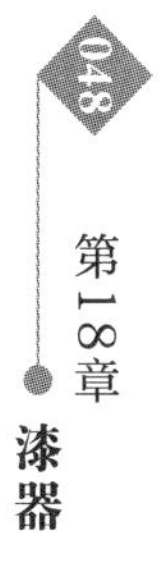

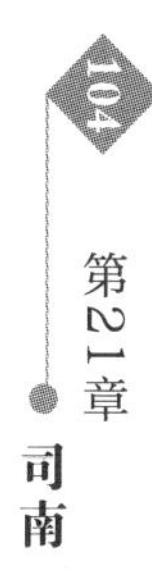

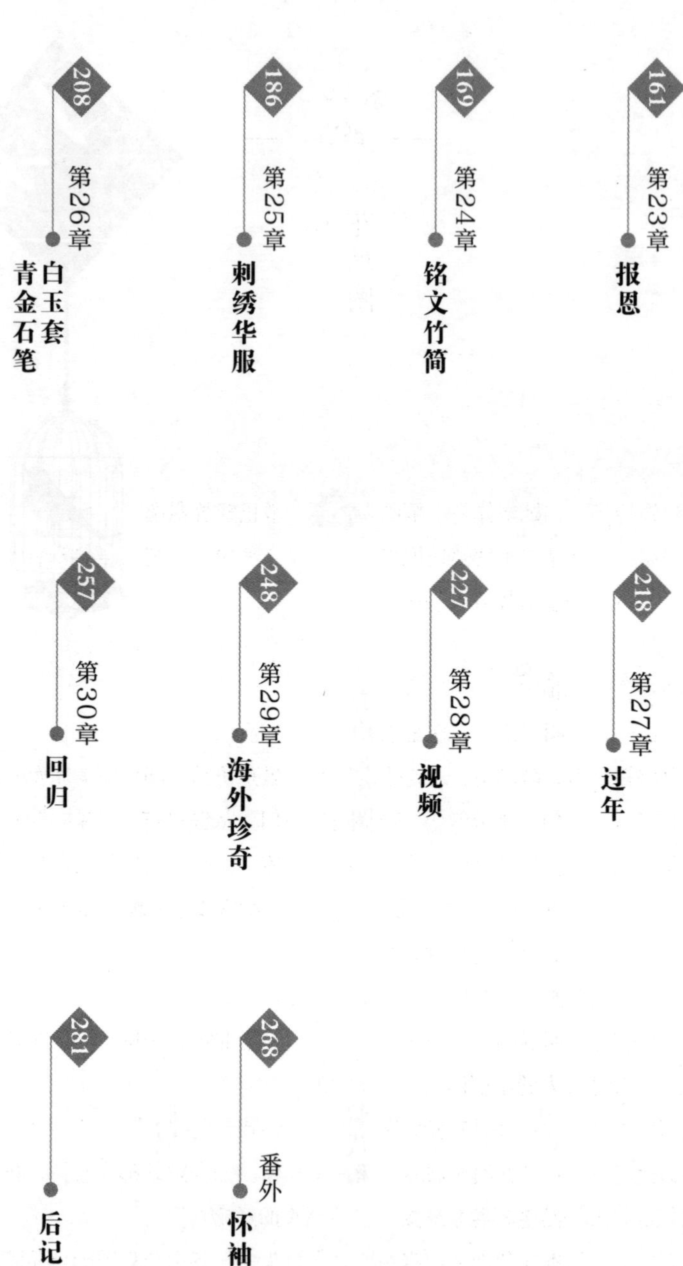

第16章 春山花鸟图

器灵轻轻落座，她本体是一幅画卷，行动举止轻盈飘逸。

尤星越："真品在市博物馆展出，要是当众消失，肯定会引起轩然大波，到时候全市排查，顺着监控查到……"

等等，监控？时无宴感觉尤星越的肩膀再次绷紧。开个古玩店罢了，怎么一天天地都要担惊受怕呢？

尤星越和超薄同时道："您是怎么过来的？！"

器灵轻抚侧脸，幽幽道："走来的。在下虽是仿品，却也是美貌女子，站在正门外敲了许久的门，十分惹眼。故而绕到后门，从缝里挤了进来。"

超薄惊慌失措，从尤星越的手机里爬回本体，慌张调出后门的监控，疯狂快进，果然在六点多的时候，画卷器灵的身影袅袅娜娜地出现在监控里，左右看了一圈，化作本体，从门缝里飘进来。

虽然是美貌姐姐，意外地不太在意形象呢。

古玩店有前后两扇门：一扇正门，出去就是南北街；一扇后门，在柜台后，门外是一条没什么人的小胡同。

超薄庆幸道："幸好只有我们家开了后门，装了监控。"

器灵挽起发丝："我略施法术，掩去了本体。如今到处都有监控，我自然不敢掉以轻心，万一给老板惹来麻烦，岂不是我的过错？"

"那您……原本在什么地方呢？"尤星越头痛。春山花鸟图的仿品满天飞。然而只是仿品，就已经叫后来的专家们拍案叫绝，其中仿得最好的一幅图收藏在帝京博物馆，其他优质仿品也备受瞩目。

器灵道：“老板不必担心。在下名唤兰茵，是个不得志的书生临摹的，虽然仿得比较像，但是老板你也知道，仿得最好的几件都在博物馆。今日真品现世，举世惊叹，连最好的仿品都黯然失色。”兰茵表情说到这里，难免自嘲，“我本体寄存的那一家将我扔出来了，他们一直觉得我是真品，拿去鉴定了几次，直到今日真品现世，他们彻底死心了。”

尤星越没想到是这个发展，一时有些接不上话。

超薄小声说：“老板，春山花鸟图很牛吗？”

尤星越听到兰茵的来历没问题，整个人放松下来，解释道：“这么说吧，收藏在帝京博物馆的那幅春山花鸟图仿品，是景朝时期皇室亲自下令临摹的仿品。在真品现世之前，那幅一比一还原的临摹品是世人一窥原画真容的唯一途径。仿品本身也是古董，每年只会向外展出一次，出过单独纪录片。”帝京博物馆收藏着最好的仿品，其余两幅是帝京仿品的仿品，在其他省市博物馆展出，论起相似度比帝京那幅差一些。

尤星越说话时，超薄已经手快地搜出了春山花鸟图的信息：“哇，颜色好鲜艳！看上去像新的！”

兰茵：“因为是矿石颜料作画，不是植物颜料，所以颜色经久不退。”

超薄大吃一惊：“竟然还有用石头作画的？”

尤星越点头：“我国古代常用的是植物颜料，但是矿石颜料绘画也历史悠久。春山花鸟图作为常杜隐的绝唱，可以说是我国矿石颜料绘画技艺的巅峰作品之一。”

“如今真品出世，”兰茵轻抚鬓角，“我等仿品已经无容身之处。何况这年代，帝京离颖江再远，一日也就能到了，谁还会花时间看一件仿品？而且我这样的下等仿品，连颜料都是最次的，还不如其他仿品。”

尤星越默然，兰茵看得很透彻。这里是颖江市，真品就在市博物馆，如果真的是想一睹画作的风姿，来了颖江肯定直奔市博物馆，如果是想看仿品，又何必非要跑一趟颖江市呢？

兰茵道：“我醒来不到十年，完全不适应这个世界。好在老板经营得当，我一路向小妖们打听您的消息，找到了不留客。”兰茵说着，静默了片刻，低声道，“只是我也没什么用处，虽然也能算个古董，但卖不到好价钱。好在如今真品现世，我这个仿品若是挂起来，应该也能吸引一部分眼光吧。”同样是瓷器，官窑民窑的是两个概念；同样是仿品，兰茵很清楚自己和其他博物馆中的仿品没有可比性。何况书画作品的价值与作者的名气挂钩，画兰茵的不过是个落第书生。国宝珍奇，终究与寻常百姓无关。

尤星越莞尔：“一个活生生的，能化形的器灵，怎么说自己没什么用处呢？店里超薄肯定超级羡慕你的。”

超薄连连附和：“对对对！你有空教我修行呗。”

兰茵定定看了尤星越一会儿，感激地抿唇一笑：“多谢老板费心安慰，不过我自从生出灵智，一直就知道自己是个仿品，早就习惯了。”她早年修炼成人时，就听过不留客的名号——汇聚古今奇珍，馆藏绝世宝物，是器灵们可以短暂停留的安心之处。否则她被弃置的时候，也不会第一反应是找不留客。兰茵来的时候一路打听，越打听越忐忑。重新开业的不留客闻名遐迩，她十分担心自己会被拒收。没想到老板并不在乎自己仿品的身份，愿意给她一个容身之所。

尤星越给兰茵续上一杯热茶：“店里暂时没有客房供器灵休息，只能委屈你休息时变回本体。”

兰茵化形后是个弱柳扶风般的美人，性格却很爽利，道：“能有容身之所已经极好，多谢老板。”说着，兰茵化出原形。她的本体长67厘米，宽31厘米，普通绢布作为画布，而所谓春山花鸟图，自然是画的春山与花鸟。

春山和鸟设色较为明亮夸张，画面冲击感极强。戚知雨捧着超薄，两个器灵对着公布的真品看了又看。

没什么鉴赏力的超薄：“其实我觉得差不多。”

戚知雨道：“笔法上略差了些，主要是材质逊色得多。”

兰茵道：“他一个穷书生，能凑出这么长一块绢布和作画的颜料就够他愁的了。”兰茵本体所用的矿石颜料是下品，观感上比真品差不少。好在作画之人虽说是穷书生，但兰茵那个年代，能读得起书的人家，到底比寻常百姓要强一些，所以硬是凑出了作画所需的物品。

尤星越腾出一个空格，摆上支架，兰茵不欲多展示自己的本体，嗖一下收成一卷，自动落在支架上。

尤星越叹气：“你们先自己玩一会儿吧，好好相处。兰茵要是有什么问题，可以问超薄和知雨。我今天跑了好一段路，有点头晕，先去洗漱休息。”

平常会让戚知雨先洗漱，但是尤星越今天实在有点撑不住，妖化虽然是为了减轻线的负担，但是一个好端端的人怎么可能轻松变成另一个物种？妖化的过程是疼痛不愉快的，兰茵来得太惊悚，尤星越吃惊之下忘了难受劲，这会儿缓过来了，他只觉得骨头缝都是疼的。

戚知雨看着老板发白的脸色，连连点头："老板你先休息，我一会儿出去洗澡。"

尤星越点点头，看向时无宴："那……"

时无宴轻声道："我去给你点一炉香，你先去洗漱。"

尤星越捏了捏肩膀："好。"他没什么精神，径直去浴室洗漱，他还惦记着晚点带时无宴他们出去玩，休息个把小时应该能缓得过来。

时无宴从卧室的床头柜里取出香料，在银质的球状香囊里点燃。犹豫了一下，他没有立刻走，而是取出手机，给程明浅发信息。

时无宴：在吗？

程明浅：干什么快说。

时无宴：怎么缓解妖化带来的痛苦？

程明浅：妖化？

程明浅：谁妖化？

程明浅：哦，我知道了，尤星越吧？别的人你也不认识。

程大猫噼里啪啦地发来一大串：他挺特殊的，那点灵力肯定不够他妖化，是不是因为线？是的话，你也帮不上什么忙，帮他梳理梳理灵力应该能减缓痛苦。

程明浅：梳理灵力你会吗？小妖崽都是要梳理灵力的。哦，你没养过崽。他现在什么情况？

程明浅：你在吗？吱一声。

时无宴：线把灵力挤在一处，身上大约疼得厉害。

程明浅：你帮他把灵力推开，疼的问题就没办法解决了，实在不行帮他按一按。

聊天的时候，浴室门推开。

尤星越顶着一头湿漉漉的头发，正伸手去摸毛巾，身后传来脚步声，毛巾落在他头上。

尤星越眨眨眼，感觉水珠从头发落到了睫毛上："我睡一会儿再带你们出去玩。你要不先在外面陪知雨他们待一会儿？”

时无宴简单擦了擦，灵力让尤星越的头发干了大半：“不急着出去，我留下来帮你梳理灵力。”

尤星越洗过澡，感觉脑子清醒了一些，他拿过毛巾搭在架子上，摸到眼镜：“还可以梳理灵力吗？”

“可以，你会很疼。”时无宴一手抵在尤星越的脊椎处，“线在改变你的身体，灵力畏惧线的力量，蜷缩在一个地方，会涨得难受。”

薄薄的睡衣只有一层布料，时无宴能清楚感受到尤星越的身体随着他的动作微微绷紧。肩背收紧的时候，时无宴能感觉到指腹下肌肉和骨骼的走向。这是一副鲜活的躯体，其中寄宿着热烈滚烫的魂魄。

随着推按，尤星越堵在身体里的灵力已经化开，很好地抚慰了身体的疼痛，沉沉的睡意涌上来，尤星越歪在被子里，不多时就呼吸均匀地睡了过去。

时无宴在床边守了片刻，确定尤星越真的睡沉了，才起身离开古玩店。

尤星越一觉到天亮，难得起来后神清气爽，更令他惊喜的是沉睡许久的不留客终于醒了。他依旧是小孩的模样，身体比沉睡前凝实许多，他跑出卧室的时候，正好撞上戚知雨。

戚知雨脱口而出：“你是？”

尤星越跟在后面出来，笑道：“是不留客。”

不留客惊喜极了：“他们现在真的可以看见我了！”

尤星越抬手摸了摸不留客的头发。

戚知雨吃惊：“是不留客？”

店里几个器灵全都围过来，争远蹲下来都比不留客大一圈。

兰茵用袖子掩住唇角，吃惊道：“竟然能亲眼看到不留客，这可实在是……”

一直听说真正的不留客只有老板可以看见，现在他们竟然也能看得见了？

戚知雨跟着点头。他和兰茵都是颇有年岁的古董，早就听闻过不留客的大名，对不留客的奇异之处更是有所耳闻。戚知雨在店里待了这么久，还是第一次见到不留客。

不留客捧着脸，他沉浸在自己能被妖怪器灵们看见的事实里，解释道：“因为星越很强哦。他亲手缔结的契约是特殊的，你们可以看到他的线，而契约成立后分给我的线也是这样的，所以我现在可以被你们看见啦。”

尤星越身上微微在疼，但是心情非常好，好到可以暂时忘记身体的不适，转身的时候，眼睛里还带着笑意。

然后他看到了时无宴。自从店里的客人越来越多，时无宴便改从休息室的珠帘后出来，那里是私人休息场所，没有监控也不会有客人，可以随意现身，随意消失。

尤星越冲时无宴展开一个笑容："早上好。"

时无宴站在原地："嗯，要吃早餐吗？"

尤星越心情不错，路过时无宴的时候拍了他一下："不了，我吃个面包。"

时无宴疑惑："有事？"

尤星越摊开手指，指腹上一层薄薄的水汽："你每次都从哪里来？沾一身水汽。"

时无宴道："忘川河上水雾弥漫，从桥上走，会打湿衣衫。"

尤星越了然："难怪。进来喝点热茶暖暖身体。"

尤星越脚步轻快，撩起珠帘进去泡茶。

戚知雨和陶桃去上学的时候，任一帆踩点来上班，古玩店到点营业。客人们惊奇地发现，今天店里多了一位美女。

兰茵和戚知雨一样，是可以化成人形行走的器灵。不过与化形只有十来岁的戚知雨不同，兰茵看上去二十多岁，柳眉狐狸眼，神情略带愁绪，嗓音轻柔婉转。乍一看十分淑女，不过淑女不会变成原身从门缝里钻进来。

器灵的人形年龄与本体历经的岁月无关，和器灵化形前最常接触的群体以及心理年纪有关。戚知雨本体有千年左右的历史，人形年纪却比裁缝剪刀裁非小许多，主要因为当年戚知雨养在侯府时，多与少爷小姐们打交道，心性单纯，后来尘封在战场中，一觉睡到了现代，没有经历世事变迁，故而依然是一副少年模样。裁非不同，他诞生灵智虽然只有两百多年，却完整地陪着两任有缘人走过了一生，心理上是成熟的，所以化形后是成年男子。

当然，化形与修为也有关系。一般来说，维持青壮年形态需要的修为更高。譬如小貔貅，因为太菜，所以做不到长时间维持少年模样，如果他肯乖一点变个七八岁的小孩，一定可以保持十分钟。而兰茵清醒地度过了一百多年，后来才因无人问津而陷入沉睡，修为稳固且心性成熟，化形后是二十多岁的女子。

兰茵坐在桌边，捧着平板电脑，津津有味地阅读非人类规划总局出品的《乡下山区妖怪入世守则》。有这样一个吸引眼球的美女靠窗读书，客人们控制不住自己的视线，都飘向了兰茵。

有胆子大的男人走过来向兰茵搭讪：“美女你好。”他年约三十，举着手机，说话的时候也没有放下手机，而是正对兰茵拍摄。偷看兰茵的人很多，但是敢上去搭讪的只有男人一个，男人上前时，感觉好几个人向他看过去，虚荣心顿时得到了满足。

而直播间里的观众因为看到了兰茵，弹幕立刻增多，要求主播继续搭讪，最好留一个联系方式。

兰茵略微放低平板，颔首：“你好。”

男人瞄了下平板，因为贴了防窥膜，男人看不清内容，笑道：“美女对文学感兴趣？我也是！加个联系方式吧，以后一起聊聊？”

“我对绘画比较感兴趣，请问尊……先生你对春山花鸟图的真品和仿品有什么见解吗？”兰茵也有些好奇普通人对真品、仿品的想法，碰上一个送上门搭话的，兰茵自然不会放过。

男人胸有成竹：“巧了，我在绘画上略有研究。仿品就是仿品，怎么能和真品相提并论？真品可是我们颖江市的骄傲，诞生于常杜隐晚年，就算是一比一临摹的帝京仿品，也不能和真品相提并论。”

兰茵修长的眼睛懒懒眯起来，翻了个隐晦的白眼：“是吗？”

男人笑呵呵的，递出手机道：“美女，认识一下？”

兰茵淡淡道：“不了吧，我们没什么共同话题。”

男人着急道：“怎么会没有呢？我们都对绘画感兴趣……”男人声音微高，众目睽睽之下，除了现场围观还有直播间的几千观众，男人搭讪失败，面子上过不去，忍着气道，“多个朋友多条路，咱们都对绘画感兴趣，这么冷漠干什么？还是说，你看不起我？”

听到这种话，店里有几个年轻客人面露怒容，准备上前制止。

“这位穿着黑色外套的先生。”一道清润的声音从后面传过来。

男人看了看自己的黑色外套，扭头看向身后，脸色缓和了一些，道：“是老板啊！”

男人是个小主播，平时经常拍一些搭讪美女的视频，在各个网红店直播。上次热搜的热度还没过去，古玩店作为颖江市最著名的网红店之一，自然是男人的首选。

古玩店的粉丝数可是已经突破六十万，是个大博主。而在颍江市搞自媒体的，多少都听过尤星越的名字，就算不了解，只要翻出那支播放量超过三千万的古董拟人视频，也会惊讶地发现自己竟然见过古玩店老板。

男人笑着凑过去，将尤星越纳入镜头中。男人故作大度道："唉，美女都不解风情啊，不过也和外面比较轻浮的女孩不一样，就是感觉有点丢脸，哈哈哈哈……"

尤星越看了眼直播间的弹幕，都在附和男人的说法，刷了满屏的"哈哈"。

也不奇怪，正经人谁关注这种主播？

尤星越："我姐姐心性比较单纯，对古典绘画的兴趣更大，可能和您没什么共同话题。"

男人笑道："怎么会呢？我对常杜隐的画很有研究啊。"

"是这样吗？"尤星越偏头，有点不好意思地笑了下，"我刚才在后面听您说到常杜隐晚年才作出春山花鸟图，所以误以为您对古画研究不多。"

男人有了不好的预感，正要转移话题，只听见这位老板面带笑意，温柔道："毕竟常杜隐三十四岁时早逝，是小学课本上提过的。"

男人的脸色变得难看。

尤星越："他可是我们颍江市的历史名人呢。我到现在都记得，老师曾经提过，常杜隐先生醉心书画，走遍祖国河山，在采矿石时，不慎从山间跌落，英年早逝。"

尤星越观察男人的表情，故作惊讶："您竟然不知道吗？难道是因为春山花鸟图被称为绝唱，所以误以为常杜隐先生晚年才作出了国宝春山花鸟图？"

最后一句落下，嘲讽力直接拉满，人群中传出清楚的笑声。男人的脸色沉下来，连直播间里都充斥着各种嘲笑，就仿佛刚才附和主播、起哄兰茵的网友不是他们一样。

男人憋屈几秒，终究是转身离开了古玩店。

小闹剧结束，客人们专心观看起古董。刚才兰茵提到了春山花鸟图，引起了客人对书画的好奇。有个熟客追问老板："老板，咱们店里有差不多的画作吗？拿出来让我们开开眼吧！"

尤星越余光瞥了眼兰茵，因为是熟客，他调侃道："怎么，你要买？"

“把我卖了都买不起，老板你去看过春山花鸟图了吗？博物馆挤得都是人，每天的票刚上线就售空了，我还没见过呢。”

尤星越解释道：“前阵子忙视频和联动，一直没有去。”因为有兰茵在，所以古玩店里的器灵们都决定暂时不去看真品了。

熟客向往道：“真想去看看。”

尤星越道：“过几天人就少了。”

熟客颓然道：“今天体检有半天假，之后都要上班，腾不出手啊！而且这么宝贵的作品，保不齐哪天就不展出了。”

兰茵安静听着，忽然问道：“老板，博物馆怎么买票？”

“市博物馆不用买票，提前预约就好。兰茵姐想去看看？”说实在话，尤星越也很好奇。不过他好奇的不是真品何等美貌，而是真品有没有诞生出器灵。

兰茵道：“我想去瞧瞧，说来不怕你笑话，我还从来没有看过呢。”

尤星越道：“那明天我帮你预约吧。”

让超薄帮忙，一定能抢得到预约名额。

兰茵道：“老板也一起去吗？”

尤星越略有些为难：“明天约了中介看租房，大概要跑一天了，不能陪你去，我让争远和广盾陪你去吧？”

明天是周五，因为店里器灵太多，尤星越打算就近租一个套间，让器灵们住进去——店里没有第二间卧室，现在店里有四个器灵，实在太不方便。兰茵没怎么出去过，虽然能自己摸到不留客来，但尤星越还是不放心兰茵独自去市博物馆。

兰茵：“谢谢。”

尤星越展颜：“不用客气，正好争远他们很久没出去过了。”

争远和广盾性格木讷老实，而且作为修炼出肉身的器灵，远不如戚知雨，难以长时间保持人形，未免露出马脚给古玩店添麻烦，两个器灵大部分时间都化为本体挂在古玩店。不时出来做卫生，实在是大材小用，但是总不能真的把争远和广盾当成工艺品卖出去。

尤星越端起杯子抿了口茶，若有所思地看向会客室里的青铜巨剑和花冠广盾——要不，把他们卖给秦飞眠吧。

尤星越咕嘟咕嘟“冒坏水”的时候，不留客正坐在会客室，目瞪口呆地看着面前巨大的青铜器。半晌，不留客结结巴巴道：“好……好厉害，店里居然有这么多器灵了。”

巨剑和广盾内，两个大块头器灵蹲着，任由不留客打量。

争远小声道：“老板确实很厉害。”

不留客现在虽然能被妖怪看见，但是普通人类依然看不见他，所以他正大光明地摸着争远和广盾，小声道：“你们在这里多久了呀？”

广盾道：“也就个把月。”

不留客踮起脚，挨个摸摸头：“乖乖不急，星越会把你们都卖出去。”

争远感动得快要落泪：太可爱了太可爱了！想给他买牛奶喝！

第二天一早，尤星越取了现金交给争远，叮嘱道：“现在就去吧，趁现在不是早高峰，早餐就在外面吃。陪兰茵小姐在街上逛逛，多给自己买几件衣服。午餐直接在外面吃，不要舍不得花钱。路上小心点，尤其是坐地铁和公交的时候，注意安全。”

争远连连点头。

这时候，戚知雨背着书包和尤星越打招呼：“老板，我去上学了！”

尤星越对戚知雨点点头，然后转头就叮嘱争远：“也注意别人的安全，有事尽量先报警。”

正要去上学的戚知雨脸一红，在门边绊了一下。

陶桃吃惊：“怎么了？”

知雨这么好的运动能力居然会平地摔！

戚知雨脸更红了，结结巴巴道：“没……没什么。”

争远和广盾作为“老父亲”组合，做事细心稳妥，除了木讷，很值得放心。尤星越目送他们走远，感觉自己像个操劳的老父亲。

时无宴默默从身后走过来：“我们也去吧。”

尤星越和中介约在小区门口见面。小区叫和光花园，是距离南北街最近的小区，地理位置非常优越，唯一的问题是房龄较大。

中介一身得体的衣服，笑眯眯地迎上来：“早上好！”

真的是不留客的老板！中介按捺住内心的兴奋，虽然内心恨不得立刻打开聊天群炫耀自己排到了什么顾客，但脸上依然挂着客气的笑容：“那我们话不多说，直接去看房？”

中介挂着标准笑容，一边引路一边介绍房子："第一套是我最推荐的，完全符合你的要求。大户型，三室一厅，套内面积一百一十多平方米，两个独立卫浴……"

尤星越认真听着。

两个卫浴很重要，毕竟器灵虽然没有明显的性别意识，但是既然已经化形，还是要区分清楚。

尤星越看房的时候，兰茵一行到达了市博物馆。在古玩店忙着搞联动的时候，春山花鸟图真品现世已经上了好几次热搜。

刚刚九点，门口已经排起了长队。除了颖江市本地人，还有附近省市的大学生，趁着没课前来瞻仰这幅国宝级画作。更有小学初中组织秋游，来参观市博物馆。

兰茵一行到博物馆门口的时候，引来不少人的视线——怎么说，就很像美女带保镖出来巡街。

九点过一分钟，博物馆开门营业。

兰茵一行随着人群进入博物馆，春山花鸟图作为镇馆之宝，被放在书画展区的中心位置，进了展馆就能看见展柜。

画卷上山峰披绿戴青，山脚下池塘波光粼粼。整座山完全用矿物颜料绘制，设色大胆明亮，时隔多年，色彩依然鲜艳夺目。最令人叫绝的是立在枝头上的翠鸟，羽毛鲜亮明艳，姿态各异，恍如活物。

这种美极具攻击性，清楚地横在视线里，色彩不含蓄不委婉。春山线条流畅，花鸟栩栩如生。

一时间展柜附近的观众都情不自禁地降低了音量。

无论是作画的技巧，还是色彩都远胜过仿品。

有个客人小声感慨："帝京的那个仿品据说一比一仿制，其实真的非常非常像了，但是和真品一比，就没有那种感觉了。"这句话一出，引来一堆附和。

这里是颖江市博物馆，来看的不少都是颖江市本地人，当然力挺自家的真品。穿着博物馆马甲的工作人员尽量谦虚，可是表情还是很骄傲："是的。仿品永远无法模仿到真品的精髓。这幅春山花鸟图乃是我国矿物绘画历史上里程碑般的作品，是当之无愧的国宝！这幅画作非常珍贵，而且保存得十分完好。其实大家现在可以让亲朋好友们尽量来，不然过了这个月，真品就不会经常展出了。”

争远和广盾小心地觑了眼兰茵。出乎他们的预料，作为仿品的兰茵修为了得，可真品竟然连一丝灵智都没有。

很快，工作人员对春山花鸟图做了介绍，间接解答了争远和广盾的困惑：“春山花鸟图一经现世，引起了大量人临摹，所以市面上有海量的仿品。而原画则被黎朝的一位皇帝带入了墓室，近期才被发现。”

这就不奇怪了。没有灵智的时候就埋入墓葬，断了与生灵的联系，自然难以生出器灵。

兰茵的脸上没什么表情，眼神却很暗淡：“被好好收藏了这么多年。”她其实是仿品的仿品，确有八九分相像，外行看起来区别不大，内行却一眼就能辨认出不同之处。

仿来仿去，世上只有一个常杜隐，只有一幅真正的春山花鸟图，被珍而重之地收藏在帝王枕畔。

兰茵神色复杂地看着展柜。

有个穿着校服的小姑娘忽然问：“真品在这里，以后是不是就没人去看仿品了？”

工作人员笑笑，他刚才不小心说多了，此刻就没有再接话，网络时代，万一被录下来放到网上，他还有的过吗？

而其他游客则笑着说：“也不是没有，但肯定更愿意来看真品。以前呢，大家是为了仿品专门去帝京博物馆，现在是去帝京博物馆顺便看看仿品，区别就大咯。”

帝京博物馆和颖江市博物馆因为仿品而互相争了许多年，导致许多颖江市市民总想暗戳戳地内涵一下帝京博物馆。

小姑娘盯着展示柜，低声问：“仿品情何以堪呢？永远都淹没在真品的光辉下。”

说话的游客笑了下：“嘿，你这小姑娘还替仿品多愁善感。仿品就是一种替代品，再说了仿品就是仿的，怎么能不承认事实呢？”

小姑娘想了想：“那就让它不是事实！如果我是春山花鸟图的仿品，一定会努力学习绘画，终有一日，把自己的本体改得和真品完全不同！”

童言童语逗乐了一圈大人。

兰茵却定定望向那小姑娘。

要用自己的能力，来改变已定的事实吗？

尤星越一上午看了三套房子，最后还是选了第一套。

第一套房子空间最大，而且是装修后的房子，唯一的问题是前几任租客留下的痕迹太多，好在争远和广盾的清扫本领非常优秀。

尤星越举着手机拍摄，看着从博物馆赶过来的两个器灵仅用两个小时将三室一厅的套间彻底清扫了一遍。

尤星越保存录像发给超薄："这下可以混个更新了。"粉丝们经常抱怨古玩店更新不放视频，这次拍的视频回去剪一剪就能混个日常更新。

房子的事情处理完，尤星越和时无宴就近吃了顿饭，取了快递后回古玩店。意外的是，兰茵已经回来了。

兰茵正站在陈列大量书画的博古架前，帮焦头烂额的任一帆向客人们介绍书画。因为春山花鸟图真品现世，所以最近书画的热度升高，偏偏任一帆对书画的研究较少，回答起问题来简直头大。

有客人惊叹："您可太厉害了，说得好专业！肯定是画家吧？不仅是从古董上分析，更能评价书画本身的优劣，真是年轻有为。"

兰茵笑了下："微末本领，不足挂齿。"

兰茵在彻底陷入沉睡前，曾经辗转许多地方。因为是仿品，曾被眼拙的人当作真品送入王侯府邸，也因为是仿品被随意丢弃在库房或者赏赐给下人。兰茵自诞生以来颠沛流离，也造就她见多识广。

尤星越走过去两步，忽然顿住脚步，他拿下眼镜："无宴，兰茵身上是不是多了一根白线？还是我度数又涨看不清了？"

时无宴："确实有一根，连向市中心方向。"

尤星越惊疑："兰茵姐，我有话要跟你说。"

兰茵对顾客们歉意一笑，跟在尤星越身后进了休息室。

"兰茵姐今天只去了市博物馆吗？"尤星越脱下外套，被时无宴接过去，"有没有见到什么奇怪的人？"

兰茵不明所以："只去了博物馆，奇怪的人……没见过。怎么了？可是我给老板带来了麻烦？"

尤星越摇头，他走上前挑起那根多出来的白线："你身上多了一根线。"

线入手几乎没有触感，过于松弛，而且色泽浅淡，兰茵保持静止时，白线依然不动，所以线的那头大约是个死物。

尤星越将白线在指节上绕了两圈，红色顺着他的手指蔓延，直到将整条线都染成红色。随着红色一同蔓延的，还有他的感知。

线的那头是……春山花鸟图？

兰茵微微睁大眼睛：老板真的能让线在普通生灵面前显形。

片刻后，尤星越收回手，面色有些奇怪："这是与春山花鸟图真品连接的线，奇怪，线是相对有力的联系，你和春山花鸟图不过今天一见，怎么会产生线？"哪怕春山花鸟图此刻就是兰茵的所有物，也得几日之后才能产生线。

兰茵茫然，将自己今天的所见所闻都告诉尤星越，末了道："我和其他游客一样只是站在展柜外。若说我与它之间有什么牵绊，游客们倒是一直在议论仿品与真品。"

尤星越了然："语言具有力量，你受到议论时又与春山花鸟图距离较近，加上你与春山花鸟图的关系本就微妙，没有接触的情况下产生一点联系也说得过去。"

有一点尤星越没有说，想必兰茵站在展柜前感慨万千，心绪牵挂在春山花鸟图上，种种巧合下才生出这根线。

兰茵："会不会影响什么？"

尤星越笑着安慰："放心，过几日会自动消去。"

兰茵点头："那就好。说起来我也是第一次见到真品。常杜隐不愧是大家，春山花鸟图确实是惊世之作，我实在没有能与之相媲美之处。不过真品没有诞生器灵，听说是被帝王带进了陵墓，今年才被发现。对了，我闲来没有事情做，在店里做个解说也好。等我考过了非人类规划总局的笔试，就出去找个工作。"

尤星越："兰茵姐不想结缘？"

其实对于这样修为不凡的器灵来说，已经不需要靠和人打交道生存。

兰茵失笑："老板要是能给我这个仿品找到一个契约人，那我也很乐意。"

尤星越正色："兰茵姐，你知道不留客最看重什么吗？"

兰茵思考："稀世奇珍？"

不论是妖怪还是人类，一旦听到不留客的大名，第一时间就会想到价值连城的古董。

尤星越点了点心脏的位置："是灵魂。"

兰茵怔住。

尤星越看着桌上突然停止刷新网页的超薄，道："在工业化流水线生产的躯壳之内，是否寄存独一无二的灵魂。

"对我来说，真品、仿品不重要。"

气氛太沉重，尤星越舒眉展目，笑道："兰茵是兰茵更重要。"

一进休息室，超薄一边剪辑视频，一边吐槽："老板，你真的要用这个应付更新吗？是不是太水了点？"咱们可是古玩店。

尤星越腾出手来拆包裹，正色道："粉丝们不是想看日常吗？这就是日常。"

时无宴过来帮他拆。

超薄："……有没有一种可能，他们想看的日常，是有老板你出镜的日常？老板，行行好，用你和古董的美貌积极营业好吗？"

尤星越道："我明明可以靠实力，为什么要靠美貌？再说了，论好看为什么不要往复出镜？"

超薄无力吐槽：除了老板，店里哪有器灵敢跟时无宴搭话？这可是生死之神，好吧？

尤星越不在意："不留客呢？不在吗？"

时无宴道："灼灼来了，两个小孩约着出去玩了。"

尤星越蒙了一下："我怎么没看见他们出去。就他们两个吗？"

灼灼肯定会喜欢不留客的，这是两颗历经岁月依然澄澈的心灵。但是……哪有出去玩不告诉家长的？

时无宴解释："夏藿也在，别担心。"

超薄剪辑完整条视频，一边上传，一边说："从后窗出去的啦。今天放假嘛，灼灼很喜欢不留客。"

尤星越看了看打开的窗户……自从兰茵小姐"走"门缝之后，器灵们发现了新的出门方法，可惜目前为止只有兰茵可以"走"门缝、窗缝。

时无宴拆出所有的包裹，里面是好几件新做的秋装。尤星越手上的包裹是各种手作的配饰，衣服和配饰全都是裁非和颜晨初寄过来的。

那天剪断线之后，颜晨初特意打了电话过来感谢尤星越的帮忙，而且交代了前因后果。裁非为了暗示老板继续出古董拟人系列，一口气给尤星越做了好几件衣服，全都送了过来。

尤星越不是不想出，而是他一时也没有很好的想法，不如等他从妖界回来，再看看是否有新的灵感。

尤星越捏到一件长衫："好像有点薄了，这两件圆领袍还好。"

最近气温下降，颍江市已经有不少人穿上秋装了。

时无宴道："去妖界穿正好。再有十日，妖市就会开了，你答应我要一起去的。"

尤星越展颜微笑："当然。我不会食言。"

超薄小心插话："老板，视频我发上去了。配了个踩点的音乐，你要去看看吗？"

尤星越点头，拉着时无宴坐下来观看。

超薄对网络热点的把握比尤星越这个网瘾青年还准，三分钟的视频精准踩点，还加上了解压的标签。视频很快播放完，最后几十秒向观众展示了打扫后的房间。镜头扫过一间侧卧的门口，观众敏锐地发现床上摊着古玩店的青铜巨剑和花冠广盾。

而远在另一个城市的郊区庄园，中年人不敢置信地反复拖拉进度条，盯着床上的青铜剑和花冠广盾。

"这这这……这怎么那么像族里丢失几百年的祭祀礼器？"事关重大，中年人不敢拖延，连忙跳起来去找族中长老，抱着手机狂奔到别墅。

"快快快，我有要事要禀告长老！"

守门的护卫一头雾水："长老和族长在商量妖界之行，恐怕腾不出空……"

中年人高声道："是族里失踪百年的祭祀礼器现世了！"

话音落下不到几秒，中年人面前的门骤然打开，鹤发的长老连鞋子都没穿好，目光炯炯地盯着中年人："在什么地方？"

中年人递上手机，长老看了一会儿："不错不错，连剑上的小坑都一模一样，而且族内礼器已经能够化形，快让我看看整个视频是否有其他信息。"

中年人表情微微扭曲，默默将进度条拉到开头。

几分钟后，长老捂住胸口："我们族中的礼器竟然……竟然……"

赶来的族长一脸震惊，接上了长老的半截话："竟然在外面做男女仆！"

长老听到男女仆这个过于新潮的奇怪称呼，脚下一个踉跄没站稳，差点晕过去，被族长一把扶住。

族长着急道："快快！快去联系这个账号！不管对方是什么人，付出什么代价，一定要把礼器请回来！"

中年人所在的族群是刺猬一族，也是北方民间神话中常见的五家仙之一。

所谓五家仙，指的是狐狸、刺猬、黄鼠狼、蛇、老鼠。这五种动物有灵性，会修成妖仙，轻易不能招惹。

不过中年人所属的这一支刺猬家仙是很弱小的妖怪，当年为了重开妖界，妖怪们陷入混战，刺猬一族慌忙躲进深山老林，逃命的时候遗失了祭祀用的礼器。

普通的礼器已经重新打造，可争远和广盾却是修炼出器灵的礼器，无可替代。族群出世后多番寻找，不过器灵长着腿会到处跑，人海茫茫自然难以找到。如今好不容易重新见到礼器，对方竟然……做了扫洒的活计。

作为族里年纪最大、保存了族群的大家长，长老已经很久没有体会过这种心脏快要停跳的感受："不知对方是何等人物，竟能拘役约束两个器灵。给我订票，我亲自去谈。"

中年人和族长连忙阻止："长老，还是我们去吧。对方的地址显示在颖江市，连具体的门牌号都有，这是一个古玩店，卖古董的，应该很好说话。"

长老摆摆手，他心慌得厉害："我这副身子骨还撑得住，你们年纪轻，不知道两个礼器何等重要。而且这古玩店的名字，怎么听起来如此耳熟？"

大型祭祀可以祈求族内的幼子身体健康，修行顺利，自从族内两件青铜礼器丢失，族内祭祀的效力已经大不如前。

族长只好听从："好的，我们订票。"

化成人形的妖怪都能飞，但是飞不快。刺猬这样走地的妖怪若是飞起来，速度比很多鸟都慢。至于转瞬间去到别的地方，那是只有大妖们才做得到的事，修为越高，可以跨越的距离越远。

尤星越对此事一无所知，家务清洁视频的反响不错，视频中大扫除的效果有目共睹，也间接向大家解释为什么古玩店能这么干净。争远和广盾的打扫收纳方式让一部分不善于整理打扫的年轻人直呼学到了。

超薄心情复杂地看着视频噌噌上涨的播放量："他们居然真的很爱看。"

尤星越道：“因为我们超薄剪得好。”

尤星越今天又买了一些手工制品回来，一整套的头面，各种滴胶热缩片以及毛毡物品，还有一大把的绒花。古玩店的库房里经常收集这些在当时看来不出奇的东西，比如装胭脂的竹盒、一包澡豆……

不留客对新时代的手工作品相当感兴趣，尤星越将这些东西拿出来给不留客玩。此时已经过了营业时间，店门关着，只有器灵们还在店里走来走去。新带回来的手作引起了器灵的好奇，尤星越见他们喜欢，索性把上次买回来的滴胶和毛毡全都拿出来。

超薄一边打量这些东西，一边高速“冲浪”。

争远蹲在桌子前，惊叹地看着毛毡戳出来的可爱小家具。

广盾对小小的摆件爱不释手：“原来还有这种工艺品，其实我毛衣织得特别好，等明天给老板织一件。”

尤星越哭笑不得：“不用费那个工夫。”

戚知雨已经在手机上下单毛毡戳戳乐，准备戳一个给陶桃玩。就连时无宴也产生了一点兴趣。

“喜欢这个？”手作里有一枚五角星蝶贝，尤星越拿起蝶贝放在时无宴手心，“这个是买头面送的赠品。”全套头面的材质是银包金，用了大量蝶贝和珍珠，是一位簪娘的镇店之作，价格不低。

除了头面，尤星越还买了其他东西，对方阔气地送了一包赠品。因为知道尤星越是男生，还特意挑出男生可能会喜欢的赠品。可惜那么多小玩意儿，时无宴只看上了一块五角星蝶贝。

时无宴似乎真的很喜欢这枚蝶贝，放在手心看了一会儿：“我想要这个。”

“你喜欢就拿走。”这是一枚很常见的白蝶贝，这种比较现代的造型很难运用在古风发簪上，所以才被顺手塞进了赠品里。

时无宴解下手腕上的红绳，将蝶贝穿在红绳上，放在眼前看了一会儿，往手腕上戴。

尤星越看他扣了几次都没扣上，抿唇一笑：“我来吧。”他说着伸出手，送给时无宴的编织红绳没有金属扣，所以单手戴起来没那么方便，尤星越托起时无宴的手腕，稳稳扣上红绳。

尤星越笑道：“喜欢这种小东西？下次我给你买个更好的。”抽空给时无宴缝一个全是小星星的荷包，里头装一包这样的小蝶贝。

时无宴点头，他抬起手，将绣满如意纹的袖子往下落了一些，红绳和蝶贝完全展现在尤星越面前。

时无宴唇角弯起小小的弧度：“我也有一样礼物要送给你。”

他取出一只金色的手摇铃：“这是魂铃，只能被灵力和煞气撞响。用灵力撞响是安魂铃，用煞气撞响则是镇魂铃。煞气越是浓重，镇压的效果越强。”

手摇铃通体赤金色，还没有手心大，可以随便装在口袋里。摇铃内外刻着繁复的纹路，被时无宴拿在手里也没有发出任何声音，

尤星越立刻拒绝：“太贵重了！我给你的不过是个蝶贝而已。”

时无宴：“妖市将启，如今总局里能主事的大妖尽数离开，接下来我也要前往妖界稳定结界。届时妖界与人世连接的通道打开，灵气流入人世，凶兽恶煞必定趁此作乱。古玩店汇聚奇珍，器灵、不留客……”

时无宴略顿了顿：“还有我，都系于你一身。”

时无宴说得没错，如果他出事，不留客短时间内找不到新老板，时无宴的本体若再受线的困扰也寻不到人整理，器灵们……

尤星越看向休息室，器灵们都用担忧的眼神看着自己。

尤星越收下魂铃：“那我就恭敬不如从命了。它有没有口诀之类的？”

魂铃虽然是手摇铃的造型，但是大小只有正经手摇铃的三分之一。金属材质，却散发着时无宴身上的香气。

可能是在往复袖子里待久了，所以有味道？

好像不是沾染上的，而是由内而外散发这股香气。

尤星越低头轻轻闻了闻。

时无宴却道：“不用口诀。它会懂你的心思。”

尤星越一时没有反应过来：“是有器灵吗？好像看不见。”

时无宴垂下睫毛，没有多作解释，轻轻道：“没有器灵。但是它会试着懂你的。”

尤星越握着魂铃，突然意识到这只手摇铃对往复来说可能意义非凡，也许是不得了的仙器。

“我会很爱惜它的。”

时无宴抿唇微微笑了一下，他生得极好，舒展眉目时，如春融初雪，眼波温

柔："嗯。"

"你也不必太忧心，"时无宴道，"虽然总局剩下的都是小妖，但此刻滞留人世的妖怪少有难缠之辈，而且我过几日就会回来接你。"

尤星越手里还握着绣绷子，突然有些不舍。

真有意思，他在心里笑自己，一个开古玩店，余生都在与人结识和分别的人，竟然会舍不得。

时无宴算是这么多年来，和他关系最好的朋友了。

这时候，超薄道："老板，门口来了几个人，不像是路过，他们停下来了，在说话。"

时无宴整理好袖口："是三个原形为刺猬的妖怪。"

听到刺猬两个字，广盾和争远同时一怔，争远更是激动道："白刺猬一族吗？"

尤星越清楚记得店里每一个器灵的身世，争远、广盾两个原本是白刺猬一族的祭祀礼器，现在门外这几个妖怪，难道是看到了视频所以才来找他们的吗？

尤星越起身："我去请他们进来。"

一个中年男妖刚刚抬起手，发现门开后又默默垂下手，为了缓解尴尬，他脑子一抽，奉承道："您就是尤星越尤老板吧？果然修为非凡，我等还未敲门就察觉到了。"

"不至于不至于，看了监控。"

站在中间的长老轻声道："打扰您了，我等夜晚到访……"

尤星越看了眼人来人往的街道，笑着侧开身体："外面不方便，请先进来说吧。"

长老连连点头，尤星越搀了一把，扶着他进门。长老一眼就看见了争远和广盾，眼睛湿润："果然是你们！苍天有眼，我们白刺猬一族行善积德，终于找回了礼器！"

争远和广盾激动道："长老。"

他们本以为族群已经覆灭，没想到竟然还在！

尤星越默默退开，时无宴站在他身边，轻声问道："虽然没有血缘关系，但这也是亲情吗？"

尤星越想了想："彼此扶持，虽无血缘关系，却和家人无异。"

长老紧紧拉着争远和广盾。

争远赶紧安慰长老："我们其实过得不错。"

广盾也道："是啊是啊，每天就是做做家务，健健身。"

争远乐呵呵的："我们前几天拍了视频，您一定是看到了视频才找过来的吧？网络真是太好了！"

有了网络，隔着千里万里，失散十年百年，也能遥遥相见，有了再世重逢的机会。

长老却很心酸，他摆摆手，转向尤星越："老板，我们来之前打听过，您店里的东西是可以买卖的。"

长老掏出早就写好的支票："我们愿意出五百万！"

尤星越愣了下："是的，不过……"

长老不知道在网上打听了些什么，可能是五百万瓷瓶以及好几个五百万刺激到了他，生怕尤星越嫌少，长老连忙又取出一张支票，"一千万！"

尤星越扶额："够了够了，别再加价了。"您还记得他们本来就是您家里的吗？

长老虽然来得匆忙，但确实尽量做了调查，比起花钱，他其实更担心这位身份神奇的老板不愿意放争远和广盾离开，他小心翼翼地观察尤星越的神色。

广盾看不下去："长老，老板人很好的。"

尤星越失笑："请先坐一会儿细谈吧。"价格确实太高了，争远、广盾两个青铜礼器原本就是人家的。

古玩店有"三年不开张，开张吃三年"的说法。珍贵古董动辄百万甚至过亿，以至于金钱在古董交易前似乎成了一串数字。回到现实，千万对于普通人家来说已是天文数字，祭祀礼器对族群的重要性非同一般，尤星越不想做一笔生意让对方倾家荡产。

归根到底，古玩店的生意讲究一个"缘分"，双赢才是最优解。

尤星越道："您几位不用紧张，大老远过来请先歇口气。价钱都好商量，只是希望诸位带争远和广盾走的时候，可以按照我们不留客的规矩。"

长老开始紧张："什么手续？"

时无宴端来几杯饮料，争远受宠若惊，他可是知道这位大神的身份，哪里敢让时无宴端过去，争远一个鲤鱼打挺，接过饮料："您坐，这种小事交给我和广盾就好了。”

长老更紧张了。

尤星越声音柔和：“只是签个合同。我们不留客和妖怪、人类、神兽都做生意，三方各自签一份契约就好。”说着，尤星越拿出合同放在他们面前，“您可以先看看契约，其实没有什么条款。”

中年人是族群里负责对外沟通的妖怪，他双手接过合同，如尤星越所说，只有一张纸的合同没有条件，只是陈列了基础信息。比如什么时间，售价几何，谁从不留客这里带走了什么古董，是否三方都愿意达成此次交易等。

中年人将合同递给族长和长老，一张纸几行字，扫两眼就能看完。

尤星越十指交叠，温和道：“我们不留客不做亏本生意，也不做害人的生意，如果价格上使诸位为难，我们也可以再商量。”

尤星越微笑着看向刺猬族的三个妖怪。

争远挠挠头，心里感动，但还是老实说：“老板不用太客气，我们族群打架不行，但是很会赚钱。”白刺猬一族的产业铺得相当广，因为有钱又没武力值，所以世道一乱，就赶紧收拾东西跑进了深山老林。

广盾也跟着道：“是啊。而且我们能和族群重逢也是因为老板。长老，我和争远在店里真的受到了老板很多照顾。”

待在不留客对他们也有好处，时无宴逸散的灵力以及不留客的存在，都在潜移默化中滋养器灵。

长老看完合同内容，内心的戒备放下大半，他有点不好意思：“这个价格对我们来说完全没有负担。”

族长也跟着说：“其实我们家族也有产业，在人类世界里还挺出名的，叫团洁集团，是做洗护产品的。”

尤星越大为震撼。团洁，国产著名日化品牌，货真价实的大集团，出名的高性价比国货，也有多方好评的高端系列。在东北的民间传说中，刺猬也被称作白仙，有些地方拜白仙招财和祛除疾病，是五大家仙中相当吉利的一位。

既然这样，尤星越也就不再客气，取出另外两份合同：“如果几位没有意见的话，可以现在签订合同了。”

长老接过笔。合同落成，争远、广盾与刺猬一族断裂多年的线终于连上，趴在桌子上的不留客收到了新的线。契约落成的瞬间，在外漂泊多年的两个器灵突然眼眶一红——他们可以回家了。

尤星越将支票递给好奇的不留客："现在很晚了，不如在颖江休息一晚，明天再回去吧。"

来颖江市最重要的事已经解决，刺猬族的三个妖怪长长舒了口气。

族长道："好好好，我们今晚可以带走争远他们吗？"

尤星越莞尔："当然可以。"别说已经签了合同，就是没签合同，尤星越一般也不干涉器灵的自由。

争远和广盾主动带族人离开，尤星越考虑到他们多年未见，大概有很多话要说，故而只是送到门口。族长感谢他的体贴，特意交换了联系方式，拍着胸脯道："有事您只管找我。"

尤星越站在路灯下："器灵们能找到归处，就是最重要的事了。"

不留客跳起来挥挥手："再见啦！"

争远面带笑容，用力挥挥手："谢谢老板！之后我会把家里的钥匙放在玄关柜子上。"

几个身影慢慢融入人群，尤星越回到店里，蹲下来和不留客击掌："又做成一单生意。"

超薄幽幽道："又'白嫖'一千万。"

尤星越正色道："怎么能算'白嫖'呢？我也跑前跑后花了好几天的时间呢。"虽然最后真正帮上忙的不是他，但他可是牵线人啊。古往今来，不留客的老板不都是做这个工作的吗？

兰茵关注的是另一件事："他们走了，店里的卫生是不是要请专业的保洁？"

尤星越拿起手机开始逛网店："嗯，联系保洁公司每周日搞一次大扫除，至于平时……"

尤星越兴致勃勃道："我还没用过扫地机器人呢，买一个回来玩。"终于没有和扫地机器人争宠的器灵了。

是错觉吗？总觉得老板期待好久了。

时无宴坐在尤星越身边，尤星越将手机挪过去，和他一起看，两个人凑在一起挑选清洁机器。

争远和广盾走后几天，时无宴也必须前往妖界。

时无宴没有来古玩店的第一天，尤星越始终觉得店里空荡荡的。

“老板，试卷打印出来了，老板？”

超薄叫了好几声，尤星越才回过神，拢起试卷：“好，我拿去给兰茵姐。”

试卷是兰茵的，作为刚苏醒的妖怪，兰茵需要通过非人类规划总局的考试，才能得到总局发的身份证。

尤星越撩开珠帘走出去。今天是周六，店里人很多，兰茵坐在窗前，一边看平板电脑上的人类常识，一边回答客人好奇的国画常识。

尤星越将试卷和笔放在兰茵面前：“打印好了，答案在最底下，要是有什么不懂的可以来问我。”

兰茵：“谢谢老板。”

尤星越笑笑，心里却总有些放心不下。

而这种预感，在兰茵前往总局参加妖怪入世考试的当天，应验了。

“您说春山花鸟图失窃了？！”

尤星越倏然站起身。

春山花鸟图是人类的国宝，此刻打来电话的却是非人类规划总局，那么盗贼必不是人类。

尤星越错愕之后迅速反应过来：“有妖怪盗窃了春山花鸟图？”

打电话来的是总局的吉光：“是的！目前局内员工正在用障眼法维持假象，此次是妖怪作恶，总局有义务追回古董，但是那盗贼十分擅长隐匿踪迹，可惜我们留守的妖怪里没有一个钻研过追踪术。”

吉光哽咽：“我们听说了老板寻人寻物的本事，所以恳请老板施以援手。”

尤星越想起兰茵身上的线，立即起身：“好，我现在去总局。”

说完尤星越直接挂断电话，给兰茵发了条消息，请求她协助自己寻找春山花鸟图，自己则立刻开车去往总局。

总局门口。

吉光苦着脸，见尤星越下车，急忙迎上去：“老板！”

尤星越摆摆手：“我知道了。兰茵姐？兰茵姐！”

兰茵从怔松中醒过神：“需要我做什么？”

收到老板信息的时候，她先是震惊于真品被盗，随即心情难免复杂。她曾在每一个被抛弃的瞬间艳羡那受人追捧憧憬的真品，也会因为过于珍贵而被觊觎。

尤星越："我来就好。"

他一点兰茵的手，一丝白线倏然在腕间显形。因为兰茵有数日不曾见过真品，而真品没有灵体，所以白线的另一头近乎虚无。

尤星越托起白线，稍稍注入一点力量，线头在空中试探几次后找到方向，瞬息绷紧。

吉光凑到尤星越手边，下意识耸动鼻子，可惜他不仅什么都看不见，也没有闻到任何味道："您在用线定位？"

尤星越一笑："对。我找到位置了，走吧。"

吉光："还是我自己去吧。追回春山花鸟图本就是我们的责任，听说您能让线在普通人面前显形，让我们看见就好了。盗贼跑得再快也不会比我快！"

吉光，白身红鬃，是生于大泽的神马，皮毛能避水火，善于奔跑。

尤星越好笑："你们能看见，盗贼不也能看见？盗贼自然跑不过你，但如果狗急跳墙，毁坏古董该怎么办？"

吉光一拍额头："我给忘了！劳烦老板陪我们走一趟，那小妖妖力不强，只是擅长隐匿，我不会让老板受伤的。"

尤星越看了眼天气，叮嘱兰茵："估计要下雨，你先回古玩店，和知雨他们一块。"

兰茵顿了顿，下定决心："我和你一块去吧！有我跟着，线也会稳固一点吧？"

尤星越望了兰茵一眼："好。"

盗贼窃取春山花鸟图后并没有跑远，就在颖江市的一处郊区，是个正要拆迁的村子。村子大多数自建房都已经拆除，线的一端隐没在一栋还算完好的二层小楼里。

尤星越："就在这里。"

吉光："可是这里没有什么灵气，难道有什么隐藏气息的宝物？"

一路无话的兰茵忽然开口："此处设置了相当精巧的结界，所有的气息都被遮掩了。"

吉光皱眉："好巧妙的结界！难怪我们怎么都找不到痕迹！暴力破坏也不难，就怕惊扰盗贼。"

追回春山花鸟图比抓捕盗贼重要得多。

尤星越沉吟："我用线试……"

兰茵："老板，交给我吧。我别无长处，唯独擅长结界之术，不能破解，但可以融入其中。不过我灵力有限，为保万全，还是我独自进入吧。"

尤星越叮嘱："以你的安全为重。"

吉光："对对对，若是拿到古董，你只管出来，盗贼交给我！"

兰茵深吸一口气，走到小楼前，伸手触碰半空，手心下的空间浮现波纹，一层笼罩小楼的结界亮了瞬息，不等结界有所反应，一缕墨色的雾气已经侵入阵眼，结界再次消失。

兰茵画出一个"入"字，整个人原地消失，雾似的融入结界。

借助结界，兰茵轻易在自建房内找到了盗贼的踪迹——

偷画贼正躲在二楼主卧，他背对着门口，膝上摊着一幅画，黛山青林，花鸟相闻，是春山花鸟图真品！

盗贼沉浸赏画："好画！若是卖到妖界，制成法器，想必也有大妖喜欢！"

怎么才能在不惊动对方的情况下取回古董?

兰茵沉思几秒，化出原形。

画卷徐徐展开，将整个结界化为己用。盗贼还沉浸在画中，一抬头，愕然发现自己从水泥砖瓦的室内转移到了葱郁的青山之上。

不对，这里是幻境!

他慌张起身，春山花鸟图从膝上掉落，直直跌下青山落入山脚的池塘，转瞬不见。

兰茵取回真品，立即撤下幻境，抽离结界。

"老板！"兰茵抱着真品，面露欣喜，"拿到了，没有损坏！"

尤星越仔细看了看兰茵，这才放心："没事就好，都没事更好。兰茵姐好厉害，你怎么做到的？"

兰茵不好意思道："幻境与结界相加的小法术而已。"

尤星越展颜："兰茵姐不要妄自菲薄，这种小法术，我和吉光可做不到。"

吉光已经抓住了盗贼："要不是小姐出手，我还束手无策呢。"

说着一脚踩上盗贼的后背："你这猴子，真是爪子痒！偷窃人类的国宝，当我们总局不存在？"

盗贼求饶："我只是取来一观，过几天就送还！"

尤星越语气发冷："找不到你，恐怕就是直接拿走了吧？"

兰茵："我在结界里听他说要炼制成法器卖出去。"

盗贼讪讪闭嘴。

吉光感激："劳烦老板和小姐，我先带古董和此妖回去复命，明日一定登门致谢！"

兰茵将画卷递给吉光："不客气。"

古董脆弱，她取回真品后一直用灵力保护着，此刻真品在手心中，她却出奇地没有复杂的心境，只是由衷地开心。

自始至终，她都不是春山花鸟图。

吉光带着盗贼和春山花鸟图，向尤星越和兰茵欠身施礼，随后化作白光奔向市博物馆。

尤星越将车开出来，驾车和兰茵一起回古玩店。

"兰茵姐今天心情不错，"尤星越试探着问，"考试顺利吗？"

今天春山花鸟图失窃，需要兰茵来找，不知道会不会影响兰茵的心情。

兰茵看出尤星越的担忧："考试不难。我心情好是因为……我做了兰茵能做的事。当年我修炼幻境与结界术，不过是为了遮风避雨，与我是谁的仿品无关，甚至与我是什么生灵也无关！所以我这次能给老板帮上忙。"

她眼睛清亮："是兰茵可以给老板帮上忙，先前老板多次劝慰，是我愚钝了，一直没有理解。"

尤星越望向来往的车流，眼里浅浅含笑："不是愚钝，是心结二字，终究要自己放下。天下有一万个仿品生出器灵，在我眼中也是一万个不同的灵魂。对了，你接下来是想结缘，还是和知雨一样留在店里？"

兰茵沉默片刻，"我想问问您，咱们店里可以自己买自己吗？我想与自己结缘。"

尤星越一时都没跟上兰茵的思路："新鲜想法，我想想……"

他想的不是钱，而是"我想与自己结缘"能不能实现。理论上完全可以，不过可能需要单独出一份契约，不……不用单独出一份契约，干脆当作契约的另一种模板。也许这个世界上有别的器灵也想与自己结缘呢？

兰茵意识到自己的想法可能太异想天开了，愧疚道："我这个想法是不是给老板添麻烦了？"

不留客这么多年来，她可能是第一个想与自己结缘的。

兰茵不好意思地笑了下："我想，世间生灵总是需要先找到自己，再去寻有缘之人。"

尤星越抬头微笑："对，爱自己很好。"

不留客的契约属于三方合同，由器灵、不留客以及有缘者一同签订，严格意义上来说，不留客老板通过器灵收到的钱其实更像是中介费。所以只要不亏本，尤星越对价格都随缘。毕竟他现在还欠着不留客的债，每结缘出去一个器灵，他都能还一线，所以其实每个器灵结缘成功，他都是赚的。

"嗯……改好了，我觉得现在这个契约没问题。"

尤星越将打印出来的合同放在兰茵面前，递上一支笔："看看？"

新合同有两张，尤星越签了一张，另一张递给兰茵。

兰茵拿着薄薄的一张纸，深吸一口气。

新打印出的契约，入手还有些热。

器灵：兰茵

结缘者：兰茵

是否经由双方同意：是

见证者：尤星越

契约落成的那一刻，不留客收到了一根线，他睁大眼睛，从椅子上跳下来："真的可行！"

他举着那根线："星越，看！"

尤星越蹲下来，惊喜道："真的有！"

契约成立，对兰茵有一定的好处，能稳固兰茵器灵与本体的关系，效果和尤星越当初送给张雪梅的红绳一样。

不留客双手捧着这根线，他圆圆的鹿眼弯起来："真好。我第一次知道器灵也可以与自己结缘。"

兰茵感觉多年来对自己的质疑终于有了一个结果，她将合同按在身前，解脱一样地笑起来："从今天起，我就属于我自己了。"

不再是游离在真品下的影子。

妖市开启的时间越来越近，古玩店连人带器灵都要去妖界。尤星越一算时间，索性决定连着放五天假。

任一帆得知有五天带薪假，简直乐疯了，请店里所有他能见到的“人”都喝了奶茶。

店里的器灵比任一帆更激动，超薄疯狂搜索攻略，甚至试图黑进非人类规划总局的内网，好在他脑子没完全发昏，总算克制住了这个念头。

不留客准备了一个小箱子，快乐地往里面放自己要带的东西。

尤星越是最镇定的一个，他没有第一时间去收拾行李，而是买了个移动电源，准备带去给超薄充电。

超薄感动得一塌糊涂：“老板你太好了！”

居然还惦记着自己要充电的问题！

尤星越淡然道：“不客气，你也可以缓存几部电影或者动漫陪不留客晚上看，这次要去好几天，我们慢慢玩。”

尤星越扶着门框笑吟吟道：“那我就去收拾东西了。”

他关上卧室门，拉开衣柜，裁非送来的衣服都清洗过，尤星越拿出来叠进箱子里。

他拉开衣柜下的抽屉，里头放着不少饰品，有些是前任老板留下的，有些是尤星越自己补上去的。

尤星越平常不怎么戴这些，毕竟戴眼镜已经很麻烦了。

尤星越取出一枚怀表，看了眼自己带去的衣服，慢吞吞往箱子里放了几件饰品。最后，取出已经缝制好的小香囊。

香囊是如意暗纹的云锦，里头装了一大把星星蝶贝。尤星越看了看，将香囊收进箱子：这是送给时无宴的礼物。

不过这小东西拿来回报时无宴的魂铃……实在是太占便宜了。

傍晚的时候，戚知雨和陶桃一起到了店里。

古玩店已经正式闭店了，陶桃很高兴：“老板！”

尤星越笑着接住蹦来跳去的小饕餮：“怎么这么高兴？”

一会儿就要放小短假出去玩，陶桃兴奋到恨不得摇头摆尾：“我也要去妖界的！老板，让知雨跟我一起去吧，我爸妈都在，保证他的安全！”

戚知雨低着头，虽然看不到脸，但是两个耳朵尖都要烧起来了：“我……我……”

尤星越失笑，道：“可以啊。他愿意，你就带他一块去。”

戚知雨快红透了，半晌小声道：“让不留客和超薄他们也……也跟我们走吧。屠龙也去，我们器灵一块说说话。”

不留客愣了下，抱着自己的小箱子，困惑地歪着头：“屠龙很想我们吗？”

戚知雨点头：“他特别想你们！前几天还哭了，说超薄是他的知己，不留客是他的恩人，他都没来得及谢谢你们。”

不留客啃啃手：“好呀，正好我和星越分开走，也许能多买点古董回来。”

尤星越忍不住笑出声：“行吧，你们都去，回来给你们发红包。”

陶桃低头在尤星越手臂上蹭了蹭：“好耶！”

尤星越失笑，低头将擦干的杯子收起来，指尖慢慢感受到凉气，周围的温度不知何时降了好几度。

尤星越轻轻呼出一口气，周围的温度已经降到可以看到水汽的地步，他走到窗前，撩开窗帘——整条南北街淹没在凡人看不见的雾气中，上空中传来清越的声响。

陶桃抬起头，她虽然看不见，却笃定道：“是往复的车架。”

戚知雨跟着看过去：“什么车？我们坐车去？”

陶桃却摇头道：“不是我们的车，是冥龙负车。龙所行之处忘川水雾弥漫，分割阳世，雾里是灵神才能走的路，如果没有灵神带路，会误入生死的间隙中。”

冥龙生于忘川河中，是死气中诞生的活物，极阴中的极阳之龙。

叮铃铃的声响越来越近，雾气里响起鳞片摩擦的声音，一只巨大的黄色眼睛出现在落地窗前，瞬膜不时闪过。

这就是冥龙！

店里的器灵和陶桃同时后退了些许。

这种已经成年的神物展露原形的时候，极具威压感。

尤星越打开门。薄薄的水雾被一道热风吹进门，时无宴的身影在雾气中越来越清晰。

穿过蒙蒙水雾，时无宴停在尤星越面前：“星越。”

时无宴伸出手，腕上的红绳系着星星蝶贝，他微垂着眼眸，唇角有浅浅的笑意：“妖市有三日，一起去吗？”

尤星越看着眼前修长的手，笑道："荣幸之至。"

他握住时无宴的手，水雾之中，没有时无宴带路，他会迷失方向。

时无宴从雾气中来，指尖微冷，手心却温热。

第17章 妖市

尤星越走进雾气，立刻就明白了什么叫灵神才能走的路——他在雾气里什么都看不见，脚下不是坚实的地砖，摇晃的同时透着冷意，仿佛是忘川的水面。

时无宴一手拎着尤星越的箱子，道：“底下是忘川。”

原来真的是忘川河。

尤星越停住脚步，镇定地摘下眼镜，雾气里什么都看不见，戴着眼镜还会糊满水汽。

摘掉眼镜后，他偏头“看向”时无宴的方向，神态自若道：“我看不见。”

时无宴：“我扶着你。”

看不见，迷蒙的水汽甚至遮掩了冥龙。

在这种近乎失明的状态下，尤星越需要牵着时无宴。时无宴走得很慢，非常照顾他半盲的状态。

其实尤星越天生眼神不好，长到六七岁才正常，后来念书的时候偷偷躲在被子里看小说，又开始近视，所以尤星越目前为止的人生中，眼睛不好用的时间比较多。毕竟尤星越这样漂亮且看上去好脾气的小孩，如果不是有点儿毛病，一早就被领养了。

尤星越对这种看不见的状态适应良好，他天性不怎么爱发愁。

“台阶。”时无宴道。

尤星越闻言先对时无宴笑了笑，配合地抬腿，顺着台阶往上。他看不清，虽然精准地通过声音找到了方向。

有热气吹来，伴随着鳞片摩擦的声音，热气擦过尤星越的肩膀。

尤星越好奇极了："是冥龙吗？"他还没有亲眼见过龙的全貌。

时无宴道："是他。等到了妖界就能看见了。"

回应尤星越的是又一道热风，是冥龙吹了一口气。

尤星越笑了下："好神奇。"

上了第十六级台阶，尤星越踩到一片实地。

时无宴道："往前。"

尤星越往前走了两步，视线骤然清晰起来——这是一间小屋子，大概有三四个平方，放着桌椅和毯子。

尤星越戴上眼镜："比我想象中更大。"

时无宴慢慢放开手："坐吧，要喝茶吗？"

地上铺着毯子，尤星越随便找个位置坐下来："我不渴。我还以为你会带我直接过去。"

时无宴道："妖界与人间不在同一个空间，必须要走通道。若是多次使用缩地成寸的术法，对你的身体不好。"

尤星越对时无宴笑了下。

尤星越虽然开始妖化，但体质还是不如大妖怪。他感觉小屋子微微上升，外界传来龙吟声，他撩开窗帘，外界依然被笼罩在白雾中。

尤星越道："这是走了？"

时无宴道："嗯。冥龙脚程慢一些，一个时辰左右能到。其他大妖们走通道，可能要半日才能到。"

冥龙所谓的脚程慢，也是相对于时无宴而言，比寻常大妖还是快不少的。

尤星越了然，他好奇地问："妖界是什么样的？"

时无宴歪头想了想："高山大泽，日月金车，鸾凤龙游，到处都是妖怪们，不过也有城镇。妖市在一座海岛上，届时有玄武托起海岛，妖界所有妖怪都会向妖市聚集。"

尤星越忍不住道："那岂不是有很多妖怪？还有许多炼器的大师？"

妖界广阔，说不定比人间还要大得多。

时无宴点头："嗯。"

他以为尤星越好奇妖怪们，毕竟人间的妖怪们轻易不会露出原形，平日里以人类的形态行走世间。

尤星越托着下颌，有些向往："要是能在妖界开个分店，我一定能很快就凑齐十万根线。"

希望有一天能把生意做到妖界，那岂不是跨"界"公司了？

时无宴却疑惑道："为什么要凑够十万根线？"

尤星越一想到那张欠条，就有些无奈，道："我是不是忘了跟你说？其实不留客找我也不是什么缘分或者命定，纯粹是我上辈子从不留客手里借了十万根线，我上辈子还不上，居然打了个欠条叫我这辈子还。是不是很坑？"尤星越笑着问。

上辈子借线下辈子还，为了防止下辈子逃债，居然连自己下辈子姓甚名谁，几年几月出生都算出来了。

时无宴忍不住弯起唇角："等还够十万根线，你准备做什么？"

尤星越随手捞了一个靠枕抱在怀里，想了一会儿："我也不知道。总感觉十万根线太多了，还不一定能还得完。"当时不留客愿意借十万根线也是很神奇，尤星越继续道，"说不定没还完就先去轮回司考公了。"

一年哪怕能还一百根线，也得还一千年。就算是妖怪，千年的时间也够长了。尤星越琢磨，要不找个人给自己算一卦，叫自己的下辈子接着还吧。

时无宴慢慢垂下睫毛："如果你到了轮回司……"

尤星越："嗯？"

时无宴道："就是我的人了。"

尤星越哑然。

这个说法……还真挺正确的。

时无宴是轮回之主，生死之神。如果尤星越的肉身死去，按道理说，他确实就属于轮回司了，而轮回司依附往复运转。

尤星越还记得时无宴曾说过，希国的血族亲王亲自去往轮回司，求取一人的灵体，五方灵帝皆不能做主，唯有求到往复跟前。

尤星越思考片刻："还是算了，秦将军说在轮回司上班全年无休，只有你一个人闲。"

时无宴展颜一笑。

屋子不大，桌几就更小了，时无宴和尤星越坐在一张桌几旁，时无宴只要一动，就能碰到尤星越的手臂。

尤星越的手指忽然拨了下时无宴的外袍，好奇道："这是衮服的制式吗？"

时无宴在轮回司常穿的衣服多是厚重繁复的礼服，这件更是衮服的样式。

作为轮回之主，时无宴的人形自然是无一处可以挑剔，穿着冷肃威严的衮服也修长文雅，反而压住了衮服过于深沉严肃的气势。

外袍圆领里，鸦青色的领子贴着脖颈，在如意暗纹衣料的包裹下，只露出咽喉处的一小截皮肤。

时无宴道："你喜欢这件吗？"

尤星越感慨："是突然遗憾店里似乎没有龙袍收藏。"

自从接手古玩店，尤星越的收集癖日渐严重，看到什么都想收藏一件。

时无宴微微笑起来："不值得遗憾，我可以取一件同样制式的衣衫送入仓库。"

尤星越立刻坐正身体，笑吟吟地双手拿起茶壶给时无宴斟了一盏茶，亲自递到时无宴手边："生死之神，一言九鼎。"

时无宴接过茶盏，低头抿了一口，随即望向尤星越："一言既出，驷马难追。"

尤星越白得一件衮服，本来想多和时无宴说几句，但冥龙的游动硬生生把他晃困了："好像有点晕龙，我睡一会儿。"

时无宴道："你睡吧，到了我叫你。"

尤星越抱着靠枕，很快就睡着了，迷蒙中感觉有人轻轻握住他的手臂，传来温热的灵力。

时无宴握着尤星越的手腕，尤星越体内还残存着微量阴气，他运转灵力祛除这部分阴气，看着尤星越微皱的眉心渐渐平复。

成年男人的手腕并不纤细，手指修长，当绷起线的时候，红线鲜艳，手指温润如玉。

尤星越有时无宴见过最像线的灵魂——单薄至此，坚韧至此。锋利时斩金削铁，柔情处又千回百转。

时无宴小心放下尤星越的手臂，拉起窗户，免得窗外的冷气侵入。

做完这一切，时无宴犹豫一会儿，起身换了个位置，坐在靠近尤星越的一边，认真观察了片刻，抱起一个和尤星越怀里的一样的靠枕。

尤星越没有被时无宴叫醒，他是在一阵摇晃中被震醒的。晃得很厉害，但也不是稳不住。

尤星越睁开眼睛："这是到什么地方了？"

时无宴道："是妖界与人间的交界处，空间格外乱。"

只听见外界龙吟震天，一阵剧烈的摇晃后，再次恢复了平稳。

时无宴起身："到妖界入口了。要出去看看吗？"

尤星越扔开靠枕，戴上眼镜，好奇道："能出去吗？"

"可以。"

尤星越站起身，推开门走了出去，高空的寒风呼啸着吹过来。时无宴挡去寒风，尤星越将灵力聚到眼睛处，向极远处眺望过去——

至高处金车为日，云山堆叠，被金车的光染成赤红橙黄。往前看凸起的山脉连绵起伏，大泽与山谷向下凹陷。

天空中，有驾鹤者穿长袍持拂尘飘然而过，大鹏与孔雀并行，蛊雕当空悬停，一头麒麟口中叼着篮子，两三个小麒麟突然从篮子里冒出头。

这就是妖界，所有的光怪陆离……等一下，天上飞的是不是有点太多了？连冥龙都不动了。

尤星越指了下前面："这……是不是堵了？"

不仅堵了，还打起来了——孔雀和大鹏并行不是因为关系好，是都想抢着排到最前面。

穿着黄色小马甲的朱雀飞过来，挨个啄了一遍："别打架！"

时无宴道："此处是两界之间，只有一条通道。前头是鲲鹏一家，堵住了路。"

尤星越犹豫着看看底下空旷的位置，道："底下还空着，我们一定要走那个方向吗？"

时无宴摇头："可以让冥龙下降，或者我带你单独从下面走。"

尤星越点点头，他背着手走了两步，站在冥龙脊背的边缘，笑着冲时无宴伸出手："陪我疯一把吗？"

时无宴不明所以："怎么疯？"

尤星越笑道："我敢打赌，你肯定没干过这种事。当然了，我也没干过。"说着他用力一拽时无宴，向后一仰，和时无宴顿时从冥龙的背上摔了下去！

半空中响起尤星越带着笑意的声音，他大声道："因为我不会飞！"

时无宴愕然地被他拽下去，衣袖被风吹得翻飞。

始作俑者闭着眼睛，唇角却全都是笑意："你可要接住我。"

一万里的云山雾海，长风能吹断仙女的天衣。所有妖怪不情不愿地排着队，目瞪口呆地看着两道身影从入口处落下去。

"这是谁？从这里下去，不怕被乱流切成碎片吗？"

"啧啧啧，作死啊。"

"哇，好酷，我也想这么跳下去。"

"摔死你个扁毛畜生。"

"好像是从冥龙背上跳下去的……"

几个呼吸的时间，时无宴拉住尤星越，两个人下落的速度开始减缓，维持在一个可以看清周围景色的速度上。时无宴被尤星越拽下去的时候，第一次体会到心脏停搏的感觉。

尤星越身为凡人，从没有如此畅快过，他闭上眼睛，感觉风从肌肤上掠过，送来不同的味道。

尤星越睁开眼睛，展颜笑道："我闻到花香了。"

时无宴望向云下的山川："南方一片金，这个季节一定是漫山遍野的桂花。"

两人说话间已经穿过了乱流，时无宴看了看距离，带着尤星越落在地面上。

妖界此刻是傍晚，日头没有完全落下，余晖映出红霞万里。

他们落在一处城镇上。先前时无宴说妖市在一座海岛上举办，这里好像不靠海。

妖怪的城市琼楼玉宇，路上到处都是各种形态的妖怪。有拖着一条大尾巴的蛇妖，也有完全化作人形的。

尤星越亲眼看到一条蛟龙因为体型巨大，被拒绝以原形入内。

尤星越注意力转移："我们今晚住在这里？"

妖市明天才会开放。

时无宴和他慢慢往城镇里走："嗯，这里有直接去妖市的通道。程明浅和其他大妖们也在这里。"

尤星越道："冥龙呢？"

时无宴回头："跟来了。"

尤星越跟着看过去，一个黑发长角的少年背着木屋跑过来，路过尤星越和时无宴的时候，冥龙挥挥手：“大人，老板，我先去找吃的了！”

尤星越冲他挥挥手，好奇道：“我们刚才待的是他背上的小木屋吗？”

时无宴点头：“嗯。那是扶桑木雕刻出的木屋，其实是冥龙的包袱。早年天地灵气旺盛，妖怪与人类共处的时候，他常常背着包袱去外头买些东西吃。”

尤星越听得唇角带笑，突然反应过来：“那还挺能吃的，居然要用屋子来装食物。等会儿，买东西？妖市里用什么货币？”

时无宴道：“依然用金银，也可以以物易物。”

尤星越扶额：“我真是……”

时无宴鲜少见到他这么懊恼的样子，忍不住弯起唇角。

尤星越自暴自弃道：“我居然带了现金！”

时无宴也被“现金”两个字震住了，半晌才无奈地摇摇头：“不妨事。”

尤星越：“嗯？”

时无宴道：“在人间的时候都是你给我买东西，在妖界就让我来买吧。”

他身上所有与尘世有关联的东西，都是尤星越给的。

人间仲秋的时候，妖界正值初秋，妖市开启的第一日气温正好，秋高气爽。

妖市在海岛上举办，尤星越几人来的时候，海岛还未上浮，天边刚刚泛起鱼肚白。

晨光熹微中，高亢嘹亮的鸣叫打破寂静，如金玉相击。尤星越抬头望过去，只见蒙蒙的光辉里，两只凤凰从天际来，双翅火光熠熠，划开未尽的暗夜，一霎时竟如同白昼。

咕噜咕噜……平静的海水沸腾似的，连连泛起涟漪，一座巨大的阴影从水面下缓缓升起——那是举办妖市的海岛。

凤凰绕岛高歌，鸣叫声和着水声，当海岛完全浮出，玄武深黑色的龟背也露出了水面。玄武长吟数声后，缩进了龟背中。

海岛静静浮在海面上，四个方向升起通道。

通道刚刚升起，徘徊在各处的妖怪与神兽们纷纷落在通道上，急着摆摊的妖怪们拖着行李一路狂奔，只是打算逛街的则慢悠悠在通道上闲逛。

尤星越站在冥龙的背上，他穿了带来的那件珍珠白刺绣长衫，套一件青蓝色的对襟褙子，凤凰火翅扇出的热风吹得他衣袖晃动。

尤星越问："我们能下去了吗？"

时无宴握住尤星越的手腕，带着他落在海岛上。

海岛平日虽然沉在海水中，露出海面后却是干爽的，有正常的街道和建筑，装饰物多是珊瑚与贝壳。

他们来得早，来摆摊的妖怪们还在通道上狂奔，海岛上却已经有了不少摊子，酒楼和饭馆早就开门迎客了。

有一家酒楼挂着的幌子上写着："人间美味，铁板鱿鱼！"

新妖界的住民都是从人间移民过来的，因此会售卖一些人类的食物。

冥龙一阵风似的刮进去，尤星越在门外听到冥龙高声喊："老板！来五十串大鱿鱼！"

尤星越踩在青石板的街道上，好奇道："这座岛在水下的时候也有妖怪住？"

时无宴道："海岛是海妖们的住处，归一只鲛人所有。平日沉在水下时，海妖们也照常做生意。"

尤星越点头："难怪。"

妖市里除了各类摊子，还有住宿的酒楼客栈。妖市要开三天，尤星越和时无宴逛了一会儿，找到一家环境很不错的客栈。

看店的是一只蚌精，硕大的蚌壳摆在柜台后，尤星越左右看了看，小心敲一敲蚌壳。

蚌壳微微张开一条缝，细声细气道："贵客到来，上房下房？几间房？可要包三餐？住几日？"

尤星越道："一间上房，住三天……"

蚌壳里伸出一只手，手心有一枚穿着线的珍珠："七楼，丙字号。一两银。"

这是海珍珠，目测直径大约有12毫米，圆润生光。这样的珍珠在人世间可以卖上不菲的价格，在妖界竟然只是做房门的钥匙。

尤星越盯着蚌精，他有预感，这趟来妖市，很有可能会进不少货。

尤星越走神的时候，时无宴付了银子，拿到了珍珠。

到了下午，妖市就热闹了起来，到处都是妖怪们的地摊，卖什么的都有。

尤星越他们住的客栈对面摆着一个地摊，卖的是毛衣和羊毛。摊主是个中年女子，手持一把大木梳，按住一只人那么高的白羊，一边梳毛一边吆喝："纯天然羊毛！保暖蓬松，穿一百年都不会结块啊！便宜卖了啊！"

那梳子十几厘米长，一梳下来竟然有一把羊毛，虽然是没用的旧毛，但也柔软蓬松，还带着点香气。

尤星越忍不住在摊子前停下脚步："您这羊是什么羊？羊毛怎么卖？"

买点回去寄给裁非，就当土特产了。

女子见有人询价，立刻回答道："说来惭愧，也不是什么特殊品种的羊，就是我儿子！"

女子挥着剪刀："您要是想要新的毛，我现在就把他剃了！"

大白羊圆润的眼睛里露出死灰般的苍凉。

尤星越后退一步："不了，给我称点换下来的毛就好。"

女人笑眯眯地装上一大袋的羊毛，快有人那么高的袋子被她拍了两下，竟然缩得只剩手提袋那么大。尤星越正要接过袋子，时无宴已经主动拿到手里，羊毛袋子眨眼就消失不见。

尤星越好奇地翻动时无宴的袖子："这是袖里乾坤的法术？"

时无宴点头："要学吗？"

尤星越道："我灵力弱，也不知道能不能学得会……"

和尤星越的线比起来，他那点灵力实在是不够看。

时无宴道："力量都是共通的。你体内的力量既然可以像灵力一般使用，自然也能用来支撑法术，只是平日里没有试过，等晚上回去我教你。"

尤星越若有所思："你说得对……"大概是他想象力太贫乏了，平常用线时最多就是揍妖怪或者修补古董。

两人说话的声音没有刻意压低，毕竟不留客老板也不是见不得人的身份，而且早年不留客在妖怪之中也相当有名气。

"两位请留步！"见他们讨论完袖里乾坤的话题，一个穿着道袍的年轻男子健步上前，挡在了尤星越和时无宴面前。

尤星越一愣：妖界还有道士？

那男子声情并茂道："你！"

尤星越拉着时无宴往后退了一步。

男子接着道："还在为修炼而苦恼吗？你还在为不能长时间维持人形而难过吗？现在报名妖界第一修仙大学，学费仅需998，就可以享受全套的教学，包教包会！998，只要998！买不了吃亏买不了上当，你——心动了吗？"

尤星越盯着对方的道袍："你是道士？"

"不不不，"男子热情道，"这是校服！怎么样，您有兴趣吗？"

尤星越道："不了，我朋友会教我的。"

男子道："那不一样。我们大学的教授有几千年修为的狐仙，校长更是大名鼎鼎的白泽神兽，教学方法更是浅显易懂，分析起来深入浅出。"

尤星越手一摊，示意时无宴："我朋友。"

男子瞥了时无宴一眼，正要说话，尤星越笑吟吟道："灵神往复。"

男子视线移动，哈哈笑道："他是往复，我还是程明浅程局长呢！"

街道上的酒楼突然开了一扇窗户，程明浅倚着窗户："谁冒充我？"

比起常年在轮回司沉睡的往复，程明浅这张脸在妖界可谓是无人不知无人不识，那男子看了眼程明浅，原地鞠躬变成原形："打扰了打扰了。"

尤星越站在街道上，笑着冲程明浅挥挥手。

程明浅嘲笑时无宴："满妖界没几个妖认识你，跟大家闺秀一样。"

人类的诗怎么说来着？养在深闺人未识？

时无宴不善言辞，一时也不知道如何反驳。

尤星越光速收敛笑容，放下手："你别总欺负他行不行？"

程明浅：好耳熟的话。程大猫用力关上窗户，她就不该搭理他们。

因为有时无宴帮忙存储东西，尤星越买东西的时候也不再束手束脚。海岛四通八达，到处都是妖怪们的摊子。尤星越在一只一千七百多年修为的蚌精手里，买到了一斛珍珠。妖怪们卖的大多是自己产的东西，价格寻常，往往更倾向于换一些没见过的东西。尤星越逛了一条街，没花多少钱，反而是身上带的人间的东西都换出去了。

蚌精旁边的摊子挤着不少妖怪，摆摊的是一只狐妖，摊子上居然都是漆器。

这些精美的漆器，和妖市里其他东西格格不入——妖怪们常常采用天然的材料加以雕刻，而漆器工艺复杂，一件完整的漆器需要耗费大量的精力时间，因此漆器在妖界没有那么流行。但漆器光润华丽，简直将"厚重古朴"刻在了身上。妖怪们对人间的手艺相当感兴趣。只是狐妖要价很高，一时竟然卖不出去。这样好的东西，拿来做祭祀的礼器是很好的。有几只小妖想要带一只回去做祭祀的果盘，身上带的银子却不够，徘徊片刻后，摇摇头走了。

尤星越停在摊子前。

“买不买？买不起别看！”

又有两个妖怪围观后走了，狐妖感觉头顶落下一道阴影，没好气道：“穷还要看。”

尤星越问：“这是你做的吗？”

狐妖斜着眼睛看了尤星越一眼：“是我做的。”

尤星越心平气和道：“怎么卖？”

狐妖伸出手指：“一百两白银，一个髹漆杯子。”

尤星越看了眼他的手指，这只狐妖身上有些许血煞气，最重要的是，这只狐妖的右手腕处有一根近乎黑色的线，已经勒到了狐妖的手腕里，导致狐妖不断摩挲着手腕。

尤星越道：“这些东西不是你做的吧？”

狐妖脸一沉：“关你什么事，你就说买不买吧？”

尤星越道：“别这么紧张嘛。”

他笑吟吟的：“你看这么贵也卖不出去，不如这样，你带我去看看那个做漆器的妖怪，我就把这些全都买了，怎么样？”

狐妖眼珠转了转：“我凭什么要信你？”

尤星越蹲下来，手肘搭在膝盖上，道：“反正对方也是大麻烦对不对？否则这么好的东西，你为什么不到大妖面前卖呢？”

狐妖神色一凛，看着对方温柔清隽的容颜。

尤星越慢悠悠道：“我倒不是很在意这些麻烦。”

这只狐妖化形后是个浓眉大眼的男子，国字脸，居然有几分正气凛然，不过挤眉弄眼的表情破坏了这份虚假的正气。狐妖鼻子微动：这是个人类？应该不是人类，只是有人类的味道，更像个刚刚能化形的小妖怪。

狐妖从鼻子里哼了一声：“我都卖不出去，你就能卖得掉？”

尤星越任由对方打量：“不用这么看不起我。漆器这种东西原本就是人间的，妖怪们不懂漆器的价值，我有去人间的路子，你不如交给我。”

在妖市上转了几圈，尤星越基本摸清了妖市的交易规则——能用银子买到的，都是普通的器物，例如盘子只是盘子，作用是用来盛放东西。而不能用银子买的，则是炼制过的灵器，同样是盘子，有些盘子入手冰凉，有冰镇的效果，就要用妖界独有的货币来买。

妖界刚刚开启，妖怪们从人间拖家带口来到妖界，手头上银两不多，妖界货币就更少了。花一百两银子买几个只能放东西的盒子，有族群的小妖也不会这么干。

漆器只是装饰品，没有任何灵力，虽然有人类在意的工艺价值，但不能给妖怪带来实质性的好处。

一个杯子竟然索价一百两银，只有大妖们才会用闲银两买这些东西，寻常小妖还得留着银两购买食物。

这只狐妖未必没有做生意的头脑，只是他不应该在妖界卖。

狐妖听到人间两个字，戒备道："你与大妖们有关系？"

妖界开启后，每次出入妖界都要经过总局的批准，手续比人类出国麻烦得多，只有大妖们才能直接拿到批准。

尤星越有点不耐烦了，蹙眉站起身："我只是在凶兽那里有些门路，想在人间赚点钱罢了，凭你也配打听？"

尤星越扯谎的时候从来不避着时无宴，这也不是时无宴第一次看他眼都不眨地漫天扯谎，但这还是时无宴第一次见尤星越佯作生气的模样，他险些以为尤星越是真的生了气——依然是那副温柔眉目，但是眼风下扫，有些冷冷的不耐烦，倒有几分不好相处的样子。

时无宴收回视线，无声地弯起唇角——难怪轮回司里一直流传不留客新老板凶得很，时无宴还见过那支从中间断成两截的哭丧棒，此后在颍江市办事的灵界使者都恨不得绕着不留客走。

想来当时星越打断那根哭丧棒时，大概就是现在的神情吧。

时无宴安静地站在尤星越身旁，他完全不擅长做表情，为了不给星越添麻烦，他索性一句话都不说。

狐妖谨慎狡猾，轻易不肯放下防备。但是尤星越一起身，狐妖立刻叫住他："等等！你要是真有路子，那我就带你去。走吧，就在海边的一处住宅。"

有凶兽做靠山？当年两派纷争的时候，也是有凶兽选择了新和派，妖界如今数得上的凶兽……那必然是饕餮一族啊！饕餮一族好吃且贪，不仅爱吃百味更爱吃凡人的情绪，一直定居在人世。狐妖脑补一番，越想越合理。难怪这小妖一身人类的味道，肯定是常常在人间行走。

尤星越拨了拨腕间的手串，露出疑惑的表情："你不会是假意赞同，要骗我吧？”

狐妖搓搓爪子，被怀疑了之后，狐妖反而更加笃定尤星越是在替饕餮一族办一些上不得台面的事，否则为什么要这么小心？

狐妖爽朗地笑了两声：“我哪儿敢呀！万一得罪了您，我还能活得了吗？”

尤星越轻轻笑了一下：“还算你识相。”

尤老板是扯谎的高手，他一身金贵的打扮，看起来就像个有背景的小妖怪。

狐妖殷勤道：“您请，您请！”狐妖手腕上的线不时会消失，看得出另一头不是很稳固。

尤星越不想继续拖，侧过脸和时无宴对视一眼。

时无宴能看到线，微微点头。

尤星越跟在狐妖身后，脑海里响起了时无宴的声音：“此妖身上有人类的味道。妖界有许多地方不禁止妖怪互相厮杀，一来生死轮回是天理，二来有些族群凶性难抑，但是不允许囚禁伤害凡人。”

尤星越了然：这就对了，如果不是干了明令禁止的事，狐妖不至于心虚至此。

狐妖住的客栈十分偏僻，毕竟他囚禁着一个凡人，自然要远离其他妖怪的耳目。

一路上，狐妖都在悄悄打量尤星越：他虽然很弱，但是灵力很精纯，生得也很漂亮，这样多情的眉目若是能完整地剥下来卖给画皮妖……想来能赚一笔大的。

狐妖咽了咽口水。正想着，那小妖身边身量极高的男子视线扫过来，狐妖不小心与他对上视线，一瞬间仿佛在他的眼神里死上千万遍。直到对方收回了眼神，狐妖才汗涔涔地醒过神。

凶兽！绝对是凶兽！狐妖收回视线。

他实在是急着脱手那个麻烦，万一真的搞死了，尸体好处置，直接吃了就是，魂魄可是个大麻烦！如果放着不管，魂魄早晚会去轮回司告状。如果囚禁魂魄，万一化成大凶的灵煞或者哪一日暴露，他岂不是要完蛋？最后，碎裂灵体是重罪，死后会被阴司问罪，听说要在下六层的地狱里尝遍所有酷刑！

狐妖不是不想更谨慎一些，实在是没办法了，他不得不寄希望于尤星越。要是能及时把那烫手山芋丢给对方，再讹一笔钱，真是再划算不过。

狐妖口中所谓的住处不是客栈，而是一个草屋，像这样临时搭建出来的草屋很多，都是前来赶集的妖怪们所搭，他们大多舍不得把钱花在住宿上，索性搭个草棚子凑合睡。

狐妖走到巨石后，打开草屋的门，一股狐狸的味道扑面而来。整个草屋只有一张床，地上摆着几个漆器，根本看不到人。

尤星越微微皱眉，低头走进这间狭小的草屋。过于强烈的难闻气味，对尤星越这种嗅觉灵敏的人来说简直是一种折磨。

时无宴递来一张手帕。

尤星越赶紧叠了两道，正要捂住口鼻，狐妖挪开一垛干草，笑嘻嘻道："您请看。"

堆积的干草后竟然有个窟窿，里头蜷缩着一个干瘦的身影。他背对着尤星越，头发枯黄，身上只穿着破了好几个洞的短衫长裤，透过破洞能看到老人干瘪的肌肤。如果不是还能听到对方沉重的呼吸声，尤星越几乎以为对方已经气绝。

尤星越瞳孔轻轻缩了一下，他拨开干草，轻拍老人的肩膀："老伯，老伯？"

老人眼皮动了动，尤星越往老人体内输了微弱的灵力。

对方体内有极其微弱的灵力残存，护着老人的心脉。老人青白的脸色略微好转，睁开了眼睛。他年纪很大了，在狐妖身边饱受虐待，只剩一把干瘦的骨头，身体上有多处伤痕，甚至有被野兽啃噬过的痕迹。

老人瑟缩了一下，犹疑地看着尤星越："您是？"

尤星越见到这样的老人，总忍不住想到老院长，他扶着老人坐起来："老伯别怕，我是……是来救你的。"他正要说自己是人，忽然想起来自己也不能算，目前状态应该更靠近半妖。

狐妖感觉到一点不对，正要上前阻拦："你——"

时无宴一挥袖。咔嚓的声音接连响起，凭空出现数道黑色锁链，龙蛇一般束住狐妖的四肢。锁链森冷，寒意渗入狐妖骨髓。

求生欲让狐妖尖声道："我可是天狐一族……"

听到狐狸的声音，老人明显一抖。

尤星越连忙安慰道："您别怕，他什么都做不了的。"

至于狐妖口中所谓的天狐一族，尤星越根本不信——倘或狐妖真的与天狐一族有关系，不至于还要巴结其他凶兽。

时无宴微微蹙眉，偏头看了狐妖一眼。

狐妖立即口舌僵硬，无法发出任何声音，他恐惧地看着时无宴：这两个妖怪到底是什么来头？妖市禁止互相争斗，他们就不怕被大妖知道吗？

尤星越用一旁漆壶里干净的水打湿手帕，递给老人。

老人连连道谢：“多谢！多谢！”

尤星越看着有些心酸，望向时无宴：“这只狐妖怎么处置？”

时无宴道：“我方才通知了程明浅。”

话音落下，整个草屋的房顶骤然被掀开，散去了草屋里的狐狸味。

程明浅出现在草屋门口，她蓝色的眼珠轻轻一动，扫过老人与狐妖。她唇角微微翘起来，笑道：“好，你胆子很大。”

穿着黄马甲的朱雀抱着手臂，暴躁道：“拘起来！明日拉到妖市中心剥皮。妖界第一次举办妖市，竟然就有妖怪敢违背往复与大妖们定下的规矩，真是找死！”

尤星越左右看了看：“程局长，能找一个会看病的妖怪来吗？”

程明浅：“嗯？我叫了呀！”

时无宴道：“在门外。”

说着他让过身体，只听见门外传来一个声音：“小黄鸟！你堵门干什么？”

刚刚还很暴躁的朱雀默默走开两步，紧紧贴在草屋墙壁上。一个瘦小的女妖走进来，她捋了把火红的头发，走到老人面前，把了一会儿脉，道：“被妖气侵蚀得厉害，既然是妖族害了你，总归是要赔你的。”

女妖从贴身荷包里取出一颗丹药，要喂给老人。老人却被这阵仗吓到了，一时反应不过来。

尤星越柔声道：“我来吧。”

老人迟疑道：“我能吃这个？”

尤星越道：“您放心，能吃的。”

见老人还是很胆怯，尤星越以为他被害得多了，有戒心，正要说话，老人羞愧道：“我还不上可怎么办？”

尤星越失笑：“不用您还！妖怪犯了事，这笔账要这只狐妖来还。我也算是人类，您安心好了，等您养好身体，我们就送您回到人间。”

老人迟疑道："真的？我还能回去？"

老人抱紧怀里的一样东西，激动得语无伦次起来："我竟然还能回去！我在这里喝漏下来的水，吃地上的草，等的就是这一天啊！"

他怀里藏着一件硬物，闪着很微弱的灵光，是个产生了器灵的器物。正是这个器灵，让老人在狐妖的虐待下保住了的性命，不过器灵自身也因此衰弱了不少。

老人泪流满面："熬了这么多年，终于能回家，这些家传的手艺和宝贝也有传下去的机会了。"

尤星越看着地上东倒西歪的漆器，一时有些沉默。

第18章 漆器

虽然吃了丹药，但是老人的身体还需要一段时间来恢复。吃下丹药后，老人就陷入了昏睡。

即便是半昏迷的状态，老人依然紧紧抱着怀里的器灵。老人要被转移到妖市的办事处休息，尤星越暂时没有继续逛街的兴趣，索性陪着老人一起去了办事处。

狐妖被打回原形，由穿着黄马甲的朱雀拎走，尤星越隔很远都能听到狐妖的求饶声。

老人在办事处沉睡的时候，丹药持续发挥效力，一炷香的时间后，尤星越感觉到老人的生命体征渐渐平稳下来，器灵艰难地收回了自己的力量。

尤星越收回视线，没有去动老人怀里的器物，而是在一旁小心整理带回来的漆器。所谓漆器，是用漆树汁液作为涂层的器物，作为日常用具有防水防腐蚀的效果，且极具观赏价值。漆器工艺在瓷国有悠久的历史，不同朝代因审美不同，推崇的漆器风格也不同。

从狐妖手中带回来的漆器工艺复杂，器物本身华丽精美。有一只雕漆的红色梳妆盒，其色如朱砂，两个手掌大小的盒盖上竟然刻有近百朵牡丹花，两只硕大的凤凰翱翔其中。其中还有黑漆大盘，螺钿描金，富贵至极。

漆器有如同金玉般的光泽，具有相当好的防腐防潮的效用，调色多为红黑两色。漆器本身质感古朴，如果以雕漆、堆漆、款彩、螺钿等工艺加以修饰，则有奢华艳丽的视觉效果。

恰如瓷国几千年的历史，因其悠久而厚重，又因其多样而绚烂。

漆器工艺之精美，令人惊叹不已。否则毫无灵力的小东西，怎么能吸引到大量妖怪呢？

身负这样的手艺，难怪老人一定要将之传承下去。

程明浅看了看道：“既然你在这里陪着，我也就出去逛街，啊不，巡逻了。对了，那人类怀里有个器灵，等它醒了，你问问是留在妖界，还是被你不花一分钱带到不留客。”

尤星越：为什么要强调是“不花一分钱”？

程明浅道：“这个人类肯定是要回去的，户口方面的话，总局那边会跟人类警方协调。至于此人与狐妖之间是否还有其他纠葛，你可以问清楚。”说完，程明浅转身出去了，走到门口的时候又折回来，“缺什么可以叫往复去要。”

尤星越扶了下眼镜，将褙子脱下来，时无宴接过褙子挂在衣架上。

尤星越道：“无宴，能帮我借两柄刷子来吗？我想把这些漆器简单清理一下。”这些漆器并没有经过很好的保养，有些已经开裂，裂缝里嵌着草屑和灰尘。尤星越看了看榻上蜷缩的老人，自己引以为傲的作品受到这样的对待，是一种对手艺人傲气的折磨。

时无宴点头：“要什么样的刷子？”

尤星越笑道：“只要是毛刷就好，稍微柔软一点。”

时无宴若有所思，起身出门：“我一会儿就回来。”

不多时，时无宴背着手走回来，尤星越抬头：“怎么了？”

时无宴摊开手，手心有两支小刷子，杆子似乎是白玉材质，刷头的毛竟然是红白色的。

尤星越接过刷子，轻轻拨了下刷头，触感柔软甚至隐隐有些发热，尤星越道：“看着像用来上妆的刷子。”

时无宴道：“是凤凰夫人的香粉扑。”

尤星越闻了闻，有一股淡雅的味道，却看不见香粉的痕迹：“这是什么毛？”

时无宴歪头想了想：“是她丈夫的尾羽。”

尤星越神情复杂，他想起妖市上卖自己儿子毛的羊妈妈，你们长毛的神兽妖怪都这么方便的吗？尤星越默默拿起刷子，轻轻扫去漆器上的灰尘。

时无宴安静地坐在他身边，看了一会儿，拿起另一支刷子有样学样，清理漆器。

尤星越擦完一个漆盘，长榻方向传来虚弱的声音："是你救了我们？"

那声音听着很清越，是个少年嗓音："你是……人类还是妖怪？"

尤星越放下手上的漆器："我姑且算是人类吧。"

他转过脸，只见一个半透明的器灵坐在长榻上。器灵看上去只有六七岁，顶着一张包子脸，对着尤星越一抱拳，说起话来老气横秋："多谢你仗义出手！我被狐妖囚禁许久，全身上下没有一件值钱的东西，请恩人留下姓名，我日后一定报答您！"

尤星越莞尔："不用这么客气。对了，妖界这边的大妖让我问问你，你是打算留在妖界，还是去人间？"

器灵回头看了看老人："在下严漆之。我们严家几代都是做漆器的，严复白……就是这个老头，他和我都想把这份手艺传下去，所以我们想回人间。"

器灵很虚弱，维持人形都十分吃力，形体几次模糊。

时无宴起身，点了一颗香丸，浓郁的灵力随着香丸燃烧迸发，器灵透明模糊的灵体得到滋养，下一刻就要变回原形的灵体稳固下来。

严漆之获得了足够的灵力，将自己的灵体稳固下来，从稚嫩的儿童模样变成了十来岁的少年。

严漆之感激道："我实在是不知道怎么报答你们才好。"

要不是这两位素未谋面的侠士仗义出手，严复白说不定撑不过一旬。

尤星越斟酌道："不知道你听说过不留客吗？"

严漆之精神一振："自然听过！我们这些有些年岁的器灵，谁没有听闻过不留客的大名？听说老板们能见到凡人妖怪都不能见到的'线'，契约之下，留住了不知道多少器灵快要消散的灵体。难道您认识不留客的老板？"

尤星越道："我就是。所以你有没有兴趣……"

严漆之惊喜道："在下愿意将自己的弟妹以身相许！"

弟妹？尤星越知道一些家族传承的器灵会将自己视作家族内的人，难道严漆之真的有个弟妹？等等，弟妹不是弟弟的爱人吗？

尤星越下意识看向时无宴，时无宴很困惑地蹙起眉。

尤星越："不可！现在不流行包办婚姻！"

严漆之先是愣了一下，随即疯狂摇头："不不不，在下的弟弟妹妹是不能化形的小器灵，还不会谈情说爱，我只是说想将两个孱弱的弟妹托付给不留客，找一个有缘人。”

一时间，室内一人一器灵，竟然说不出谁更惊恐一些。

尤星越松了口气，他有点尴尬，幸好他表情管理到位，清了清嗓子后，道：“原来如此，是我误会了。不过以身相许这个词有些不太合适，毕竟这个词指的是嫁给心上人。”

严漆之恍然大悟：“这样吗？原来以身相许这个词竟是如此含义？”

尤星越心累：这么大一个器灵，历史悠久，底蕴绵长，竟然是个小文盲。

严漆之有些心虚，强撑着解释道：“我们手艺人……醉……醉心技艺。”

尤星越柔和地笑道：“我懂。”才怪，自己不看书，拉其他手艺人下水。

严漆之松了口气，他回身取出自己的本体。

严漆之果然是一只漆器——他的本体是一只百宝嵌漆盒！所谓百宝嵌，是用珊瑚、翡翠、水晶、玛瑙、和田玉等多种宝石进行镶嵌雕刻，在器物表面完成花纹装饰。而严漆之的本体，是一只黑漆镶珍珠、绿松石、青金石、象牙、珊瑚的首饰盒。用各种珠宝绘制梅兰竹菊四君子的图案，螺钿勾出了翻飞的蝴蝶。黑漆大气朴拙，衬得铺在漆面上的宝石光彩照人，跨越千百年，闪烁着瓷国工匠超凡的工艺和极致审美的追求。

严漆之打开自己的本体，里头并没有钗环首饰，而是一只等比例缩小的百宝嵌黑漆首饰盒。

这只首饰盒比严漆之的本体小了一圈，雕刻镶嵌的技艺却完全不输，因为小，更显得玲珑可爱。

严漆之有些得意：“这是弟弟。四面做如意云纹，盒盖为牧羊图。”他示意尤星越伸出手，随即将小首饰盒放在尤星越手心。

这是木胎漆器，触感温润光滑。尤星越能看到小器灵在漆盒内轻轻挪动。小器灵形成不久，灵力虚弱。

尤星越手心聚起一团灵力，慢慢温养着器灵。

严漆之轻手轻脚地打开小木盒，里头竟然还有一个更小的百宝嵌黑漆首饰盒！严漆之小心翼翼地将最小的首饰盒取出，放在尤星越另一只手的手心，他唇角翘起来，带着一种说不出的骄傲：“这是妹妹，只有两寸长宽，嵌珍珠、青金石、玳瑁、水晶，盒盖刻万紫千红，共一百朵花、一百只蝴蝶，四周为缠枝纹。”

再如何小，花叶却清晰可见，如此小的盒面，竟然能有一百朵花？最小的漆器首饰盒脱离了哥哥们的保护，却感受到了更柔和清澈的灵力呵护。

严漆之眉梢眼角的骄傲盖都盖不住：“听闻不留客奇珍无数，老板，你看我这对弟妹当不当得起‘古今奇玩’四个字？”

尤星越小心托着这两只小小的漆盒，几乎能透过这无比精美的图案，看到那伏案做漆器的老工匠。

何等手艺！若是就此失传，不能使后人见证，又是何等可惜？

严漆之傲然道：“我为父亲亲手所做，传承漆器手艺义不容辞，当为严家鞠躬尽瘁，死而后已，故而将孱弱弟妹托付给老板，望老板怜之爱之，为他们找到合适的有缘人。”

尤星越有被感动到：“果真是手足情深，你这会儿连成语都用对了。”

严漆之一定很疼爱自己的这对弟妹。

严漆之的弟弟妹妹形成灵智的时间较短，灵力微弱，原本是可以开口说话的，但是现在衰弱得厉害，无法言语，只能向尤星越传递情绪。舒缓的，轻柔的情绪。弟弟的情况比妹妹好一些，短时间内稍加呵护可以养回来。

严复白用自己的身体保护着严漆之，而严漆之也用自己的本体保护着两个脆弱的器灵，尽管严漆之已经拼尽全力，但是两个小首饰盒的器灵还是很虚弱。

器物并非天生有灵体，要在漫长的岁月中与其他生灵接触，才有可能诞生出灵智。而弱小的器灵灵体并不稳固，所以在彻底修炼出人形之前，需要保持与生灵的联系，否则会逐渐消逝。故而严漆之毫不犹豫地将两个小器灵托付给尤星越，他知道将弟妹保全到现在已经是好运，而不留客会给弟弟妹妹更好的前程。

尤星越托着两个小漆盒，他抽出一部分线的力量融入灵力，缓慢滋养着孱弱的器灵：“我一定会给他们找到最合适的有缘人。”

“对了，”严漆之收拾好心情，“那只狐妖在什么地方？要怎么处置他？”

尤星越道：“妖界禁止带凡人入内，狐妖触犯了规矩，已经被拖出去问罪了。你与他……是有什么恩怨吗？”

禁止妖怪将人类带入妖界可是大妖们一起制定下的规矩，狐妖到底为了什么东西，敢违背规矩？这可是妖界，死了之后大妖们还能去灵界与灵王们打招呼，其他的小妖那可真是没什么好日子。

严漆之咬牙冷笑道：“我跟他没什么恩怨。您知道，器灵们多少都有些特殊的本事，而我……”严漆之犹豫片刻，“我能点石成金，那些变出来的金子还有一些很微弱的灵力。当年严家用这金子和妖怪们交换一些别的东西，攒下了不少的家底。”严漆之敢这么直接说出来，是因为很清楚不留客的老板身份非凡，看不上自己那点东西。

尤星越都惊住了，他下意识看向时无宴。

时无宴道：“修为精深，可以凭空变出实物，点石成金不算稀奇。”

虽然对于大妖来说，金银是没有用处的东西，他们也不会无端变一些金银扰乱小妖们的生活，但小妖怪们时常与人类打交道，日常买卖依然使用金银铜，而金银更是在人类和妖怪间广泛流通的货币。

见尤星越吃惊，严漆之知道尤星越误会了，解释道：“两百年才能变一两金子。”

尤星越：这效率不太行。

严漆之生气道：“那狐妖是我旧友的朋友，当年严家落难，我和严复白九死一生投奔旧友，没想到旧友转头出卖了我们，将我们扔给了狐妖。那狐妖精明归精明，却十分没有见识！他竟然以为点石成金是法术，非要我将法术教给他。我辩解了无数遍，这就是一种能力，我教不了他，他也学不会。”

器灵们虽然孱弱，却大部分都有“金手指”——例如紫檀作为发簪，能使头发乌黑柔顺；超薄作为电脑，网速极快还能顺着信号到处跑；金蟾和貔貅都是招财的灵物，这一点不必多说；戚知雨和屠龙同为刀灵，只要器灵存在，便不会生锈，且锋利异常；灼灼作为小马，虽然不能一日千里，却有接引阴魂的本事，这与秦飞眠母亲的寄托脱不开关系；至于兰茵……兰茵尤其擅长结界之术。

器灵们的本事多种多样，往往与自己本体的用处或者内心执念有关。这很像一种自我保护机制，因为器物刚诞生出灵智的时候器灵难以移动，作为器物又有被更新换代的危险，所以会生出一些本事，确保自己可以留在主人身边。这种本事类似于本能，很多器灵自己也搞不清原理，如果问起来，只能说一句：“不知道啊，我就是知道要怎么做。”

严漆之也一样，他就是会，却不能教，因为他自己也说不明白，点石成金于他而言就是一种本能。

尤星越道：“难怪他要冒着风险带你来妖界。”精明的狐狸也未必有长远的眼光，狐妖一时贪婪，将严复白和严漆之带到了妖界，也给自己带来了灭顶之灾。

严漆之道："老板，你们要怎么处置那只狐妖？"

尤星越道："可能扒皮抽个筋吧。"

严漆之狠狠道："我一定要亲眼看到，方能解我心头之恨！"说这话时，严漆之和严复白手腕上的黑线骤然一亮。

时无宴道："你既然想去看，一会儿去和办事处的管理说一声便可。三日的时间里，丹药的功效可以发挥到极致。等你的朋友养好身体，我们会送你们回到人世。"

严漆之用力点头："大恩不言谢，他日我必结草衔环，挟恩图报！"

尤星越轻抚两个懵懂的器灵，他头都不抬道："挟恩图报不是这么用的。"

严漆之："……哦。"

安置了严漆之和严复白，尤星越将两个小器灵带回了客栈。他体内有线的力量，能维持器灵的魂魄。回到客栈之后，尤星越捧着两个小器灵，感觉两个柔软的魂魄逐渐稳固，才轻轻放下漆盒本体。

弟弟已经能说话了，器灵贴了贴尤星越的手背："谢谢。"

尤星越笑了笑："不客气。"

弟弟鼓足勇气道："可以把妹妹放进来吗？"

尤星越一愣，欣然点头："当然可以啊。"

他打开弟弟的本体，将妹妹放进去。

弟弟道："我也是哥哥，我也会保护妹妹。"

在尤星越的视线里，作为哥哥的器灵一下抱住了还不能说话的妹妹。尤星越眼神柔软下来，将两个器灵放在包里，遮住客栈里的灯光，好让两个提心吊胆了许久的小器灵好好休息。

这间上房分为内外两间，月亮门后是卧室，内外间用珠帘做了隔断。尤星越撩开珠帘去浴室洗澡，他洗完出来，时无宴正好回来。

尤星越头发还是湿的，发尾的水滴落在睡衣衣领上，印出一片小小的湿痕。尤星越一边擦头发一边道："回来了？"

时无宴关上门，撩开珠帘走进内间："嗯，刷子已经送回去了，她也收了你送的谢礼。"

尤星越感觉擦得差不多了，放下毛巾："那就好。凤凰毛虽然不沾灰尘，但是毕竟扫过漆器了，恐怕不能用来沾香粉了。"

尤星越坐在软榻上向时无宴伸出手，笑吟吟道："你怎么站那么远？不是说要教我袖里乾坤的法术吗？"

尤星越的睡衣是衬衫款式，质感绝佳的布料也柔化了尤星越——他原本是温和的，现在却是柔软的。这是一种很亲密的、不向外人展露的柔软，他在时无宴身边很放松。

尤星越仰起头，他戴着金属细框的眼镜："我还特别换了一身有袖子的衣服。"

时无宴道："袖里乾坤分为许多种。装死物是最简单的一种，星越今晚一定能学会。"

他教得认真，尤星越专心学习。其实对于尤星越而言，最大的难点并不是领悟法术如何施展，而是学会用线的力量替代灵力，尤星越试了几次，都失败了。

又一次失败后，尤星越若有所思道："我是不是太拘泥于线的形式了？"

和灵力不同，线天生就是有形状的，是一个拉长的条状物。但是线又可以融于尤星越的身体，那就证明线的形状可以改变。

时无宴道："因为在星越眼中，线就是线，想要改变一种根深蒂固的认知，总是很难的事。"

尤星越豁然开朗："对，我为什么总觉得它一定要是线呢？"尤星越指尖聚起一点线的力量，在袖口画出时无宴教的阵法，这一次，他感觉成功了。他将珍珠手串放进袖子里，惊喜道，"成功了！"

时无宴展颜："好聪明。"

尤星越将手串戴在手腕上："我还给你准备了礼物。你闭上眼睛！不许偷看！"

时无宴一怔，随即顺从地闭上眼睛："嗯。"

尤星越从行李箱里取出之前就准备好的香囊，站在时无宴面前："手伸出来。"

时无宴闭着眼睛，微微歪头，将手摊开："可以睁眼了吗？"

"可以。"

得到允许，时无宴睁开眼睛，只见一片翻飞的蝶贝从如意纹的香囊里倒出来。蝶贝碰在一起，响起清脆的声音，这些蝶贝全都是星月的形状，在灯光下折射曼妙色彩。

星蝶月贝，细腻生光。

尤星越笑道："天上星辰我摘不下来，只好用蝶贝代替了。正好算是出师礼。"

时无宴眼睛微微睁大。

有时无宴这样好的老师在，尤星越学起各种法术得心应手。

妖市一共三日，尤星越勤勤恳恳地进了三天的货。第二天下午的时候，饕餮一家带着不留客他们来了妖市。两群人碰了面，在妖市的饭馆里吃了顿饭。

尤星越和不留客说了严漆之的事，他从严漆之那里留了一件犀皮漆的梅花捧盒，其余的漆器都没有留下。

犀皮漆器是漆器的一种，又有虎皮、西皮的别称，因其特殊的纹理而得名。这只捧盒花瓣状，红色为主，纹理为金色，纹路在阳光下仿佛能款款流动。在这只能放瓜果的捧盒的衬托下，严漆之的弟弟妹妹像两个没长成的小娃娃。这两只小的首饰盒只有小名，弟弟叫如意，妹妹叫缠枝，取本体上的纹样作为小名。如意和缠枝只有一点大，被一众人围观，十分害羞地往尤星越手心缩了缩。

屠龙几乎凑到兄妹两个跟前，道："不得了不得了，我在宫里那会儿，皇帝老儿手里的漆盒都未必有这么精致呢！"

严漆之也在，闻言得意道："那是自然。皇宫里的贡品未必是最好，如意和缠枝是我父亲技艺巅峰之作，即便父亲在世也不能再做出这样一对首饰盒了。"

陶桃道："这么小，能装什么呀？"

严漆之挠头："装戒指或者口脂这些东西。"

陶桃"哦"了一声："感觉一口就能吃掉了。"

严漆之吓得赶紧抱住如意和缠枝。

小饕餮啃啃筷子，连忙解释："我就是形容他们很小，不会吃器灵的！"

尤星越忍着笑意："别怕，姐姐不会咬你们。"

小饕餮对物品大小的概念，完全取决于物品能不能一口塞进她的嘴里。

超薄则着急道："老板老板！快把电池拿给我。"

尤星越放下电池："走得太急了，忘了把电池给你。我看你还是满电，这几天在哪里充的电？"

超薄痛苦道："陶桃找雷神劈了我一下。"

妖界雷神，人首龙身，是生于大泽中的神兽，擅长操纵雷电。

陶桃比了个一点点的手势："浅浅劈了一下，还是通过充电器劈的，控制了电压。"

超薄绝望道："浅劈也是劈啊！"

几个器灵都向超薄投去同情的眼神：电器成精实在是太艰难了。

精怪们都不太喜欢雷电，超薄平时充电就算了，毕竟有插座插头，他自己也看不到电流，但雷神可是全身上下都围绕着雷霆。而超薄作为器灵中唯一的电器，需要直面恐惧。超薄亲眼看着那人首龙身的雷神伸出尖锐的指甲，放出雷霆劈在充电器上，那一刻，超薄感觉自己到了生命的尽头。

戚知雨道："所以你要好好修炼，不然以后遇到停电或者出远门，都不一定能找得到劈你的神兽。"

超薄所需要的电量不多，一般的神兽妖怪还真控制不好量。

时无宴道："若是修为精深一些，便不必四处求人。"

超薄小心翼翼道："那我大概要修炼多久？"

时无宴略微思索："一百年？"

超薄"啪"的一下黑屏了。

尤星越若有所思道："你们说，世界上有没有一个成精的充电宝？"

超薄的屏幕突然亮起。

说着，尤老板轻轻拍了下电池："从今天起，你每天都用灵力养一养它，说不定就能养成一个器灵。"

超薄信以为真，欣喜道："谢谢老板！我一定好好督促电池成精！"

器灵们：假的吧，老板你是不是在骗人？

超薄怜爱地贴了贴电池："你要好好成精哦。"

妖市结束后的第二天，尤星越一行回到了古玩店。

妖界和人间只有两个多小时的时差，尤星越中午从妖界走，人间才刚过下午一点半。一回到古玩店，尤星越就坐下来和不留客一起收拾东西。

戚知雨看到满地的东西，吃惊道："老板，你也买了这么多？"

还以为只有不留客买了很多东西。

超薄惊叹："就跟去批发市场进货了一样。"

尤星越看着满地的东西："好像是买得有点多。"

从神兽夫诸那里换下来的整对角，夫诸形如白鹿，头生四角，是喜爱水的神兽，也善于用水，据夫诸本神兽说，这对角比空气加湿器强上一万倍；拂尘，用孔雀毛搓成线做的拂尘，该不愿透露姓名的孔雀仙作为极度洁癖者和颜控，白送了尤星越这支拂尘，悬挂在室内有避尘的功效……妖怪们的特产奇奇怪怪，尤星越不知不觉买了许多。

不留客是这间古玩店的化身，他可以自由取用库房里的一切东西，所以虽然和尤星越一样没带钱，但是他用库房里的东西换了不少。

超薄随口问："老板，这么多东西花了多少钱？"

尤星越一愣，下意识看向时无宴。里面有几件特别的东西是他用线换的，其他则是时无宴付的钱。

时无宴道："不多，你喜欢就好。"

尤星越和不留客收拾了一会儿，刚腾出能走路的空间，古玩店的门就被敲响了。超薄正要看监控，时无宴已经起身打开了门。

尤星越："谁呀？"

时无宴侧身，让门外的人进来："是非人类规划总局和严复白几位。"

严复白精神好了许多，人也硬朗了，说起话来中气十足："尤老板好！"

尤星越失笑："别这么客气。您千万别鞠躬，我不敢当。"

尤星越泡了几杯茶，请他们坐下。

非人类规划总局下来的也是个狐妖，双手举过头顶接过了尤星越泡的茶。

尤星越笑起来："别拘束，手续什么的都办好了？"

严复白是人类，吃过丹药后身体基本恢复，比一般的老人还要强健一些。

狐妖连忙道："是的是的，都办好了。该有的证都有，严老爷子以前就是漆器大师，我们专门给他做了个认证。"

严复白感慨道："多亏了老板和大仙们出手相助！不然我这把老骨头就要死在那边了！"如今还能重回人世，已经是万幸。

严复白和严漆之回到人间后，跟着去了非人类规划总局。他今年七十一岁，四十六岁的时候被狐妖囚禁，如今二十多年过去，人间天翻地覆，严复白需要一段时间来适应新的时代。

有严漆之在，严复白关于妖怪的记忆也不需要清除。

尤星越道：“您打算以后怎么办？”

严复白脸上有些喜气：“我打算去严家。我几个兄弟姊妹都在颍江市，说是孙子在这里念大学，所以一家都搬来了。”

严家在当年也是大户人家，严复白有三个兄弟姐妹，后来家道中落，老宅也卖了。但严复白和严漆之对严家都有很浓重的归属感，所以决定回到严家。

严漆之道：“这趟来主要是专门向老板和大仙们道谢，以后若是有用得到我们的地方，您可千万要告诉我们！好让我们恩将……”

严复白连忙纠正：“倾尽全力报答大仙们！”

严漆之道：“对对。我们严家是做漆器的，您以后要是想要什么漆器玩意儿，我们一定第一个给您做，免费做！”

尤星越好笑地看了眼开口就是错误用词的严漆之：“那就请两位继续发扬传承漆器文化吧，这就是对不留客的最佳报答。”

严复白眼睛湿润，他抹了下眼睛：“我们会的！一定会教导底下的孩子们，收弟子传承我们的漆器手艺。”

尤星越又取出如意和缠枝，让严漆之好好和弟弟妹妹告别。严漆之看着活泼许多的如意和缠枝，知道自己当初的决定是正确的。他笑着摸摸两个小盒子：“在老板这里要乖乖的，别捣乱。”把如意、缠枝放在老板这里，他们的灵体一定能尽快稳固。

因为严家离市区远，坐车得好几个小时，所以严复白和严漆之没有久留，聊了一会儿后便告辞了。临走的时候，尤星越回卧室待了一会儿，出来的时候手里拿着一个礼品盒，郑重地放在了严漆之手上：“这是礼物。”

严漆之更感激了，连连道谢。在不留客一群人的目送下，严漆之和严复白来到停车场。刚刚坐上车，负责送他们回严家的狐妖就开始唠嗑：“没想到你们和不留客的交情这样好呢！”

严复白道：“不敢谈交情，是我和漆之受了老板的大恩大德。”

狐妖道：“我听说害了您二位的也是狐妖？我可不是给狐妖洗白啊，就是说什么族群都有好有坏，您可千万不要记恨我们狐妖一族。”

严复白道：“当然不会！我们做人的，难道就没有坏人了吗？当年我严家落魄，就是被亲友背叛谋害！”

狐妖松了口气，听说这次闯祸的是狐妖，他心里还很担忧自己族群的名声来着，没想到人家这么明事理，他也就打开话匣子："可不是！而且我跟那狐妖的关系可远着呢！我们都不是一个品种。"

严复白敬畏道："难道您就是传说中的九尾狐？"

狐妖赶紧道："那倒不是，是藏狐。藏狐您晓得不？脸方方的，住在高原地区。人类可喜欢我们了，给我们做了好多表情包。"

严复白惊叹："原来高原地区还有藏狐。"

他们说话的时候，严漆之拆开了包装很严实的礼品盒。

严复白看过去："老板送了你什么？"

严漆之小心打开盒子："不知道呢，包装得可好了。"

盒盖慢慢掀开，露出一本精装书。严漆之只看了一眼，就飞快盖上了盖子。

为什么会送成语词典？

严家世代都是做漆器的，从严漆之有灵智开始，严氏就是当时极负盛名的漆器世家，漆器多送入宫中，作为贡品。

狐妖开着车，听着车后座上严复白与严漆之聊天，敬佩道："原来严家这么有底蕴啊。"

严漆之撇嘴："有底蕴也没用。到严复白这一代，兄弟姊妹三个人，加上堂兄妹一共七个人，就严复白一个有能力的。上一代也没好到哪里去，早就没落了。"

有些时代，甚至找不出一个有能力的继承人，但是贡品还是得送，因为严家的名声早就传了出去，历年都要上供漆器。一旦家族里没有能成事的人，严漆之就会送一些自己做的漆器作为贡品。不错，严漆之不仅仅是个器灵，他还是个漆器大师。

严复白不好意思地笑笑："其实大哥的手艺不错，只是还不能入你的眼。"

他今年七十多，在严漆之这个传家宝物面前依然像个没长成的小孩。

严漆之道："严建安还凑合吧，他太死板固执，像你那个没有出息还犟的亲爹。"

狐妖道："没办法，人类嘛，太短暂啦。我们妖怪神兽里善于炼器的大师们能活好久呢，所以不存在什么断传承的问题。"

严漆之有些沉默。是啊，人类的寿命真是太短暂了。严漆之心情沉重地叹了口气，翻开不留客老板送给他的成语词典，埋头苦读——此时此刻，突然发现自己竟然是严家漆器技术传承的希望。

作为希望……严漆之深深吸气，他必须好好学习！先从成语开始吧。

严家大哥的家驱车需要四五个小时才能到。严复白和严漆之二十多年没有接触过外界，提供不了具体信息，所以严家大哥一家的位置是非人类规划总局内精于演算的大妖掐算出来的，压根没走人类的途径。非人类规划总局提前发了信息给严家大哥，得到对方准许之后，才将一人一器灵往严家大哥家里送。

此刻一家住户楼，一家老小全都等在客厅里，气氛僵硬。

“爸，”中年人打破安静，不情不愿道，“你真的要接小叔回来住？”

坐在沙发上，精神矍铄的老人眼睛一瞪：“不然呢？你小叔一辈子没娶老婆，他好不容易回来了，不住家住什么地方？”

老人就是严建安，一早接到总局的电话，还和弟弟通了电话，当即拍板决定把弟弟留在家里。

中年人不情愿道：“家里没地方了。”

另一个中年人虽然不敢说话，但表情也透露出明显的抵触。

严建安看着自己的两个儿子，冷笑道：“不够？那你们就给我搬出去！这房子是我买的，我乐意给谁住给谁住！轮得到你们不痛快？”

小儿子不服气道：“那怎么不让小姑接到家里去住？”

他还没结婚，住在家里，这小房子多住一个人，他都难受！

严建安眼睛瞪得更大：“嫁出去的女儿泼出去的水，哪有弟弟住在出嫁姐姐家里的？我是家里的大哥，照顾弟弟妹妹是本分！”

严建安是传统的大家长作风，两个儿子从小被他严格要求着长大，吃了不少棍棒，很怵这个亲爹，被骂了几句后便不敢说话了。

七点多，在严建安的期盼中，门铃终于响了。严建安平常装模作样的拐杖都丢了，几乎是健步如飞地上前打开门，一眼就看到了自己的亲弟弟：“复白！真是我们家复白！”

严建安心痛道：“你怎么瘦成……这样了？你这些年过得还行？”仔细一看，弟弟根本不是想象中受尽委屈的样子啊。

严复白吃的丹药称得上神丹妙药，养了几天后，看着比同龄的老人还要年轻一些。

严建安挂在眼眶上的眼泪掉不下来，和弟弟对视片刻后，他摇摇头："你啊，这么多年都去什么地方了？"

严漆之默默站在严复白身后。此刻他还没有回归巅峰状态，故而一家人里除了严复白没人能看见他。严复白眼睛也红了，不过真实情况肯定不能说，他又不会撒谎，只好一个劲儿地笑。

狐妖笑呵呵地走上前，用早就准备好的说辞敷衍过去。什么误入了黑煤窑，在外漂泊多年，被好心人送到了派出所，几经辗转才找到家人。

严建安紧紧握着弟弟的手："你受苦了。以后就在家好好地住着，什么事都有大哥在。"

严复白道："谢谢哥。我的手艺还没丢，以后挣点钱糊口也够了，咱们严家漆器的名声在外……"他说着说着，感觉大哥的表情沉重了许多。

严建安羞愧道："我愧对列祖列宗啊！我这两个儿子没有一个能成器的，孙子们也不愿意学，说是挣不到钱。家里……家里现在已经没人做漆器了。"

严复白愕然："有文和有武现在都不学了？"

严有文和严有武同时避开严复白的视线。

大儿子严有文低着头："小叔，人是要吃饭的，现在买房结婚供孩子压力大。你看有武，买不起房，快四十的人了，还打着光棍呢。"

严漆之猛地睁大眼睛：严家传了这么多年的手艺，如今竟然没人学了？

严有武也跟着道："对啊。做漆器吃力不讨好，还不如打工呢。再说了，现在都有工业了，搞这些没什么用啊。"

严有文道："也不能这么说。现在年轻人都爱奢侈品，国外的定制联名款更火，我们都被淘汰了。"

你才被淘汰了！传了这么多年，怎么可能突然就断了？严漆之攥着手，气得浑身发抖。

狐妖轻轻叹了口气。作为没有大族群的妖怪，狐妖其实不理解这种传承，但此时此刻，看到严漆之的表情，狐妖还是生出怜悯。

一通安排之后，已经是深夜一点多。狐妖留下了几个大行李箱，里面都是各种漆器。帮忙包装的妖怪也很爱这些华美的器具，打包得十分仔细。严复白坐在小凳子上，看着摊开的行李箱，却没有心思收拾，只是疲惫茫然地发呆。

严漆之蹲在地上，慢慢抚摸着漆器。这些漆器里，有些是他亲手所制，堪称杰作，而此刻……

器灵明明没有眼泪，可是严漆之此刻却很想哭。

古玩店收拾了整整一夜，次日请了家政大扫除，第三天才开门营业。一开门，店里涌入了不少客人。

游客将古玩店列入打卡清单，熟客们则喜欢古玩店雅致的氛围，尤其是一些自由职业者，曾经开玩笑说要在古玩店办年卡，每天都来店里办公。

尤星越坐在窗边，托着脸："在外面玩够了再回家的感觉真舒心。"

时无宴一边帮尤星越泡茶，一边轻声回应："嗯。"

尤星越道："其实我打算在附近买房了，店里还是太小，不方便。"戚知雨可以跟他们住，这样那边的套间就能全腾出来给兰茵。

时无宴道："我都听你的。"

尤星越有点想逗他，手机却来了陌生电话，他愣了一下，接通电话。那头传来一个和气的声音："喂，请问是不留客的尤星越先生吗？我是市博物馆的副馆长卢韬，贸然给您打电话，实在是不好意思，主要是刚开完会没法直接过去，怕你出去了，所以急着打电话给您。您接下来没什么安排吧？我能耽误您几分钟吗？"

尤星越意外来电人的身份，客气道："您好，我就是尤星越。您有什么事尽管说，如果能给市博物馆帮上忙，也是我作为颍江市人的荣幸。"

卢韬感慨不留客的老板年纪虽然轻，说话却很周全："那我就厚颜直接说了——是这样的，春山花鸟图展出一段时间了，我们打算过一两月就结束展出。不过在此之前，我们想做一个大展览，借古董发扬传承传统文化。"

谈的是正事，尤星越唇边的弧度渐渐变得平缓，他一边听着电话，一边不时微微颔首，头发就会随着动作一跳。很认真，但不严肃，只是看着他，就让人心情平和。

时无宴就这么静静地注视尤星越。

"这次展览会预计规模较大，我们决定不仅展出春山花鸟图，还有馆藏的一级以及特级文物。一些收藏家如果愿意提供展品，这次展览一定会非常壮观。这次给您打电话呢，是诚恳地邀请您一同参与我们的活动，我们想从古玩店里借一些古董进行展览。您放心，真是借！我们想办一个融汇古今的展览。您知道，古董是文明的遗迹。而让我们很高兴的是，很多年轻人并没有遗忘我们的传统，甚至他们自己也在努力地传承，去复原。穿我们的民族服饰，那些簪娘、手作娘也做了古董的衍生作品，我觉得我们作为官方，有必要回应年轻人的努力。我们想通过这次的展览，让人们再一次为我们国家的文明骄傲，让颖江市这个人杰地灵的城市，焕发她古老的光彩。您不用现在就回答，我随时都在市博物馆等待您的答复，我诚恳地希望，您可以参与这一次的活动。”

半晌，尤星越展颜笑道：“这样的提议，我怎么能拒绝得了呢？”仅仅是听着，就已经心潮澎湃。

市博物馆会议室，工作人员轻手轻脚地放上矿泉水，小心退出去。会议室里都是颖江市很出名的收藏家，受到市博物馆的邀请来参加展览会议。联合办展是大事，而且联展的合作对象还是市博物馆，收藏家们多少有些疑虑。工作人员一走，收藏家们立刻开始交头接耳。

“听说这次不留客也会过来。”

“真的假的？听说不留客里全是好东西，他们肯来参展？我要是不留客老板，我就不愿意。”

“那你为什么跑过来？”

“我这不是想着宣传宣传传统文化吗？再说了，只是来看看，要是不对劲我就跑。”

“谁去过不留客？有网上传得那么神？”

“没去过。”

“好像上过好几次热搜吧？”

收藏家们面面相觑，惊讶地发现他们没人去过不留客。不留客开业不过几个月，虽然名声在外，但在老板的经营下过于像个网红店，网上打卡的照片满天飞，吸引了大量的年轻人。对于年纪较大的收藏家们来说，总觉得这家古玩店充满了奇怪的氛围：要说不靠谱吧，听说有几件国宝级别的藏品；要说靠谱吧，总觉得画风有哪里不太对的样子，据说还和游戏联动。

古玩圈的人年纪相对较大，毕竟能玩得起古董的年轻人不多。尤其是收藏家，大部分都是实业起家，虽然努力跟上时代的潮流，但和年轻人之间依然存在一定代沟。他们对网上铺天盖地的宣传将信将疑，这年头在网上造假的太多了，就算有兴趣了解，点进博览的话题，也不能适应花哨的页面。多方原因相加，不留客虽然有名到连他们这些中老年人都有所耳闻，但他们到底不怎么了解。他们连不留客的老板长什么样都不清楚呢。

几个收藏家坐了不到两分钟，会议室的门被人推开，一个戴着眼镜的年轻男子走进来。尤星越今天接到市博物馆的邀请，和市内的收藏家们开个会，商量一下联展的事情。这是古董联展，如果真的办起来，必然是颖江市的盛事，不只是市博物馆，政府上下都很重视。因为重大，所以前期准备工作十分多，如何说服收藏家们借出藏品是重中之重。

今天这次会议，就是将所有受邀的收藏家都聚集起来，做个动员大会。尤星越之所以也来开会，最大的原因是只有尤星越一个人给了肯定回复，市博物馆方面希望尤星越能到场，给其他收藏家们吃个定心丸。

尤星越在长桌旁坐下。他身边是个五十多岁的男人，打扮简单，他以为尤星越是市博物馆的联展负责人，笑着搭话道："你好，我是付南，平常喜欢收藏一些书画作品。"

尤星越放下手里的笔记本电脑："你好，我是古玩店不留客的负责人。"

付南顿时睁大眼睛。不仅是他，会议室里其他人都看向了尤星越：这就是不留客的老板？看着可真是个文化人。

尤星越温和的气质很唬人，被这么多人看着也不慌，笑吟吟地对他们一点头。

付南下意识摸了摸啤酒肚："真是青年才俊。你是真的打算参加联展？准备送什么东西过来？"

联展对收藏家们来说也是个提升名气、互相交流的好机会，关键是这次联展牵头的是市博物馆，叫收藏家们心里发怵。

"还没定下来呢，这不今天来开会。我阅历不足，也得抓紧机会，向前辈们学习学习。"尤星越话说得好听，几个收藏家们脸上都露出笑容，和善地向尤星越搭话，只不过作为收藏家，难免有点炫耀攀比的意思。

"我喜欢瓷器，听说不留客收藏了不少钧瓷？有空一定去看看。"

"我那古钱币比较多，有一套从殷朝时期到近现代的钱币。"

"论起书画收藏，这里付南兄为首，有付南大哥在，我可不敢托大。"

"我可能是我们这群人里唯一收集漆器的。贵是真的贵，美也是真的美！"

尤星越不时回答两句，大部分问题都是轻描淡写地带过去，渐渐地，收藏家们开始互相聊天，忘了尤星越。尤星越拧开矿泉水喝了一口，低头给时无宴发信息。

不多会儿，卢韬副馆长急匆匆过来，进门先赔罪："不好意思，刚才上头下来协调工作，实在是走不开，让各位久等了。"卢韬说着话，往尤星越身上看了一眼，立刻放下心——有尤老板在，这些收藏家们肯定能放下心参与联展了，毕竟谁能有不留客宝贝多？收藏家们纷纷表示不介意，他们就算有什么想法，也不会明面上说出来。

卢韬清了清嗓子："那我就长话短说，开门见山了！这次请大家大老远过来，是因为想办一个联展……"

这位副馆长是个做实事的人，说起话来条理清晰，态度诚恳。不仅如此，卢韬很清楚收藏家们的疑虑，在藏品的保存以及最后归属等方面做了郑重的承诺，还提出签合同等条件。而底下的收藏家们既然来了，就是有同意的倾向。果然，在卢韬多次承诺下，收藏家们的态度渐渐转变。

市博物馆的名声很不错，以前也有办过小型联展，确实没出过糟心事。而尤星越之所以能一口答应参与这次联展，主要还是没人能昧得下古玩店的东西——戚知雨已经思考要不要把自己放进展览了。

卢韬歇了口气，笑着示意尤星越，给收藏家们吃最后一颗定心丸："这位是不留客的老板，目前也是咱们颍江市很出名的'景点'，哈哈哈……大家可以在网上搜一搜，有许多的外地游客专门奔着不留客来颍江市，对咱们颍江市的旅游业带来了正面的影响。尤先生已经答应借出藏品，大家可以多多交流。"此言一出，几个收藏家看向尤星越的眼神有了轻微的改变——卢韬副馆长这段话可是单独拎了不留客出来，还夸了这么长一串，难道这家网红古玩店真的名副其实？

收藏家们看向尤星越的眼神都带着好奇，付南主动道："咱们吃过饭去店里看看吧。我住在底下县里呢，平常也忙得很，难得同好们聚一聚，都去老板店里参观一次，老板不介意吧？"

尤星越无可无不可，笑着道："好啊，能有收藏大家来我们古玩店参观，实在是一件幸事。"

卢韬笑着说了几句话，请收藏家们下楼去饭店吃饭，市博物馆一早在绘饮楼订了包间。

瓷器收藏家坐在包间里，闻着引人垂涎的香气，感慨道："绘饮楼的菜真是尝过就忘不掉，也是咱们颖江市的标志性企业。”

有人附和：“可惜贵宾卡一卡难求，我到现在都没能办到一张可以约顶楼的贵宾卡呢！”

顶楼是大妖和神兽们才能拿到的包间，自然不会向外开放。

卢韬笑着望向尤星越：“老板和陶先生好像有些交情。”

尤星越道：“陶先生的女儿和我弟弟是同桌，我们认识。”

付南凑过来：“尤先生还有个弟弟？干脆带孩子一起来吃饭。”

尤星越为难道：“这会儿在写作业，走不开。”

卢韬还指望不留客多借几个古董，立刻恭维道：“老板的弟弟可不是一般人物，别看年纪小，可是传统武术协会认证的大师呢！”

付南多看了卢韬一眼，心想：怎么总感觉这位副馆长处处捧着不留客的老板呢？

几个收藏家吃惊道：“我们都不知道呢！有视频什么的吗？”

提到家里小孩，尤星越稍微有了点兴趣，摸出手机：“有几个表演直刀的视频，在网上播放量还挺高的。”

收藏家们纷纷凑过来，只见尤星越点开了一个五千多万播放量的视频，收藏家们互相看了一眼：这叫播放量还挺高？这不是非常高吗？可见隐晦地炫耀小孩以至于有点“凡尔赛”这种事，就连尤老板也不能免俗。

整个视频观赏性更高，打得行云流水赏心悦目，兵器相接的声响如同乐章，让观看视频的人在屏幕外都热血沸腾。视频最后半分钟，两人结束了对招，互相行礼。

漆器收藏家吃惊道：“这不是隔壁省武术协会的副会长吗？”

尤星越矜持地微微颔首：“是朱会长。我弟弟在武术上有些天分，经常和协会的前辈们切磋交流。不过小孩嘛，还是要注重学习，天天参加这个比赛那个表演的，成绩都不好。”戚知雨经常出去交流，好在陶桃没事也出去参加厨艺比赛，两个常年旷课的选手就一直坐同桌。

另一位漆器收藏家想到家里没出息的一对儿女，心酸道：“老板啊，你要是嫌他不成器，可以跟我家那个孙子换换。”

尤星越没忍住笑了：“其实孩子们能平安快乐就是最大的福气了。”

谈到小孩，上了年纪的收藏家们顿时觉得和这位年轻的老板有了共同话题，上菜的时候都围着家里的孩子和自己的收藏品讨论。

菜上齐之后，一个高大微胖的男人端来一个托盘。卢韬吃了一惊："陶先生！"这是绘饮楼的老板啊！怎么亲自出来端菜了？

尤星越抬起头，站起身："陶放叔叔。"

陶放乐呵呵道："坐坐坐，我送两个新菜色让客人们尝尝味道。对了，老板啊，陶桃下午想和知雨出去玩。"

尤星越顿时不同意："您也太惯着他俩了，不写完作业不能出去。"

陶放叹气："听老板的。那俩小的这次考试又没及格！"

付南：不留客的老板和绘饮楼的东家竟然这么熟？绘饮楼的东家可不轻易出来，这个不留客在颖江市的影响力这么大？

一顿饭吃得桌上十几个人心思各异，不时跟尤星越搭话。

受到市博物馆邀请的收藏家加上尤星越和主办方市博物馆的人，一共十四个人。能有闲钱玩古董收藏的，本身都是本地相当有名的企业家，而在这方面被称作"家"的，必然都是专业级别，彼此都是一个圈子的，互相认识。他们多少有点饭局上常见的毛病——爱喝酒，也喜欢劝酒。

尤星越不得不陪着喝了几杯酒，坐下的时候心里叹气——刚才在市博物馆的时候，这些收藏家们彼此聊天，尤星越不掺和，就是希望饭桌上能没人理他。尤星越不喜欢饭局，也不爱喝酒，即便是时无宴从春巷带回来的花酿入口柔和，他也只尝尝味道。

尤星越喝了口汤，把酒味压下去。

漆器收藏家道："听说老板以前卖过一只五百万的钧瓷瓶？"

瓷器收藏家有点和尤星越较高下的意思，道："巧了，我前几天收了一只汝窑的天青釉三足樽，老板有空来我家坐坐，我们好好欣赏啊！"

尤星越一笑："汝窑在黎朝时期被称作五大窑之首，天青釉更是美丽罕见，如果有机会，我一定去一睹芳容。"

瓷器收藏家得意地笑了下。

卢韬本身也是古董爱好者，闻言忍不住道："何止！还有保存极其完好的直刀、虎符，听说有一幅白山先生的字帖？"

尤星越温和道："确实有一幅，那些都是前人留下的。"

漆器收藏家听完笑了："哈哈哈，还是我的爱好冷门些！我收藏了数十个不同时期的漆器，老板有空也来看看。”这位漆器收藏家，可谓是漆器狂热爱好者。

尤星越心里一动，想到了严漆之和严复白。不知道他们两人回去之后怎么样了。最近也没有收到他们的消息，是还没熟悉智能手机，还是……过得不如意以至于顾不上联系他？尤星越一改刚才谦逊和模棱两可的措辞，笑着道：“正好，我前几日确实收了几只极好的漆器，是友人赠送。”

漆器收藏家笑得更厉害了，心想这位老板到底是小孩子，有点沉不住气，喝了几杯酒就放弃矜持，加入吹牛和互相吹捧的行列了。

付南也有点好笑，对不留客起了几分好奇——有这么一个老板，那家古玩店有什么样的珍藏品？不只是付南，其他收藏家也有差不多的心思。吃过饭，收藏家们对视一眼，驱车赶往南北街。

尤星越在停车场停下车，拎着食盒下来，食盒是陶放送过来拜托尤星越带给陶桃的零嘴。一行人向古玩店走去，隔着老远，卢韬就看到了在古玩店外排队的人，忍不住笑道：“今天也排队叫号呢！”

尤星越道：“周末，所以游客比较多。”

古玩店还排队？收藏家们好奇地伸头张望。尤星越领着他们进了古玩店，一进门，就闻到一股淡淡的木质香气。店里的空间非常大，客人比他们想象中的少一些，也更安静，游客们会长时间站在一个博古架前观赏。

环境真好，像个私人的收藏馆。钱币收藏家动动鼻子，一眼看到了香炉，双腿自动向香炉的位置移动，道：“哎呀，这个香炉……红木底座的兽纹错银铜熏香炉，是大魏朝流行的样式。”说着，钱币收藏家丢下大部队，“粘”在了玄关处的桌子旁。

几个收藏家面面相觑：古董这玩意儿跨过这么多年，摆在玄关处直接用，您是不是有点太大方了？

尤星越道：“员工在给客人们讲解。几位都是大家了，就请先随意看看吧，或者休息一会儿都可以。我去给几位倒点茶暖暖身体。”

因为价值五百万瓷器的热搜，所以不留客的瓷器在外面很有名，加上瓷器一向是古董里的热门，尤星越干脆腾出一个博古架专门放瓷器。

瓷器收藏家直奔那个博古架，那里的人也是最多的，因为瓷器的美丽可以统一所有人的审美。

古玩店老板似乎尤其爱海棠红，博古架上摆着好几个窑变釉瓷器，多是红紫二色。

壶和瓷器大盘相当霸气地吸引人的眼球，让最爱汝窑的瓷器收藏家都忍不住第一眼看向对方。在红瓷中，还点缀着豆青、天青、甜白等色的小体积瓷器，摆放错落有致，让整个博古架看起来生机勃勃。显然，这家店不仅馆藏深厚，店主人还很有审美。

瓷器收藏家一眼就看到了几个海棠红的钧瓷，他轻轻抽了口凉气："这……这竟然有这么多的钧瓷……"这是到哪里找了这么多保存完好的钧瓷？

付南和另一位书画收藏家目标明确，直奔白山先生字帖所在的博古架。书画博古架的造型与其他博古架不同，隔断宽阔，能容下铺开的书画。

架子前赫然站着一位袅娜娉婷的古典美人，穿着羊毛长裙，完全是黎朝审美中身姿修长，容貌清丽的才女形象。不过付南两人更关注的是一幅展开的山水画，付南老花眼，没看清楚，惊呼道："这难道是常杜隐的真迹？"

古典美人款款转过身："自然不是。"

付南却很激动："很可能是！这填色以及运笔完全是常杜隐的习惯，还加盖了私章……"

古典美人道："这是后世另一位大画家临摹之作，仿的是山色水光图。你既然说到设色运笔，想来是内行人。那就细看这山的线条，虽然清晰流畅，却不够遒劲有力，水光便更不如原画了……不过依然是优秀的仿品，而且设色很有那位大家本人的风格。"

付南惊叹道："女士这样的年纪，竟然在书画上有如此深的造诣，叫我这个年过半百的人倍感羞愧啊！"

兰茵：我可比你一家加起来都大。

自从放下了仿品的心结，兰茵就豁达多了，书画架上的东西基本都是她打理的，这幅山色水光图的仿品也是她找出来的。

几个收藏家就像游鱼入水，各自找到自己感兴趣的博古架，牢牢钉在架子前，脑子里只有一个想法：人家这么多宝贝都敢借出去展览，我们好像……也没什么值得担心的。

眼看着这么一个古玩店开在眼皮子底下，和对方关系不错的同时，完全不觊觎对方的宝贝，已经能证明市博物馆光明磊落的作风了。

借，完全可以借！多借几件，好让不留客的老板也多拿出几件珍品让他们赏玩。

正在听兰茵解说的卢韬完全没想到，本来只是为了哄收藏家们开心的行程，居然直接推进了联展的进度。

尤星越煮好茶，和时无宴一起端出来的时候，一时间都找不到收藏家们了，他只好将茶放在玄关处用来谈事情的桌子上。

时无宴看着尤星越的右手，皮肤上被烫红的痕迹已经消失了，但还是不放心："以后我煮茶。"

尤星越完全不在意："还行，感觉不是很烫。"他现在已经是个半妖了，不像人类那么脆弱。

时无宴难得固执："我问了其他大妖，都说像你这样小的幼崽，是很稚嫩的。"

两声咳嗽响起，漆器收藏家林百客笑眯眯的："老板，我没打扰你们说话吧？我就好漆器，但是找了一圈，没看到老板说的漆器，是没拿出来还是……"还是没有？林百客的儿子和尤星越差不多大，自认为是一帮收藏家里最了解年轻人的。

尤星越端了一杯茶给他，笑着说："在休息室里呢。您要是真的很喜欢，可以跟我进去看看。"

林百客接过茶，好奇地跟着尤星越去休息室，一边走一边说："真要是合我的眼缘，我今天就要和老板做一桩生意了。"

掀开珠帘之前，尤星越回头，挑眉道："那我先跟您说好，这三样是友人所赠。"

林百客道："所以不卖？"

尤星越缓缓放下珠帘，他薄薄的嘴唇微微翘起来，视线在林百客身上转了一圈："卖。但是得有缘，要人和古董互相合眼缘。"

休息室的光线柔和，年轻的老板美玉似的，那眼神却很深，似乎流转着不为人知的秘密。休息室里面摆着红木的桌椅和柜子，大窗的窗帘却是鹅黄色，冲淡了红木的沉重压抑。桌上摆着旧款的笔记本电脑，正放着经典国产动画片。林百客看了眼尤星越：没想到小老板还挺有童心的。

休息室里开着窗户，外间柔和的香气穿过一道珠帘就更淡了，似有若无地充盈整个空间。桌边的小炉上还放着茶壶。尤星越比了个手势："地方比较小，请随意坐。"

尤星越走到柜子前，取出三个漆器。如意、缠枝还小，留在店里慢慢温养着器灵。尤星越怕外面人多吓到他们，所以这几天一直让他们待在休息室，偶尔带出去晃一晃，让他们习惯人类的气息。

除了如意和缠枝，还有一只犀皮的梅花捧盒。后者是严漆之的作品，没有器灵。因为尤星越担心如意、缠枝乍然离开严漆之不适应，所以将梅花捧盒放在了兄妹旁边，方便两个小器灵睹物思……嗯，思物。平常没事的时候，超薄就给如意、缠枝放动画片，有时候不留客如果没有出去玩，就会抱着两个小器灵一起看。

从漆器取出来的时候，林百客的眼珠子就仿佛用漆胶粘在了漆盒上。如意抱着妹妹，勇敢迎着林百客的视线。大哥说，他们以后是要结缘的，所以要活泼一点。

林百客实在控制不住，向如意伸出手："竟然是百宝嵌和犀皮漆……"

尤星越轻轻咳了一声："百宝嵌不能上手。"两个器灵的心理年纪很小，长时间与世隔绝，尤星越希望他们和人的交流循序渐进，免得吓到他们。

林百客不舍地收回手，喃喃道："这么小的首饰盒竟然能镶嵌出细节如此完善的牧羊图，四面的如意纹是和田玉和金掐丝镶了绿松石吧？这……这真是巧夺天工啊！"百宝嵌本身就是极其富贵的镶嵌工艺，用昂贵的宝石装饰漆盒，如何能艳而不俗，漂亮得磅礴贵气是难点。而这只百宝嵌漆盒明明小巧可爱，但是精巧中透着贵气，无论是技艺还是审美都达到了巅峰。难怪小老板舍不得摆出去！谁看谁不迷糊？

林百客趴在桌子上，试图从各个角度欣赏如意纹的漆盒。然后他亲眼看着尤星越打开了漆盒，林百客以为尤星越是要给他看一看内部的工艺，没想到尤星越竟然从漆盒里取出了另一只百宝嵌！林百客眼睛瞪大，嘴里念叨的赞美之词戛然而止，眼睛随着缠枝的移动而移动，很久，他才憋出一句话："老板，你真的不卖吗？"

谁能想到如意纹的漆盒里竟然还藏着一只更小的百宝嵌？简直是芝麻刻舟一般，神乎其技！

一大一小两个漆盒放在一起，活脱脱像一对兄妹。两个小器灵在人类看不见的地方紧紧挨在一起，贴着尤星越的手臂，尤星越忍不住微笑。在他见过的器灵里，如意、缠枝两个是最羞怯的了。

如意小声说：“你怕不怕？到哥哥后面来！”

缠枝软软地回答：“他喜欢我们，我不怕。”

兄妹两个悄悄观察林百客。一直被哥哥珍爱的小器灵，对爱意如此敏感。

“百宝嵌不卖，”尤星越安抚地触碰如意和缠枝，展颜笑道，“他们还小呢。”

林百客馋得抓心挠肝，半晌，哽咽道：“只能看却不能拥有，这是一种怎样的人间疾苦？我在家里跪搓衣板都没这么委屈过。”

尤星越：“……这是可以说出来的吗？”

林百客：“为什么不能说？不说你知道我有多委屈吗？”

缠枝轻声道：“老板，哥哥，他是个好人呢。”

如意抱着妹妹：“嗯嗯，我们以后也会找到好人家的！”

尤星越眼神柔和，看了林百客一眼：“林先生，你是只喜欢古董漆器还是所有漆器都喜欢？”

林百客离开椅子，一边从侧面观察缠枝，一边道：“当然是都喜欢！实不相瞒，我之前还办过一个私人的漆器展览，也会收一些现代的漆器作品。”

尤星越：“那真是太好了。”

林百客不明所以：“什么太好了？这两只百宝嵌你不是不卖吗？这只犀皮的漆器你卖吗？也是一等一的好东西啊。”

开玩笑，这只犀皮梅花捧盒只是在两个百宝嵌面前稍有逊色，放在其他地方，完全能被称为镇馆之宝！犀皮梅花捧盒是当年要上供的贡品，是严漆之亲手所做，年代较为久远，那时候严漆之的技术还稚嫩一些，但也是珍品了。

尤星越露出了林百客见到他以来最真心的笑容：“我认识做这只梅花捧盒的大师，您要见一见他吗？也许他手里有一些林先生感兴趣的作品，都是这样的水平，买回家作为传家宝也是很足够的。”

林百客激动的同时感觉自己好像掉入了某种陷阱：“当然要见！能做出这种水平漆器的，堪称当世大师，我怎么可能不想见呢？”

尤星越笑意越发明显。严漆之和严老爷子回到家后，一直没给他发信息。可能是忙着适应这个社会，也可能是过得不太舒心。如果是充实的忙碌，不可能忙到连一条信息都不发过来的，毕竟人要是心情好，忙起来也有精神。大概率是很不顺心，又不愿意他担心，所以迟迟没有消息。严复白和严漆之都希望能将漆器继续发扬下去，这次联展其实是个好机会，而林百客作为漆器爱好者、市内出名的漆器收藏家，也可以帮严老爷子重新打响名声。

超薄默默转动摄像头：老板，你这是蓄谋已久吧？

林百客道："大师什么时候有空，今天能见上一面吗？"

尤星越拿起手机道："我可以先发信息问问，严老爷子就在颖江市，不过离得有些远，几个小时的车程。"

林百客声音控制不住地提高："严老爷子？漆器严家？他们家不是早就不做漆器了吗？"凡是收藏漆器的，谁不知道严家？那可是史书上都留名的漆器世家。林百客紧紧抓住尤星越的手，"请您务必帮我联系！我可以等！我这个晚辈真心想去拜见。"

超薄感慨：看看老板这张嘴，明明没有一句假话，但硬是给身处困境的严老爷子塑造出半隐居的艺术家形象，还把格调拉上来了。

尤星越在通信录里找到备注为传家宝的号码拨了过去。

严漆之和严复白的处境确实不太好，毕竟是寄人篱下。房子虽然是大哥严建安的，但是严建安没结婚的小儿子也住在家里，周末的时候大儿子一家也会带小孩回来，房子更是拥挤，住的地方都不够，更腾不出工作的地方。而手头那些漆器，大部分都是严复白做的，够不到古董的范畴，找不到门路卖出去。

严有文和严有武并不欢迎这个小叔，虽然面子上过得去，但是背地里关上门，总还是嘀嘀咕咕。偏偏房子小房龄高，不隔音，也没几个私密地方，有些话难免传到严复白耳朵里。

严漆之就听得更多了，气得晚上要扮严家祖宗恐吓严有文和严有武，被严复白制止了。

严复白坐在小区的公园里，慢吞吞道："算了吧，毕竟是借住在大哥家里，有文、有武不高兴是正常的。"

严漆之气死了："他们有什么资格不高兴？当年我们还在家里的时候，卖出去的那些漆器有八九成都是我俩做的！他严建安给严有文买的房子不都是当年攒下来的钱？"

严漆之待了几天，差不多弄清楚了这二十多年发生的事情。严复白上面除了大哥严建安，还有一个姐姐，几十年前就出嫁了，除了一笔嫁妆没分到什么财产。严复白一失踪，遣返了工人和亲戚，剩下的家业卖出，不都落在了严建安口袋里？严复白一分钱都没拿到，现在住在家里是天经地义的事。

严复白裹着夹袄，对着摇晃的树影出了一会儿神："要不，我送你到不留客吧？你在那儿，还能跟如意和缠枝团聚。"

严漆之感觉自己要爆炸了："我去不留客？你怎么办？我看着你长大，也会看着你走！你死了我都能好好的，操心你自己吧！"

他不是没想过求助非人类规划总局和不留客，但是严复白吃了一枚丹药，还拿到了一些补偿金，他是憨厚的人，绝不肯多占一点便宜，自觉人家已经补偿过头了，万万不愿意麻烦别人。

严复白不好意思地笑了笑："人老啦，黄土都埋了半截身子了，也不在乎了。可惜这门手艺……我没有名声，也招不到徒弟，唉……幸好还有你。"他在妖界待了几十年，骤然回到人间，还能和家人团聚，内心不可谓不珍惜。何况严复白也打听清楚了——漆器是随着时代逐渐没落的，现在想要发扬传承这门手艺是件极难的事。

严漆之沉默了一会儿，催促道："外面起风了，回去坐着吧。"严复白抱着严漆之的本体往回走。

回到家里的时候，严建安出门下棋去了，只有严有文和严有武在客厅里看电视，严有武趁着严复白不在，向哥哥抱怨家里多了人，又挤又麻烦。严复白推门进来的时候，抱怨声戛然而止，严有文对严复白挤出一个勉强的笑容，严有武则低着头不吭声。

严有文指了指房间："小叔，你手机好像响了，是不是有人给你打电话？"

严复白温声道："我去看看。"说着迈着步子进了房间，还把门关上了，好让严有文兄弟两个继续说话。

卧室里，严复白接通电话，那头传来不留客老板温和的声音："喂，是严爷爷吗？我是不留客的小尤。突然给您打电话，是不是打扰到您了？"

"没打扰，我正闲着呢。"严复白不明所以，和严漆之对视一眼，老板怎么突然这么客气？

"是这样的，我有一位漆器收藏家朋友，看到了您送给我的犀皮梅花捧盒，非常喜欢，所以很想认识您。您要是有空，我们现在就过来，可以吗？"

有人还愿意收藏漆器！严复白有些激动，报出地址，他把带回来的漆器都取出来，一一擦拭清洁，小心收入行李箱，随后出小区等待尤星越。

过了一阵，尤星越和林百客的车到了小区门口。

林百客见到严复白十分激动，甚至不用尤星越做中间人介绍，两个爱好相同的人凑到一起有说不完的话。

尤星越笑着听了一会儿，道："外面太冷，而且还有重要的事要和严爷爷商量。我刚在附近酒店订了包厢，边吃边说吧。"

林百客连连点头："应该的。"

到了酒店，尤星越和林百客其实并不饿，只点了些养生的粥汤和菜品。尤星越喝了一口："还是绘饮楼的口味好，严爷爷，下次我们去绘饮楼吃饭。"

林百客笑道："我尝起来差不太多，老板舌头刁得很。"

尤星越一怔，他其实不是口腹之欲很强的人。毕竟一个小时候长在福利院的人，很难养出刁钻的味蕾。现在喝口汤都惦记更好的，无外乎是有人大老远跑去给他买。

严复白笑了笑："老板是贵人呢。"

那几天在妖界，他和严漆之见过那位尊贵的人对尤老板十分关心。严复白不知道对方究竟是什么身份，直到来到非人类规划总局，负责带他们的狐妖见他们和古玩店有些关系，才向他们透露那人的身份——往复。

尤星越失笑，起身给两个人倒上姜枣茶："您说笑了。"

三人闲聊一会儿，严漆之就蹲在尤星越腿边，不停地打听如意和缠枝的情况，尤星越被他吵得烦死了，又没法理他，只好隐晦地踩了严漆之一下。

寒暄过后，严复白打开了带来的行李箱，惭愧道："这是前几年的，近年没有再做了。"

他打开箱子，一件件取出漆器，雕漆如意大盘、剔红福禄寿宝盒、堆漆山水笔筒……几十年的作品只剩下这寥寥十数件，无一不是精品。

林百客戴上手套，小心捧起一只笔洗，在灯光下欣赏漆器柔润的光泽，他简直不敢相信，捧着笔洗的手微微发抖："这……这真的是近现代的手艺……原来我们的漆器技术还可以传承下去。"他收集了不少近现代的作品，既没有融合现代的风格，又没有传承到古典的神韵，令林百客万分惋惜。林百客是真正爱漆器的人，此刻难以控制地感动，他下定决心，"老爷子，您想要办一个漆器展吗？”

严复白吃惊：“我吗？”

林百客郑重点头。

尤星越抿了口姜枣茶，和严复白说了近期博物馆要办联展的事。几个人聊完已经是一个多小时后，林百客当场买下了最喜爱的三个漆器。

严漆之掰着手指头艰难地算账，小声嘀咕：“一个月房租如果算两千元，那这些钱就够我们租一百……嘶，怎么算？好像不止一百？”

尤星越控制不住地想起了戚知雨数学期中考试三十九分的试卷，并且已经生气了。尤星越在桌子底下又踩了严漆之一脚：“严爷爷可以租一个工作室专心做漆器，还可以收两个学生。”

严复白连连点头：“能收到学生是最好的。”

在严家吃过饭后，严复白打定主意要继续发扬漆器文化，不顾两个侄子居心叵测的挽留，坚定地拉着箱子离开了严家。

留下严有文和严有武追悔莫及。

严有文咬牙道：“他又没结婚，等老了也还是要我们养的！到时候再讨好他。”

严有武却很担心：“万一他收到徒弟，给他养老送终怎么办？”

严有文冷笑：“现在有几个人愿意学漆器？就算有，他就能找到一个愿意给他养老的？”

尤星越安置好严复白与严漆之，回到古玩店的时候已经是深夜十二点多。

戚知雨已经回了租房，店里亮着灯。尤星越打开门，时无宴正收拾兰茵留下来的一摞画纸，休息室里传来动画片的声音。

一回到古玩店，一整天的疲惫全都涌上来，尤星越慢慢走进去，稳稳栽进小沙发里。

“好累。感觉今天一天好漫长，没一点空闲的时间。我上午去开了两个小时的破会，中午陪着吃了一顿饭，下午招待了收藏家，然后陪林百客坐了几个小时的车去外面，晚饭也是在外面吃的。”

时无宴正在修补一幅古画，等尤星越抱怨完，他将手里的画放在尤星越手中：“你看这里用什么颜色比较好？”

尤星越注意力被转移，他凑近几分：“我看看啊——”

因为时无宴在，店里都是奇异的香气，那是尘世没有的味道。不留客的老板活在俗世里，而时无宴是在这一方天地之外。

能结识严复白，对林百客来说，是件值得放炮庆祝的喜事。

林百客爱吹牛好面子，但确实是真心喜欢漆器，要不是他对大漆过敏得厉害，都想自己学这门技艺了。

不过把严复白引荐给市博物馆的事还是交给了尤星越，严大师是尤星越介绍的，林百客脸皮再厚，也不好意思抢这个功劳。

卢副馆长看了漆器后欣喜若狂，这些漆器虽然年代短，但是做工完全可以媲美馆藏。而且此次联展的主题就是古代现代交融，能在短时间内找到这么多近现代的美器，完全是意外之喜！卢副馆长当即拍板请严复白参加联展。

严复白一到市区，不用尤星越开口，林百客自己跑前跑后，第二天就给严复白租了一个二层小楼作为工作室。林百客从严复白手里买了几件漆器，还这么客气，严复白怎么都过意不去，林百客却难得严肃起来："老爷子，你别推辞，先听我说！我是真的喜欢漆器啊。您只要能好好地把漆器做下去，到时候开了展览会，这钱不就来了吗？挣钱的事我来操心，你专心做漆器就好。"

严漆之也感动得不行，站在尤星越背后："林先生的情谊真是感天动地。"

尤星越后退两步，趁着严复白和林百客聊天，低声说："别的先不说，林先生的品性你已经看到了。但那个严家以后要是找上门，你可得多劝劝老爷子。"

"老板你放心。其实光是严建安差点断了严家的传承，我都要气死了。他跟他爹一路货色，当年他爹不许女儿学做漆器，后来他当了家，不许漆器的手艺外传……可是两个儿子又不成器。"严漆之恨得要命，他诞生在严家一位家主手里，又在严家传承了几百年，对严家的归属感不是三言两语能概括的。但严漆之恨的同时，也觉得疲惫，"我知道要养活一大家子人不容易，但是……我心里实在放不下啊！"

尤星越轻轻拍了下严漆之的肩膀。

严漆之收拾心情，道："我就是抱怨两句，这个年代已经比之前好很多了。那个时候男尊女卑，还有门第之见，断了的手艺数都数不过来，我们严家漆器已经算是很幸运的了。反正老板你放心，下次严建安他们要是还敢过来捣乱，我就显形出来，代严家的祖宗好好教导他。"严漆之是第一任严家大家长亲手制作，陪伴了大家长一辈子，目前在严家里辈分最高，别说严建安，就是严建安他爹活着，也不敢在他面前充什么长辈。

尤星越点头：“那就行。”

联展需要办的事太多太杂，好在牵头的卢副馆长是个实干派，跑上跑下，几天就说服了几个收藏家。

尤星越出去陪着吃了两三顿饭，收藏家们的态度和最开始已经截然不同，甚至还把尤星越拉进了他们的大群里。谈了下几个收藏家，接下来的事情，尤星越就帮不上忙了，他也确实累了，和人打交道是最累的。没想到过了几天，卢副馆长就喜气洋洋地打电话过来道谢。

尤星越正在看一份文献：“谢我？”

卢副馆长道：“是啊！上面局长打电话下来，我们这边手续就好走很多了。”

博物馆上头的局长……尤星越只认识一个猫局长。尤星越纳闷：“那怎么会谢我呢？”

卢副馆长笑道：“你忘了？是上次你们古玩店查封那几天……反正局长说很看好我们这个联展，叫我们好好办，还叮嘱我们不要昧你们东西，哈哈哈……总之托福、托福了。”

尤星越失笑：“这是局长看好这次联展，可不是因为我。”

卢韬笑道：“我懂我懂，那我先挂了，有空请老板吃饭，我还得联系几个簪娘，借几套头面和咱们馆藏的头面放在一起……”

尤星越突然想起一个人：“说到簪娘的话，其实我认识几个。对了，您觉得滴胶的国风题材作品怎么样？”

卢韬是个潮老头，5G“冲浪”选手，对于小青年们玩的滴胶火漆之类有所了解。

“传统文化用新时代的工艺呈现……”卢韬沉吟，“我觉得是个好主意，老板，你给个联系方式吧。”这次联展的主题是“传承”，传承的不仅是工艺还有文化和精神，所以卢韬除了到处联系收藏家，还找了一批做传统文化相关作品的年轻人。

正在锯木头的黄家儿子摸出手机聊了好一会儿天，接了个电话后，他猛地蹦起来。

儿子喜滋滋道：“刚才市博物馆打电话来，说想从我这里借‘山海经’题材的滴胶成品去参加联展。”

他发过去几组没有修图的照片，那边显然很高兴。

黄先生一口茶差点喷出来：“你小子是不是被骗了？”自从上次被不留客老板点出买了假货之后，黄先生就和“熟人”打起了官司，虽然胜诉了，但也老实了很多，不再沉迷买玉石古董。所以儿子一说话，他第一反应是儿子被骗了，“市博物馆联展能用得上胶水做的玩意儿？”

“那是工艺品！而且是尤老板牵的线！我下午送样品过去给博物馆看，不回来吃饭了！”

黄先生呆若木鸡：尤老板牵的线？那还真有可能要办联展。

尤星越帮卢韬联系了一个很熟悉的簪娘，正是上次送他星星蝶贝的那一位。

在联展企划顺利推进的时候，古玩店也迎来了喜事——兰茵的考试终于考过了！因为十月的考试已经错过了，所以兰茵只好参加十一月的考试。考完不到一周，非人类规划总局就寄来了各种证件，有一张人类的身份证、一张妖怪证件，甚至还有教师资格证这些东西。这可不是假证，是走了特殊通道办理的正经证件。因为兰茵想开班教国画，她本身是书画器灵，专业水平毋庸置疑，所以只要考过前面的笔试就行了。

现在是晚上，尤星越与准备疯一个晚上的不留客和器灵们打招呼：“那我和时无宴就先回去了，你们玩的时候注意声音，不要吵到邻居。”

十一月中旬，路上出来逛的人不多，两人可以慢慢沿着路边走。

“前面就是颖江！”尤星越指向前方，笑道，“我小时候一直以为我们是江南，因为这边是颖江以南。但江南的江不是颖江，我们颖江市属于北方，我因为这个还被地理老师训过。”尤星越很少提起小时候的事。

时无宴走在尤星越身边，江边的冷风尽数扑在他身上：“如果我是星越的老师，一定舍不得骂你。”

两人走着，已经能看到前方的颖江。

尤星越道：“传说颖江里有一条妖龙，无恶不作，以前经常发大水，后来乾朝的女帝下令铸造了巨鼎，镇压了江水中的恶龙，这才让颖江不再泛滥。”

时无宴道：“江水里没有龙。”

尤星越好奇道：“那有没有鼎？如果有，它会不会已经成精了？”

他想了想，摇头：“不对，如果成精了，他为什么不来找不留客呢？”

时无宴歪头："我们下去找找看？"

尤星越在路灯下看着时无宴认真的眼神，忍不住弯起唇角，他知道，如果他此刻说我们下去看，时无宴会毫不犹豫带着他下江水去找鼎。

时无宴忽然蹙眉，看向了尤星越的身后。

"我……"尤星越感觉自己的裤脚被一只手轻轻拽住。轧马路的时候，时无宴让尤星越走在里侧，此刻这只手正是从绿化带里伸出来的。尤星越悚然一惊，后退两步撞在时无宴身上。

"等一下！"绿化带里一阵声响，冒出来一个满头枯叶的少年，他眼巴巴地盯着尤星越，"那个……您是不留客的老板吗？"

时无宴道："是器灵。"因为是器灵，所以时无宴最初感受到对方的时候没有太警惕。

尤星越松了口气，蹲下来摘掉少年头发上的树叶，问道："是啊，你要来不留客吗？"

绿化带簌簌响了几声，少年郎一下蹿出来抱住了尤星越，抽泣道："哇——终于找到了。我在来颖江市的路上迷路了好久，城市好可怕，比深山老林还可怕。"

器灵是个半大的少年郎，人形只有十三四岁。

尤星越哭笑不得："不怕不怕，你现在不是找到我了？你是什么器灵？都能化形了。"

器灵吸吸鼻子："我的本体是……司南。"

司南，瓷国古代四大发明之一，用于辨别方向，是古代指南针，瓷国的重要发明之一。

司南的器灵居然是个路痴……这不合理。

第19章 联展

因为捡到一只器灵，尤星越打消了去颍江里找大鼎的想法。

不留客大部分器灵都是自己找上来的，超薄还干过邮寄到付这种事，对这种器灵突然找上门的意外情况，尤星越适应良好，直接带着器灵回古玩店。反倒是时无宴，回头看了看波涛汹涌的江面，若有所思——听说人类在上游修建了大坝，所以颍江已经多年没有泛滥过。那么在没有高科技的两千年前，泛滥的颍江中当真有一条作恶的妖龙吗？倘或有，是否又真的有一座镇压恶龙的巨鼎？

“无宴？”尤星越走了两步，发现时无宴没有跟上来，疑惑地回过头。

时无宴走过去：“嗯，我们回家。”

司南器灵大概是受了不轻的惊吓，找到尤星越之后就变成了司南的原形，被时无宴放进袖子，揣回了不留客。尤星越的功力暂时还没到能把这么大一个器灵塞进袖子里的地步，不过随着他熟练法术，这也是早晚的事。

回到不留客后，司南变回人形。尤星越盛了一盆水给司南，这脏兮兮的器灵洗干净后，露出白净的小脸，他捧着尤星越递给他的热牛奶，小声说：“谢谢老板。”

尤星越好笑道：“你怎么会迷路？”

司南能迷路这件事……好吧，其实也不是太离谱，现代导航有卫星定位照样指错路。

器灵脸腾地红了，结巴道：“我……我叫司寻，寻找的寻。我在人形状态下方向感不好，有一次变回原形寻找方向，但是……”

尤星越抬头："但是？"

器灵委屈道："那天我在路上变回原形找了一下方向，然后就被人端走了，说要送到博物馆去，我一听他们要把我关起来，吓得我半夜就跑了。前段时间听说了不留客的消息，就找了过来。不过人世间太大了，我跑了一个多月。"

尤星越点头："离得远，确实很不容易。"

司寻不是灼灼。小马儿能用不到一周的时间翻两座山跑到颖江市，完全靠天赋异禀——她可是小马儿，诞生的那一刻就被赋予了奔跑和自由。

司寻很不好意思："不过我方向感确实一般，走错好几次，所以这么久才到颖江市。"

尤星越道："司南分不清方向，确实让我有些震惊。"

"因为与其他自然产生的器灵不同，他是一个炼制过的法器，作用仅限于当初炼制的本意。"时无宴撩开珠帘，走出来，"他不能用来找方向，但可以找人。"

尤星越接过时无宴递来的暖手宝，店里的空调刚打开，温度还很低。

尤星越好奇道："找人的法器？"法器是经过炼制的，本身具有特殊效用，确实与其他器灵不同，司寻是尤星越见到的第一个法器器灵。

司寻道："我刚诞生的时候灵智不太清楚，具体的记不清了，只记得几任主人都是驿丁，也就是给人送信送物的，我只要根据要传递东西上的气息就能判断位置，所以不太分得清方向。"司寻不好意思地低下头，"我留在这里，是不是有点没用？"

现代社会，人们都用手机指引方向，再远的距离也可以打电话，确实不需要司寻来找人了。

尤星越一笑："怎么会呢？安心在这里住下吧，店里还有其他几个器灵，不过这会儿都在外面喝酒，等明天再介绍你跟他们认识。"

他发现新出土的器灵似乎都没什么安全感。这很正常，时代完全不一样了，当初风靡一时或者备受追捧的器物已经不适应这个时代。当他们从沉睡中苏醒，面对这个世界的时候，比起兴奋，更多的应该是茫然。

司寻用力点头："老板，如果你要是想找谁的话，可以交给我。我会……"司寻眼睛亮晶晶的，"赴汤蹈火，万死不辞地去找他。"司寻说出这番话的时候，这少年的躯体里仿佛燃烧着昼夜不歇的火焰。

尤星越一怔，随即轻柔道："好。"

司寻说完又有点不好意思，他找过来的一路向小妖怪打听，小妖们说“没有比不留客老板更会找人的了”。

司寻有点失落地垂下头，就在他准备变回原形的时候，身后突然传来声音：“司寻。”

司寻：“老板？”

尤星越笑着道：“店里找有缘人没那么快，你闲下来的时候，能帮我跑跑腿吗？”

司寻精神一振，坐得笔直，声音都大了一点：“好的老板！”

联展消息公布的时候，已经是十一月下旬。当时请来的收藏家中，有一位最后还是没有参加，好在留下的有十多位。这次联展，市博物馆和不留客会出大头，主题是传承，主要展示一些历史悠久的古董，其中漆器专门安排了一个展厅，簪花首饰另安排一个展厅，还请来了颍江市的刺绣大家，专门安排了传统服装展厅，和簪花首饰的展厅挨在一起。不仅如此，书画展厅也是重头戏，有春山花鸟图坐镇，还有几位现代书法家以及国画画家的作品。

联展的入口处会摆着滴胶的山海经神兽一组以及十二生肖兽首人身像，而在滴胶生肖神的对面，则有出自市博物馆的陶土兽首人身生肖神像一套。尤星越在空无一物的展厅里穿行，听着卢韬侃侃而谈，都能想象到那幅场景。

卢韬道：“我想到时候，游客走在展厅里一定会有种时空错乱的感觉吧。老板，你说古董如果有灵，会怎么看待自己的后辈们？”

尤星越臂弯搭着外套，道：“应该会是……很欣慰吧。不过要是都有灵的话，岂不是天天吵闹？”

不用想象了，到时候器灵们都会来看展览的，那个时候才奇妙呢。

卢韬一愣，随即哈哈笑起来。

当然市博物馆不会放过博览这个平台提供的宣传机会，毕竟市博物馆和不留客在博览上的关注数都超过百万了。在互联网无数双眼睛的“云参观”下，颍江市民的翘首以盼中，这场联动展览终于要向所有人揭开面纱了。

此次联展出展的古董数量不算太多，但是展品种类惊人，这种把古董与现代手作放在一起的展览方式，确实比较少见，联展明明还没有开始，网友们已经对展品名单里的器物充满了期待。

九点半直播准点开始，画面固定在联展的入口处，手机里传出了他们熟悉的声音：“直播已经开了吗？”

是尤星越的声音。

工作人员：“开了开了。”

尤星越将手机交给时无宴：“给。”

估计今天场馆内客人会非常多，所以还是选了手机直播，不占地方也更方便。此时联展还没开始，场馆外已经排起了长队，等展览开始，展厅里必定要人挤人。

时无宴接过手机，尤星越看着他就忍不住笑了一下，镜片后眉眼舒展。

“老板！你终于又出镜了！以后多多露脸好吗？”

“我赢了，真的是老板！”

镜头晃了晃，一张笑颜出现在直播间内。尤星越双手背在身后，笑道：“早上好，今天是联展的第一天，由我给大家直播场内的情况。”尤星越慢悠悠往镜头前走了几步，时无宴一动不动，他和尤星越的个子都高，拿着手机不用举高或者放低。

时无宴看他走过来，呼吸下意识放缓。

“让我想想，本次一共有六个展厅，今天带大家一次性逛遍。”尤星越停在玻璃展柜前，“这是入口。摆着滴胶的山海经神兽和十二生肖神，对面则是大元朝的兽首人身陶俑。生肖文化源远流长，直到现在，我们瓷国每年过年的时候依然会算生肖年。不过滴胶制品不是一比一仿制的，是不是更可爱一点？羊的表情还很骄傲。”

弹幕——

“好有趣！现代人用滴胶做的十二生肖和老祖宗们用陶土做的！”

“生肖文化从来没有断过啊。”

“感觉已经有趣起来了，真的有种奇妙的感觉。”

尤星越冲镜头招手：“来，我们去漆器的展馆，那是第三个展馆，我猜现在没有太多人。”

时无宴抬步跟上。

“有没有人觉得摄像小哥手好稳？”

“可能是装了云台。”

“有可能吧，刚刚看到小哥哥的手，好漂亮。”

漆器所在的展厅排在第三位，尤星越想得很好，第一展馆人最多，最后一个展馆可能人也多，位于中间的漆器展馆人一定最少。但一进展厅，尤星越就发现自己失策了——漆器展厅里居然有二十多个参观者。大部分都是年轻人，分散看着展厅里的漆器，而严复白则被几个老人围着。

尤星越没有过去打扰严复白，而是带着网友们参观漆器，不时向他们介绍这些漆器：“这几样剔红漆器都是收藏家林百客先生的藏品。制作漆器的涂料是用漆树的汁液调和其他材料形成的，有良好的防腐防水性能。剔红是漆器工艺的一种……”

展柜里各色漆器静静陈列，向千百年后的晚辈们展现自己的身姿。

尤星越带着网友们一一看过展品，突然一笑：“如果我不说，你们是不是没有意识到这几个已经是现代的作品了？”尤星越侧开身体，让网友们可以看到严复白。

有几个上了年纪的老人正围着严复白，在人类看不见的地方，严漆之悄悄从桌子底下冒出来，拽了拽严复白的衣服，小声说：“老板来了。”

严复白立刻擦擦手，走过来：“老板！”

尤星越走过去：“严大师，我在给网友们直播漆器。”

他向直播间介绍：“这位是严家漆器的传承人，严复白严大师。刚才大家看到的现代漆器都出自严大师之手。”

弹幕——

“漆器严家！”

“我以为严家已经断了！没想到还在做吗？”

“大师！真的是大师。绝了啊，这次联展阵容这么强的？”

“唉……漆器真是可惜了，现在基本没人愿意学，辛苦还容易过敏。”

尤星越说：“大师还没有弟子，如果对漆器感兴趣的话可以……”

“等一下！”一个老人挤过来，笑呵呵地握住尤星越的手，用力地上下摇晃，“您一定就是不留客的老板吧？幸会幸会！我是帝京美术学院的教授，我姓谢。”

竟然是帝京美院的教授，跑这么远来看展。尤星越一怔：“谢教授，您好。”

谢教授乐呵呵道：“您快来帮我劝劝严老哥！我说要让我孙子拜他做师父，

认个干亲，他非不干！”说着，谢教授冲一个小年轻招手。

谢教授的孙子从小就对漆器感兴趣，能碰上这么一个肯对外传承手艺的大师，无论是谢教授还是小谢同志，都很希望能留下来。先前聊天的时候他们就得知了严大师的遭遇，愤怒之余也很心痛。谢教授坚持让自己孙子认个干亲，也是希望严大师传授了技艺后，膝下不会太寂寞。

小谢同志跟个炮仗似的冲过来，二话不说给尤星越鞠了个躬，殷切地从包里掏出一只黑漆的小盘子：“这是我的作品，我真的非常仰慕严家，所以严爷爷你就收我吧！我给你磕头！”

严复白连连摇头：“新时代不讲究这个，你拜我做师父，我教你就好了。”

严漆之慢慢从尤星越背后升起来，戳尤星越的肩膀：“他这个盘做得可以呀，感觉人也不错。”

尤星越感觉他跟个背后灵似的，他肩背那一块儿特别敏感，被戳得一激灵，隐晦地瞪了他一眼。严漆之还想说话，忽然感觉灵体一僵，他僵硬地转头，和拿着手机的时无宴对上眼神，

时无宴转开视线，将手机换到左手，轻轻帮尤星越整理了一下衣服上的褶皱。

这是直播，确实需要注意外表。

严漆之一边咬袖子，一边希望老板帮他劝一劝严复白。

尤星越却对谢教授道：“谢教授，小谢先生。严家手艺那么多，小谢先生恐怕要住在严大师身边慢慢学。”

他对谢教授打了个眼色，谢教授是个人精，立刻领会了尤星越的意思：嘿，搁一块住久了可不就是一家人了吗？

谢教授喜气洋洋：“尤老板说得对！”

小谢同志虽然是个实心眼，反应却很快，立刻一鞠躬：“师父！”

他拜师成功，其他几个同学也忍不住了，纷纷围过来：“严大师，你看我能学吗？”

“严大师，我是小谢同学，我也愿意学，您只要教我一点就成了……”

“严大师……”

“严爷爷！”不知道是哪个小机灵鬼想出用“严爷爷”这个称呼套近乎，一时间整个展厅里充斥着各种“爷爷”，其中有个低沉的音色特别明显。

尤星越站在一边，任凭展馆里的年轻人围住严复白，突然转头，用一种说悄悄话的音量和网友们打趣："像不像葫芦娃？"

时无宴虽然不懂什么叫葫芦娃，但是他能看得到弹幕，知道是星越又使坏，于是轻轻笑了一声。

尤星越没忍住低声笑出来："走，我们去下一个展厅！"走的时候，尤星越特意看了眼手机屏幕，饶有兴致地道，"其实古时候啊，弟子们会在师父家里吃住，所以有'一日为师，终身为父'的俗语，有些行业呢，弟子们是要给师父养老送终的。严大师如果把技艺都传承下去，会有弟子愿意给严大师做半个儿女吧。"

至于屏幕后会不会有人气得摔了手机，那谁会在乎呢？反正尤星越不在乎。

狐妖下了班之后，急匆匆和老婆带着孩子一起挤进了展馆，径直奔向漆器展厅。

老婆没好气道："你赶着投胎呢？"

狐妖嘿嘿笑了一声："是我之前帮助的一个人类，在这里做展览。"

老婆有点好奇："就是那个做漆器的人类？他现在找到工作了？"

狐妖道："好像还是做漆器吧，前段日子过得不太好，他家几代都是做漆器的，现在不做了。听说这次办展览是为了找后人。"

老婆叹息一声，小声说："人类太短暂了。"

是啊，太短暂了。妖怪们的炼器大师能活很久，漫长的岁月足够他们将技艺练得炉火纯青。但人类不同，生老病死，寿命短暂。

狐妖道："进去看看吧，这还是我救助的第一个人类。说起来也怪我们远房亲戚，搞得我怪不好意思的。"要是人不多，他们一家子也能添点热闹劲儿。

老婆点点头，牵着孩子走进展馆。出乎意料的是，展馆里的人非常多，很多孩子被家长抱起来参观玻璃柜里的漆器，不时有年轻人向他们解说漆器的工艺和来历。

严复白被围在一群年轻人中间，笑着和他们谈论自己当年做漆器时的场景，不时引起听众们捧场的惊呼。器灵严漆之坐在桌上，静静看着这帮年轻人，眼神里透着自己都没有察觉到的欣慰。

狐妖愣住了，狐妖老婆有些迷惑："你不是说漆器早就不时兴了吗？我看还是有好多人喜欢呢！"

狐妖更加疑惑，他救助严复白的时候还打听过漆器的行情，着实是不太好的。狐妖挠挠头：“我也不知道。”他走过去，“严大师。”

严复白看到是他，惊喜道：“您怎么来了？”

狐妖解释道：“下班了，听说你在这里有展览，过来看看。”

严复白很高兴，向他分享自己今天的收获：“我今天收到学生了！现在我也有了自己的工作室，以后就不用总局那么操心了，谢谢你们一直以来的帮助。”

狐妖吃惊：“你收到徒弟了？”狐妖知道严复白没有家室，只有两个侄子，品性差不说，也没有传承手艺的想法。而严复白为手艺险些失传而懊恼很久，曾说过漆器已经不复当年荣光，没想到短短几天的时间，竟然就收了徒弟。

严复白用力点头：“收了九个呢。”

九个！这可真是后继有人了。

狐妖沉默了一会儿，惊叹道：“你们……你们可真奇妙。不断地遗忘，然后又不断找出来。”

严复白知道他漏了“人类”两个字，闻言笑了笑，有些感慨道：“人嘛。”

不断地失去，不断地找回。

人的寿命很短暂，不过百余年的时光，所以不断失去。但也可以十分长，长到上下几千年，故而容得下“不断找回”。

联展总共六个展厅，他们第二个去的是书画展厅。

不留客的书画展品不多，这里展出的书画大头源自市博物馆和两个收藏家，兰茵在两个书画收藏家的全力举荐下做了解说员。

自从上次在不留客和兰茵交谈过，两个书画收藏家就把兰茵当成了某个隐世的世家小姐。虽然现代好像没有这种奇怪的身份，但是因为兰茵小姐过于年轻且书画造诣奇高，两位收藏家就愉快地脑补出了一些不存在的人设，并且深信不疑。

没办法，兰茵有着这么一张脸，硬说自己几百岁也没人信。

尤星越到了书画展厅才知道，原来这次展览吸引了不少美院的学生，书画和漆器展厅都是结队来的学生和教授。

尤星越看着被学生们围在中间的兰茵：“看来兰茵小姐非常忙，那我们就去蹭一下兰茵小姐的解说。”

弹幕——

"哈哈，老板偷懒了！"

"老板你认真一点呀。"

"啊，这个美女姐姐是我们不留客的小姐姐！"

"兰茵姐姐超级厉害的！"

"羡慕老板的人脉，厉害的人都认识老板。"

"有没有 种可能，是老板超厉害？"

"不是我不认真，不留客里书画藏品较少，我了解不多，还是要找专业人士来做解说。"尤星越歪头。

兰茵看到他们过来，还笑着对尤星越挥挥手，然后便接着做讲解。

尤星越站到时无宴身边，好让直播间的观众将注意力集中在兰茵身上。

书画确实需要专业的人讲解，运笔配色以及意境不是随口就能编出来的。兰茵按照顺序慢慢讲解过去，最终停在春山花鸟图前。

兰茵停顿片刻，神色自若道："这就是书画展厅的重头戏——春山花鸟图。"

兰茵注视着这幅绝美的画作，慢慢向观众解说这幅画的历史："这是常杜隐先生最后一幅矿石颜料画作，完成这幅画后，常杜隐先生失足跌落山崖而英年早逝。这幅画作最传神的是这十只翠鸟……"

无论是直播间还是展厅内的游客都静静听着。

然而提起春山花鸟图，就不得不提到仿品，不仅是直播间，展厅里也有参观者问："你好，我没有见过仿品，请问真品与仿品之间有什么区别吗？"

兰茵歪头想了一会儿，正色道："真品和仿品的区别呀……不是我敷衍你，实在是在世的仿品有太多件，仿品与仿品之间也不一样，很难以一言概括它们，只不过在人们口中，都可以用'仿品'两个字来代指而已。"

提问的游客若有所思："您说得很对。"

尤星越看着兰茵平和的眼神，心想：这一次，兰茵大概是真的放下了。

看完了书画，尤星越走到另一个展厅。

这边是大量珍贵古董的展厅，不留客借出的虎符与市博物馆出借的青铜剑等文物都在这个展厅。

来参观的还有几个熟人——季歌他们一行人。

魏鸣思一如既往地留着长头发，用紫檀束起长发。

紫檀待在魏鸣思头顶，仗着普通人听不到他的声音，不断道："嗨，美女！"

"那个穿风衣的女生好帅。"

"哎呦，清爽小帅哥，季歌快看帅哥！"

季歌脸微红，拼命低下头假装什么都没听见。

尤星越本来要上前跟他们打招呼，听到紫檀的声音，立刻收回脚步，若无其事地换了个方向，带直播间的网友去看虎符了。

一看到虎符，直播间的网友立刻想起了当初的古董拟人——

"古董拟人什么时候出第二期？"

"我真的好期待拟人啊，感觉古董背后都有我们不知道的故事。"

"好希望他们真的有灵，真的会说话，他们会怎么说话呢？"

不打破这帮网友们的幻想，是老板的善良。

一共六个展厅，最后一个展厅是服饰。

到了这间展厅，直播间的弹幕突然安静下来。

尤星越穿着一身黑色的飞鱼服，他背着手走到一个玻璃展柜前，为了直播效果，他今天特意没有戴眼镜，而是将灵力运在眼睛处，和正常人一样看东西。

所谓飞鱼服，指的是绣有飞鱼纹的服装。尤星越身上的飞鱼服经过改良，更方便穿着，绣面一比一仿照出土飞鱼服，相当霸气古朴。

展柜里是一件出土飞鱼服，红色为底，其上有织金蟒形飞鱼。它在展柜里舒展衣袖，褶皱里堆积着尘土与时光。

时隔数百年，后人穿上相同制式的衣裳，与这件尘封多年的飞鱼服对视。

"这是一件正统的飞鱼服，在古时候是官服，寻常人与普通场合不能穿着，否则视为僭越。现在则不同，想怎么穿都可以。"

尤星越偏过头，对直播间微微一笑。黑色飞鱼服威严且肃穆，他却眉宇清隽，笑意浅浅："所谓旧时王谢堂前燕，飞入寻常百姓家。"

"绝了……难怪开头说要给我们时空错乱的感觉。"

"这一笑，我会记上好多年的。"

"前面几个展厅的时候我都还好，但是这个展厅我是真的没绷住。"

"衣食住行，可能因为服饰是一个民族最重要的回忆吧，我真的要哭了。"

"下次穿汉服去逛博物馆吧！"

直播一共进行了两个多小时，直播结束的时候尤星越嗓子都说得有些哑了，展厅到处都是熟人，除了介绍古董，他还得和熟人们寒暄。

直播一结束，尤星越赶紧拉着时无宴躲到休息室，关上门。

时无宴倒了杯水，用手焐了几秒，待到温度正好后，递给尤星越：“快喝一点儿。”

尤星越端起来一口气喝了一半，才感觉嗓子舒服一点：“我三天说的话都没今天这一天多。”

……

颍江市官方论坛。

短短一天，整个论坛到处飘着和联展相关的帖子：“救命，有谁今天去了书画展厅？兰茵小姐和其他大师是不是真的露了一手？”

“因为出去画壁画去不了，本来安慰自己联展有三天，想着明后天去也可以，结果今天回来，朋友跟我说书画展厅几个大师在展厅里露了一手。我直接错过了呀！有没有好心人描述一下场景？”

一楼：“我去了，就在现场看的。一开始，我觉得我看不懂书画所以没有拍视频，到了后面，我只能这么说，厉害！非常牛！真有古时候文人墨客以书画会友的感觉，李大师、钱大师和侯大师都是知名大家，可是兰茵小姐真的一点都不逊色！私心觉得兰茵小姐还更强一些，她太会配色了，真的，她太会了（流泪）。”

二楼：“谁有视频啊？我也没有去，哪个好心人指指路！”

……

四十五楼：“这个是用官方直播录屏做的剪辑。直播的时候是手机，有轻微的色差，实物看起来更漂亮，凑合看吧。”

点开视频，只见书画界几位耳熟能详的大家站在一张长桌前，各执一支笔，分别在同一张纸上作画。

在这一群上了年纪的书画家中，袅娜娉婷的兰茵格外显眼。她手持画笔，只给镜头一张侧脸，垂目作画，神情专注。

在她笔下，江南春景逐渐成形。

之后，执笔作画的四个人先后完成自己的画作。合在一起才发现，这竟然是一幅四季图——从北国大雪到春深江南岸，再从蝉鸣盛夏时到硕果秋高季。

四幅景色的衔接处理得极好，北国的雪花飘进江南成了一丝细雨，春日的花瓣落入盛夏成了绿叶，夏季的鸣蝉悄悄埋入秋季的泥土。最后，擅长书法的李大师在画作上题了字：山河四季，锦绣乾坤。

看到这里，各种拜师在论坛上演，如果网友打开“博览”，搜索联展的话题，就会发现已有众多参观者发布了美图和大段“安利”文字——

草知知：去看吧去看吧，不看就错过了宝藏！真的有大师现场讲解，服饰展厅有绝美汉服娘和簪娘。有人一比一还原出了黎朝的万蝶扑花追凤冠，就和凤冠真品放在一起，看得人莫名很骄傲，很想哭！

玉人教吹箫：看得心潮澎湃，一天下来手机堆满照片。一定要去看！身着自己的汉服站在服饰展柜前的那种心情，一定要领会一下，你会回来感谢我的！

乘风：虽然到处都在说“传承”，但是一直感觉这两个字挺虚的。看直播时，漆器啊什么的都很感人，不过一直没有很清楚的感觉，直到看到老板穿着飞鱼服，站在出土的飞鱼服前，我才突然很深刻地意识到什么叫“传承”。

……

联展这才刚办第一天，网络上铺天盖地的好评就彻底压住了之前的质疑声，吸引了更多人的目光。

与此同时，一张图片在网络上疯传——

图片上的青年身着飞鱼服，仰着头，凛冽的眉峰下生了一双含情带笑的眼睛，在展馆柔和却明亮的光线下，与面前巨大展柜中的飞鱼服对视。

一款服饰，穿过数百年的时间，穿在不同人的身上，在此刻同处一室。

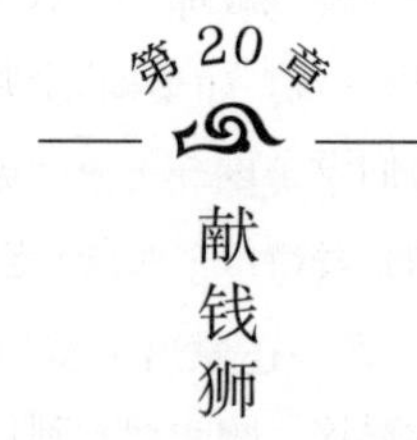

第20章 献钱狮

尤星越也没想到一张图能在互联网上疯狂流传，一度被各个平台的用户当作头像和壁纸，接连出现在不同的营销号视频之间，被打上“国风美人”的标签，看得尤星越不停皱眉。

这张照片的意境确实非常好。

博物馆的打光是柔和的，凝聚的光线让飞鱼服上岁月的痕迹与精美的绣纹清晰可见。

展柜外的人玉容松姿，飞鱼服崭新合身。

照片中其他行人都做了特殊处理，身形有些虚幻，却还能清晰地辨别出行人的着装——直裰与衬衫擦肩而过，襦裙、长衫、褙子，各个时代的衣着混在一起。

独尤星越一人静立在穿行的人流中。

这张照片是一位摄影师在参观服饰展厅时抓拍的，当时拍完也问过尤星越是否可以放在网络上，尤星越本身就算是网红，所以直接同意了。没想到这张照片红了，摄像师也因此受到了大量的关注。

因为有不少粉丝想要看未修图之前的照片，摄像师索性放出了原图。原照片果然别有韵味，但是很多人的关注点渐渐歪掉了——

可达鸭：等等，老板旁边那个拿着手机的，是不是摄像小哥？也这么帅吗？穿着好神奇，有人解释一下这个制式吗？看着像衮服，但是又没有龙纹什么的，是现代服装？

朝朝暮暮：黎朝圆领袍的样式啦，上衣下裳很常见，不过真的很精致，感觉像织了金线，暗纹都在流动一样。话说虽然绣的不是龙纹，但也是各种兽纹啊，有种上古时期奇异威严的感觉。有人知道这个帅哥是谁吗？

踩踩：哈哈，一看就知道你们没去过古玩店。这是老板的好朋友啊，每天都在古玩店的，小声说一句，真的超级贤惠温柔，老板谈事情的时候，他会泡茶端过来，店里的香都是他亲自点的。

兰花：我没去过店里，但我对这张脸印象深刻！当时戚知雨弟弟表演时，这个大帅哥出现过！我还记得那一幕呢，上过颖江市当地的新闻，他一抬手把凶器撞出去，真的很酷很厉害。

尤星越看到这些评论的时候，心情十分微妙：朋友们，他们之所以这么厉害，那是因为他们……都不是人啊。

尤星越退出评论区，继续翻看其他与联展有关的动态。

所有人对联展的反馈都是正面的，展览虽然结束了，但联展的话题度依旧很高，网友时不时会上传一些照片。簪娘和手作娘偶尔会将自己的作品拍照放在话题里，市博物馆和不留客也经常参与话题。

在尤星越的帮助下，几个参展的大家都注册了自己的账号，用网友们的话来说是“神仙下凡”。

严复白忙着教学生，兰茵在联展之后也收到了各种邀请，忙起来了。

休息室里，超薄一边逛着话题，一边感慨：“终于可以正常营业了，感觉老板这两天好累。”

尤星越撑着下颌，叹了口气。

店里越来越热闹了。兰茵和知雨虽然出去了，但是多了个《十万个为什么》成精般的小司寻，让尤星越年纪轻轻就充分体会到了带小孩的疲惫。

时无宴：“今天不去福利院了吗？”

尤星越：“去。院长不上网，长时间看不到我会担心。一会儿带司寻出去，顺便去看看金蟾吧。”尤星越走之前拍拍超薄的鼠标，“回来给你带一个外接的猫猫键盘。”

超薄秒亮屏幕：“谢谢老板。”

尤星越穿上外套：“搞不懂你们这些电脑，为什么要喜欢猫？”

超薄：“猫猫多可爱！”

尤星越："猫猫可爱，猫猫咬坏你屏幕。"

超薄："坏心眼猫猫除外，再说老板你不想养猫，能养什么？难道老板你喜欢狗？"

尤星越想了想："我觉得冥龙挺好的。"

超薄：老板你真牛，你不养猫想养龙？

时无宴却道："他不好。"

尤星越一怔："为什么？"

时无宴认真："他吃很多，养不起。"

尤星越没撑住笑出来："对对对，他太能吃了。"

两人说着话，走出古玩店。这次要去金蟾那边的商超买东西，加上还带着暂时没有身份证的司寻，所以尤星越开了车。

司寻每次出去都会很激动，他抱着不留客，一大一小用同样扭曲的姿势趴在后排，看着车窗外的景象。

尤星越道："不许把头伸出去。"

司寻用力点头："我知道，老板！不留客，外面的楼好高啊，为什么会建那么高？它不会塌吗？路好宽啊，上次老板说这是沥青的，什么是沥青？"

尤星越：好累啊。

好在还有不留客可以给他解释。

司寻感慨道："不留客好厉害。"

不留客晃晃小腿："嗯！"

尤星越把车停在停车场，几个人下了车，从入口处进商超。金蟾的本体一如既往地蹲在水池上俯视众生，但今天器灵却不在。

尤星越下意识扫视一圈，没有看到金蟾的器灵，正要收回视线，时无宴道："找金蟾吗？"

尤星越笑了下："嗯，本来是想来看看它。不在就算了，反正它现在有手机，也经常联络。"

金蟾自从放弃了邪神的路子，洗心革面后，修为回落了一些，不过还是不能脱离本体太远太久。

尤星越的眼光很准，金蟾使水池有了聚财的功效，水池反过来给金蟾创造更适合修炼的环境。

商场人气和财气旺盛，在这里修炼，让金蟾的修为提升得很快，自从有了手机之后，金蟾的日子就更美好了。

时无宴指向一个偏僻的角落："在那边，那里还有个器灵。"

"器灵"两个字一出，尤星越的脚步一顿，和不留客对视一眼。

不留客："星越冲呀！"

尤星越走过去，金蟾所在的位置是个楼梯间，周围还放着富贵竹等盆栽，挡住了不少人的视线。

尤星越刻意加重脚步走过去，他感觉到那边布下了一层结界，从灵力上感觉应该是金蟾布下的，防止被人看见。

商场人太多了，没阳光又比较阴，有时候会导致一些体质特殊些的人类突然看见器灵。

果然，他脚步声一加重，结界后探出金蟾的脑袋，金蟾惊喜道："老板！"

"哪个老板哦？"有个雄浑的声音响起，紧接着一个圆滚滚的狮子脑袋探了出来。

金蟾道："是不留客的老板啊！正好，你问问老板能不能帮帮你。"

尤星越走过去，一行人自然而然被结界包裹住，金蟾维持结界立刻开始吃力，尤星越察觉到，打了个响指，用线封住这一块区域，然后回头冲时无宴眨了下眼睛："结界术，我学得快不快？"

时无宴放下手："嗯，星越很聪明。"

进了结界才发现，这头狮子器灵非常大，快有一人高，尤星越扫了一眼，猜出对方的真身是石狮子。

不留客道："是献钱狮呢。"

献钱狮是南方狮的一种，大户人家或者大型写字楼前摆放的石狮子，标准特征是雄狮胸前有铜钱装饰。

狮子蹲在地上，他威武的灵体上还有不少伤痕，脖子上是一大串雕刻的铜钱，狮子抬起前爪对尤星越抱了个拳："在下正是献钱狮，幸会幸会。前段时间才搬过来，因为离得比较近，所以过来和金蟾唠唠嗑。"

石狮子比金蟾修为更高，知道金蟾无法离开商场太远，所以没事会主动来找金蟾聊天。

尤星越道："你好，刚才你们在说什么事情要我帮忙？"

金蟾晃着脑袋："他女儿丢了嘛！"

公狮子难过道："说来也是我的错。夫人要上外头去结交小姐妹，便将女儿交给我看管，我蹲在外头看鱼精钓鱼，竟然忘了头上的女儿，不过是看个钓鱼的工夫，回神的时候便找不到女儿了！"

公狮子说着抽噎起来："夫人说，若是三天之内找不到，就要和我离婚！我们夫妻几百年，若是找不到女儿，我也不活了呜呜呜……"

金蟾感慨道："商场里说公狮子都是渣男，你倒是个情种啊！"

公狮子："别把我跟渣男相提并论，我可是好男狮。再说了我也打不过我老婆呀，你看她把我挠的，呜呜呜……"

司寻忍了半天，到底没憋住，吐槽道："挠死你也不亏，女儿都能看丢了。"

不留客很严肃地点点头："就是就是。"

公狮子两爪捂着眼睛，他造型威武，此刻却哭得抽抽搭搭的："我这不是正在找……"

献钱狮一家三口都出了器灵。

富贵人家门口摆放石狮子，往往是放置公母一对狮子。

献钱狮自然也是一公一母。公狮子脖子上戴一串钱币，母狮足下则踩小狮子，分别寓意招财进宝与人丁兴旺，石狮子修成器灵后也有镇宅的作用。小狮子一旦跑走，母狮就会去寻找小狮子，而母狮一走，公狮也会跟着去找母狮。好在寻找的范围不会太大，毕竟小狮子没能力跑得太远，不过小狮子体型娇小，钻到角落里的话确实不太容易找。

公狮抽泣道："我来商场找金蟾，是想让金蟾兄替我留意下女儿，万一她玩心上来跑到了商场，还请金蟾兄给我报个信。我和夫人初来乍到，人生地不熟的，还请金蟾兄多多照应。"

金蟾在一声声"金蟾兄"中迷失了自我，拍拍公狮，道："放心，我一定会帮忙的！呃……我会尽全力的。"

司寻忍不住偷偷看向尤星越。

尤星越原本想顺着线找过去，感觉到司寻的眼神，莞尔："正好我这里有一位擅长找人和妖怪的器灵，不如请他试一试？"

司寻眼睛顿时亮了。

公狮眼里升起希望："真的吗？"

司寻点头："真的。只需要给我和你女儿相关的东西，最好沾着一点她的气息。"

公狮为难："可是我们石狮子身无长物，我身上没有和我女儿有关的东西。"

尤星越低头给院长发信息，说自己晚点到，然后随口说："你不就是跟女儿相关的吗？父女两个身上的灵力应该是差不多的。"

公狮恍然大悟，伸出脑袋递到司寻跟前："你蹭蹭！"

司寻伸手在公狮的鬃毛上蹭了几下，随即摊开手，手心里聚了一团公狮的灵气，几经变化后凝成一根细针。

司寻低头冲着针轻轻吹了口气。

尤星越好奇地看向这根"针"，时无宴轻声道："这是灵力做成的针，只要周围有灵气，就会自动指向灵力主人在的地方。"

尤星越点头："原来是这样，我一直好奇司寻怎么找人呢。"

世上有多种寻人的法术，但是这些法术大多需要大量的灵力维持，而且也未必准，很容易受到其他东西的干扰。

指针在司寻手心疯狂旋转起来，先是指向了公狮。

公狮下意识翻起眼睛，试图从自己身上找到女儿，随即意识到这根针是自己的灵力所化，所以会第一时间指向自己。

细针又转了几圈，指向另一个方向。

司寻站起来："可能在那个地方，当然也有可能是……"

是你夫人。

话音未落，公狮子站起来，抖抖鬃毛，直接扑了出去，跑了两步又折回来："不好意思，是哪个方向？"

尤星越："……"

细针所指的方向在东方，小狮子果然没跑远，他们开车几分钟，司寻手心的针就开始剧烈颤动，接着慢慢停了下来。

司寻道："就在附近！"

这是个广场，正在进行表演，周围挤满了围观的人，尤星越几人和器灵顺着针指的方向找过去。

走了没几步，司寻突然激动起来，忍不住在人群里蹦了几下，周围的人以为他是想看表演，向司寻投来善意的目光。

司寻脸颊微红，伸出手指着一个方向："找到了！在那边。"

人群中突然爆发出一阵鼓掌和叫好声，公狮惊喜道："我也看见了！"

尤星越找了一圈："在哪儿呢？"

时无宴伸手一指，尤星越顺着看过去，只见一个高壮的男人肩膀上顶着一个女孩，而女孩的头顶……蹲着一只小狮子。

那小狮子正揣着前爪，兴致勃勃地盯着广场中间的表演团队，不时学着周围的人群，抬起两只前爪鼓掌，发出嗷呜嗷呜的叫好声。

公狮一个起跃，将小狮子叼下来。

司寻握紧手，散去手心灵力凝成的针。

公狮将女儿甩在背上，眼泪汪汪的："你去什么地方了？爹爹很担心知不知道？"

小狮子甩甩脑袋："明明是阿娘挠你了！"

司寻没有上前，而是站在原地，稚嫩的眉眼微弯，带着欣慰的笑容：我还是有一点用的，虽然我很笨分不清方向，但是我真的还能帮到别的生灵。

司寻握紧手，将内心的雀跃压制住。

不留客摸摸小狮子："你这样跑走让家长很担心呀，为什么不回家呢？"

小狮子眼睛湿漉漉的，甩着尾巴，兴高采烈道："我看舞狮呀！"

她学着表演团队的动作："嗷呜嗷呜——你看我像不像一头狮子？"

公狮为难道："可是孩子，你本来就是一头狮子啊。"

小狮子伸出后腿蹬蹬耳朵，有一点震惊："石狮子也是狮子吗？"

尤星越转头看向时无宴，好笑道："她爸爸看鱼钓鱼，她看舞狮学做狮，果然是一对父女。"

说起来跟绕口令一样。

时无宴看着尤星越的笑容，忍不住露出笑颜，点头："嗯。"

公狮找到了自己的女儿，总算能回去见夫人，走的时候谢了好一会儿，才心满意足地顶着女儿回到了本体附近。

司寻帮公狮找到了女儿，这是他苏醒以来第一件办成的事，虽然没有多说什么，但是尤星越能看出司寻确实非常开心。

司寻一路上的话都比之前多了一些。

开车去往福利院的时候，尤星越没注意到司寻盯着一家快递驿站看了很久。

尤星越开车从福利院回古玩店的时候，司寻和不留客在后座上睡得很香。

尤星越收回视线，道："无宴，下午陪我去一趟非人类规划总局吧。"

时无宴有点生疏地问："是要去给司寻办证件吗？要送他去上学？"

尤星越忍不住多看了时无宴一眼——

时无宴很少询问店里器灵的去处，大多时候是尤星越说什么做什么，时无宴就听着陪着。

尤星越一直觉得这是正常的。时无宴是轮回司的灵神，他不仅对人世难以有归属感，而且生来便少些情感。

但这一次……他居然主动地问了。

因为吃惊，尤星越一时没说话。

时无宴轻轻扯了下手腕上的红绳，指尖在红绳上绕了两圈，难得露出些局促来："不是吗？"

尤星越立刻反应过来："是呀，我打算去办呢。他化形的年纪太小了，得先给他办好能在人类社会出行所需的证件。"

尤星越飞快看了后座一眼，落下隔音的结界："我感觉司寻以前跟着驿夫到处跑，让他觉得被需要，也有很强烈的使命感。他如果找不到自己的用处，一定会很难过。你看他今天帮忙找了小狮子，明显开心多了。"

时无宴道："嗯，看着很高兴，陪不留客和福利院里的孩子玩了很久。"

尤星越道："司寻不知道他找人的本事很有用。国内每年都会有不少的失踪人口，如果能及时找到，是一件很好的事……咦。"

尤星越在红灯前踩下刹车，停车后扭头看向时无宴："我有个想法。"

时无宴："嗯？"

尤星越眼睛亮晶晶的："妖怪既然有非人类规划总局，那人类会不会有对应的特殊机构？"

时无宴道："有。机构里多是一些奇人异士，好像叫异常现象管理局，和总局对应。毕竟程明浅他们并不管人类的灵煞，只是约束一些妖怪。管理局与轮回司也有些关系，毕竟阴阳界正门大开时，是需要彼此合力的。"

尤星越挺奇怪的，道："我怎么没听过呢？他们好像从来没找过我。"

时无宴道："不留客一直是妖怪店，挂在非人类规划总局的名下，如果那边插手，程明浅会很不高兴的。”

尤星越了然：“原来是这样。你说，司寻愿不愿意把自己上交给国家？”

越想越觉得去管理局是个好主意，可以略过念书到硕博，直接开始建设美丽瓷国，还是铁饭碗。

时无宴看着尤星越，展颜道：“我想，这个主意他大概会喜欢的。”尤星越果真是一个真正去思考器灵想法的人。

尤星越行动力非常强，拿定主意后，回到店里就拜托时无宴找来了郁荼。

郁荼听完尤星越的想法，道：“您说联系异常现象管理局？这不是难事，我还有他们的电话呢。”

尤星越道：“我先试着跟司寻说一下吧。”

郁荼连连点头：“老板很周到呢。其实妖怪们也有在管理局任职的，福利很好。”

尤星越到外间找到司寻，叫他到休息室来。

司寻坐在休息室里，好奇地看了眼郁荼，双手乖乖放在膝盖上：“老板。”

尤星越：“司寻，你有想过找一个什么样的有缘人吗？”

尤星越想先试探一下司寻的想法，毕竟司寻是修成人形的器灵，也许有别的考虑。

司寻坐在椅子上，激动了一下：“有的！我……我想去当一个快递员，使命必达！”

尤星越大概这辈子都戒不掉自己嘴欠的毛病了，脱口而出：“可是你不是分不清方向吗？虽然现在有导航，但是钻来钻去也是很绕的。”

幸好这里不是山城，否则小司寻还没找到不留客，就要先把自己弄丢了。

司寻顿时低落下来：“我忘了。”

时无宴试着救场，道：“星越其实有一个想法，不知道你感不感兴趣。”

轮回之神救场成功，司寻仰起头，乖乖道：“您说。”

尤星越道：“你愿意去国家部门工作吗？当然了，这只是我的一个想法，不一定能成功。你要是感兴趣的话，我和无宴可以去找人问一问。”

司寻：“就是给官家办事吗？我以前的几任主人就是给官府办事的，送一些信件和东西。不过……我是送讣闻和抚恤银的。以前士兵们死在战场上，我和主人会带着他们的尸骨或是名牌和上面发下来的银两去对方家里。”

司寻小声道："人类会不会觉得我有些晦气？他们有时候会说我们是报丧鸟，专门报死讯。"

"怎么会呢？"尤星越道，"这个社会上每天都有失踪的人，也会有等他们回家的人。就像今天，你不是帮石狮子找到女儿了吗？他今天回去一定不会被夫人挠了。"

司寻精神一振，道："那我很愿意！我最希望大家都能团团圆圆地聚在一起，没有生离死别。其实我们报的死讯，也是希望他们可以回归故里，不至于流落他乡，被抛弃在乱葬岗上。"

尤星越揉揉司寻的头发："好，我们给你联系人类那边。"

郁荼找出自己的手机，拨通了一个电话。

那头接得很快，接线员的声音非常严肃："您好，异常现象管理局，您所拨打的是管理局内线，是否需要提供帮助？"

郁荼赶紧将电话交给尤星越。

尤星越道："你好，我是不留客的负责人。冒昧打这个电话，是因为我家里有一位本体为司南的器灵愿意为国家服务。他很擅长找人，而且修为精深，已经能化为人形，不知道我们有没有这个荣幸？"

接线员突然破音，激动地打断了尤星越的话："上交国家？真的吗？哎呀，我们馋你们不留客的器灵很久啦！"

尤星越：这……

接线员："对不起对不起，刚才……刚才突然被灵煞附身了一下，呵呵呵……我是说，能有不留客的器灵加盟，是我们的荣幸才对，哈哈哈哈。"

郁荼缓缓低下头：感觉尴尬到要窒息了。

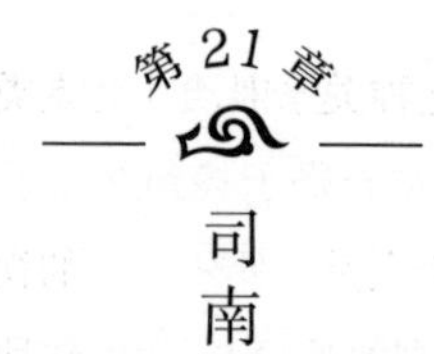

第21章 司南

异常现象管理局的总局位于帝京，各省各市都有分局，不过因为颖江市有非人类规划总局坐镇，所以颖江市的分局是所有分局中存在感最低的。

但存在感低不代表能力弱，恰恰相反，因为颖江市大妖云集，灵气比其他地方浓郁，更容易养出魑魅魍魉，能稳住这种局面的异常现象管理局当然颇有手段。

当颖江市分局接到总局打来的电话时，还是一头雾水："您说不留客要上交一个器灵？真的假的？他们不是挂在非人类规划总局那边的吗？"

分局局长撸一把自己光洁的脑门："真的没问题吗？"

总局："没问题的啦！那边其实挺和蔼的，不用怕，他们大概下午会过来给孩子办手续。你们只要帮器灵树立正确的三观，给他办个学籍户口什么的，对了，最好找一个临时的监护人。"

总局疯狂诱惑："那可是个死人、活人和物品都能找的司南器灵，还能化形。有了他，你想想市里每年因为灵异事件失踪的人口是不是就能找到了？你争取争取，把他留下来，变成你局的传家宝！

分局局长虎躯一震："您说得对啊。"

分局局长挂断电话后激动地在办公室踱了好几圈，兴奋不到半个小时，突然蔫了——这是分局局长第一次和不留客的人……也可能"不是人"接触。

在他还是新人的时候，就被老人们叮嘱过：不要招惹规划总局那边的妖怪！

不留客开业后，他又被上级多次嘱咐不要得罪不留客。

所以分局一直绕着不留客走，但是不留客的动静太大，即便管理局这边有意避开，还是听过不留客的消息。

据说不留客自古便与轮回之神关系匪浅，非人类规划总局的腓腓局长也和现任老板走得很近。

不留客现任老板，确实是个人类，偶尔露面的视频里看上去也颇为温柔，但能将一个古玩店发展到如今的规模，必定是外柔内刚的性格。

一想到要和这样的人打交道，局长内心的忐忑无可言表。

下午前台打电话进来，说不留客的老板带着一个小孩到了分局，已经在会议室等着了。

局长深吸一口气，端着茶杯走向3号会议室。

不知道那位老板脾气到底怎么样，希望不要太难搞；总局批下来的资金也不知道够不够……局长一边想着，一边忐忑地打开了3号会议室的门。

会议室里只有两个人，高个青年显然就是不留客的老板，他身旁的小少年就是司南器灵。

“尤老板，”局长走过去，向青年伸出手，“幸会幸会。这位就是器灵司寻吧，真是灵力充沛。”

尤星越回应着：“局长好。”

司寻站起来：“局长你好。”

尤星越道：“突然过来，打扰局长了。这孩子本体是司南，前几天来我身边的，他原本就是炼制的法器，虽然化形显小，但是有九百多年的修为，可以根据与失踪者有关的物品，找出失踪者的位置。”

“果然很适合我们局，不过看着还是小孩呢。”局长慈爱地看着司寻，好好养着肯定能把自己送走吧？确实能当传家宝。

司寻立刻紧张起来，听说现代社会不许雇佣童工，可是他已经不是小孩了。

司寻道：“我可以化形为成年人！变这么小是因为以前翻山越岭的，小孩子的体型可以省点灵力！”

局长看向司寻的眼神充满了怜爱：“你别怕，我们现在不用这样了。”

局长道：“就我们管理局来说，现在流程已经确定了，先办个户籍，落在咱们局里人的名下。不知道不留客是不是有什么特殊流程要走？还有……”

局长瞄了眼司寻，斟酌着开口：“费用什么的，是不是要好好商量一下？”

闻言，尤星越从包里取出合同："不留客确实有特殊流程。"

局长紧张起来，心算局里今年的经费够不够：上面批下来的资金加上今年的经费，好像一共是三百多万，会不会太少了？少了能加价吗？

尤星越将手里的三份合同分别递给局长和司寻："主要是福利方面。比如入职以后工资大概多少，是否有保险等问题，以及节假日福利，等司寻化形成成年人后，是否可以申请单位住房……"

局长睁大眼睛，竟然是这种福利吗？

"嗯？怎么了？"尤星越说了一串，发现没人理他，疑惑歪头，"你们是正规机构吧？这些福利很为难吗？"

局长感动道："没想到您居然这么人性化！"

司寻结缘的并不是局长个人，而是整个管理局分局，所以合同上加盖了分局的公章。

合同落成的刹那，司寻身上升起一根肉眼可见的线，先是飘浮在空中，几次眨眼的工夫，那游动的线终于连上了整个管理局，线瞬间绷紧，分出另一根后，两根线随即消失不见。

分出的另一根线奔去了古玩店，融入不留客的体内，又通过不留客折返一部分给了尤星越。

局长吃惊道："这是？"

"契约落成的效果。"

尤星越伸手轻轻摁住胸口，与寻常的线不同，这次的线上居然附着了一层紫气，力量强得他有些不适应。

在所有气中，紫气是帝王之气，如今没有帝王，紫气归入国运。

异常现象管理局是国家机构，司寻和管理局签契约，能分到紫气虽然是意料之外，但也在情理之中。

紫气的力量极其柔和，纯净浓厚，化入尤星越的体内，让尤星越感觉到了小时候被院长奶奶哄着睡觉的温暖感。

也是……尤星越眼神柔和，这可是来自祖国的紫气，当然会有如此温暖的感受。

不过这么浓郁的力量一下涌入，淤积在体内十分难受，需要在安静的场所吸收。尤星越强撑着揉了揉眉心，打起精神。

尤星越道："既然契约落成，现在就去给司寻办个户籍吧。我还想和分局看中的监护人聊一聊，让他们多多熟悉。"

局长点头："应该的。"

这位老板可真是个体贴人。

分局给司寻安排的监护人是一对少言寡语的夫妇，在分局任职超过二十年，他们没有孩子，看到司寻的时候表露出了极大的善意。

因为司寻接下来会去上学，要多和这对夫妇相处，所以尤星越和对方闲聊一会儿后，就把时间让给了他们。

局长觑着尤星越的脸色，笑着道："他们相处得不错。"

尤星越点头："司寻以前多和人类打交道，还是回归人类社会更适应，我晚上再来接他回去吧。"

局长道："好的。"

尤星越又看了一会儿，彻底放下心，他没敢开车，而是打了个车回古玩店。

做司寻监护人的这对夫妇丈夫叫刘劲松，妻子叫康白丽，虽然喜欢孩子，却一直没有。夫妻两个人到中年，稳重又有能力，应该会包容司寻。

和局长想的一样，夫妻两个果然很喜欢司寻。

在丈夫刘劲松的坚持下，夫妻俩带着司寻去了游乐园。

司寻一开始还十分犹豫："不了，我待在这里就挺好的。"虽然老板给了零花钱，但是去游乐场一定要花很多钱吧。

刘劲松却说："去玩吧。你以后要上学，可以提前适应一下这么大的小孩都玩什么。"

所以把司寻交给夫妻两个还是有道理的，尤老板没多少童心，这辈子都不会想起来带小孩去游乐园。

司寻觉得刘劲松说得对，他摸摸口袋里的钱，用力点头："好。"

康白丽夫妻耐心且体贴，领着司寻慢慢探索这个新奇的世界。

司寻哪里见过这么花里胡哨的地方，一到游乐园，就被各种设施迷昏头了。

现在虽然是冬天，但是这种大型游乐园里还是有不少人。司寻坐完摩天轮下来，整个人都明亮了几分，眼睛亮晶晶地盯着刘劲松夫妻。

刘劲松心里一笑：说是几百年的器灵，但也还是小孩嘛！

康白丽心里也松了口气。他们是真的喜欢司寻，但是司寻器灵的身份也让他们比较紧张，作为修行者，他们很清楚能修炼成人形的器灵有多么难得。好在相处下来，觉得司寻和很多孩子差不多。

夫妻俩看看时间：“走，我们去吃饭。”

两人一器灵找到附近的快餐店，进去后，司寻停在自助贩卖机前，他什么都没见过，所以看什么都觉得稀奇：“这个盒子里的东西也能卖吗？为什么没有人看着……”

说到一半的话戛然而止，司寻小鹿似的眼睛忽然凌厉起来，径直看向一个方向——

康白丽和刘劲松被这样的眼神吓了一跳：“怎么了？”

司寻伸手抵了下嘴唇：“嘘。”

夫妻俩面面相觑。

只见司寻加快脚步，径直走向一个高大的男人，随即一把攥住对方的手腕，制止了对方离开的脚步。

司寻修为精深：一来他本就是炼制过的法器，诞生以来就身负灵力；二来九百多年的修为也不是吹出去的。要是没点真本事，就以他的路痴属性，一路上碰见的妖魔就够他为难了。

那男人极高大，被他拽得后退几步，凶狠地回过头：“小崽子，你干什么？”

司寻看了眼男人牵着的孩子，冷冷道：“你带这孩子去什么地方？”

康白丽两人急忙走过来，一看到孩子的眼神就意识到了不对——这没有焦距的眼神，一看就知道被施了法术！

夫妻俩心里都忍不住庆幸，幸好有司寻在这里，不然谁都注意不到这男人的异常，这个城市里又会有个家庭面临破碎。

这男人到底是什么？化成的人形竟然如此完美，他们都没有察觉到妖气。

男人盯着司寻：“他走失了，我带小孩去找他爸妈。怎么，这年头乐于助人都不行？”

康白丽上前，摸出口袋里的证件给男人看后道：“既然是走失儿童，我们会带他去找父母，请将孩子交给我们吧。”说着康白丽伸手去拉孩子。

男人眼睛里闪过一抹金色，哼了一声：“你说是就是？”

区区人类……男人正要挥开康白丽的手，却被司寻一下打开。

司寻道：“放开他！”

男人被打过的地方一阵疼痛，他本体是一头蛊雕，脾气极差，此刻控制不住地厉声道："你找死！你知道我是谁吗？"

蛊雕好食人，但自从总局成立后，他就很久没有吃过人了。

不仅如此，他上次在乱葬岗被不留客老板刺穿翅膀，休养几个月都没能彻底养好伤，这次在游乐园打零工碰上走丢的孩子，蛊雕没忍住给这孩子施了法术。

吃是不敢吃的，可是又非常馋，一边觉得应该送还给人类，一边又觉得偷偷带走也没什么。

两种想法拉扯之下，蛊雕用了点障眼法，让普通人看不到孩子的存在。

司寻握着对方手腕的手微微用力，他今天结缘后有了紫气相助，灵力比以往更盛："你是想和总局过不去吗？"

蛊雕被总局两个字镇住，又感觉到对方充沛的灵力，迟疑着打量他："我怎么看你有点眼熟？"

司寻冷冷道："别想跟我套近乎！"

蛊雕突然道："你是不留客那个……"

可不眼熟吗？他前两天路过古玩店的时候从玻璃窗外见过这张脸！当时这小妖怪正被不留客的老板揽在身前，红着脸和不留客那个凶悍的刀灵说话。

蛊雕突然松开孩子，下压的嘴角抽搐几下，硬是挤出笑容："呵呵失敬了，原来是不留客的人。我真没别的意思，就是这小孩走丢了，我送他去找家里人。"

司寻警惕地盯着蛊雕。

蛊雕搓着手："现在总局人妖们都在，您仔细想想，谁敢作死？您可千万别告诉老板。"

司寻："……"

他眼神微妙："你是不是挨过老板揍？"

知雨说，老板很强很能打的。这只蛊雕这么怕老板，大概是被揍过吧？

蛊雕笑得很和气："嗐！那怎么能是揍呢！是教训！我活该，呵呵呵……"

蛊雕双手将小孩送到司寻手上，态度殷勤极了。

男孩乖乖被司寻握住手，在男孩看不到的地方，司寻摸了下男孩的头发，再次抬起手的时候，手心躺着一根头发。那头发在手心转了几圈，指向一个方向。

司寻牵着他的手，顺着所指的方向一路走过去，出了游乐园，才碰上哭得发蒙的一对夫妻，他们后面跟着警察。

司寻解开法术，男孩终于从蛊雕的法术里清醒过来，哭喊着扑向了自己的父母。

康白丽两人上前出示了自己的证件，这才知道男孩已经丢了一个多小时，刚开始夫妻俩请求游乐园广播寻找，没人应声，又查监控，最后实在找不到才报了警。

夫妻两个向康白丽几人道谢的时候，康白丽和刘劲松却冷汗涔涔——他们此刻才意识到，这妖怪用了障眼法将小孩的身形遮盖住了，所以监控里才看不见。

如果不是司寻……

康白丽和刘劲松对视一眼，原本觉得司寻是个孩子，此刻才发现天真的是他们，这可是九百多年的器灵！难怪总局那边都说馋不留客的器灵。

蛊雕则在司寻冷冷的眼神下哀号：我命休矣！

古玩店。

契约签订的时候，大量力量的涌入让尤星越很不适应。而且不留客只接收了线的力量，将紫气全都返给了尤星越。

尤星越回到古玩店的时候，已经困得睁不开眼睛，他难得在白天回到了卧室，缩进了被子里。

有点冷。

尤星越迷迷糊糊之间，感觉有人推开卧室门，走进来坐在床边，散发出一阵熟悉的香气。

尤星越莫名安心下来，沉沉地睡过去。

他一觉醒来已经是三个多小时后，古玩店已经闭店。

尤星越猛地坐起来："糟了！"

时无宴被尤星越这突如其来的举动吓了一跳："怎么了？"

尤星越伸手拿过手机，恹恹道："我忘了去接司寻。"

时无宴道："不用着急。傍晚的时候，一对人类夫妻送司寻回来了。"

听了这句话，尤星越放下心，穿戴整齐后来到外间。

一出门，就听见有人叫他："老板！"

尤星越转头看过去，分局局长竟然在店里和兰茵聊天。不只是兰茵，这个时间点，器灵都在店里，陶桃居然还把屠龙带来了。

店里热闹得要命，超薄、陶桃、屠龙和不留客一起在看美食纪录片。

戚知雨不知道在教司寻什么东西，兰茵和局长一人捧着一只茶杯喝茶。

局长见到尤星越很激动："尤老板，今天真是要多谢你了。"

尤星越还没反应过来，已经下意识露出笑容："我还要谢谢您送司寻回来，今天下午出了点意外，没有来得及去接他。"

时无宴端着一杯温开水给尤星越，示意他润润有些干的嘴唇。

尤星越接过杯子。

局长道："是这样的，今天司寻……"他详细讲了游乐园里的事，"那蛊雕一口咬定说自己没有歪心思，不肯去非人类规划总局，还是司寻借着老板的名头才压下他，不然他一定会和局里的人打起来！本以为今天游乐园一事是个巧合，谁想到总局调查下来，发现蛊雕偷偷拐走了好几个孩子！"

尤星越蹙眉："那些孩子呢？"

这只蛊雕认识他，难道是当时在乱葬岗见过的蛊雕？也不一定，市里认识他的妖怪海了去了。

局长道："万幸的是孩子们没事。蛊雕脑子一热便拐走一个孩子，又不敢下嘴便偷偷藏匿一两天，之后又心惊胆战地放走孩子。"

尤星越听到这里，基本确定局长口中的蛊雕就是乱葬岗上被他打伤的那只，又扊又坏。

"他是惯犯了！这次送到总局，托您的福，我们见到总局局长，局长说会严厉惩罚那只蛊雕，并且流放到妖界，不许他再停留人间！"局长感叹，"说起来惭愧，老板用金蟾镇压景观池煞气等事都是功劳，我们却一直没敢有什么表示。"

尤星越："我身为公民，看不下去帮一把而已，不需要什么嘉奖。"

局长道："这怎么能行呢？我们商量过了，决定送老板一对锦旗！"

尤星越：锦旗就不了吧，还一对，古玩店里挂锦旗多奇怪。

局长越说越起劲，忍不住开始畅想："希望管理局和不留客友谊长存，我们管理局永远都愿意给不留客的器灵提供新的岗位。如果老板你对有保险的公务员感兴趣的话，也可以把自己上交给我们……"

话音未落，不留客率先看向局长，其他器灵的视线也落在手舞足蹈的局长身上。

超薄打字：你们说，他知道自己在当着谁的面挖墙脚吗？

陶桃掏出手机打字：我觉得，他大概是不知道的。

果然，一直没说话的时无宴开口："不可以。"

局长一愣，这才意识到自己刚才太激动，赶忙解释道："不不不，我不是说老板不开古玩店了，挂名……"

时无宴漆黑的眸子一动："他是我的。用你们人类的话来说，他生是我的人，若是死了，魂灵也归于我。"

尤星越听不下去了，扶额道："你们管理局真的要和妖怪总局那边多走动走动。"

妖怪们都知道的消息，管理局居然不是太清楚。

局长没理解这个话题跨度："怎么了？"

尤星越："他是往复。别说我一个的灵体，天下众生的生死都归他管。"

局长悚然一惊："您您您……您是……"他一阵眩晕——不是不知道不留客老板与往复走得近，但谁能想到日日陪伴在老板身边的男人就是往复本人？

尤星越语重心长："不留客老板向来都是为往复效力的，局长，你这是挖他的墙脚啊。"

局长捂住胸口，感觉自己心脏病要犯了："不敢！"

分局局长离开古玩店的时候，神情恍惚。

司机小心询问："局长，你还好吧？"

局长抹一把脸："暂时还好。"得到的消息太过劲爆，他现在都没缓过来。

司寻和分局结缘后，大部分时间都待在康白丽夫妇家里。康白丽夫妻性格稳重，而且颇有阅历，耐心地带领司寻融入社会，和同龄人接触。几天的时间，司寻的性格比刚来的时候开朗不少。夫妇两个经常出任务，一些小任务还会带上司寻。这让司寻和分局的联系缓慢加深，契约的效果更佳，甚至还反馈给了尤星越。所以此后几天，尤星越一直没有出门，而是断断续续地睡了好几天。虽然知道这是妖化的正常表现，时无宴依然很担心，特意去请教已婚有崽的大饕餮怎么养小妖怪。

大饕餮摸着肚子："喂！使劲喂！生长期的小妖怪需要更多营养。"

连住在妖界的凤凰和神龙也给了差不多的答案："吃点好的。"

于是昆山的玉泉、春巷的花露……各色灵果堆满了不留客。尤星越只要醒过来，就要面临各种投喂。

“我成年了，”尤星越拒绝了新一轮投喂，“不能再这么吃了。”

时无宴道：“可是他们说你的身体正在成长期……”

尤星越真的吃不下了：“你不能把我当猪……不是，你不能把我当饕餮养，我真的吃不下那么多东西。吃得太多了，反而吸收不了怎么办？”

时无宴想了想，他当然更听尤星越的话。何况尤星越确实是人类之身，未必像饕餮那样能吃。

等尤星越完全融合了新的力量，已经是一周以后的事情了。

一次半个小时的午睡后，尤星越从黑沉沉的睡梦中醒过来，这次没有疲惫的感觉：“真的是睡了好久。”

时无宴将温水递到尤星越手边。尤星越喝了点温水，转头找眼镜，结果一侧脸在床头柜上看到了程明浅——

这大白猫头顶小狰崽，蹲在柜子上，两只猫一起歪着脑袋看着尤星越，程明浅道：“你醒啦？”

尤星越吓了一跳：“你怎么在我的卧室？”

程明浅舔了舔爪子：“来看看你的妖化情况。往复天生就是灵神，又不懂妖怪。”

“恭喜你完全妖化成功，其实按你们人类的划分来算，你应该是仙，”程明浅道，“但现在总局不承认仙籍，你一会儿去总局办个证件，以后不用任何妖怪神兽领着也可以进出妖界了。”

尤星越先前是半妖，进出妖界需要有妖怪或者神兽担保，这是妖界的规矩。先前妖市开启时，给尤星越做担保的自然是往复。

尤星越琢磨了一会儿：“那我现在可以去妖界进货了？”

不留客岂不是直接升级成跨国，不，跨“界”企业？

程明浅：“……倒也不必这么事业脑。”

好在物种发生变化，并没有给尤星越的日常生活带来太大改变。他去总局办了妖怪的身份证，凭借这个证件可以从通道里出入妖界。

办证的时候，总局的工作妖员非常热情，隔着玻璃和尤星越聊天：“你运气不错啊，很久没看见修炼成功的人类了。”

给尤星越办证的是一只犬妖，白了同事一眼：“尊重点，这是不留客的老板。”

同事是新上岗的，吃了一惊："不好意思，失敬了。"

原来不留客的老板长这个样子，他还以为是哪家大妖养的人类修炼成功了呢。

尤星越笑道："没事。"

犬妖递来各种证件："凭借身份证可以申请去妖界的签证，非妖市时间进出妖界手续还挺复杂的，要打各种报告。您短期和长期内有什么打算吗？"

进出妖界居然有这么多手续，尤星越感觉自己的进货之路不太能行得通。

尤星越道："短期应该是留在人间，长期的话……"

犬妖抬头，等着尤星越说话。

尤星越："我想去妖界开分店。"

犬妖："……您挺敬业。"

妖化了最惦记的居然是开分店，他在这岗位待了六十多年了，尤老板是第一个这么有事业心的人类。

尤星越叹气："欠着债呢，生活所迫。"

欠着不留客十万根线，只还了个零头。现在他妖化成功，这个账短时间内是没办法赖到下一世了。

尤星越拿着证件回到古玩店，时无宴正在店里看店。

今天是周六，任一帆不上班，入冬后店里的客人也不多，只有几个熟客。

时无宴坐在窗户下的椅子上看书。手边还放着一大摞书。时无宴不怎么爱玩手机，倒是一直很爱看书，店里的藏书他都看过，平日里看店，或者尤星越谈事情的时候，他就会安静地坐在一边翻阅古籍或者新出的书。那一摞书最上面的一本已经翻开两页，尤星越看不见书名，不过从装订来看，应该是古籍。

这是从外面借来的古籍？看得那么认真？

尤星越隔着窗户好奇地看了一眼，时无宴看得很认真，尤星越走过去的时候，时无宴第一次没有察觉到尤星越的靠近。

尤星越挑眉，轻轻走过去，拿起最上面一本书，唇角的笑意微微僵硬——《幼年妖怪呵护手册》，姑获鸟夏藿著。

尤星越大为震撼。

第22章 镇山河

在妖界，姑获鸟是出名的养崽专家。

而夏藿早年便进入人类社会，在养护人类幼崽上也有多年经验，甚至在人类社会都出版过两本书。

尤星越是人类，现在妖化成功。不得不说，夏藿的几本书简直是完美对口。

时无宴放下书："星越？"

尤星越抽出他手里的书，翻了两页。

时无宴正在看的这一本，署名也是夏藿，书名很长，叫《如果你的好友突然妖化》，是最新典藏版。

尤星越翻到最后的出版日期，竟然是十年前的。

翻开第一页，首先明确了妖化的定义：

何为妖化？即普通生灵体内灵力彻底融入血肉，不再是完全的肉体凡胎。人修炼得道，可称为仙，如今仙道没落，诸神与妖隐世，故而在本书中，人与普通生灵得道一并称作妖化。

所以妖怪的定义其实挺严格的，比如寻常动物修炼，一开始体内存储不了多少灵力的时候，甚至不能被称作妖。

尤星越："……"

这个定义，他一个妖化成功的人居然不知道。

整本书的目录更是条理清晰地分成了几个部分——

第一部分：如果你的好友是禽。

第二部分：如果你的好友是兽。

第三部分：如果你的好友是鳞虫。

第四部分：如果你的好友是人。

……

很严谨，很正式。

尤星越凝固片刻，他此刻的心情实在是一言难尽："这些书竟然还有得卖，怎么会想起来看这个？"

时无宴道："是灼灼送来的，说要科学养幼崽。"

还幼崽……连超薄到付的事都过去了，妖怪幼崽这么丢面子的事什么时候才能过去？

尤星越疲惫地问："我两天前才妖化成功，为什么连灼灼都知道了？"谁传出去的？他要连夜去"灭口"。

时无宴道："你上午去办证的时候,他们就从总局得到消息了。"

妖怪们的小道消息传得很快，尤其是在总局办公的，他们一活就是几百年，有大把的时间去八卦。

时无宴道："尘土化成的小妖会把在总局听到的消息带到外面。"

尤星越：……算了，还是扛着不留客离开颖江市比较快。

尤星越缓缓放下书："我懂了。"

时无宴疑惑。

尤星越挫败道："你是命里克我的。"尤星越长这么大，一直都是"欺负"人的那个，直到他遇见时无宴，才知道什么叫"出来混总是要还的"。

现在倒的霉，都是以前缺的德。

年末将近，今年大年三十在一月底，现在离过年差不多还有一个月，过年的氛围还不浓重。

不留客坐在椅子上晃着腿："星越今年要在哪里过年呀？"

尤星越正在敲键盘的手一顿："要过年了？"他这段时间比较忙，没想到时间居然过得这么快。

不留客偷偷看了眼时无宴，时无宴原本在擦拭如意和缠枝，虽然没有说话，但是动作慢了很多。

尤星越余光瞥见时无宴，心里笑了下：当然是在店里过年，一大家子人……等等，他也不是人了。

尤星越咳了一声："一大家子，去外面怪讨人嫌的。到时候是在那边房子过年，还是去绘饮楼订个年夜饭，等兰茵他们回来再好好商量吧。"

是啊，不知不觉居然有一大家的人了。

这是时无宴、不留客和器灵们苏醒后过的第一个年，尤星越打算留在店里过，等到初一的时候再去福利院拜年。

不留客欢呼一声，从椅子上跳下来，趴在尤星越膝盖上："星越星越！那我们也会去买年货吗？"

尤星越摸摸他的头发："等我手头这个企划结束就去，好不好？"

不留客："什么企划？"

超薄道："是纪录片拍摄啦，还有一个春节企划。老板也是的，忙糊涂了，自己一边做春节企划，一边把过年给忘了。"

尤星越笑了笑，没辩解："纪录片拍摄是年后的事情了，现在拍摄团队在飞雨市那边，过完年才会过来。"春节上班有加班工资，尤星越以前会有很清晰的"快要过年了"的时间概念，但尤星越自己不过年，"春节企划比较简单，上次知雨也说如今年味淡得很，我想找找库房里有没有和过年相关的古董，在网上活跃活跃过年的气氛。"

不留客道："跟过年有关系……啊，想起来了，好像有一副顾成斐的春联还留在店里。"

顾成斐，瓷国景朝大书法家，没想到库房里竟然还收着一副他写的对联。

尤星越道："等一会儿把它找出来。"

时无宴坐在尤星越身边，不留客顺势爬到尤星越怀里，时无宴将两杯酸奶分别放在尤星越和不留客手边。

不留客抱着酸奶："谢谢。"他被尤星越养得非常好，自从尤星越接手古玩店后，结成的契约效力非常强，司寻和分局的契约更是给不留客分了很多力量。而不留客本身就是线的集合，他能被其他妖怪看见，能与其他妖怪接触，就可以像尤星越那样不断获得线。所以当不留客可以在妖怪前显形的时候，就已经能像滚雪球一样收集线的力量，短短几个月就恢复了全盛状态的四五成。

作为线的集合，器物和不留客待在一起的时间越久，产生器灵的可能性越大。自从超薄知道这点后，就恨不得把不留客焊在电池上——没错，超薄还惦记着电池成精呢。

在这种情况下，不留客有时候能看见时无宴和尤星越之间的线，若有若无，经常消失。这不代表尤星越与时无宴这对至交之间的感情不够深厚，实在是时无宴作为往复，身份太特殊。

轮回本在红尘之外，能把线拴在时无宴身上，本身就挺离谱。那些纠缠在往复本体上的线，是千万怨念集中在一起才能缠上一根线，有了第一根线，其他的线会依附其上。

时无宴指尖停顿了一下，停在不留客面前，没有像以前那样立刻收回。

不留客微微睁大眼睛，茫然地看着时无宴。

时无宴修长的手指落在不留客头顶，轻轻抚平不留客翘起来的头发，像尤星越平常做的那样："不客气。"

不留客一惊——时无宴从未主动亲近过除尤星越之外的其他任何生灵，他是第一次被时无宴摸头。

不留客舔舔酸奶盖子，心想：这么久了，原来被星越改变的不只是自己，还有时无宴。

超薄吓得突然卡机。

尤星越刚刚敲下来的一行字突然消失，不仅是一行字，连文档都卡成了空白。他都气笑了，道："超薄，你失宠了，我要去开那款轻薄笔记本了。"

企划已经做了一小半了，结果超薄一卡机，直接把那七百字卡没了。

超薄虎躯一震："老板不要急！我马上给你找回来！"

尤星越做完企划已经是晚上八点多，便和时无宴一起出去觅食。天很冷，尤星越和时无宴开车去了靠近颖江大学的一家餐馆。这家是夫妻店，口味好，性价比也高，尤星越念书的时候偶尔会来这家店吃饭。

尤星越道："突然想吃这家的汤锅了，以前每年过年前，我都会来一次。老板娘人很好，给这边一个孤儿提供一日三餐，我念书的时候她还上过颖江电视台的新闻。"

时无宴看着这家亮着灯的小店，眼神柔和："店里很有烟火气。"

尤星越沉默了片刻，眼睛亮晶晶地看着时无宴："其实我还是惦记着颖江里有没有那个鼎，等吃完饭，我们去看看吧。"

上次和时无宴轧马路的时候提到了颍江市知名传说，尤星越回去之后不时还会想起那个鼎。

他难得有这么神采飞扬的时候，眉梢眼角全都跳动着好奇。

时无宴当然是顺着尤星越的，道："好，但是要先好好吃饭，你还在长身体。"

原本说要来看看，后来尤星越进入妖化，时无宴不敢随便离开不留客，所以才将鼎的事暂时搁置下了。

尤星越：……真的不能再长了，上次裁非寄来的衣服居然短了一截，寄回去的时候被裁非抓着问为什么长高了不及时告诉他。

尤星越确实饿了好一会儿了，先进店里点了餐。时无宴少有口腹之欲，只是来感受人间烟火气，就点了一份汤。

店里开着空调，尤星越坐下后摘下帽子口罩。

随着几次上热搜，尤其是上次接连三天的联展之后，尤星越这张脸对一部分市民来说已经是熟脸了。尤星越出门的时候经常会戴口罩，倒不是怕被围观，其实粉丝看见他最多要个合影，有些粉丝害羞一些，只是想上来说一两句话。主要是尤星越在街上走着走着，会被一些"古董"收藏家拉住，非要请他去家里做个鉴定。尤星越被这么"邀请"了几次后，出门便都戴着口罩。

来送餐前热饮的老板娘立刻认出了他："你是……那个不留客的老板吧？"

尤星越笑了下："是我。"

老板娘高兴道："你能帮我看看我这两天新收的古董吗？我给你免单，再给你免费送两个果盘好不好？"

尤星越正要拒绝，老板娘又神神秘秘道："可都是好东西哦！青铜器是要归公的吧？要是真的，我就把它们都捐给博物馆。"

青铜器？家传的青铜器是不犯法的，但是老板娘刚才已经说了是新收的……

尤星越叹气："那好，我给您看看吧。"

老板娘高兴道："你来你来。"

尤星越示意时无宴在这里等他，自己跟着老板娘往后厨走。

进后厨的时候碰见了正在煮面的老板，老板显然也认出了尤星越，没好气地对老板娘道："瞎猫碰上死耗子，你还真抓着人家给你看'古董'？说了那是假的，真的青铜器咋可能一碗面就换来了？"

老板娘不服气："万一是真的呢！我看着像真的，跟那些科普视频里一模一样。"

老板有些生气："什么科普？那就是个营销号！那小子骗你呢，他要是家里有青铜器，能穷得没饭吃？他都来了好几天了，说不定就是赖上我们家了。"

老板娘抿抿嘴唇，嘀咕道："我看他可怜，边上那么多店，连给他一碗饭都不愿意……"

尤星越好声好气道："阿姨，我们先进去看看。"

"都是些刚制成的工艺品，也不嫌丢人……人家老板跟你无亲无故的，凭什么帮你？"

尤星越莞尔："阿姨是好人，以前还上过新闻，我们都记着呢。"

老板诧异地看了尤星越一眼，没想到好几年前的事居然还有年轻人记着。

老板娘带着尤星越进了茶水间，随后从柜子抽屉里拿出一个饼干桶，放在桌上的时候，饼干桶里发出哐当的声响。老板娘用力打开饼干盒，递给尤星越："这些都是那个小年轻送给我的。"她有点不好意思地笑了下，"我看他大冷天一个人孤零零坐在外面，就叫他进来吃碗面，他说他没钱，留了这些东西给我。如果是真的，我就想办法还给他，或者捐到博物馆去！"

尤星越取出里面的东西。里头有一把青铜的小斧头，还有各朝代钱币，多得可以收集做成古钱币册了，除开这些东西，里面还有几颗珍珠。

青铜锈蚀得很厉害，钱币等保存得也不太好，上面还有点污泥。

尤星越放在手心闻了闻，有一股河底的土腥气，还有……相当微末的灵气。不对，给他的感觉不像是灵气，更像是……某种气运，和签订契约时感受到的紫气很像。

"怎么样？是不是假的？"老板不知何时站在了门口，正擦着手看向尤星越，"我看这锈蚀痕迹肯定是用药水泡出来的！善心挨人骗！"

尤星越蹙眉看了老板一眼，淡淡道："应该是真的。"

老板的话戛然而止，脸上露出几分尴尬来，强撑着道："你随便看看就能判断是真是假？就不会有走眼的时候吗？"

尤星越不轻不重地顶了一句："可能您比我专业些吧，我看起来是真的。这些东西应该是从河底里起出来的，上面还有淤泥……"

不只是真的，用这些东西的"人"也不简单。

老板搓着围裙，伸长脖子，怀疑道：“是真的？”

尤星越没理他，将钱币摊在手心，看向老板娘：“这些是谁给您的？”

老板娘描述道：“哦，一个这么高的男人，看着跟你差不多大，看着有点瘦，长得可漂亮！大冷天的，一个人坐在外面，有几天来的时候，身上衣服都是潮的！”

“所以……这些青铜器确实是真的？”老板很忐忑地看着尤星越，“不会给我们判刑吧？真的只是送的，我们没有买卖！”老板盯着尤星越，“只有这个青铜器违法吧？”

老板娘被老板郑重的态度吓到了，抓着围裙小心看着尤星越：“是要坐牢吗？”

其实不只是青铜器的问题。按理说，凡是出土文物都属于国家，私藏违法。但这件事的复杂之处在于，暂时不能确定青铜器与古代钱币是不是“出土文物”。如果是古董本尊收藏的古董，拿出来作为礼物，进行赠送，不产生金钱交易，好像也……不违法？从青铜斧头和钱币上沾染的灵气来看，送古董的大概率是器灵了。

尤星越犹豫了一下，还是道：“先别着急。他将东西赠送给你们，只是收藏的话没什么问题。”

老板和老板娘立刻松了口气。

尤星越笑了笑：“您说他最近十点多会来是吗？”

老板娘点点头又摇头：“不是每天都来。我看他孤零零一个人，年纪又不大，一开始以为他是自个儿来颖江市打工……”她有点不好意思地笑了下，“现在想想也不对，家里这么多古董，肯定是有钱人家。”

尤星越：“……”

可能不是人。尤星越没说太多，将钱币倒回饼干桶，递给老板娘：“我想见见他，老板娘，我们能在这儿等一段时间吗？”

老板搓搓手，他态度好了很多，殷勤地请尤星越出去坐：“我们十点半打烊，你坐到打烊都没事！”

尤星越笑了笑，转身出去了。

时无宴一直在等他，尤星越出来的时候，时无宴面前的汤一口没动。

耽误的时间不长，饭菜都还是热的。

尤星越端起自己的碗，坐在时无宴身边，小声说："我刚才进去看的那几件东西，上面有轻微的灵力，和店里器灵们的灵气很相似，古董上还有泥沙。你说颍江里是不是真的有个大鼎，还修成了器灵……"

时无宴将筷子递给尤星越，听着尤星越微微上扬的语气，眉眼间也染上几分笑意。

不过直到饭店打烊，尤星越也没见到那个送古董的"人"。走之前，尤星越和老板娘约定过几天还来，老板娘欣然同意。

尤星越告诉她这些东西都是真古董之后，她有点不安。其实拉着尤星越做鉴定的时候，老板娘想着这里面万一有一个真的，她就是白占大便宜了，鉴定前已经做好了全是工艺品的打算。没想到竟然都是真的！

等尤星越一走，老板娘就拉住老板："你说，咱们要不要把东西捐了？"

老板哼了一声："老板不也说了，除了这个青铜器，其他都不犯法。"

老板娘道："太贵重了，我都良心难安了。"

老板闷头泡脚，听着陪伴了自己半辈子的老婆在旁边不停嘀咕，终于不耐烦道："不就是几个古董？"

老板娘被他吓了一跳，声音比他更大："你突然喊什么？"

老板搓搓脚，声音小下来："这不是算你好心有好报……你以后愿意免费给人送面也随便你了。这些东西是那小孩给你的，要怎么搞随便你。"

以前是怕老伴心善被人欺，现在发现也不是哪个好人都那么倒霉。

老板娘一愣，抱着饼干桶笑了两声："我想着青铜器还是捐了吧，咱们也保存不好，这套钱就留给咱们姑娘当压箱底的玩意。"

次日一起床，老板娘就坐上了去市博物馆的公交。

市博物馆听说有青铜器交公，非常重视。博物馆的专家几番鉴定之后，确定这确实是一件年代久远的青铜器。

老板娘忐忑了一会儿，只能听得懂一些朝代，专业词汇就不明白了，只觉得似乎是很不得了的东西。

其实专家比她以为的要震惊得多。

青铜斧上有一定的装饰，它是个礼器，可能是随葬品或者祭祀所用，从斧头上残存的细沙来看，很可能是水底的文物。

"阿姨，这东西您是哪来的？"工作人员询问。

“是一个客人送给我的……”老板娘详细交代了过程，连请尤星越做了鉴定都说出来了。

专家们脸色凝重，听到“不留客”三个字的时候，互相对视一眼：“这样啊，那我们跟不留客了解一下情况……”

折腾了一个多小时，老板娘坐上了回店里的公交车，口袋里是感谢金，手上拿着一面锦旗。

尤星越知道老板娘将青铜器捐赠后，就给异常现象管理局打了电话。

异常现象管理局那边立刻明白了尤星越的意思，连忙表示：“这事在我们管辖范围内，您放心，我们会和那边打招呼的。”

尤星越这才放了心。他知道老板娘是好心，送古董的器灵是无意，希望事情能有个好的结果。

至于市博物馆，他们的电话还没打出去，上面却先给了信息。

裴副馆长放下电话，摸摸后脑勺，一时有点摸不清楚不留客的后台，他想了想决定去找卢副馆长好好聊聊天。

上次办联展，卢副馆长和不留客的老板关系很不错，现在都还经常联络。

第二天中午，尤星越做完春节企划，在库房里找出了几样与春节有关的古董，告诉任一帆：“我下午可能会去江边上逛逛，会在你下班前回来的。”

任一帆一边吃外卖，一边看手机新闻：“去颖江边上？”

尤星越随口道：“和朋友去走走。”

走不是重点，重点是能不能顺手捡个古董回来。

任一帆道：“哦。老板你注意安全啊，听说最近……”

尤星越看他神神道道的样子：“什么？”

任一帆压低声音：“最近江里有水猴子，还爬上岸要拉人下水！”

尤星越：“……多看看科普视频。”

民间传说里水猴子多是灵煞，也有些地方的水猴子是指妖怪。

灵煞确实有拉人做替身的恶性，有部分灵煞可能不想害人，但是保留了溺水后拉人下水的本能。

颖江里原本确实有不少灵煞，但是轮回司又不是吃干饭的，灵界使者的数量再少，这么多年来也打捞了绝大部分灵煞。何况现代淹死在江里的人比古时候少多了。

任一帆："真的有！有人都拍到视频了。"

他放下筷子，将手机放在尤星越面前："像水猴子吧？"

尤星越看了眼视频，昨晚才发的短视频，这会儿点击量都过百万了，还有几十万的点赞。

视频估计是手机拍摄的，镜头晃动，光线昏暗，拍摄地点是颖江江边，只看见冰冷的江水里泛起水花，一个模糊的人影从水里钻了出来！

视频中那人一头长发，衣着古怪，浑身湿淋淋地从水里升起，缓缓爬到岸上。他上岸的姿势很奇怪，仿佛身上有千钧重，每一个动作都迟钝僵硬。不知道是不是光线问题，投在草地上的影子十分模糊。

尤星越沉默了一下，若无其事道："冬泳的吧。"

任一帆道："谁去颖江里穿着衣服冬泳啊？老板你就没觉得他影子超级淡吗？打扮也奇奇怪怪的。"

颖江市虽然只是偏北方，但十二月份的江水已经冷彻骨髓，就算是冬泳也没人会穿衣服下江！

任一帆无语片刻，不明白为什么一直跟个半仙一样的老板突然这么坚信科学，他还以为老板会跟他解释一下这事。

任一帆道："不管怎么说，老板你最近还是不要去江边吧。就算是人，那也挺变态的。"

尤星越敷衍道："嗯嗯。"

令尤星越没有想到的是，颖江出现水猴子的传闻居然在网上火了一把，不少人跑到颖江周围蹲点。时无宴看出尤星越是真的很想要江水中的器灵，便提出说带尤星越下水看看。

尤星越想了想，却道："就在店里等几天吧，碰不上就算了。器灵就在颖江，也不愿意找过来，大概是不愿意来不留客。"

"我只是很好奇，"尤星越见时无宴疑惑，解释道，"其实青铜巨鼎的传说有很久了，颖江人基本都听说过。而且在野史上也很有名，说是女帝铸造了巨鼎，镇压江水里作乱的恶龙，所以颖江自古以来都是比较安全的水运路线……"

颖江市确实是个人杰地灵的好地方，瓷国历史上著名的大画家常杜隐是颖江市人，而历史上唯一的女帝当年做公主的时候，封地也在此。此后还出过宰相和名将，底蕴深厚，加上本地有博云观，所以旅游业一直发达。

值得一提的是，秦飞眠本人现在也在颍江市。

时无宴听他说完后，道：“女帝？”

尤星越道：“对。颍江市最骄傲的两个历史名人，一个是常杜隐，一个是女帝。当年女帝还是公主的时候，封地就在颍江市。”

这会儿已经是九点多了，一轮大降温后，蹲守“水猴子”的群众熬不住北方的寒意回了家，沿江的路上和隔壁小吃街有一条绿化带挡着，路上也没几个行人。

尤星越还有偶遇器灵的想法，和时无宴一起去轧马路。

他也不是漫无目的地乱走，这条路通往饭店，如果器灵还想去饭店，可能会走这条路。

尤星越走路不太安分，一边走路一边往江边上看，走了没几步，时无宴脚步一顿，轻轻拉住了尤星越。

尤星越：“嗯？”

他转头看向马路，有个人站在路灯底下。

尤星越他们已经走到了岔路口，左拐就是小吃街。

尤星越和时无宴对视一眼，不用说话，他就知道时无宴想告诉他什么：这是个器灵。

器灵一身黑色有绣纹的上衣下裳，似乎刚从水里爬出来，长发湿漉漉的，用一根绳子绑在身后。

他在路灯下抬起头，面容苍白俊美几乎雌雄莫辨，嘴唇毫无血色，露在衣服外的皮肤透着不正常的白，像个浮在暗夜里的透明影子。

察觉到尤星越两人的存在，器灵转头，向尤星越慢慢伸出手，掌心放着一块很小的银锭子，他似乎长久不与人交谈，说话的腔调十分奇怪：“扫……”

尤星越站在原地没动，主动追问：“扫什么？”

“扫码，换零钱。”

尤星越：……哪来的码，就扫码？

尤星越好奇地看着对方，这器灵身上的灵力与青铜器古钱币上残留的灵力完全相同。或者说，几件古董就是沾染了器灵的灵力。

他问道：“你要换什么钱？”

器灵道：“能用的……”

他想了想，最终还是没找到现代词："银票。"

换现代的钱币，是为了再去一次饭店吗？原来这器灵还是个吃货。尤星越摸出自己的钱包，但只有十来根红线，他忘了身上没现金。尤星越若无其事地收起钱包，拿出手机，试图和出土文物科普什么叫"扫码"。

器灵见到手机，眼睛一亮："就是这个。"

他举高手里的银子："跟你换。"

尤星越晃晃自己的手机："那可不行，我这个贵，你带的银子不够。而且我这不是银票，叫手机，是用来付账的工具，需要我本人才能用。"

器灵深思片刻："你们……真难懂。"

尤星越觉得，他话语的停顿应该是跳过了"人类"两个字。

尤星越笑了下："你是要去江边小饭馆吧？"

器灵攥紧手，眼神立刻锐利起来："你是谁？你怎么知道？"他虽然与世隔绝多年，不知今夕何夕，但是警惕心还在，知道自己此刻已经非人，万一碰上修士们，说不定要被抓走。

尤星越道："别紧张，我是不留客的老板。"

器灵歪头，露出疑惑的表情："没听过。"

尤星越来往于各个器灵之间，还是第一次碰到报出来历，对方却完全没听过的尴尬情况。

空气一时非常安静。

时无宴轻声道："是一家古玩店，自古有许多器灵藏身于不留客。"

器灵似懂非懂，点点头，看向时无宴："那你是？"

尤星越道："往复，轮回之神。"

器灵再次露出刚才的表情，尤星越心里觉得不好，果然器灵摇头："也没听过。"

天下妖怪神兽，竟然真的有不曾听过往复之名的。不过妖怪好像没有九年制义务教育，所以有的妖怪不清楚，应该也能算正常……吧？

时无宴茫然地看向尤星越。

尤星越赶紧安抚地拍拍时无宴。

尤星越道："总之，我们可以先去饭店坐一会儿。"

器灵还挺警惕："如果……你骗我，怎么办？"

尤星越："我保证不骗你。你送给老板娘的古董上残留着你的灵气，她恰好托我鉴定那些古董，所以我一见到你，就发现你身上的灵气和古董上的完全一致。"

器灵点头："你说得有理，但是我不想跟你走。"

尤星越一笑："你不会觉得你跑得掉吧？"

不管怎么说，还是先给对方做个常识科普。器灵也是妖怪，放着不管，任其游荡，保不齐会被其他妖怪欺负。而且别的不说，大半夜湿答答地站在路边叫人家扫码，吓到路人也不好。

要是在网上闹大了，等到总局或者管理局介入，还挺麻烦。

器灵看了看面前两个成年男人，他还控制不好灵力，既不想伤到人，也不知道自己能不能打得过，忍了一会儿，道："我跟你们走……"

尤星越领着器灵去了江边小饭馆。江边小饭馆就是老板娘所在的饭店，器灵看到尤星越和饭馆的老板娘聊天，内心的警惕果然如同尤星越想的那样，减弱了一两分。

器灵坐下来，看着尤星越要了三菜一汤。老板娘还对器灵笑了笑，说了一大串话，什么古董捐给了什么……

器灵僵硬地牵起唇角，回了一个微笑。器灵很喜欢老板娘，他记得自己被一种熟悉的力量唤醒后，茫然地从江底爬上来，所有人都远远避开他，隔着一段距离对他指点议论，他听得半懂不懂。只有这个人，在他坐在台阶上吹风的时候，走过来问他要不要进店吃一碗面。

他在身上找了好一会儿，没有找到一文钱。

她却只是说：送你的。

器灵跟着她走进店里，听见人们叫她"老板娘"。老板娘是第一个对他抱有善意的人，器灵下意识对老板娘卸下心防。

器灵的修为相当高，他在路上等着的时候身上还是湿的，走了几步路身上滴滴答答的水就被灵力蒸干了。只是他似乎不太会用灵力，头上的发丝都烤卷了一缕，在头顶翘起来。

尤星越买了三瓶饮料，拧开一瓶送到器灵手边，自己喝了一口。

器灵看着已经打开的饮料，端起来试探着尝了一点，被甜蜜醇厚的口感震住了："天下竟有如此美味的饮品。"说着，器灵捧起饮料瓶，"要价几何？一两银子？”

尤星越看了看瓶身上“建议零售价3元”的字样：“三块，大概是……反正不太贵。”本来想换算成古代的货币，忽然发现自己并不清楚对方的年代。

器灵观察瓶身上的图案字迹的时候，老板娘也开始上菜。

待菜都上完，尤星越布下一层结界，和器灵说正事：“一直没有自我介绍，我叫尤星越，这是时无宴。能问问你的本体是什么吗？”

器灵道：“我叫熠，景熠。你说的什么器灵和本体，我不懂。”

“器灵是妖怪的一种，”尤星越举起桌上的小碗，“比如这个碗修炼成了妖怪，它的灵体就可以被称作器灵，而这个碗则是它的本体。”

景熠愣了好久，他低头看看自己的手，点头：“我明白了。照你的说法，我是器灵，本体是……青铜鼎。”

还真是鼎。

尤星越：“用来镇压传说中的恶龙？”

景熠纠正他：“没有龙，是作恶的江水神。那邪神起先不过是一条鱼精，长成大鱼后骚扰往来船只，逼得临江的百姓沿岸祭祀。”

提到鱼精，景熠的表情露出明显的嫌恶，连说话都顺溜了：“受了香火后，它非但不知收敛，胃口还越来越大，时常兴风作浪，打翻渔船和来往的货船。若逢大雨，便掀起巨浪冲毁田地。而颖江历来是水运关卡，妖怪作乱，货船开不出去，谈什么连接南北？”

妖怪受香火祭祀，修为飞快增长，但鱼精生性贪婪，得了好处却不肯对民众有任何回报，甚至还会为了让百姓献上更多祭祀而作乱。

金蟾当初走的便是邪神的路子，好在挨了顿打之后及时修正行为想法，如今已经是颖江市热心市民……不，热心市妖了。尤星越还暗示总局给金蟾发锦旗，遭到了抠门局长的拒绝，局长表示金蟾帮的是人，建议管理局给金蟾发锦旗。

虽然古语说人心不足蛇吞象，实则不只是人，“贪婪”二字刻在许多生灵的脑子里。而且在那个时代，妖怪们各自为营圈地称王，一个妖怪占了那片地方，做什么都没有其他妖怪管束。何况鱼精受过香火供奉，比一些小蛟都强横。

景熠沉着脸：“曾有修士算卦，说鱼精两百年后必遭雷劫而死，可这两百年的时间，两岸的百姓就不过了吗？”

鱼精破坏农田，掀翻渔船与货船，索要童男童女做口粮，强娶美貌女子……

致使颍江两岸民不聊生。

景熠越说越顺畅，他只是很久没有说话了，醒来后学了几天现代人说话的腔调，已经有六七分像。

他接着道："后来一位天师以命相搏，终于重伤鱼精。陛下于京城铸鼎，汇聚紫宸帝王之气，设大阵于江，沉鼎入江，镇压鱼精。"

尤星越道："所以你就是那个鼎？"

景熠顿了顿，点头："不错，你也可以叫我……镇山河。"当说到"镇山河"三个字时，景熠的表情带了些许骄傲。

尤星越道："所以你爬上来问我们扫码是为了干什么？"

景熠窘迫道："我身无分文，白吃了老板娘几碗面。我乃皇室……皇室所铸大鼎，汇聚一国气运，怎可吃白饭？"

尤星越："所以？"

"我自去江水中找了些钱币与东西作为报答，只是没想到如今的人已经不用铜钱，改用什么码。我不知道要去哪里找斑斑点点的码，于是又找了银子上来。"

尤星越看着这傻白甜的大鼎，好笑中又有点怜爱，用公筷夹了点菜给他："好了，先吃饭吧。"

景熠脸红得厉害，埋头吃饭。

等结完账出去的时候，老板娘还抓着景熠的手不断叮嘱："好孩子，别害怕，不要因为和家里闹了别扭就不回去，你爹娘一定很想你！要是没钱回去，阿姨给你点儿！"

尤星越不知道老板娘给景熠脑补了什么离奇曲折的身世。

景熠低着头道："我没和家里闹别扭，我家就在这里。"

老板娘："哎呀，别跟阿姨客气。"

眼看老板娘从口袋里掏出一卷钱往景熠手里塞，尤星越不得不解释道："老板娘，他就是咱们颍江市本地人。"

老板娘压根不信："本地人能是这口音？"

尤星越："……"

在不信灵神的人眼里，景熠那副怪腔怪调，叫"口音"。尤星越肩膀一抖，憋笑起来。

尤星越在拒绝老板娘送现金的时候，从老板娘的话语里明白了老板娘为什么一点都不怀疑景熠的身份——

饭店靠近颖江大学，顾客群体平均年纪不大，以学生为主。老板娘不时会看见穿古代服饰的客人，所以将景熠当成了古装爱好者。老板娘连COSER都见了好几回，别说正经古装，快到漫展的时候，店里还有扮演成丧尸的呢。而且联展才过去一个月左右，年轻人里这股潮流还在，这一个星期里穿古装来店里吃饭的都有好几个。所以在老板娘心里，景熠就是家里有钱的叛逆小孩，拿着家里的古董跑出来打工，但是家境良好从小没吃过苦，所以不能适应打工人的辛苦，以至于在异乡漂泊，深夜流浪。

景熠拿着两张粉红色的纸币，艰难理解老板娘的话。什么“派出所”“博物馆”“高铁飞机订票”这样的词语混在一块，他一时没办法理清楚。但是能听得出来，老板娘误以为他的家不在这里，关心他能不能回家，还想将送出去的东西还给他。

老板娘是好人。看着老板娘歉疚的表情，景熠道：“不用还，那些东西我家有很多。”

河底非常多，还有后来朝代的新玩意儿，如果老板娘不喜欢那些钱币，他还可以捉几条大鱼上来报答老板娘。

尤星越心里笑得不行，各种保证自己一定会带景熠去派出所，找到景熠的家人，不让景熠流浪在外。

热心老板娘这才放心，在老板的吆喝下回到店里端菜。

尤星越和时无宴带着景熠在人少的地方慢慢走。

景熠正在翻看手里的纸币，经过尤星越的介绍，他已经勉强分清纸币和手机的区别，知道手里的东西是用来代替金银流通的货币。

尤星越道：“你打算怎么办？就这么每天爬上来，只为了吃一碗面？”

“不是为了吃一碗面，”景熠强调，“我身为皇室大鼎，不会做出如此有失身份之事！我是为了……”

尤星越从善如流，改换用词：“是为了感受人间烟火气。”

景熠赶紧点头：“正是如此。身为镇山河之鼎，我自醒来后，便有意观察百姓们的生活。如今百姓们安居乐业，吃的东西也比以前好多了，我心甚慰。”

尤星越飞快抿了下唇，压住弧度，可眼睛里笑意控制不住：“好，我懂了。不过你以后有什么打算？还是继续这么体察民情？”

景熠愣了一下。

以后？

不肯说，或许有难言之隐。

尤星越道：“不介意的话，你今天可以来我店里，等明天政府部门上班了，我带你过去……你很为难的样子？难道那只鱼精还活着吗？”要是现在还有这么狂的鱼精，总局不可能不管。

景熠陷入犹豫，过了一会儿，轻声道：“鱼精在镇压后的几百年后就死了……你的店离得很远吗？”他现在其实也算是古董吧？去古董店也没什么吧？

尤星越估算了一下距离：“不太近。”

景熠道：“算了吧。”

尤星越一怔：“不想去太远的地方吗？申请一个靠近江边的住所如何？现在的世界和以前不一样，你出入江水不方便，来岸上住一阵子更方便观察现在的社会。”

从店里几个器灵们的经历来看，大部分古董苏醒后，虽然和现代社会脱节，但是不会太严重。比如戚知雨两百多年前醒过一次，兰茵这些年醒过数次，司寻是目前店里和社会脱节最严重的器灵，但他现在有了康白丽夫妻的陪伴。景熠和人世脱节的时间大约比司寻更长，连普通话都是现学的。

想想也很正常，镇山河之鼎，轻易不能移动。乾朝坤定年间入江，距今两千多年。滚滚江水里的数千年，自从生出灵智便日夜看着滚滚江水奔流，也许会……很寂寞吧。

景熠面露迟疑。

尤星越道：“你不太信我们？”

景熠皱紧眉头：“不是不信，我是不知道要怎么解释。”

他比画了一下：“我只能走到那个位置。可能这就是你们说的，器灵没办法离开本体太远吧，我的本体还在江里。”

尤星越看着景熠如同活人的躯体，微微蹙眉，后退一步端详景熠：“化形的器灵，按理说是可以到处跑的。”

器灵的修为分为好几个等级，最浅显者只是有个意识，随着与人世的纠葛加深，诞生出完整的灵体，这时候的灵体只能安分待在本体内。再修炼到更高的层次，灵体可以暂时脱离本体，修为越高，脱离本体的时间和距离越长。而这等修为的器灵已经可以轻松带着本体到处跑了。再高一层次，灵体可以从本体的形态变成人类。最后，器灵和妖怪一样，原形也可以化成人类，到了这个地步，就不会再受本体的限制。

尤星越将灵力运转到眼睛处，看向景熠的时候立刻被闪到了——

景熠已经到了最后的阶段，修为深厚。因为镇压作恶的鱼精，大概是受过百姓们的祭祀，身上不仅有功德还缠绕国运。

简单来说，又金又紫，非常闪亮。

时无宴道："他是灵体修炼出肉身，本体还在江水的大阵中，受到阵法的压制，无法离开。"

景熠连连点头："对。我每次想要走远一点的时候，就会被拽回来。"说到这里，景熠抿了下唇，"再往前一点有一家用奇怪调料的烤海鱼的店呢，我都没有去过。"

尤星越看向景熠的身体。

景熠身上有一根连接颖江的线，而且非常鲜明。尤星越一开始以为是景熠在江水中沉睡数千年，已经与颖江产生了联系。现在看来，这分明是连接本体的线。至于连着颖江的线，应当是连在本体上。

尤星越疑惑："看来我接手不留客的时间还是太短了，还没遇到过这种情况……"

时无宴却道："不是你的问题，这是少见的情况。他原本是人，大约是以身殉鼎，灵体藏入鼎中。这么多年下来，灵体早与器物融为一体，也可以被划分到器灵的范畴。"

时无宴补充："数千年的时间足够久远，我第一眼也没有看出来。"

尤星越看向景熠。

景熠连忙辩解道："我没有骗你！我只是不知道自己到底算什么，听你说器灵是那样的，我觉得自己应该算是。"

有良好的自我管理意识，会进行自我分类。尤星越很想吐槽一句，但是不知道为什么有点笑不出来。

颖江市关于大鼎的野史很多，有人说大鼎下江的时候用活人祭祀，这也是野史里女帝受到诟病的一点。

景熠却道："你这是什么眼神？我一点都不可怜。"

他骄傲道："我乃乾朝皇子熠，也是铸鼎人之一，封地在江对岸，殉鼎是自愿的。"

乾朝，国姓景。

因为是人，所以不懂什么叫器灵；因为只是铸鼎人不曾修炼，所以不明白如何使用灵力；又因为是人，所以当景熠爬上岸的时候，忍不住顺着人间烟火气坐在了小吃街旁边，任凭路过的人投来各异的眼神。他不想走，只是坐在花坛边上，后来有个面容慈和的妇人走过来，问他要不要吃一碗面。

景熠看着她手里冒着热气的水，怎么都不能拒绝。他接过奇怪材质的透明杯子，模仿其他人的语调说"谢谢"。

尤星越展颜："不是可怜，是敬佩。"

景熠道："老道长舍命才使那鱼精沉入江底不得动弹，如此良机，万万不能错过。熠一人之身，能换两岸男耕女织，自然是净赚的买卖。"

尤星越道："那你想让你的本体上来吗？"

景熠看向滔滔江水，面露迟疑："怎么上来？"

他想了想，突然兴奋道："我知道了！"

尤星越疑惑："嗯？"

景熠道："你们现在可以造大坝水库，所以你们可以抽水对不对？"

这回轮到尤星越面露迟疑了："抽江水……应该不行吧？可行性不太高，我是说撤掉阵法，把你的本体吊上来。"

景熠揪着自己的袖子："就是前几天，许多人来抓什么水猴子。我在江边听他们说话，他们好多人聚在一个地方，还对我的方向指来指去。我以为那猴子就在我旁边，还特别下水去找了，却未找到。听他们的语气，以为对现在的你们来说抽一江的水不是难事了。"

这……

景熠绝对不会知道，这些人嘴里的"水猴子"就是他自己。

景熠道："他们还说如今的人能飞上天！去帝京都不用一天的时间，比妖怪们飞起来还快呢！真的吗？"

尤星越道："呃……虽然确实能飞起来，但是也没有到随便抽一江水的地步。他们到底说了什么让你有这种错觉？"

景熠回忆："我下水去找水猴子的时候，他们说'好大的水猴子，不能惯着，一定要抽水’。”

这不是钓鱼人玩出来的网络梗吗？尤星越扶额。

尤星越向景熠仔细解释了什么叫“玩梗”，景熠恍然大悟：“也就是说，所谓的玩梗，颇有几分像‘典故’，只是更平易一些，是百姓们常常引用的？”

“嗯……差不多吧，可以这么理解。总之抽水不现实，但是等撤掉阵法后，可以找起重机把你的本体吊起来。”抽水当然是不可能抽水的，颍江是大江，源头更远。

景熠踌躇片刻：“所谓起重机……又是何物？”

尤星越解释道：“和战车一样是人造的机器，一个人就能使用这台机器吊起几千斤的东西。”

乾朝的时候，斤和现在似乎不一样？

尤星越停顿几秒：“反正应该能吊起来。”

考虑到那个年代的金属出产量，景熠总不可能有几吨的重量，大型起重机吊起来不会太费事。

其实未必用得着吊车，据说管理局建立也有百来年了，比妖怪们的总局还要早一点，说不定有点别的什么手段。

景熠大大松了口气，有点不好意思：“若是为了我一个人……”景熠改口，“若是为了我一个鼎，耗费大量人力，会叫我心神不安。”

尤星越看着流动了数千年的颍江，道：“如今天地灵气衰弱，世间上大部分妖怪都已经离开。而随着科技发展，人类也成立了负责妖神的部门。我明天会向该部门反映你的情况，争取在过年之前让你从江水里出来。”

提到过年，景熠轻轻眨了下眼睛。

尤星越将手腕上的食品袋放到景熠手里：“给。”

景熠抱住纸袋子：“给我？”

袋子里装的是点心，还是温热的。尤星越离开小饭馆时，看到了卖车轮饼的流动小摊，有红豆、香蕉、紫薯……近十种馅料，尤星越每个口味要了两个，分成两份。

“请你吃点甜的。等你能走了，就到我那里坐坐吧，我家里器灵挺多的。”

景熠抱着纸袋子，不敢用力，生怕挤坏了这些刚出炉的热乎点心。

路灯下，袋子里冒出了的袅袅水雾。

因为买了两份，景熠以为尤星越是买给同伴的，没想到竟然是给自己的。景熠递出一张纸币：“我跟你买。”

尤星越看着景熠苍白毫无血色的脸，很浅地弯起唇角：“不用给我钱。这是车轮饼，我想请你尝尝我有时候会吃的东西。”

景熠果然拒绝不了这个理由：“谢谢你。”他抱着纸袋子低头闻了下，甜味与热气一同蒸上脸。

尤星越走了几步忽然回身和景熠挥手，笑道：“我明天来找你玩。”

景熠眼睛突然一热，学着尤星越的样子挥了挥：“我在这里等你。”直到看不见尤星越两人的身影，景熠才在江边找了个干净的石墩子坐下来，小心打开纸袋子，从里面拿起一个饼。

每个小饼都用单独的纸袋子包着，拿取很方便。饼包满了馅料，柔软微烫。景熠咬了一口，细腻甜蜜的外皮和内馅都化在唇齿间。

好甜。

“我觉得这家红豆馅调得有点太甜了。”尤星越咬了口车轮饼，即便以尤星越的口味来说，红豆馅也太甜。

他将一个紫薯味的递给时无宴，时无宴轻轻摇头：“你吃。”他们从店里出来，尤星越看到小摊的时候眼睛都亮了一下。

尤星越咽下车轮饼：“我以前上高中的时候，冬天下晚自习，一出门就能看见各种小摊。还有卖烤梨和烤红薯的，特别香，明天买了送给景熠吧。”

时无宴道：“他都会喜欢的。”

尤星越一笑：“我也觉得，甜的东西吃起来会让人很高兴。”

从滔滔江水中爬起来，在寒冬里吃一块甜饼，肯定会收获很微小但是非常持久的快乐。

“那个时候的妖怪，可以做到那么嚣张吗？”尤星越吃完一个车轮饼，又从袋子里拿出一个。

时无宴拿过袋子挂在自己的手腕上：“当年妖怪划地称王，神兽们远居另一空间，并不轻易出世，妖怪们在自己的地盘做什么，即便是善心的妖怪也未必会出面阻止。因为一旦受伤，被抢占地盘不说，还有可能沦为其他妖怪的食物。”

尤星越从时无宴的话中还能找到当年腥风血雨的踪迹。

时无宴侧过脸看向尤星越，道："当年我只觉得，生死轮回乃天理，所以我不理解为什么有生灵畏惧死亡。"

时无宴微微笑道："努力活着真的很美，倘或欣赏过，一定会心生眷恋。"

尤星越忍不住看了眼颖江。

两千多年前，这片土地上民不聊生，有人拼死镇压鱼精，有人一头撞进铸鼎的铁水里，在无数人的期望中投入江中。

可以为了生，而选择死去。

尤星越和时无宴回到店里的时候已经快要十二点，兰茵和戚知雨带着不留客在租房里。店里只有如意、缠枝和超薄。超薄正在高速"冲浪"，他前几天网购了新的外接键盘，敲起来嗒嗒响。

尤星越进门看了眼超薄："这么晚了，不养养你的电池？"

超薄一边疯狂打字一边道："不了！不留客说帮我带回去养着，他以前也会养出器灵，比我拿灵力养快多了！"

尤星越："你输出什么呢？"

超薄幽幽道："哦，也没什么，辟谣一下水猴子。最近不是说颖江里出了一只水猴子嘛，我帮忙辟个谣。"

尤星越走进卧室准备洗澡，声音传出来："确实不是水猴子，但也不是人，那是个器灵。"

超薄起舞的键盘一停："是什么器灵啊？居然在江里。该不会是一艘船沉江之后成精了吧？"

尤星越道："不是，是两千多年前的一个大鼎。"

超薄激动得要命。两千多年前！他们店里还没有这样的器灵呢。

超薄是新时代器灵，年纪很小，对年代久远的器灵都有种天然的好奇心："老板老板，我想去看看。你……"

尤星越已经进了浴室，没听见超薄的声音，超薄正要跟进卧室，时无宴屈指轻轻敲了下超薄的键盘。

超薄："往复？"

时无宴道："过几天带你去看。"

次日一早，尤星越卡着管理局上班的点去堵局长。他没有预约，好在管理局比较特殊，还是放尤星越进去了。

接待人员先给局长办公室打了个电话，经过同意后挂断电话，道：“老板，您特殊，最重要的是局长今天没有太多的事情，所以我打个电话问一下。但也只能破一次例，下次还是得预约。”

尤星越表面微笑，道：“好的，谢谢姐姐，给姐姐添麻烦了，一会儿请你喝奶茶。”

接待人员被他一口一个姐姐叫得无奈，摇头道：“您进去上六楼，局长办公室门上挂着牌子呢。”

尤星越又道了两声谢，坐电梯上去。

局长正在头疼最近沸沸扬扬的“水猴子”事件，因为有不少目击者拍到了视频，各方人士一直在分析这到底是个什么东西。

尤星越刚走到门口就听见了局长的咆哮声：“你们是吃干饭的吗？

“反应为什么这么慢？不知道提前派人去蹲守吗？

“叫你们多关注关注网络，为什么反应总是这么迟钝？每次都是出了大事才反应过来。

“废物！

“一个个还不到五十岁的年轻人，怎么连上网‘冲浪’都不会？”

尤星越迟疑着敲敲门。

局长的咆哮声戛然而止，几秒的时间，局长的声音就平静下来：“尤老板吧？快请进！”

办公室里的暖气很足，局长年轻时候奋战在一线，留下不少毛病，人年纪一上来就开始关节疼，还怕冷。

办公桌前还有几个中年人，局长不想在亲家，不，合作伙伴面前训斥下属，挥挥手赶人：“赶紧去查，马上要过年了，务必让广大市民过个安心年。”

首当其冲的中年人摸了把脸，对尤星越感激地一笑，赶紧走了。

局长喝了一大口茶：“不好意思，让老板你见笑了。这两天水猴子那事闹得比较大，今早有人发视频说水猴子拉人下水了，合作的市局过来问我们是不是超自然现象……结果手底下这帮人因为不怎么上网，居然还不知道这件事。搞得我焦头烂额的……所以说一个部门也不能老龄化，还是得向年轻人学习……”

局长揉揉太阳穴，止住自己的抱怨：“哦，您请坐，今天这么早过来是有什么事吗？”

尤星越看着局长的眼袋，都有点不好意思说了：“呃……是有事，挺重要的——我昨晚见到水猴子本人了。”明明昨晚才和景熠见过，今天网上就传出水猴子拉人的视频，也不知道是造假还是出了什么意外。

局长没控制住，呛了一口茶，他放下茶杯，撑着桌子连连咳嗽。

尤星越抽出纸巾递给局长：“局长你慢点。”

局长擦擦呛出来的眼泪，摆摆手示意尤星越坐：“真有水猴子？”

水猴子在民间流传的版本里，一直是妖魔的形象。颖江里有鱼精蛇怪是正常的，但是这么多年了，鱼精蛇妖里能修炼成人形的也基本都上岸了，颖江已经许多年没有闹过妖怪。

尤星越坐下来，解释道：“是一个已经修炼出肉身的器灵。”

局长止住咳嗽，同时也松了口气——是器灵就好，这不直接专业对口了吗？器灵都已经化出了人形，已经是妖怪的范畴，直接交给古玩店就好。

不过局长有些搞不懂尤星越的来意：“老板这次来是想把器灵带回古玩店吧？既然是器灵，而且已经化成人形，只要器灵本人同意，它愿意去哪里我们管理局都不干预的。”

他们管理局也管不到长腿的器灵啊。古玩店自从开业，有多少器灵都是奔着古玩店“不留客”的名声去的。也幸好有不留客在，免去了管理局不少麻烦——器灵们和一般的妖怪不同，经常会陷入沉睡，再醒过来的时候时移世易。总局供奉着的一条玉龙，便是这样醒醒睡睡，有时候一代局长从入职到入土，都见不到玉龙醒来。

现代社会日新月异，这些闷头睡大觉然后醒过来的器灵们一时半会儿适应不了，肯定会闯出祸。不留客就像个私人的大型儿童收容所，给器灵们找到合适的“监护人”，减少市内的灵异现象发生。更别提老板本人也出手解决过不少作恶的妖怪。

尤星越解释道：“这次的器灵比较特殊。”

局长脸上带着笑，道：“老板说笑了，一千多年的刀灵你都压得住，什么器灵能让老板你都觉得特殊。”

尤星越道：“乾朝镇山河大鼎。”

局长笑容僵硬："什么鼎？"

乾朝确实有一个极其有名的鼎，有史料记载称作"镇山河"，问题是这些资料本身不具有权威性，虽然是出土资料，但那也是残片，不排除是古人自己杜撰的。也就是说，目前没有实际证据证明镇山河鼎的存在。管理局建立百来年，收集各方资料，也没有哪个祖宗说江里真的有个鼎。

尤星越放慢语速，一字一字道："镇山河。"

他知道局长内心的震惊，贴心地放低声音。

尤星越昨晚熬夜查了镇山河的具体资料——

对于颖江市人来说，镇山河的大名确实如雷贯耳。而且不只颖江市人，前几年国内曾经热议过镇山河。尤星越记得那大概是五六年前，元辰市发掘了两千多年前的墓穴，墓中出土一块简牍，其中记录了镇山河鼎，一度掀起讨论的热潮。

简牍上记载了镇山河的重量、铸造时间以及铸造人，将重量换算到现代的计量单位，镇山河足有一千五百斤。简牍上的信息引起广泛讨论，无论是学者还是网友都在期待镇山河的出世。但过了几年，几座乾朝墓穴相继发掘，却没有再出土相关史料，这块简牍成了近年来最有力的"证据"，颖江市本地虽然一直流传着镇山河的传说，但主流上都无法认定鼎的存在。

渐渐地，镇山河完全成了传闻，就连官方都曾下场辟谣，说镇山河很有可能不存在。

尤星越知道的事情，局长当然也知道。

局长犹豫道："你确定真的是鼎？"

尤星越道："不曾见到本体。只是他身上有极其浓郁的紫气和功德，而且是由灵体修炼出肉身，寻常器灵做不到这个地步。"

别说是器灵，就是轮回司中的灵神，也只有修炼到灵王这个层次才能修炼出肉身。而从景熠对灵力的生疏来看，显然不会有意识地修炼两千多年。也就是说，景熠的修为全都是功德和气运堆积出来的，放眼瓷国上下数千年，真没几个器灵做得到。

局长嘴角抖了两下，一下子找不到合适的表情，也组织不出语言，恍惚间脑子只有一句话："还真有啊？"

如果真是镇山河，那他就能理解为什么老板一定要来和管理局沟通了。这也太……太劲爆了！

“器灵的姓名是景熠，前阵子从江水里醒过来，有次上岸的时候不小心被拍进了视频，所以才被传成水猴子。”

尤星越道：“一些几千年前的细节是景熠的私事，他如今不在这里，我也不好说得十分详细。不过镇山河的器灵已经有两千多年，我想，如果方便的话尽快安排打捞，要是能在过年之前捞上来就好了。”

尤星越顿了顿：“他很久没过新年了。”

局长忍着激动：“确实是要尽快安排，这是大事。不过……需要和总局那边商量吗？”

器灵化形后属于妖怪，按理说归属非人类规划总局。

尤星越道：“程局？她不会管的，只要妖怪们不在人类世界引起大的冲突就行。而且我觉得，可能景熠更希望和人类见面吧。”

打捞镇山河巨鼎是颍江市管理局近年来接到的最重要的事情，局长决定和尤星越一起到颍江附近去看看。

尤星越劝了两句：“昨天和器灵约定晚上见，这会儿去了也看不到。”

局长拿着外套的手微微发抖，那是极力克制后的激动：“不，老板，我不是一定要见到他本人。你可以指给我看看，你是在什么地方遇见他的吗？”

尤星越沉默几秒，道：“好。”

路上车不多，从管理局驱车到江边花了一个多小时。

尤星越将车停在小吃街附近的公共停车场，带着局长走向江边：“这里，我第一次见到他就在这。”

局长站在寒风里，江边的冷风吹得厉害，江面上船只来往，他试图用肉眼找到鼎的踪迹。

在来的路上，尤星越和局长简述了景熠被困的问题。

只要撤掉阵法，可以试着用起重机吊起来。但是打破阵法不知道需要几天，打捞镇山河可能也需要几天，到时候一定会引起围观，周围还有监控。封江封路，需要政府配合。

至于布下迷踪大阵和结界，在无人知道的情况下偷偷捞上来，也不是不行。可问题是……为什么要偷偷捞上来呢？

那不是一个冰冷的青铜鼎，那里面有一个等待了两千多年的灵魂，等待着重见天日的那一刻。

江水够冷了，没必要一出世再被“委曲求全”四个字冻得透心凉。

尤星越没有提半夜打捞，局长也完全没有这个想法。

局长轻轻叹了口气：“看不见啊，破阵和打捞的难度恐怕都很高。”

所谓沧海桑田，两千多年的时间，颖江的主流虽然没有改道，但是看不到的江底已和当初不一样了。

尤星越一笑，指向一个位置：“在那里！”他有一双能看清世间纠葛的眼睛，所以见过景熠后能从线的方向辨别出鼎的位置。

局长立刻看过去，冬日江上风又冷又急，掀起江水成浪，看不见任何与阵法相关的东西。

其实时过境迁，多么强悍的阵法也被时间削弱了，只残留一部分难以察觉的灵力，透过江水更加看不清。

他找了好一会儿，摇头笑笑：“看不见啊！没关系，等镇山河重见天日，我就能看见了。”其实来之前就知道看不见，但是当时听尤老板提到镇山河的时候，还是按捺不住激动的心，硬是来看。“老板，”局长收回视线，笑着说，“我今年五十七岁了，过不了几年就退休了，有生之年能看见镇山河现世，那是值得写进遗书的荣幸了。”

尤星越莞尔。作为颖江市人，他相当理解局长的想法。

“毕竟见证历史了。”

局长搓搓手，他年纪确实大了，站了这一会儿就觉得手脚发冷：“我得回去跟总部报备，争取一周之内调人过来进行打捞。”

尤星越道：“您晚上要来见见景熠吗？”

局长当然是想见的，但犹豫几秒，还是摇摇头：“一来是贸然见不好，二来是这个事儿还挺着急的。这会儿快过年了，得赶在大家放假前处理完。还是请老板代我们安抚器灵，我们一定会尽快完成打捞。”

尤星越点头，他知道从上报到执行需要时间，对局长来说现在时间确实很紧迫，于是颔首：“好，局长的话我会转告景熠。”

局长赶回办公室后，第一件事就是将电话打到帝京的总部。短短几分钟，总部打翻了十来个保温杯。

尤星越自己回古玩店之前，在路过的超市买了一整套玩具，从挖掘机到起重机，一应俱全。

回到店里，时无宴乖乖坐在靠窗的桌子前，在抄对联——

尤星越打算过春节之前，在粉丝里抽几百人送手写的对联，就仿照库房里那副顾成斐的名句。店里书法好的只有兰茵、戚知雨和时无宴，原本是三人一起写三百份，但戚知雨要上学，兰茵要上班，只有往复最闲，所以在尤星越的默许下，兰茵和戚知雨都将自己的那份推给了时无宴。

时无宴早年也行走人间，抄对联对他来说不是什么难事。不过三百份确实不少，最重要的是，尤星越的要求是“不需要灵魂，抄得像就行了”。

时无宴下笔自成一体，叫他仿照确实比写难多了。兰茵和不留客躲在后面偷偷笑，店里的客人们悄悄举着手机拍摄。

尤星越将手里的玩具套装放在椅子上，轻轻“咳”了一声。时无宴搁下笔，抬头看着尤星越。

尤星越点点纸，眼睛里露出点笑意来：“要是今晚能抄一百份，明天陪你出去玩。”

时无宴视线落在椅子上：“这是奖励吗？”

尤星越看了眼挖掘机套装：“呃……这是儿童玩具。”

两千多岁大龄儿童的玩具，除了各种型号的挖掘机、起重机、压路机，还有小铲子和小水桶。

在重见天日之前，景熠可以在江边玩沙子。

颖江水猴子事件闹得沸沸扬扬，还传出了水猴子拉人下水的画面。

尤星越回去后根据同城消息，轻松就刷到了那个视频。视频今早上传，现在有几十万的播放量，三十多秒的视频，只能看见一个身影从江水里浮出来。

拍视频的人在叫：“快看水猴子！水猴子拉人下水了！”

尤星越问超薄：“警方有通报吗？”

超薄火速找出相关通报：“有！水警把人救上来了，目前没有生命危险。说是去看水猴子，结果失足掉进水里了。老板你看的视频就是传谣言的第一个视频，其他说是水猴子拉人下水的都是转载的这个视频。”

尤星越：“好家伙，捕风捉影以讹传讹啊。”

超薄也挺无语的：“不要命了吧。”

既然和景熠没有关系，只是捕风捉影而且已经被辟谣，尤星越放下心，出于“吃瓜”心理，尤星越随手点开评论区，热评第一位：@博云观@不留客出来鉴定一下？

尤星越：“我们不留客……为什么跟博云观放在一起？”

这短视频标签还带着灵异呢。

超薄：“呃……老板，你是不是不知道？”

尤星越：“嗯？”

超薄：“坊间一直有传闻说你能穿越，是那种‘金手指’大开的男主角，有祖传了能回到古代的宝贝，所以不留客的古玩又多而且保存得还特别好。”

尤星越：“……”

超薄笑死了：“老板，你没事可以吃点自己的‘瓜’。真的特别多，说你什么的都有。”

尤星越幽幽道：“还好吧，也不算太离谱。大方向上猜对了，我虽然没有祖传的宝贝，但是我有祖传的借条。”

我是我自己的祖宗。

超薄早就从不留客那里听过老板的事，快要笑疯了。

景熠依然在差不多的时间点等在路灯下，他不会避水咒，也不会结界，每天上岸之后都把自己烤一遍。

尤星越走近了看见他，惊觉景熠今天把他自己烤得比昨天还干，发尾都卷起来了。烤成这样，难怪没办法梳成发髻。没有长辈教景熠怎么做个妖怪，他使用灵力的方法是跟着江底的小妖怪学的，小妖怪们的灵力微薄，连话都说不好，更教不了他多少。

景熠但凡会用灵力，上岸之后第一件事一定给自己变一个现代人的装束。

尤星越走到景熠跟前，看着垂头丧气的景熠，有点吃惊：“这是怎么了？”

景熠捏着自己的头发：“披头散发，不成体统。”

尤星越无奈道：“……你这都快烤焦了。”他从随身带着的钱包里抽出一根红绳，示意他将头发绑起来。

景熠艰难地将头发绑成一束，期待地看着尤星越：“我们今天去哪儿？”

尤星越摘下自己的帽子扣在景熠头上，遮盖住景熠毛糙的头发：“去把小吃街吃一遍。”

这里靠近颖江大学，各种小吃街扎堆，而且物美价廉，口味相当不错。尤星越挑了一条最近的小吃街，景熠果然能顺利走过去。尤星越在附近的商店给景熠买了新的衣服、发绳，等景熠在厕所里换好衣服，尤星越就带着景熠沿着整个小吃街吃过去。

换上现代衣服的景熠看上去像个大学生，戴着帽子，一路上嘴没停过。

尤星越戴着口罩，一边看景熠吃东西，一边道："我今天去管理局那边说过你的情况了，那边会尽快安排打捞，可能就这两天。在打捞之前，我每天晚上会过来带你到附近玩。"

景熠正在吃章鱼小丸子，说不出话，只好连连点头，表示自己知道了。

尤星越看他吃得开心，微微笑了下，不时向景熠介绍一些新鲜东西，景熠看得目不转睛。

尤星越随口问道："你上一次醒过来是什么时候？"

景熠歪头想了想，道："其实我经常醒。"

尤星越听着景熠逐渐纯正的普通话："这个'经常'是指……"

景熠思考了一会儿："每逢家国动荡我就会醒一会儿，有时候可以爬上岸，但是更多时候醒过来也很虚弱，只能待在江里。"

景熠身上的紫气和国运相连，新时代到来后国家强盛，景熠的修为自然就容易增长了。

"这次醒过来是前几天，感觉到一股和我身上很相似的力量在附近。"

尤星越脚步一顿："该不是十来天之前吧？"

景熠喝了一口奶茶，点头。

尤星越算了下时间："那就不是巧合了。"那几天司寻和管理局签了合同，景熠感觉到的力量应该是紫气。当时签契约的时候，线裹着紫气从管理局飞到了古玩店，跑了四分之一个市区，惊动了景熠。

尤星越道："等你出来了，给你介绍一个器灵认识，他以前也是给国家做事的。"

景熠眼神有点向往："那岂不是算我的后辈？"

尤星越原本打算带景熠把一整条小吃街所有的小摊都挨个吃一遍，但是走到大半的时候，景熠停住了脚步。尤星越顿住步伐，看着他手腕上绷紧的白线："不能再往前了吗？"

景熠手上挂着好几个食品袋，他点点头，看着前面的小摊："走不过去了。"

尤星越拍拍他的肩膀。景熠转头看向尤星越，年轻的古玩店老板神情平和，眼睛里映着霓虹，他笑了下：“明天换个方向带你玩。”

景熠点头：“好，那你明天来找我。”

尤星越送景熠往回走，一边走一边打开包，给景熠看他今天买的东西：“这里面有几套玩具，还有一本字典和点读机。包不能带下江，但是你可以把它放在岸边的石头洞里。”

景熠指着包里的蓝色小水桶和红色小铲子：“这是用来做什么的？”

“玩沙子，”尤星越饶有兴致道，“你不想玩沙子吗？”

景熠：“我乃皇子！为什么要玩沙子？”

他声音比较大，引起了周围人的注意，有几个路人扭头看了眼景熠，小声说：“这是在干什么？”

“呃……可能是在念台词？”

尤星越神色自若地调整了一下口罩，有点遗憾：“你不玩沙子啊？那就算了。”

景熠：“……你们现代人，都像你一样很难琢磨吗？”

尤星越摸着良心，实话实说：“像我这样的，不太多。”

景熠松了口气。想起这位老板对自己的好，景熠又觉得自己刚才的态度不好，僵硬地转移话题，道：“今日怎么不见昨天陪着你的那个人？”

尤星越想起留在店里抄对联的时九宴：“请他在家帮我抄东西。”

景熠忍不住开始向往，他一路上偶尔听到尤星越讲一些其他器灵的事情，对不留客产生了强烈的好奇和向往，道：“等我能出去了，让我去你的店里看一看吧。”

两个曾经的人往江边走，逐渐将小吃街的鼎沸人声抛在身后。

景熠展开笑容，道：“你们店里一定很热闹，我喜欢热闹。”

尤星越将包递给他，轻快道：“也许以后会热闹到你觉得吵。”

两人脚步都很快，十来分钟就回到了江边。

尤星越本来想翻下去，想了想还是算了，万一被拍到就麻烦了，所以将包递给了景熠。

景熠接过包，他虽然不玩沙子，但是包里还有字典，而且尤星越对他好，他心里很清楚：“我会好好看字典和那个……什么点读机。”

尤星越忍不住道：“你真的不想玩沙子吗？应该还挺好玩的。”

景熠抱紧包，对尤星越说："谢谢！你回去吧！"

尤星越笑了下，转了转手里的车钥匙，开车回到古玩店。

尤星越开门，兰茵和戚知雨都在，分别占着桌子抄对联，时无宴又成了最闲的那个，正坐在桌边煮奶茶。

尤星越看看戚知雨，又看看兰茵："你们不是懒得帮无宴抄对联吗？"

兰茵抬手掩住半张脸："往复说他有一套春巷四季神亲手制作的鲜花汁颜料，和现代颜料一样持久不说，还有香味。"

戚知雨低着头："往复说，他有一块上好的水沉木，恰好够给我的本体再做一个刀鞘。"

不留客晃着小腿，沉重总结："不能怪兰茵和知雨，是往复给得太多了！"

尤星越看向时无宴。桌上的奶茶已经煮好了，时无宴将奶茶倒出来，递给尤星越："喝奶茶。"

尤星越接过奶茶："往复。"

时无宴看着尤星越："嗯，我在。"

尤星越道："很有钱啊你。"

超薄实在没憋住，笑了一声。不愧是老板，注意点总是在奇怪的地方。

有兰茵和戚知雨在，三百副对联几个小时就抄完了。

次日恰好是周日，尤星越兑现诺言，带着时无宴出去玩了一天。

过后一天，帝京的异常现象管理局总局的人到了颖江市，而精通阵法的修士有事耽误，但也会在一天后到达颖江市。

管理总局下来的是个专业小组，一共六个人，来的第一天就通过分局找到了尤星越，相当礼貌地询问能否和器灵见一面。经过景熠的同意后，尤星越带着这些人见了景熠，商议具体流程。

景熠坐在尤星越身边，轻声道："我都听你们的。"

管理局的人对视一眼，礼貌征询景熠和尤星越的意见，道："我们上面商议是先把这块封起来，等阵法师到了，就着手破解阵法。景熠，尤老板，你们觉得怎么样？"

总局其实想过要不要找个别的借口封江，但是鼎捞上来之后是瞒不住的，也没必要瞒，不如直白点说要捞鼎，然后顺理成章地打申请。捞之前找两个大博主公告一下，在本地电视台也提一提，顺便拍点视频满足民众们的好奇心，这事就能办得敞亮。既免去了现在撒谎后面圆谎的麻烦，也能让镇山河大大方方地现世。

景熠点点头，很感激地对他们笑了下：“我当年下水的时候也是声势浩大，如今要是能干干净净地上来，我真的很高兴。”

尤星越道：“我听景熠的，只要能及时破解阵法就好。”

管理局上下因为器灵的好说话松了口气，方案完全敲定，管理局又上下跑了一阵子，两三天后拿到了各种需要的手续和许可证。

十二月二十五日，颖江市博物馆在博览APP上发出动态：镇山河或许真实存在？在江水里沉睡两千年的瓷国瑰宝，将于本月进行打捞！

“镇山河”三个字上一次出现在公众面前，还是五年前。曾经因为惊人的数据，引起热议。沸沸扬扬的讨论后被官方辟谣，可以说出现和“消失”得都非常突然。当网友们时隔五年再次看到“镇山河”三个字的时候，都有些恍惚。

深夜还蹲守在电脑前的市博物馆宣传部的工作人员比网友们还恍惚，谁敢相信他们也是今天早上才接到确切消息的呢？

不到十分钟，市博物馆评论区多出了几百条留言，除了颖江市本地人，还有其他文物爱好者。

摸鱼高手：五年前我市到处辟谣说没有实际证据证明镇山河存在，我以为下一次看到镇山河的时候是彻底辟谣或者放出文献说镇山河有可能存在。结果你一口气跳过中间所有步骤直接开始打捞了？是我错过了什么吗？

账号突然消失：真的好奇疯了，打捞的时候能不能多拍点视频，或者干脆现场直播啊？到时候会送到市博物馆展出吗？

青花遥：对呀，镇山河打捞过程会直播吗？封江肯定是封的，不然围观的人太多影响正常打捞。作为颖江市人，作为女帝两千年后的粉丝，真的好想亲眼见证大鼎上岸啊！

青花遥的评论很快被顶到最前排，无数人期待着市博物馆的回应。

镇山河真的存在，那么打捞镇山河的意义就相当重要了——根据记载，重量大约在一千五百斤的大鼎，是目前国内最重的鼎之一，具有不可替代的历史意义。

过了好一会儿，这条评论才得到市博物馆的回复。

市博物馆：颖江博物馆将有专员跟进打捞进度，具体情况暂时无法透露哦。

其实市博物馆和网友们一样茫然，他们虽然收到了上面的消息，也有馆内人员被通知参与打捞，但是博物馆方面确实没有更多消息。别说他们负责宣发的，听说馆长们也不太清楚细节。

市博物馆作为官方中粉丝数量最多的，因为平常在网络上十分活跃，此次又是最先公告打捞镇山河的账号，所以底下涌入了大量的评论，都在追问镇山河的具体情况。评论太多，市博物馆宣发部门一时有点傻眼，好在几分钟后，卢副馆长打电话过来："镇山河打捞小组的账号已经建好了，@一下镇山河打捞小组，让网友们去看小组名单。"

宣发部门松了口气，赶紧照着卢副馆长的说法发了新的动态——

颖江博物馆：@镇山河打捞小组，大家快去关注。

动态一出，网友们的注意力果然被吸引过去，迅速关注了镇山河打捞小组的账号，这个刚建立的新号只有一条动态，有一张图片，图中是打捞小组的成员，其中有几个还是从秦飞眠衣冠冢发掘组里调过来的。

动态内容末尾有一句话：感谢@不留客老板提供的线索，现已邀请不留客老板加入打捞小组。

众多网友在看见"不留客"三个字的时候，纷纷冒出"果然，就知道这种大事总和不留客有关"的想法。

翌日，颖江边就搭起了铁皮围挡，这一段江面上也没有行船，在所有人的盼望中，镇山河打捞小组在上午九点多，宣布打捞正式开始。

从铁皮围挡竖起来的时候，来颖江边上溜达的人就多了起来。因为在铁皮围挡外看不见，所以总有人想从铁皮的缝隙里看到打捞现场，甚至有试图翻越铁皮围挡的好事者，这些人连爬到围挡二分之一都做不到，无论踩在什么东西上，都会直接摔下来。

"邪门了！"有人摔在江边的软沙上，纳闷道，"我这梯子还能倒啊？"

在肉眼看不到的地方，一层结界笼罩着铁皮围挡，排斥任何试图借着镇山河博流量博眼球的好事者。无论在什么地方攀爬都只会不断摔下去，几次之后，好事者心里也怂了。

这件事也为镇山河的民间传说添了新的一笔——不愧是能镇住作乱恶龙的大鼎，果然有灵而且暴躁，都不许人看！

铁皮围挡后搭建了几个临时的蓝棚子，放着几个住人的集装箱——在场所有人都做好了磨上好几天的准备。负责打捞的机器停在江边，普通人类看不见的结界笼罩着铁皮围挡。

结界内，一群人围着一个中年人。尤星越也在其中，他在一堆大师里，年轻得有些扎眼，但周围没有一个人会轻视他。

中年人手中拿着一份图纸，他身材壮硕，表情极其严肃。图纸上是根据水下探测仪器绘制出的阵法，打捞前首先要破除阵法，到时候直接用起重机将景熠吊上来——正常的文物打捞须得小心再小心，但是景熠修为深厚，大鼎被灵力和功德滋养得结实厚重，并没有随着时间老去，因此可以简单直接地拉出水。

景熠忐忑地看着其他人。

“孟大师，”分局局长率先开口，“这阵法好破吗？”

帝京来的阵法大师孟昌道：“好破。这阵法原本是为了镇压鱼精，也有防止大鼎被水流冲走的效果，所以才造成器灵无法挪动自己的本体。”孟昌从随身包裹里取出三把小臂长的法剑，剑身上刻着各种铭文，“只需将这三把法剑同时插入阵法东南西三个方位，用不同的灵力破坏阵法的平衡，阵法原本的灵力就会顺着北方泄出去。”

把法器插进阵法的三个方位不难，但是要同时向法器灌注不同的灵力就需要三个有修为的活人下水。破除阵法说起来简单，实际操作却难——如今虽然不少人会避水咒，但灵力稀薄，最多起避雨的作用。而颖江是滔滔大江，依靠避水咒对抗江河之力，别说是现代的修士，就是古时候也鲜少有人能做到。

尤星越道：“我倒是可以试试。虽然我灵力比较弱，但是有线的力量在，破坏阵法应该更容易。”他前几日去学了避水咒，已经可以轻松用线的力量催动避水咒。

孟大师一口答应：“可以。”

景熠左右看看：“我也能参与破阵吧？避水咒我可以现学，老板说我的灵力很强。”

局长欲言又止，他瞥了眼尤星越，心想：不是吧？关键时候，往复怎么没有来？

尤星越察觉到局长的视线，莞尔道：“店是我开的，鼎是我要找的，局长放心，我既然敢说下去，就说明我有把握。”说罢，他解开围巾，接过法剑，轻描淡写道，“跟局长打个赌好了，我下去比景熠稳多了。”

尤星越向不留客借的十万根线，他生在这世间与众生的纠葛，此刻都在他体内。

景熠灵力虽强，但是不太会用，听尤星越这么说，赶紧证明自己："你们放心，其实水下有我在，还是很安全的。"

孟大师看了眼局长："对啊，镇山河又不是摆设。"

尤星越拉着景熠，临时教他避水咒。

景熠很聪明，毕竟能十来天就学会现代语，他跟着学了十来分钟，就大致掌握了避水咒。

尤星越和孟大师解开碍事的外衣，各自拿着法剑，默念避水咒，在景熠的带领下跳入江水。

有避水咒在，景熠只要拉着孟大师往下游就行。尤星越是会水的，甚至水性还不错。

江水浑浊湍急，刚下水的时候，尤星越和孟昌都需要景熠紧紧拉住。但越往下，水流反而越平静。

不，不是越往下越平静，而是越靠近镇山河越平静！

江底铺满柔软细腻的江沙，景熠熟悉江底的环境，带着尤星越和孟昌避开水草茂盛的地方。

过了不知道多长时间，尤星越和孟昌的眼前彻底清晰起来。灰白的江沙上能看见各种刻意摆放的法器——他们已经进入阵法的范围内。

孟昌开口："这就是阵法了，太神奇了。当年的颖江也水流急速，我们的先辈们到底是怎么才把阵法布下来的？"

水下的传声效果很不错。

尤星越听得清清楚楚："这个疑问，或许只有还未见天日的史书能回答了。"

景熠道："我当年是铸鼎的，不清楚，不过牺牲了很多修士和阵法大师！到了，前面就是我的本体！"

尤星越看见江沙中伫立着一个影子，靠近后，他呼吸微微停滞——

灰白的江沙上，浑浊的江水之中，金鼎稳稳立在奇诡的阵法中心，它周围的水流几乎是静止的。

巨鼎四足双耳，鼎足陷入江沙，鼎身四面刻有不重复的兽面纹，在昏暗浑浊的江水里，镇山河金光隐隐，边角处有轻微的磨损。江河滔滔两千年，再如何平静的水流，镇山河也终究受了磨损，与最初的模样有所差别。

镇山河落在阵法中心，数千年来不曾有一丝移动。它当然不曾动摇，因为景熠从未动摇过。

阵法中的江水缓慢到近乎静止，镇山河双耳的边角处依然有轻微的磨损和腐蚀，剥去光鲜的外壳，露出时间的痕迹。

阵法里的江水闪着微弱的灵光，不仅是镇山河，他们脚下的阵法也有两千年之久，前人将法器深深插入江底，留下了后人试图追寻的姓名与……性命。

尤星越与孟昌一时被震撼得说不出话。

亲眼见到镇山河的时候，孟昌连脚下精妙绝伦的阵法都顾不上，怔怔看着这只鼎。

以肉体凡胎造阵铸鼎，停住了这一方的江水，与天地之力对抗，何等震撼。

景熠不觉得哪里震撼，他上前拍拍自己的本体："这就是镇山河。"

尤星越受到的震撼其实比孟昌强烈很多——管理局的人只知道阵法和青铜鼎的作用是镇压鱼精，却不知道器灵景熠原本是人。

两千多年前的皇子也是很骄傲的人，从自愿祭鼎，投入江水的那一刻起，就不需要任何人的同情怜悯。

景熠不肯主动说，尤星越更不会贸然提。

"我真的挺重的，"景熠很不好意思地笑了下，"你们的机器拉不上去的话，我可以试着把自己推上去。"

尤星越最先从震撼里回过神，他在不留客待得久了，对古董们特有的厚重感有更强承受力："先破阵，"尤星越环视一圈，他跟着时无宴学了不少法术，东、南、西三个方位中，东、西两个方向力量较强，南方则是四个方位中最薄弱的。

尤星越继续道："我持法剑从东方破阵，景熠从西方破，南方交给孟大师，如何？"

孟昌是阵法大师，生在这个年代，虽然在阵法上确实颇有造诣，但作为人类，修为灵力还是薄弱一些，因此南方更为合适。

孟昌被他一句话惊醒，立刻握紧手里的法剑，对尤星越点头："好，事不宜迟，这就破阵！"孟昌细细叮嘱，生怕尤星越和景熠受到阵法反噬，"此阵法乃镇压所用，故而四角求平稳，四个方位各有一块江底石，其上必然刻着纹路。找到江底石后，将灵力灌入法剑，一剑刺破江底石，逼出阵法灵力，随即拔出剑，此阵便破了。”

尤星越和景熠听完，三个身影在江底分开。阵法中的江水流动缓慢，孟昌水性差也能稳住。

尤星越顺着方向找过去。

阵相当大，可以看出当年那条鱼精定是体积可观，要是当场死透，说不定能请全村吃饭。

尤星越下到江底走着，一路低头找江底石。好在尤星越会用灵力暂时让视力恢复正常人的水平，否则他这双眼睛就要添麻烦了。

镇压鱼精的阵法依照水势和江底地势而刻画，制成阵法的除了法器还有各种江水里本来就有的东西。能让人一眼看出是人为的，却又不显得突兀。刻画阵法的人水平极高，借用了自然之力。

尤星越找了一圈，一大片江底石中，只有一块刻有花纹，而且被阵法的灵力温养得如同白玉。

尤星越回头看了一眼，景熠和孟昌都已经找到了阵法的边缘，三个人互相对视一眼。

孟昌高声道：“我数到三，一起！”

尤星越手中法剑一转，剑尖向下。

“一！”

“二！”

“三！”

三柄法剑被灌入不同的力量，一时间爆发出不同颜色的灵光。

尤星越手中的法剑被线染得鲜红，黑色的剑身流动着血色光芒，剑尖下落，破开江水，径直落在江底石上。

尤星越面前的江底石上裂痕蔓延，眨眼间碎裂，剑尖再次下落，插入江底！

破坏阵法耗费了孟昌大量灵力，江底石破碎后，孟昌松了口气，脸色白了许多，连忙在心里默念两遍避水咒，这才稳住了避水咒的效果。

孟昌回头看了几眼，被东西两个位置惊人的力量震住了——两边爆发出鲜艳的红光和旺盛的紫气，不仅打破了江底石，甚至提前冲破了阵法，搅得周围的江水开始涌动。

感觉到阵法中灵力到处乱跑后，尤星越拔出法剑，尘封了数千年的灵力顺着破口直冲出去！

阵法一破，原本平静的江水立刻恢复流动。

孟昌险些被江水冲出去，被景熠一把抓住。

景熠这些天日日从江底往上面爬，非常适应江中的水流。

孟昌摸摸腰间的安全绳，松了口气："谢谢。"

灵力导致江水非常湍急，就算有安全绳，孟昌也会受一点小伤。

尤星越拉着孟昌和景熠往上游动："阵法破了，我们先上去！"

等水流平稳，让机器下来给鼎挂上绳索钩子，就可以直接起吊。

孟昌感觉自己那点修为快要撑不住了，道："好！我们先上去！"

景熠有点激动，这是他这么多年来离自由最近的一次！他一边向上游动，一边忍不住多次回头去看身后的本体。在搅动泥沙的多个小型漩涡中，本体轻微地动了一下！

景熠忍不住道："我动了一下！"

尤星越听得又好笑又心酸："等一会儿你动得更厉害……"余下的话音突然消失，尤星越眼睛微微睁大，他感应到了陌生线的力量，心里涌起不好的预感，他回头——景熠被拉住了。

数百双手臂从阵法中伸出，它们苍白浮肿，抓住了景熠的衣袖。景熠唇角的笑意早就消失了，他低头愕然地看向衣服上泡得发白的手臂。

"不要走！"

"不能走……"

"留在这里，陪着我们吧。"

"鱼在这里，鼎在这里，谁都不能离开！"

"好冷啊，你走了就更冷了。"

"快来抱紧我吧！"

五官古怪的人脸钻出阵法，它只有脸和手臂，那些半透明的手臂伸出阵法，抓着景熠的手臂、肩膀。

人脸出现的刹那，尤星越的视野里，各色线同时爆发，紧紧攀附在镇山河上，原本已经被江水冲得浮动的大鼎再次被拽入泥沙。江水的温度急速下降，孟昌感觉身上的暖贴和护身符逐渐失效——好浓的怨气！

孟昌大吃一惊："这是？"

景熠满心茫然："我不知道！你们快先上岸！我在底下不碍什么事！"

老板和孟昌大师都是凡人之身，在江水里待太久了有伤身体。

尤星越道："这是刻画阵法死去人的怨气！"

刻画阵法牺牲了太多人，纵然刻画阵法者心甘情愿，但死亡当真来临的那一刻，恐惧也绝不会少。

谁都没想到这些恐惧怨气残留在了阵法中，阵法落成时，大鼎归位，将怨气、景熠的灵体和鱼精一起镇压在了江底。

孟昌连忙道："我们先上去，这些怨气……"所谓术业有专攻，得找上面的人来处理！

尤星越却握住孟昌腰上的安全绳，有节奏地用力拽了两下，那头收到信号，立刻开始往回拉。

孟昌几下就被拉出了很远的距离，他自己拽了两下绳索，岸上的人没理他，继续往上拉，他只能扯着嗓子喊："不能硬扛！我上去叫人！"

尤星越折返回去，一把拽住往江底沉的景熠："你跟我上去！"

一双惨白的手臂环在景熠的腰间："不要走，我好冷。"

"江底好冷啊。"

数百个声音附和着。

怨气的出现让江水的温度一降再降，避水咒形成的透明膜开始凝结冰花。

景熠看着面前小小的冰花。

确实很冷啊。景熠在江底待了两千多年，他懂这种寂寞，红着眼睛勉强笑了下："我再陪他们一会儿吧……"

"你留下来做什么？"尤星越紧紧拉住景熠的手臂，"他们不是灵体，是执念和怨气的集合体！那些不惜性命来水下刻阵的人早就入了轮回！"

景熠呼吸停止。

"只有你！只有你还等在原地！"

景熠几乎不敢与尤星越对视——他怕这双明亮的眼睛，仿佛能透过躯壳看到他的内心。

尤星越手臂用力，一边对抗怨气的力量，一边盯着景熠，不容许景熠的目光有丝毫躲闪。他知道这小皇子有最柔软的心肠和最深切的悲悯，所以一定会被怨气缠住。

尤星越有斩断怨气的能力，却不能斩断景熠的怜悯和犹豫。谁都拉不住自愿沉沦的人。

尤星越道："你要知道这世上有多少人，等着见你一面。"

景熠在这样的眼神下动摇了，他停住下沉的趋势，试图甩开抓住他的手臂，跟着尤星越向上游去。无论是怨气还是景熠，都有镇压鱼精的功德。好在景熠修为更强一些，甩开了怨气的拖拽。景熠的逃离彻底激怒了怨气，它从阵法中扑了出来，那些执念化成的线紧紧缠着景熠的本体。

尤星越回身，甩出红线缠上景熠的本体。红线触碰到各色线的时候，尤星越听到了不同的声音：

"留在这里"

"你的使命在这里！"

"镇山河、镇山河……"

当初那些腰间系着绳子跳下江水的画阵人，临死前最大的执念，是要压住作乱的鱼精。

缠住景熠本体的是执念，挽留景熠本人的是怨气，后者可以超度，前者……

尤星越深吸一口气。

景熠疼得发抖，他竭力忍着不露出端倪，催促尤星越："要不算了，我先下去，你去找大师……"

他早就不是人了，可是老板还是人类，这么冷的江水，万一冻出个好歹来，就是他的过错。他眼前忽然一红——有红线流了出去，江水被染得鲜红一片，每一根红线都落在镇山河上，在红线触碰到本体的刹那，景熠看到了本体上各色的线，将他牢牢地禁锢在江底！

红线拽着这些线，用力向下拉扯。尤星越手心攥着一把线，鲜血沿着线散在江水里，他在和拉扯镇山河的执念对峙。他手心源源流着血，眉峰都不动一下："山河已安，请先辈们安息！"说完，尤星越用力向下一拽。

啪——

断裂声响起，那各色的线纷纷断裂。

镇山河重新在江水的冲刷下微微摇晃起来。

尤星越的灵力撞响袖中的魂铃，清脆的铃声响起来，随着江水扩散。

断裂的线静静躺在阵法中，铃声唤起了执念们不太清醒的理智，它们茫然了好一会儿，才想到：哦，原来鱼精已经死了吗？

孟昌被拉上岸的时候，顾不上自己冷得打摆子的身体，高声道："快快，底下有大量怨气，下两个会伏妖的——"

叮叮——

清脆的铃声从江水中传出，这铃声很有节奏，舒缓地响三声，顿一下，再响三声，随着水波和空气越传越远。

与此同时，这座城市里其他地方。

大妖们耳朵一动，抬头看向颖江的方向。毕竟是大妖，受到铃声的影响有限，忍不住隔空传音聊天：

"谁在摇安魂铃？人间几百年没出过这么有能耐的人了。"

"往复出手了吗？离得这么远，我都能感觉到安抚的力量。"

"嘿，还真有可能。轮回司今年过年冲业绩？"

"往复出手，不直接把你给超度了？"

"……也是哦。"

"呃……可能是不留客的老板？"

空中聊天群突然安静，大妖们忙不迭地散了——议论往复可以，反正往复听见也无所谓。但不留客老板坏主意可多，他们可不想背后议论完然后被老板抓到。

古玩店内，不留客心有所感，抬起头。

时无宴一手抵住胸口，衣料肌肤下，心脏随着铃声一下下跳动。

江边围挡外，人类肉眼看不见的灵体呆立当场，他们闭着眼睛，在铃声中发出沉重的叹息。

徘徊这么久，似乎应该……离开了。

孟昌的话戛然而止，他明明应该着急，此刻却顶着一张迷之平和的脸，看向江面："这是什么铃，竟有如此威力？"

"安魂铃，而且是极平和的灵力。"回答的人是帝京的朱天师，他是天师传人，降妖很有一套。朱天师背着桃木剑，一脸和平，"安魂铃能安抚灵煞，洗涤怨气。"朱天师顶着一张岁月静好的脸，一边说话一边果断脱外套，准备下水，"水下有大麻烦，我先下水帮忙……"

负责拉安全绳的人高声道："拽了拽了，要上来了！"

几个人连忙沿着安全绳跑到江边，江水泛起两个涟漪，不一会儿冒出了尤星越和景熠的身影。

尤星越上岸，撤下避水咒的效果，随便找了个干燥的地方坐下，头埋在臂弯间沉沉喘了口气。即便是对尤星越来说，绞断两千多年的执念也并非易事。强行断裂执念的时候，冲击顺着红线传递给了尤星越。

景熠一路小跑，端来了热水递给尤星越："快喝一点热的暖一暖。"

朱天师询问景熠："底下出了什么事？"

景熠沉默几秒，将怨气和执念的事细细说了。周围的人一时都陷入沉默，同时也涌起后怕。不愧是能完整留存两千年的阵法，确实是够强，但是怨气并不是镇压能解决的，需要化解。

至于执念，恐怕就是不留客老板说的"线"，竟然连景熠都处理不了。

朱天师自问没有化解怨气和执念的能耐，恐怕连保住孟昌都做不到！

尤星越喝了口热水，已经缓过来了，道："我没事，请大家准备打捞吧，然后这边通知一下博物馆和其他人。"

几人确定尤星越确实只是比较疲惫，这才放心地安排人下水扣绳子和锁链。

尤星越平复了一会儿，拿起手机问："我可以拍视频或者直播吧？"

星越想要直播？

分局局长表情慈爱，他现在看尤星越就像看吉祥物："那当然是老板你想怎么播就怎么播了，最好用咱们镇山河打捞小组的账号直播，也算是给网友们一个交代了。"

阵法已破，接下来所有场面都可以见人。管理局通知了市博物馆和其他老专家，等候已久的专家们正在以最快的速度赶来。这些专家里还有尤星越的熟人——那位特意赶来不留客看小红马的老教授。现场人一多，立刻热闹起来，专家们挤在一块，从照片里观察镇山河的状态，估算直接起吊的成功率。

器灵景熠被误认为是教授带的学生，一时无人关注。他有点认生，见没人理他，赶紧站在尤星越身边。

尤星越登录了打捞小组的账号，打开了直播。打捞镇山河这件事，不说全网关注，起码颖江市市民有大半都挂心着。直播间开通的瞬间，涌入的观看人数让直播间卡顿了几分钟。

"居然开直播了！"

“刚才还在想不会只给我们看照片吧，没想到开直播了！是哪位好心人，我给你磕头了！”

……

尤星越道：“磕头真的不至于，下次照顾我家生意就好。现在正在下水拴吊绳，马上就要出水了。”

开直播三分钟，观看人数已经超过了六万，这个数字还在不断增加，看来实时蹲守进度的网友非常多。景熠站在尤星越身后，有点惊恐地看着手机屏幕上密密麻麻的弹幕。本来辨认简体字对他来说就有点难度，此刻，景熠觉得自己像个文盲。不过……原来老板没骗人，真的有这么多人想见他。

尤星越道：“吊绳拴好了。”

尤星越举起手机。

今天是阴天，冬日的天空总是灰蒙蒙的。宽阔江面上，起重机的起重臂下吊着十来根绳索，一直没入江水中。

绳索绷得很紧，看出那头已经拴好。

“开始吊了！三、二、一！”

直播间里能听到江风刮过的声音，仿佛能隔着屏幕感觉到凛冽的寒意。

红色起重臂缓缓向上升，有专家连声说：“慢一点慢一点，不要损伤到镇山河。”

网友们的心也随之高高提起：

“真的直接吊啊！不会坏吗？”

“之前澄江打捞的时候定制了一个箱子吧？这就直接捞啊？”

“慢点啊救命，这个鼎真的超级重要，坏了一点点颖江人都会哭的。”

网友们疯狂发弹幕，尽管他们知道有专家在场，但是关心这种情绪不讲道理。在网友担心的时候，直播间里响起不留客老板的笑声。

尤星越笑了好一会儿，才道：“你们以为镇山河是什么啊。”

“是鼎啊，两千多年的鼎！”

“老板是不是在嘲笑我们？”

“啊……就是表达一下担心。”

“镇山河的状态非常好，这个打捞方案也是专家们一致通过的。等你们亲眼见到他，就能明白什么样的鼎，敢称作‘镇山河’。时隔两千年，依然会像惊艳当时人一样，惊艳当代人。”

尤星越明明语调不高，甚至还带着点笑意，一段话里措辞也丝毫不华丽，直播间里几十万网友却莫名热血起来。

起重臂匀速上升，江面上涟漪越来越明显，随着绳索的轻微摇晃，镇山河的双耳露出了水面！

出来了！

大鼎越升越高，金色的，巨大的身形寸寸展露。镇山河双耳高窄，鼎沿翻折，其上雕刻着游龙飞凤，腹部四面刻有古老铭文，铭文周围以多圈兽面纹环绕。鼎的四足刻着枭面，金目望穿两千多年的时光，注视着镜头外的所有人。

镇山河是方鼎，出水的时候，鼎中还摇晃着一汪江水。

景熠怔然。

恍惚间这一幕如此的熟悉——

当年入水时，似乎也有百姓围观。

帝王身着黑色衮服，一手扶在鼎边，她似乎想说什么，最后归于沉默。

她身后跪了一地沿江百姓，他们连年受灾，面黄肌瘦，用闪着希望的目光看着自己。

随着精壮汉子的吆喝声，帝王后退离开，大鼎随着绳索慢慢落入江底。

当年下水和如今出水，在同一片水域，被不同的时间和不同的人见证。

这是……这里是他守了两千年的土地和百姓，从来都是值得的。

景熠低头，眨眨眼睛。

大鼎完全出水，一直躲在乌云后的太阳悄悄露出半边，辉煌的日光在鼎中的江水里晃两下，光影斑斓。

大鼎缓缓落在早就清理好的场地上，直到它放下来，和周围的人一做对比，才知道这只鼎到底有多大！

一米四左右的高度，长度超过一米，鼎身厚重，落地的时候稳稳在地上压出四个坑。

“镇山河，就是要又重又稳，而且气势非凡，难怪老板一点都不担心。”

“太震撼了，这真的有一千五百多斤吧！好想从屏幕里爬出去亲眼围观。”

“上次定制箱子打捞的是腐坏的沉船吧，这鼎的状态真好，都不像古董了。”

“我第一次见到这么金的青铜器，感觉比白城博物馆的青铜矛还新。”

“颜色新，但是有一种古朴感，我隔着屏幕都被震住了。”

感慨了好一会儿，惊叹的弹幕终于少了些，这时候，有个弹幕飘过去：

“嗯，总感觉老板见过大鼎一样，一点都不吃惊的样子。”

这条弹幕引起了不少人的注意，网友们纷纷醒悟过来：对啊，为什么老板一副已经见过的样子？

尤星越装作看不见，道：“上岸了。”为了转移话题，还补了一句，“希望大家都能像镇山河一样成功‘上岸’。”

景熠虽然听不懂，但知道此情此景下说的一定是祝福语，也小心开口：“我也希望大家的努力都有回报。”

尤星越展颜。多么奇妙，鼎的器灵看着人类打捞自己的本体，而直播间的观众永远也不会知道，刚才是谁在祝愿他们。

第23章 报恩

岸边有临时搭建的场所，大鼎出水后经过清理，很快被装进保护装置，接下来会进行测量、鉴定等环节。

尤星越跟着拍了一小会儿，眼看专家们忙起来，不再适合拍摄，便和直播间的网友们告别，关闭了直播。

管理局的人不懂什么古董，眼见专家们嫌自己碍事，纷纷躲到外面来，和尤星越、景熠挤在一块。

景熠看着专家们戴着手套忙来忙去，忐忑地紧紧跟在尤星越身边，小声道："老板，我会被带到博物馆去吗？"

局长道："怎么可能？委屈你让他们研究一阵子，我们过段时间以别的名义把你调出来。"

帝京来的人也连连点头。

孟昌更是直接道："去留肯定听你的。"

开玩笑，镇山河可是活的。景熠在颖江里纹丝不动地待了两千年，他们破坏阵法是为了让大鼎重现于世，不是为了把景熠关到别的地方。

景熠放松下来，他还以为自己会被关在玻璃柜里，就像在超市里看到的什么塑料模特一样。

尤星越看着沉重的大鼎，道："其实我觉得最大的问题在于……"

景熠眨眨眼睛："什么？"

尤星越道："你得赶紧想办法把本体炼化，要么收入体内，要么缩小带走。"

正常器物修炼成人，都是将本体炼化成人身。但景熠比较特殊，虽然这特殊点是景熠修为强悍的证明，但是景熠的活动范围会受到本体的限制。

一群人同时看向镇山河。

那边专家做了基础的测量，正在报数据：“净高一米四一……”

而景熠的净身高在一米八左右。

尤星越幻想了景熠背着大鼎在街上吃零嘴的场景，慢慢道：“我想，镇山河虽然很漂亮，但你一定不愿意背着它上街。”

景熠想了想那个场景，打了个寒战：谢谢老板，让我重见天日后发热的脑子冷静下来了。

镇山河本鼎是冷静了，但是直播结束后，网友们却迟迟不能从直播中抽离出来。

博览APP上，网友们自发建了一个镇山河的话题。

淡菜：直播看完实在是太激动了，出水的时候疯狂截图！我从来没见过这么金、这么新的青铜器！还要感谢老板，真的全程都对准了镇山河！

鸿蒙：呜呜呜我是在铁皮外面看完整场直播的！镇山河出水的时候，我和镇山河只有几十米的距离！我在场外看得都要哭出来了，从小听的传说成真，我们颍江江底真的有鼎！

除了看了直播的在狂欢，错过直播的也在发疯，到处求录屏和照片。毕竟直播开得太突然，到结束也不过才四十多分钟，很多网友摸过来的时候已经错过了直播。

馍馍一块四个：颍江市从上到下的办事效率太高了，预告三天，打捞一天，今天就开始测量具体数据。不过相比于鼎的数据，我更好奇鼎身铭文，应该是以前的文字？会不会记录一些与鼎相关的信息？真的很好奇镇山河下水的真实原因，出土简牍上记录的生祭不知道是刻意抹黑还是确有其事。

这条动态得到了惊人的点赞数。

镇山河的腹部四面确实刻有铭文，专家会将这些铭文复刻下来进行翻译，还原当年大鼎入水的真相。因为需要研究，镇山河暂时运送到了市博物馆，景熠则以管理局员工的身份留在了市博物馆，等待专家研究一段时间。

市博物馆的人欢天喜地运走了镇山河，临走前还笑呵呵地向尤星越搭话：“尤老板，谢谢你直播啊，不然我们就错过了大鼎出水的场面！不过镇山河是出土文物，只能放在我们市博物馆了！”

尤星越从没见过负责人，但是对方言语间的那种洋洋自得十分明显。毕竟镇山河这件事，市博物馆里确实有部分人憋了一肚子气——这种憋屈从上次联展就有了苗头。

对于博物馆而言，联展是共同办的，牵头是博物馆牵的，直播这件事却全交给了不留客，不留客的老板可以说出尽了风头。有些工作人员觉得自己吃力不讨好，而且部分人有强烈的攀比心，对不留客的态度自然就恶劣一些。而这次大鼎上岸这样的大事，直播居然也是尤星越开的，负责人心里当然不舒服。

景熠困惑道：“为什么只能放在市博物馆？不可以待在不留客吗？”

尤星越温和地解释：“店里没地方……”

负责人把景熠当成了关系户，他白了景熠一眼，笑道：“不留客的地方确实小，不过在古玩店里已经算很大的了，毕竟不是博物馆嘛。而且鼎是出土文物，根据规定，肯定不能在私人手里。”

景熠皱皱眉。

尤星越叹了口气：“珍惜这段时间吧。”

等景熠能带着鼎跑了，就不在你们博物馆了。

负责人一头雾水：“什么意思？”

景熠缓缓转过头，盯着市博物馆的人，慢慢道：“我喜欢不留客。”

负责人只当他是不留客的粉丝，乐呵呵地去安排大鼎了。

局长早就被镇山河的风姿迷疯了，专家可以看鼎，他们挤不进去可以看器灵嘛，都一样的。

闻言，局长立刻道：“就一个月！等你能炼化本体，咱们立刻就走！”

景熠道：“我要半个月学会！”

尤星越目送负责人雀跃的背影，默默叹息：这可不怪我。

尤星越回古玩店的时候，已经是深夜。

一天的时间，尤星越身体和精神上都有些疲惫，所以选择坐地铁回古玩店。

这个点人不多，尤星越闭着眼睛休息，地铁停下后上来几个人，尤星越睁开眼睛。

进来的都是加班的上班族，各自坐下来，低头玩手机。最后进来的是个灵煞……尤星越打量灵煞，从对方浑身的湿气来看，大约是从水里爬上来的。

只看了一眼，尤星越就收回视线：很多灵煞的神志不清醒，这只可能是路过车厢，没必要惊扰对方。

“怎么潮乎乎的，哪里漏水吗？”一位离灵煞最近的女士嘀咕。

灵煞的头微微偏了一下，过了一会儿，灵煞慢吞吞地挪动脚步，径直走向尤星越。

尤星越坐在两节车厢的交界处，整个人被扶手挡住了一点，见灵煞靠近，他眉梢一挑，坐直身体，双手十指交叉放在身前，掌心下有灵力和红线穿行。

灵煞果然是冲着尤星越来的，她停在尤星越面前，然后伸出手，两只惨白的手攥得紧紧的。

随后，灵煞松开手指，示意尤星越摊开手，手心里洁白的小东西像一捧雪，哗啦啦落入尤星越手心。有一颗珍珠滚到了地上，却没有引起其他人的注意。

尤星越惊愕地看着雪白的珍珠落在手上：是珍珠?

灵煞弯腰捡起了滚走的珍珠，小心放在尤星越手心。

她蹲下来，仰着头，却不让尤星越看到她的脸：“我是江水中的灵煞，当年没有及时离开大阵，故而被镇压，谢谢你撤下阵法。”

尤星越没有说话，眼神很柔软。

他知道灵煞看得见他的眼神。

“多谢你的安魂铃，我已放下心结，这便前往轮回司，祝愿您尊体常健。”

灵煞说完这句话，站起身，慢慢没入了玻璃。

尤星越摊开手，这是一捧圆润的淡水珍珠，还掺杂着各种漂亮的小石子。

也不知道这位灵煞小姐蹲在江底捡了多久。

尤星越捧着这把珍珠与小石子，笑着摇摇头。

珍珠和石子都经过精心挑选,圆润洁白。淡水的天然珍珠和人工养殖的有核珍珠不同，尺寸大、圆润的更少。灵煞送给尤星越的这些珍珠都很圆润，尺寸也相近，正好能穿成一串。

珍珠里掺杂着十几颗小石子，每个都比指甲盖大一些，圆润光滑，较为平整的一面刻着花纹。

很熟悉的花纹，尤星越在阵法边的江底石上见过这种纹路。准确来说这是一种古老的铭文，孟昌虽然无法辨认铭文的含义，但是看出了这些铭文大多有赞颂或者威慑阴邪的含义。

尤星越手里石头上的刻痕还是新的。

这位灵煞小姐……大概是沉眠江底的阵法师吧。因为执念徘徊江底，所以受到了阵法更凶狠地镇压，阵法破碎的时候，安魂铃才将她唤醒。

说起来这种谢礼好眼熟——景熠吃了老板娘几碗面，也是这样在江底捡了东西送过去。

尤星越将珍珠和石子收进袖里乾坤。

等明天把这些小礼物拿给景熠看吧。

而地铁上其他人塞着耳机玩手机或者短暂休憩，错过了一场奇异的小报恩。

回到古玩店已经是十一点多，尤星越推门进去，店里没什么声音，器灵们都不在，就连超薄和不留客也不在店里。店里不通暖气都温度适宜，花瓶里插着好几根凤凰朱雀的羽毛。

尤星越脱下外套和毛衣搭在椅子上，往店里走了两步：“都不在吗？”

时无宴撩开珠帘：“你不在，自然是我守着不留客。”

尤星越笑了几声，掏出一把石子和珍珠，兴致勃勃：“你看！这是灵煞送给我的谢礼，我想明天拿给景熠认认上面的字。”

时无宴从他手心拈起石子，小小的石头上刻着铭文：“这是以前祭祀专用的文字。”

尤星越道：“写了什么？”

时无宴从他手心里挑出所有石子，排列在桌上：“颖水汤汤，龙衔玉芝，凤吟华章，共庆君万寿无疆。”

颖江的水不断绝，龙衔着玉芝，凤凰唱着赞歌，共同祝愿你万寿无疆。

时无宴展颜一笑：“山高水长，龙凤和鸣，祝你福寿齐全。”

尤星越本来打算第二天就去看看景熠，但是最后还是在店里老实看了一天店。休息够了，才在管理局人员的花式邀请下前往市博物馆——

景熠在炼化本体上遇到了困难，管理局负责教学的人本事不错，但是不会教，所以想请尤星越过来教教景熠。

尤星越当然……一点都不会，不过也欣然同意，抱着店里几本妖怪化形的古籍，去看热闹了。

当然，他也没有太缺德，还带着不知道有没有用的时无宴一起去了。

实在不行还可以请外援，反正猫局长最近好像比较闲。

镇山河暂时保存在市博物馆，虽然还没有对外展出，但是为市博物馆带来了新的流量，无数市民等在市博物馆外，希望能见到镇山河的真容。

为了满足市民们的好奇心，市博物馆给镇山河专门制作了介绍视频，在博物馆的大屏幕上循环播放。视频有镇山河各个部位的特写，腹部的铭文清晰可见。

屏幕下守着一圈人，每当特写出来，人群就响起小范围的惊叹和赞美声。尤星越和时无宴过来的时候，景熠站在人群外，仰头看着屏幕。

尤星越心想：小皇子还挺自恋的，专门搁这儿听别人花式夸奖自己。

尤星越上前拍拍景熠。

景熠转过头，表情相当空白。

原来“瞳孔地震”是真实存在的。

尤星越迟疑着缩回手：“你还好吧？”

景熠惊恐道：“你们没说会把我……把我……这么……”

景熠说着话，只见屏幕上放出了镇山河的底部，配以文字描述，慷慨激昂地介绍镇山河的每一处细节。

景熠一手抵住额头，哽咽道：“你们没说会把我全身都拍个遍，还放出来给这么多人看。”

尤星越安慰他：“这就是个鼎，也不是展览你。”

景熠垂着头：“说是这么说……”但是心里总有个坎过不去。

景熠委屈了一会儿，道：“你看，他们还把我翻过来从下往上拍……还有，什么叫胸围一百二？我不是不给看，你们辛苦把我捞上来，”景熠蔫头蔫脑的，却还是努力跟尤星越解释，“我有点不适应，也不是生气，是有点……羞耻。”

景熠原本是人类，放在玻璃柜里给人看看就算了，被拍成视频到处流传，还对各个部位细节进行放大解说，确实震撼了两千年的器灵。

眼看景熠有点崩溃，尤星越为了安慰他，道：“其实只是被看看还算好的。”

景熠抬起眼睛看着尤星越。

尤星越指了指时无宴：“你看他。”

景熠看过去：“我知道，他很厉害。”

他上岸这两天，被管理局的人带着，已经知道了尤星越和往复的身份。

尤星越道："再厉害的器灵，有时候还是需要别人帮忙清理和修复本体。我们店里有个小马，本体破损还是我补的。"

景熠慢慢接受："你说得对。"

尤星越和时无宴是来教景熠如何炼化本体的，景熠调整好心态后，带着尤星越两人去博物馆的内部。

尤星越一边走，一边说前几天遇到的灵煞，顺便把石子递给景熠看："你看，这是我收到的礼物，还有小珍珠呢，比你送给老板娘的好看。"

景熠看看石子："长发遮着头脸……那肯定是阵法师了，她脸上有很大一片的胎记呢，所以不愿意露脸。我还没到颖江的时候，阵法就刻好了，当时阵法启用时她大概没来得及离开，所以被镇在阵法下。而我压在阵法上，所以数千年来我与她从未碰过面。"

景熠眼神很软："她以后会很好吗？"

时无宴道："轮回司中设有判司，但她会有什么样的以后，由她这些年的作为决定。"

景熠用力点头："她是个很好的阵法师，一定会有个好判定。"

三人很快到了景熠的休息室。休息室离镇山河很近，这是特意安排的，管理局和市博物馆的人商量了好一会儿才定下这个房间。

管理局负责教景熠炼化本体的大师也在，大师见他们进来，很窘迫地掩面："是在下无能。"

景熠羞愧极了："不不不，是我太笨。"

眼看大师要和景熠拉扯，尤星越赶紧道："我带了几本书过来，不知道能不能帮上忙。"

尤星越将书取出。

时无宴主动道："炼化本体的方法我可以教你。"要说起来，时无宴也能算是器灵，变化自己的本体得心应手。

时无宴拉开两把椅子，和尤星越一起坐下。

景熠感激得不行，从柜子拿出自己珍藏了两天的饮料："喝点饮料吧，还是热的！"

不需要热水，放在通电的柜子里就能保持一个温度，景熠从来没见过这种东西。

尤星越低声笑了下，拧开饮料，一边和大师聊天，一边听着时无宴给景熠讲课。

景熠当然是聪明的，时无宴讲得玄之又玄，他居然能听懂一点，默念了几次口诀。

大师看得快要流泪，拿着四十多页的教案，看看六十多页的PPT，陷入了自我怀疑，喃喃道："也许科学系统的教学……不能适用于绝大部分人？"

尤星越这个经常给戚知雨辅导作业的人感同身受。

大师拉着尤星越诉苦，两人说了一会儿，景熠似乎学通了一点，他原本只是练习，此刻忽然明白了几分，房间内灵光一闪，紧接着，外面传来惊恐的声音："你们有没有觉得鼎变小了？"因为过于惊慌，喊声直接破音，穿透了隔音不太好的门板。

大师面露惊恐："快快！变回去！"

景熠急得要冒汗，可是越急越不知道怎么恢复原样。

时无宴语气依然不紧不慢，他是温和端庄的性格，天塌下来依然面不改色："平心静气，不要着急。"

他不急，景熠更急了。

尤星越站起身，一把拉开门，施了个障眼法过去。那玻璃柜里的大鼎在人眼中恢复原样，兵荒马乱的管理员疑惑地挠挠脸。

"难道看错了？"

"可能吧。是不是灯光被展示柜折射之后看错了？"

"虽然仔细一想没有道理，但是乍一听还是有道理的。"

等管理员们自己说服了自己，尤星越关上门，神态自若地提了个建议："炼化的事放一放，我先教你障眼法吧。"

景熠还没从震惊里醒过来：老板反应好快！

第24章 铭文竹简

炼化本体是所有器灵都要经历的关卡。

景熠有两个选择，一是将镇山河炼入体内，就如同其他器灵一样；二是将本体缩小，方便带在身上。景熠本来是想选择后者，后者确实更简单，但经过其他器灵的劝说，景熠还是选择了有利于修炼的前者。

镇山河鼎身上留存大量灵力，将本体炼化入肉身才是最佳方案。不过景熠活着的时候是普通人类，使用灵力需要从头开始学，他再怎么聪明，也需要十天半个月才有进展。

炼化成功前，景熠最多只能在博物馆周围转一转。他也忙得很，没空出去转，躲在自己的小休息室里，练口诀练得昏天黑地。在此期间，镇山河上的铭文翻译遇到了问题——铭文是修士们祭祀天地所用的文字，并没有系统地传下来，甚至缺乏相关古籍参考。

“这些铭文太晦涩了。”

古文文学方面的专家连连摇头：“不是常见的铭文，好像更接近宗教的符文，看不出来是什么。”

从秦飞眠衣冠冢小组调来的钱教授：“要不叫不留客的老板过来看看吧，之前大鼎出水的时候，他也在场。”

专家们沉默片刻，齐齐表示同意——他们都是老专家了，鼎还没捞上来时就感觉到了这次行动的不对劲。所谓人老成精，都是经常做古物研究的，谁还没见过点奇人异事？

博物馆的工作人员稍微有点别扭："不好吧？镇山河是国有文物呢，让私人，而且是卖古董的来参与是不是不太好？"

博物馆的专家柳教授瞅了瞅他："那你说，我们几个都看不懂，你看得懂吗？"

柳教授虽然不觉得年轻老板懂什么，但是他更清楚这工作人员到底是什么心思。

工作人员讪讪一笑："我是学管理的，肯定不懂专业上的东西。我现在给不留客老板打个电话，请他下午过来。"

柳教授又道："要不我们再联系一下博云观吧，尤老板……年纪太轻了，看着比我带的学生还小呢！"

读博的都二十六七了，尤老板好像今年才毕业，听说大学学的还是理科。

钱教授却笑着说："人不可貌相，年纪也不一定是评判标准。"

柳教授好奇："你好像跟不留客老板挺熟的。"

钱教授笑了笑。他的家里放着传了快两百年的一对金掐丝镶八宝芍药花步摇，还有一张为期两百多年的买卖契书。

卖方——不留客。

柳教授道："还跟我打哑谜呢。干这行的，确实得有点年纪，不然攒不下经验。要我看，还是得去请博云观的人过来比较好。"

其他专家赶紧道："都请都请，这么大的鼎，肯定都愿意来看看。"

尤星越收到市博物馆方的电话，他看看时间，正好下午有空，于是答应了那边的请求。

"不留客，"尤星越放下手机，"我们库房里有没有一些和铭文有关的古籍，我下午送过去，省得总往那边跑……"

博物馆找他属于舍近求远了，明明隔壁屋子有个正在练习口诀的器灵。

不留客跳出来："有的有的！我找出来！"

吃过午饭，尤星越愉快地把时无宴留在店里看店，带着不留客一起上了车。

刚刚考完试，正要和陶桃一起出门的戚知雨："……"

兰茵书画会友去了，他们要出门玩，所以只能是往复看店了，戚知雨总觉得有点心虚。

陶桃一把薅住戚知雨，小声道："快跑呀！"

两个小孩牵着手紧跟在尤星越身后出去了。

时无宴："……"

半晌，他低头微微笑了下。

尤星越到的时候，还在门口见了个熟人——博云观的徐淙道长。

徐淙道长穿着一身普通衣服，不过长发还是很显眼，频频引来一些人的关注，渐渐有人认出了他。

徐淙作为博云观监院，一向名声在外。

徐淙道长见到尤星越颇为激动，对尤星越拱手行了个礼："颖江一事，老板高义。"

尤星越知道他是在说化解颖江里怨气一事，他注意到有人在拍他们，于是示意徐淙一起进去，解释道："碰上了，举手之劳。"

徐淙却很激动："老板不仅修为精深，更有普世度人之心，有没有入我……"

挂在尤星越身上的不留客猛地扭头盯着徐淙：我找了好久才找到星越这么合适的老板!

尤星越也没料到是这个走向，哭笑不得："不了道长，我尘缘未了。"

他还欠着不留客近十万根线呢，一身因果尽在人世中，怎么可能脱离红尘?

徐淙遗憾道："如此，好吧。"

两人在工作人员的带领下到了保存镇山河的地方。

这还是徐淙第一次亲眼见到镇山河，远远看见这尊金色巨鼎的时候，徐淙就被镇山河的气势所震撼到了。

专家组等候已久，赶紧上前来招呼："徐淙道长，尤老板，这次邀请你们来主要是为了青铜器上的铭文……"

几个专家三言两语解释研究面临的困境。

钱教授将打印纸发给徐淙和尤星越："这就是铭文的打印稿。"

柳教授站在徐淙身边，道："我们认为这种铭文似乎更偏向符文，我还问了研究民俗方面的朋友，确实有些相似之处，所以我们想着请道长过来辨认。"

尤星越捏着纸张，发现上面有几个字符相当熟悉，地铁上那个阵法师给他的石子上出现过，分别是：龙、凤。

不留客有些兴奋道："哎呀，果然是以前诸神活跃时候的文字，算是妖怪神兽间流通的官文，好久没见过了。”

这种铭文是有效力的，或者说现代的符文是铭文演化而来的，很多享受过祭祀的大妖们都认识这种文字。从尤星越熟悉的几个妖怪里随便找一个来，都可以当翻译，毕竟他们当年翻云覆雨时也受过供奉。不留客博览千万古籍，当然是认识的。

徐淙仔细查看了一番：“确实与符文有几分相似，不过要更加玄妙晦涩，难以直接辨认。”

柳教授有些失望，他全部的希望都在徐淙身上了：“那可否借阅一些与符文相关的典籍作为参考？”

徐淙却道：“不如问问老板。”

柳教授迟疑着看向尤星越，据说这位老板大学学的是理科……

尤星越道：“我的一位朋友对这个很有研究，我跟着学了一点点。这一段的意思也比较简单，我先翻译看看吧。”

几个专家纷纷围过来，就连整理资料的学生们都忍不住放下手头的事情，竖起耳朵听。这些铭文快要折磨死人了，他们睁开眼睛就在海一样的文献里找资料，到现在没查到什么相关信息。

不留客趴在尤星越耳边轻声翻译。

尤星越复述不留客的话：“这段写的是‘麒麟半角，青龙片甲，借鳞虫走兽之长……’”

用麒麟的半块角，青龙的一片鳞甲，借来掌管鳞虫走兽的能力……

不留客又道：“倒也未必是真的麒麟角和青龙甲，而是对一些特殊材质的美称而已。”

几个教授逐渐听得入迷：“听着像青辞，却又不像青辞那样过于注重华美的辞藻。”

尤星越解释：“因为镇山河是有实际用处的鼎，这段并不是歌颂的美词美句，而是说镇山河铸造时使用的材料，用这些材料借龙与麒麟的力量。”

这是记录性质的铭文，阐述镇山河的材质和锻造过程，比起韵脚和辞藻，当然是写清楚更重要。

一位白发教授连连点头：“说得通说得通！我们这边整理了多个民间传说，发现无论是哪个版本，镇山河下水都是为了镇压恶龙鱼精之类的……就连简牍上的记载也是如此，看来当时铸鼎的目的很有可能就是如此。”

柳教授则是震撼地看着尤星越，试探道：“尤先生，你大学学的真的是理科吗？”

如此生僻的语言，竟然能认得出来？看这翻译的速度，简直就跟念课文一样！

尤星越道：“是，我大学念的计算机。”

柳教授听到了一个和古文文学八竿子打不着的专业，更加恍惚了：“是这样吗？”

柳教授的一个博士生心酸道：“太扎心了老板，我博士念了三年了，这铭文我一个字都看不懂。”

尤星越保持微笑：“家学而已。”

开挂而已。“挂”本人——不留客抱着尤星越的手臂，被博士生逗得笑了好一会儿。

尤星越送来的古籍全是简牍。原本是乾朝那时候的“铭文教科书”，记载详细，作为资料收藏在不留客的库房里。

这些简牍是玉石材质，重得要命，好几个人才抬进博物馆。

酸枝木箱被打开的时候，博物馆工作人员的眼珠子都要掉进去了——不留客的藏品也太多了，这种简牍年代久远保存完好，有一两卷就不错了，不留客竟然能有这么一箱子！

柳教授的研究方向正是古文文学，拿到这些古籍后如获至宝，经过尤星越同意后，打算将这些古籍的内容打印成资料留下来研究。

尤星越走的时候，十分郑重道：“铭文翻译事关重大，我想当这些文字公开的时候，一定会为大家揭开一段尘封的往事。教授们辛苦了。我回去之后会看看有没有其他相关资料，如果有就送过来。”

他说这话的态度尤其正经，明明只是客套话和恭维话，几个教授却听出了一点别样的意味来。

不等教授们细品言下之意，尤星越一笑，告辞离开了市博物馆，留下专家们摸不着头脑，过了会儿，他们自动散开进行研究。

“古人的智慧，真是每每叫我们后来者吃惊啊。几千年前除了书同文，竟然还有另一套完整的语言文字。”吃饭的时候，柳教授还沉浸在古籍带来的震撼中，甚至有些食不知味了。

另一个教授附和：“铭文书写起来更复杂，讲究对称和结构美。可惜了，也正是因为太过于复杂，不利于书写，所以难以流传。”

钱教授笑道：“有了古籍作为资料，翻译就简单了。”

柳教授提到翻译，羞愧地摇摇头：“我竟然还小看了不留客的老板，真是惭愧，等翻译完成，一定登门道谢。”

钱教授心想：咱们这些普通人，真犯不上和不留客的老板比……

随着铭文逐渐被翻译出来，专家组也越来越吃惊——镇山河腹部四面刻有的铭文，用最简洁的语言描述了镇山河的材质、重量、作用以及铸造原因。当所有铭文被翻译出来，拼凑成完整的文章的时候，所有人都沉默了。

柳教授是颖江市本地人，从小听着江中蛟龙作恶的传说长大，没想到鼎是真的，连故事都基本对得上。

柳教授举起打印纸，看着上面简洁的文字，沉默良久，道：“稍微整理一下，录入系统，然后公布一下铭文内容吧。”

镇山河打捞小组先后公布了镇山河的体积重量、合金配比、具体年份，每一样都附带了图片形式的报告。这种严谨的科研态度，让关心镇山河却不能亲眼见到的网友大大放心。

夜里一点半多，镇山河打捞小组发布动态：经过专家们日夜不歇的努力，借助@不留客老板提供的资料，我们翻译了鼎上的铭文，特别感谢@不留客不遗余力的帮助！

这条动态虽然是深夜发出的，但是评论可不少，一条热评精准说出了网友们的想法——

五星好评：半夜笑到人都醒了，无处不在的老板@不留客，老板，我们今天也搞事吗？真的能看出很辛苦很努力了，这个点专家居然都不睡……早点睡啊教授们！

二十分钟以后，镇山河打捞小组发布了第二个动态：铭文翻译——来自镇山河的自我介绍。

颖江市市博物馆，博士生眼睛下挂着两个黑眼圈，道：“师妹，我们这个点发翻译，网友半夜哭怎么办？”

师妹吸吸鼻子："我们都哭了，让他们也哭一哭。"

熬夜不睡的网友们看到新的动态，丝毫没有察觉镇山河研究小组的"险恶用心"。

动态附加镇山河腹部的铭文图片。铭文优美，但是完全看不懂，网友们照例欣赏一会儿，眼睛自动跳过铭文，将翻译连在一起阅读：

"颖水中有一物，自称江水神，实则为一妖，兴风作浪，毁坏农田，索要童男女。致使水运不通，两岸民不聊生。

"坤定二年，帝下令，广聚天下金以铸鼎，皇子熠监其事。取麒麟半角、青龙片甲，借来鳞虫走兽之长的威力，再向东山求凤凰落羽、梧桐一叶，以恩福庇荫民生。

"坤定五年，鼎成，盖因无帝王之气，不成用，次年，皇子熠于无人之夜，祭鼎，大鼎即成。帝哀六日，赐鼎名，曰：镇山河。

"坤定六年，设阵于颖水。选良辰、定吉日，沉鼎入水，则必有两岸百姓安居乐业、水运通畅，至此山河稳固。特此记为文字，灵神可见，日月以证。"

图片的最底部，有一段话：结合出土简牍内容，两岸百姓为皇子熠立祠堂，年年祭祀，可惜时过境迁，祠堂后来被推倒了。妖精灵怪以身祭鼎，我们深深感动这份为黎民百姓豁出性命的大爱！

大概是深夜更容易酝酿多愁善感的情绪，网友们读完这些半文半白的翻译，泪点低一些的竟然眼眶湿润。即便是深夜，铭文翻译也在网上掀起了讨论的热潮。大概真的只有颖江人才能理解，口口相传的民间故事一日成真的震撼和感动吧。

早上，尤星越打开手机，看着热度爆炸的话题，无声笑了笑。

"笑什么？"时无宴问。

尤星越道："没什么，只是看他们的评论觉得可爱。对了，要不我们今天去拜拜江……"

尤星越手机振了振，是景熠给他发来了信息。

这么早发信息，不忙着练口诀了？

景熠不会打字，发来的是语音。

尤星越点开播放。

景熠不知道在做什么，说话几乎是气声："老板，开开门。"

尤星越一头雾水："你在干什么？怎么喘成这样？"

景熠发了新的语音："我……我在你门口。"

尤星越打开门，震惊地看着景熠——

景熠背着一个硕大的蛇皮袋，累得额头上都是汗，眼睛亮晶晶地盯着尤星越："我会熟练用障眼法和缩小的法术了，来找你玩！你上次说，你家有好多器灵呢！"

尤星越看向景熠背后快一米高的蛇皮袋："你管这叫缩小？你怎么来的？"

景熠什么证都没有，浑身上下只有两百块钱，对人类社会的认知还很简单，怎么从市博物馆到古玩店的？

景熠竖起一根手指，喘着气说："我……我走了一夜！"

尤星越："……"

能在江底守上两千年，背着本体走一整晚，又算得了什么呢？

与此同时，每日巡查的市博物馆工作人员，肉眼看不透障眼法，丝毫不知道令他们做梦都笑到醒过来的镇山河大鼎，已经背着他自己跑了。

至于景熠扛着鼎连夜跑了的问题……还得是尤星越处理。

尤星越撑着门框，看着景熠闪闪发亮的眼神，轻轻叹了口气："我就跟个幼儿园园长似的。"

景熠有点不安："我提前和管理局的老师说过，但是不是给你添麻烦了？"

景熠告诉授课老师自己想要去不留客的时候，老师看看他，然后笑着说："那就出去跑跑吧，去看看这片土地。"

尤星越拍拍景熠的发顶，展颜笑道："不，并没有。"

景熠已经考虑得很周到了，反而是他考虑得不够。

江底那么冷，好不容易见到尘世繁华，怎么能耐得住寂寞呢？而景熠已经忍了十几天了。

"你说那个江边的祠堂？"程明浅懒洋洋道，"我记得啊，确实有一个祠堂，老早就推平了，后来不是修了观景亭吗？"

尤星越接过时无宴递来的羊奶，试了下温度，放在狰崽旁边，疑惑道："我怎么一点印象都没有？"

很多上了年纪的人还记得颍江边上曾有个小祠堂，里面的神像早就不见了，当地的老人也记不得那是祭祀什么的神像了。网上相关的资料很少，毕竟颍江也就是最近二三十年才飞速发展起来的。

程明浅道："你能有什么印象？那都是五十多年前的事了。那祠堂不是说有两千多年历史吗？我都还没出生。你这屋里就往复和不留客存在了两千多年，怎么问起这个？"

景熠小心翼翼道："那是我的神祠。"

程明浅打量景熠一眼："哦——你是江里那个鼎是吧？"

景熠点点头。

尤星越特意解释："四五十年前的话……那时候保护文物的意识还不够，所以才……"

程明浅很不客气道："那祠堂太破了。别说你们人类盖的玩意儿，就是轮回司大殿也得两三百年修缮一次，那祠堂已经够能扛的了。"

景熠道："我理解的。听说几十年前，很多人家连饭都吃不饱，如今日子好了很多。"

说到"饭都吃不饱"的时候，景熠的眉心下意识皱起来，很快又舒展开。

时无宴道："当年神像在祠堂内的时候，连接景熠的灵力还能维持祠堂。但如果神像丢失，会令祠堂香火凋零，难以维持太长时间。"

尤星越默了几秒："也是。"

江边风大湿度高，建筑历经几千年又缺乏维护，破败起来很快，没了神像的祠堂很容易被遗忘。

"挺好的，如今大家不需要求神拜佛了。"景熠这几天在外面逛了很久，也听到了很多关于自己的传言。虽然舍身那一刻没有太多的想法，但是发现镇山河还活在传说里，景熠还是很惊喜。这种快乐在古玩店里被放大了十倍——他很少见到这么热闹的地方。每天都有来来往往的客人，器灵们也停停走走，离开的有时候会回来，突然来的也会突然离开。

不留客确实从来不留客。而不留客和老板仿佛有说不完的神奇故事。

紫檀簪子养出来的头发戴在别人头上，剪刀和做衣裳的女孩走了，女将军还有心爱的小红马……

管理局一点都不拘束景熠，早早给景熠办了手续，明面上说镇山河不参与展览，实际上让这器灵满世界撒欢去。

市博物馆里施着障眼法，管理局打算打一个跟镇山河差不多的鼎，稍加障眼法，代替景熠不时露个面。

镇山河本鼎虽然跑了，但是关于镇山河的研究还在继续。比如皇子熠到底是哪个皇子？皇子熠以身祭鼎到底是自愿的，还是另有隐情？女帝是否像阴谋论中那样冷血无情，用活人来祭祀？

乾朝出世的文献不多，就连史书也多为后世杜撰。史学家都知道一点，凡涉及一些特立独行的杰出人物，总有一些埋藏得更深的隐情。

至于知晓一切的景熠……反正红口白牙一张嘴，他倒是能说，却没有史书佐证，最后也只能变成流言。

超薄放着动画片，不留客晃着小腿看，超薄自己在底下开了个弹窗看新闻，突然道："你们看新闻！"

一屋子人一起歪头看向超薄。

超薄："市政府打算在颖江边重建一个新的祠堂！用来纪念镇山河！不得不说这行动力可以啊。"

从经济上来说，颖江市本来就有相当耀眼的人文和自然美景，旅游业发达，镇山河神祠建好，也算多了个打卡点。毕竟镇山河是不会丢的，作为令人惊叹的历史文物，永远都会有人为他的故事和身姿着迷。从历史人文上说，颖江市本来该有一座两千多年的神祠，虽然没有保护到今天，但是他们可以重新建啊。他们连断了传承的严家漆器都捡得起来，凭什么一座神祠不能重建？虽然神祠没了，但是鼎一直都在，神话传说也一直都在。

尤星越笑着道："等神祠落成，我帮景熠和神祠牵个线吧？"

景熠脸都红了："等真的建好了，我就去里面看看。"他被几双眼睛看得有些不好意思，扭过头看向窗外，随即惊喜地瞪大眼睛，"下雪了！"

颖江市落了今年的第二场雪，和第一场小雪不同，第二场雪下得很大。颖江市虽然只是偏北方，但是温度一降下来也是很冻人的，路上的人流量大大减少。

一月初，学生们开始放寒假。不留客早早歇业，不再接待客人参观。

超薄放着动画片，桌子前却没人看，不留客和景熠都挤在窗子前围观外面的大雪。

不留客："哇——"

景熠："喀喀——"他差点喊出声，想起自己是个皇子，十分端庄地把惊叹声咽了下去，呛了好几口。

就连戚知雨也忍不住总往窗外看——他是标准的南方刀，没见过这么大的雪。

兰茵晃着小酒杯，就着外面的雪景饮了一杯：“晚来天欲雪，能饮一杯无。”

尤星越笑道：“瑞雪兆丰年。”

他瞥了眼窗外，大雪纷纷扬扬地落在地上。

桌上摊着三副春联，这是上次写完准备抽奖送出去的礼物。尤星越给这些春联拍了照，想趁着物流没有停业赶紧发出去。拍了两张，感觉不满意，挥手让时无宴站过来：“无宴，帮我拿一下东西。”

时无宴走过来：“拿什么？”

尤星越捡起桌上的对联塞到时无宴手里：“你拿好，我拍个照。”

时无宴拿着两张火红的对联：“这样？”

尤星越拍了两张照片，突然笑出声：“好像狮子啊。”

时无宴疑惑，微微歪过头：“石狮子？”

“不是不是，”尤星越举着手机笑得不行，“是舞狮的那种狮子。过年的时候会有，两个狮子会从嘴里吐出对联，特别喜庆。”

时无宴看着尤星越的笑容，摇了摇头：“我没有见过。下次带我去看看吧。”

时无宴望向尤星越，微微笑了下。

不留客挥着手从尤星越身后路过：“星越！我和灼灼出去玩雪！”

超薄：“我也想去！”

和小马打雪仗！

不留客道：“你冬天掉电太快啦！”

超薄：“……救命。”

不留客早早就歇业，本来想趁着寒假来不留客的粉丝们只好嘤嘤嘤地在博览的评论区“哭泣”。

寸寸然：是因为免费参观不赚钱所以早早关门了吗？要不收门票费吧，五块钱一个人，买了古董的退五块钱，不买不退。

馊主意得到了无数人的赞同，但是有部分人很清醒。

菠萝包：我估计老板不会收费，本来免费参观就是为了让更多人了解古董……他就是想放假。

收费也不过是嚷嚷着玩，不留客出现在公众面前以来做的事，大家都看得出古玩店不仅仅是为了做生意。

如果一个人想要钱，可以用钱诱惑他；如果一个人想要的不仅仅是钱，同时又不缺钱呢？

粉丝们惆怅极了。

好在尤星越也不是完全忘了粉丝，他还记得抽奖这件事，发了动态，要在转发评论的粉丝里抽三百个人送春联。配图很简单，一人拿着春联，洒金红纸上写着书法家兼大诗人的千古名句，字迹遒劲，收放间又有自如的轻快感。拿春联的人很高，手指十分长，一手就能拿住一整副对联。

圆球球：好手！是不是老板？

甜菜不甜：一楼假粉！老板指节上有一个很小的红痣，所以这是小知雨……才怪，知雨没那么高的啦。看手猜身高，大概率是老板那个超级好看的朋友！

在为了抽奖而疯狂增加的评论中，一个账号突然@了一下不留客。

华章：@不留客，要过年了，来点联动？

负责经营账号的超薄随便看了一眼，一开始愣是没认出来，随后吃惊道：“我错过了什么，怎么才几个月就这么多粉丝了？”

尤星越走过去：“什么这么多粉丝？”

超薄点开华章的页面：“你看。”

尤星越愣了一下：“这个是不是……裁非和颜晨初的那个牌子？”

超薄：“几个月涨了七十多万粉丝，我愣是没认出来。”

博览APP的流量虽然大，但是有大几十万粉丝在博览也能算是大博主了。

颜晨初说到做到，为裁非注册了名为“华章”的国风品牌，并且借助古董拟人的热度建立博览账号，不留客还和这个账号互关了。

不留客的粉丝们馋古董周边已经很久了——尤星越每周都会更新一个古董，三百六十度无死角拍照，以及附上“看上去很真但是没人知道真不真”的故事两三则。

对于工作或者学业繁忙、距离太远的粉丝来说，每次看到更新的古董，对不留客的向往就更多一层。

好不容易等到过年，结果不留客歇业比他们放假还早，等了半年多的粉丝们能不哀号吗？

另有一部分粉丝，基本财务自由，但是离玩得起古董还有很大的差距，可是看着动态里或新奇或美丽的古董又很眼馋。

那么这个时候，文创周边就显得很重要了。

华章求联动的评论被顶到最上层。

梧桐：上去吧你！求求了，出两件联名款吧，上周的《天马奔云图》、上上周的琉璃宝狮、上上上周的牛角玉杯……你那么多宝贝，你出点周边不好吗？我花钱，你赚钱啊！

……

超薄和尤星越都看了评论，超薄道："老板，要不出个周边吧？我看他们真的好想要。"

尤星越："嗯……上次联动也过了好几个月了，可以考虑一下。"

尤星越给裁非的账号发了两条信息，询问他联动什么。

裁非直接打了视频通话过来："早上好，我看你前天发动态说暂停营业，准备过年，猜你最近应该比较闲。"

尤星越正在整理简牍："对，忙了一年了，年关歇一歇。我看你说联动，联动什么？"

专家组那边已经将简牍上的铭文完全复刻进行研究，原品退还给了不留客。

裁非坐在椅子上一边织毛衣，一边说道："提前来占个位置，怕你跟别人出联动了。对了，你上次寄过来的羊毛挺好的，下次有就再帮我买一点。"

"在妖界偶然碰上的，下次看见再买。"尤星越道，"联动的话，你还真是赶巧了。本来有个联动的，现在黄了。"

提到这个事，超薄生气道："你不知道他们有多离谱！现在漆器不是挺火的吗？他们想要复刻如意和缠枝的螺钿花纹，但是……还夹杂了国外的元素，沟通了也不改，还说这叫顺应潮流。"

尤星越表情依然淡淡的："元素混杂没什么，但是混了元素还非要打着古典复原款的名号，我不能接受。"

裁非哦了一声，一点都不奇怪，准确来说，他都已经麻木了："老问题了，有些人分不清就算了，有的人分得清也不在乎。"

尤星越道："我现在想还不如找你们联动，起码安心一点，你联动什么？"

裁非精神一振："铭文！大鼎上的那些铭文真的太美了，完全可以作为一种纹饰！我看到后就对这种文字一见钟情，你说这么美的文字做成衣服的暗纹多好？”

随着镇山河背后的故事被揭开，失传的铭文也得到了大量的关注。而同时，镇山河小组也分出去一部分，成立了专门的铭文研究小组。诚如古文文学教授所说，铭文结构复杂，极具美感。

“失传文字”“镇山河铭文”“祭祀专用”等等标签，给铭文加上了一层又一层神秘的纱衣。镇山河的铭文虽然有翻译，但那是意译，没有公布每个铭文所对应的简体字，也让很多网友打赌猜测每个铭文的含义。毕竟铭文还在研究中，专家组自己也没完全搞清楚。不留客也只留了这么一箱子简牍，提供不了更多的资料。

文字和语言是文明的基础，尤其是已经失传的文字，研究起来难度极高，专家组一时顾不上网友们。而且铭文看久了，稍微敏感些的普通人总觉得铭文有种说不出的玄妙，这些人还不是少数，随便一搜就能发现类似于“我觉得铭文好玄妙啊，盯着看有种奇异的感觉”的发言。

而铭文结合镇山河背后的故事，就让人情不自禁地思考——也许这个世界上，真的有妖怪吧？所以最近网络上关于铭文的讨论度也相当高。不过古玩店最近歇业，无论是尤星越还是超薄，都处于“放假”的放松状态里，难得没有跟上热点。

裁非作为器灵，虽然年纪小，修为也完全够不上大妖怪的层次，但是第一眼看到铭文的时候，他就受到了震动。

很微小很奇妙的震动，放在其他器灵身上可能都感觉不到，但裁非心思细腻，察觉之后多少有些想法。

尤星越整理简牍的手一顿，表情有点困惑：“铭文织成暗纹，穿这种衣服……你是要登基吗？”

修行之人写出的铭文可以引动灵气，铭文多用于祭祀神灵，也用于符咒、阵法等，是正式情况下使用的文字。

裁非道：“你上次自己说的。”

尤星越：“？”

裁非幽幽道：“旧时王谢堂前燕，飞入寻常百姓家。”

尤星越好笑道：“很多铭文的含义很深。举个例子，就算是军人也不会随便穿着军礼服到处跑吧？皇帝的衮服也不是天天挂在身上。”

裁非若有所思，半晌遗憾道：“你说的也是，那算了吧……”

尤星越道：“没说不行。我的意思是要仔细挑选合适的铭文作为纹饰。比如‘福’‘寿’这种铭文完全可以作为纹饰。而且你要给衣服做暗纹，也只需要几个字就够了。”

裁非惊喜道：“真的？”

尤星越点头：“我一会儿整理出一册比较合适的铭文发给你。对了，你不要自作主张，和颜小姐商量着来，和气生财。”

这回轮到裁非无语了，道：“我看上去像那么缺心眼的合伙人吗？我们都是商量好的。”

他一个人也不会开着华章的大号直接去不留客的动态下评论。

尤星越扶额：“是我最近心力交瘁。”

裁非好奇：“怎么说？”

尤星越微微仰了下头，轻轻叹了口气：“一下都不知道从什么地方说起，是先告诉你知雨期末考试三科不及格，还是告诉你兰茵有个追捧者天天在店外面打转想要把兰茵挖走……”

结缘出去的器灵都算省心，尤其是司寻，在管理局特开的补习班里品学兼优。

裁非由衷道：“辛苦了，老板。”

像他这样懂事的器灵都走了，只有闹腾的留下来了，可能这就是“不是一家人，不进一家门”吧。谁让老板自己就不是一个省油的灯？

“对了，老板，我还有两个事想跟你说。”挂电话之前，裁非突然道。

尤星越道：“你说。”

裁非慢慢道：“一个是我和晨初想在回家前去店里玩两天，能去吗？”

尤星越道：“欢迎啊，正好景熠也在。景熠就是镇山河，而且现在你们也能看见不留客了，他从不留客那里听说了你的事，对你很好奇。到时候夏藿也会带灼灼过来，你们正好聚一聚。”

裁非清清嗓子：“还有一个请求。”

尤星越又轻又缓地重复了最后两个字：“请求？”

裁非托着下巴，笑得很温柔：“你那个古董拟人系列还得继续出吧？不如就出镇山河拟人，刚才还说穿着有铭文做暗纹的衣服像是去登基，我给你做一整套衮服出来怎么样？嗯……你只要给我们的衣服找个模特就行。你连秦将军都能找来，给我们找个女帝行不行……”

尤星越直接把电话挂了。

时无宴看着尤星越的表情：“怎么了？”

尤星越：“我看裁非睡了这么久脑子还是没睡醒，他居然想找个女帝来当模特。”

封建男权社会下，几千年出了一个女帝，铁腕强权，何等了不起的人物。裁非倒好，张嘴就是找来女帝当模特，想得倒是很美呢。

时无宴微微偏过头：“女帝……灵帝算吗？”

尤星越发蒙：“……还真给他找啊？”

帝京。

裁非看看手机：“我还没说完呢。”

“说什么？老板答应联动了吗？”

颜晨初从工作室里出来喝水，顺手将设计初稿丢给裁非：“帮我看看，总觉得裙子和上衣不太搭配。”

裁非拿着设计稿，道：“答应了，老板那个性格，只要不踩他雷区，是挺好说话的人。我刚才跟老板说，想请他给我们找一个女帝当模特，他没听完就把我电话挂了。”

颜晨初上下打量一眼裁非，冷笑一声：“活该，就你脸大。”

裁非悻悻道：“那我一是为了我们华章，二是为了联动，再说了万一女帝真的没轮回呢，你不是她粉丝吗？”

要真是女帝或者秦将军来，那肯定就把衣服作为礼物送过去了，顺便拍两张照片。那样风华绝代的人物，见一面都是三生修来的福气。

挂断电话后，尤星越看看已经收得差不多的简牍，叹了口气，坐下来向铭文研究小组要了一份铭文文件。

那边很爽快地传了一份过来，尤星越将铭文打印出来。

时无宴坐在尤星越身边，陪着尤星越一册一册地看——尤星越不认识这些铭文，时无宴得给他翻译。

最后定下了十二个字，分别是福、寿、康、健、乾、坤、喜、全、月、明、日、辉。

这些铭文寓意很好，日月和明也能适用于一些特殊的衣服，如果华章以后做婚服的话，日月和乾坤这几个字很合用。

尤星越将这十二个铭文的意义、形态等都整理出来，发给裁非。

颜晨初看完文件，很感动："老板是个靠谱人。知道你文盲，特地连发音以及对照的简体字都发过来了。"

其中辉、明、日、月足够大气磅礴，剩下的福、寿这些字也是在哪里都可以用的。

裁非炸了："说多少遍了，我真的念过大学！禁止拉踩！他自己肯定也不认识。"

华章账号发出联动评论的第三天，无论是不留客还是华章都没有其他动静，就在粉丝们以为联动只是个玩笑的时候，不留客发了一条新的动态。

不留客：猜猜联动了什么？

好家伙，真的联动了？正好赶上动态发布的粉丝兴冲冲点开图片。

图片的底色是雪青色，仔细一看竟然是雪青色的绸缎，闪着蚕丝独有的光泽。一只手压在绸缎上，手指修长有力，指甲透着健康的血色，被雪青色一衬，有几分清朗明快的雅致感。

指腹下压着一根针，针上还穿着金线，线的尽头连着一个已经绣好的文字。

这文字绣得饱满，富有对称美，有土地般的敦实厚重感。

铭文——坤。

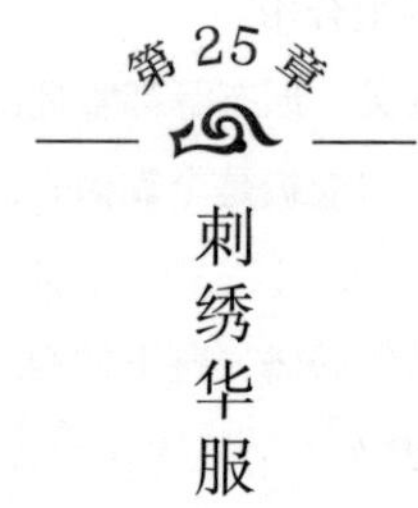

第25章 刺绣华服

绸缎上的绣字是先让时无宴描形，然后由尤星越手绣出来。

尤星越刺绣的功夫一直没丢下，他偶尔无聊的时候会随便绣点什么，然后被器灵们抢着拿走。

不过刺绣确实费眼睛，尤星越实在没事的时候才做。

苏绣的特点是细腻精致，像老院长那样的刺绣高手，绣活堪称艺术品。听说老院长刚从苏城嫁到颖江市的时候，陪嫁就是一幅骏马图，后来凭这手绣活并攒下来的钱支撑起了现在的福利院。

尤星越的水平次一些，但也是相对于老院长而言。尤星越在刺绣上相当有天赋，他亲手绣出来的东西很有神，尤其是绣动物，那绣活上的眼睛仿佛能轻轻眨动。

铭文中“坤”字很有土地的厚重感，被雪青色和金线一衬，温柔可亲了许多。

互联网上不少年轻的网友多少听过“华章”的名声——

华章诞生的时机非常巧，不，准确来说，是裁非和颜晨初抓住了当时拟人视频的流量和关注度，迅速吸引了一些粉丝。后来华章几个月内出了三套衣服，其中一套竟然直接在古装圈里爆了，靠作品说话的华章，在两次流量的加成下，迅速积攒了一批粉丝。

长信灯：这是和铭文联动了？比我想象中还要有排面。这个是绣出来的吧？所以会和华章出重工的刺绣古装吗？激动，错过华章前两次上新的衣服了，华章的客服还说暂时不会返厂了，好心累。快过年了，来一批重工吧，我可以用压岁钱买！

丝滑柔顺：配色太漂亮了，金线、雪青色的绸缎还有这么好看的手！新粉好奇一下，老板是不是会刺绣啊？还是摆拍？

肖然：回一下隔壁楼的问题。老板会苏绣，那件牡丹花纹的长衫有一半是他自己绣的。这次估计会有重工了（捏紧荷包，但是真的很想要）……话说有点忧心啊，国内的一些重工溢价太严重了，现在大片的刺绣（主要还是机绣）基本都是狮子大开口。

不知名：出，直接出！求老板把镇山河上的铭文绣上！我爱镇山河，呜呜呜……出了买两套。一套我穿，一套收藏。

不知名可是不留客粉丝中的知名富婆，在“不留客”的话题中活跃度很高，她说要买两套，就真的会买两套。

有人起哄将评论顶到热评第一，纷纷问老板可不可以出。

超薄看到不知名的评论的时候无语凝噎，拉住了路过的景熠。

景熠伸头看了看，很艰难地辨认出简体字，也挺无奈的：“又不是什么好话，怎么能穿在身上呢？铭文有效力，小心压着他们。”

超薄：“他们太喜欢你了。”

景熠语重心长：“偶尔还是要忌讳一些的，死啊殉啊的放在身上，不好。”

超薄赶紧道：“我去回复一下。”

不留客：镇山河的铭文不适合用在衣服上，至于是不是重工……@华章，我不知道，随他们怎么做吧。

几分钟后，华章回复：你猜。你要是真的能请到模特，我和晨初未来二十天不睡觉，在过年前给你把衣服赶出来。

网友：搁这儿玩什么极限拉扯呢？说句准话啊！

尤星越还真不是故意拉扯，他是真的不知道颜晨初和裁非会做什么出来。

裁非一开始只打算挑几个好的字，用提花工艺做成暗纹，但是尤星越直接把这几个字全都送给了华章。

裁非迟疑：“真的行吗？”

尤星越思考了一会儿，很艰难地理解了裁非的迟疑：“哪里不行？只不过是刻有铭文的简牍在这里，又不是我发明了铭文，难道你在字典里挑出华章两个字注册的时候也需要询问我的意见吗？”

尤星越甚至觉得，华章这个牌子完全可以把铭文暗纹作为一种特色——品牌总要有些深刻的记忆点。

铭文比较复杂，在真正做成暗纹的时候，肯定有轻微的改动，改动之后获得的“铭文”，当然是裁非和颜晨初的成果。

尤星越很直白：“我觉得你和颜小姐应该比我清楚，其实你们可以用这些字做更多的东西。”

它可以是印花，可以是提花，也可以是绣花，它可以以任何形式出现在不同制式的衣服上。

喜欢铭文的人那么多，可以用二三十块钱买一件胸口印着铭文的短袖上衣，也可以用上万几十万买一套提花暗纹的古装。

裁非沉默。

尤星越道：“铭文意义深远，所以不能乱用。但它本质是一种文字，流通和传承才是它的生命。铭文不归任何个人所有，我只是简牍的收藏者，没有将它授予给谁的权力。

“铭文都公布在网上，你现在不做，以后说不定是赚快钱的商家做。你干吗不直接把它做成一个系列？”

裁非道：“我明白了。”

挂断电话之后，裁非无声笑了笑：真的是……太小看老板了。

天下珍宝在手，网络上有连篇的赞美和嘲讽，尤星越却从来没有犹豫自己要走什么样的路。

世间多少人，身怀宝藏时目下无尘，自以为是超凡脱俗之人，占有有形之物的时候，竟然还敢将无形的宝物据为己有。

裁非是个器灵，身处红尘之外，自认比人类更清醒，现在看来，老板反而比他像个器灵。

这一通电话后，裁非那边基本再没其他消息，但他这么忙，居然还一天照三顿饭的时间给尤星越发信息，问尤星越能不能联系到女帝。

尤星越被折磨了两天，终于发现裁非和颜晨初是轮着发信息的，把他当成鹰熬了。

第三天，尤星越觉得自己可能是闲得疯掉了，他拉住了时无宴——

时无宴："怎么了？"

尤星越："轮回司……真的有一位女帝吗？"

虽然未必是历史上那位女帝，但是那也是女帝啊！听到"女帝"两个字，看动画片的景熠转过头，竖起耳朵："原来轮回司也有女帝呀？"

时无宴道："有。五方灵帝中，中央那位正是女帝。你要见见她吗？"

星越一直没有答应裁非那边的请求，他也就没有主动去找中央灵帝。

尤星越唾弃自己这副托关系的模样，道："要是忙的话，就算了。"

时无宴解释道："不忙。五方灵帝是轮班制的，今年是东方灵帝，她正好闲着。"

尤星越："是这样吗？"

时无宴道："只有轮班的灵帝会很忙。"

景熠端着椅子坐到时无宴身边，眼睛亮晶晶的："往复和老板会请她过来吗？"

他很好奇轮回司的女帝是什么模样的。

店里的其他器灵也悄悄竖起耳朵。不过他们和景熠不一样，见过时无宴刚来人间时端正却不可亲的模样，没敢往前凑。

时无宴伸手在空中一拈，指尖凭空多了一张黄纸，他手腕一甩，黄纸自动烧起来，在空气中聚成一团迟迟不散的白烟。

烟气中仿佛烧着某个名字，迷蒙之下，不见真名。灵神的真名，是轻易不会让外人知道的。

所有人的视线都盯着白烟，烟气散去的时候，门外响起了规律的敲门声，三声过后，那人轻轻推开了门。

她面若冷玉，在茫茫的雪色里，眉宇间有着冻彻心扉的寒意。

景熠慢慢站起来："小姑？"

女帝黑沉的眼睛透出微微愕然："景熠？"

认识？店里的器灵都惊了——景熠从来不向他们提起身世，店里的器灵也便不问。他们中的大部分都曾进过宫廷侯府，知道越是光鲜之处，越藏着不足为人道的污秽。

景熠不说，大家也从不追问。

尤星越很困惑，歪头看向时无宴："你不知道她是女帝？"

时无宴思考两秒，很无辜地摇摇头。

女帝走进来，轻轻关上门——她走过的地方，雪地依然是平整的。

“往复，尤老板。”她微微颔首，算作行礼。

尤星越赶紧起身还礼。

女帝道：“老板不必惊奇。往复在轮回司的时候醒来的时间不算多，他只知道谁在轮回司任什么职位，却不了解我们生前是干什么的。”

时无宴斟了一杯茶放在女帝手边。

女帝顺势坐在景熠身边，摸了摸小侄子的发顶，惊叹道：“飞眠回去的时候说，老板好会调教人，将往复教导得格外不同，我们一开始还不信呢。今天一见，竟然所言非虚。”

时无宴微微启唇，但已经来不及阻止了：“我……”

只见他的至交兴致勃勃地追问：“怎么说？”

女帝抿了口茶，润了润嗓子：“犹记得五六百年前，一场天灾下生灵死伤无数，忘川河里都是死去的灵魄，导致河水泛滥，冲破了东边的闸门，东方灵帝堵不上，只好将往复叫醒。

“往复不愧是天生灵神，我们五个灵帝都堵不住的缺口，他挥手便填上了。他回来后，我们前去查看，发现东边竟然破了两个缺口，往复却只堵了一个。

“东方灵帝问他为什么。

“往复说：你说有一个破口要堵，没说第二个也要堵。”

尤星越：“……”

店里所有器灵：“……”

女帝一锤定音：“他以前可是那种油瓶倒了也不知道去扶的……深闺灵神。”

“深闺灵神”这种词……是和程局长学的吧？

尤星越慢慢低下头，勉强没有笑出来。

器灵们悄悄打量时无宴。

不留客了然地点点头：难怪往复刚来店里的时候，什么都不做呢。

时无宴轻声道：“那是五六百年前的事，就算是……就算是灵神，也并非生来便无所不能无所不知。”

尤星越好笑：“好好好，好几百年前的事。”

时无宴没再说话。

景熠悄悄拽了下女帝的袖子，女帝莞尔，摸摸景熠的头发："在下景元，中央灵帝，也是景熠的姑姑。"

"能和景熠重逢实在是意外之喜，"景元轻声道，"我当年也是从灵界使者开始做起，有心查一查景熠的去处，却没有权限。等到我做到灵王的时候，已经是几百年后了。

"早先的时候，轮回司里的灵神数量不足，所以实行'五世一轮回'，一个灵体轮回五世，以景熠的功德，以身祭鼎后必然五世为人，等我升为灵王有权限时，早年的记录早已经因轮回司人手不足而删去了，无从查看。

"何况……"

景元看着景熠的眼睛，叹息道："也不是谁都有程局长那样的本事，可以支付足够的气运来换取亲人的灵体。如何保证轮回转世的灵体还是当初的模样？若是见面不相识，或者面目全非，岂不是更难堪？"

尤星越默默点头。

景熠眼睛一亮："所以姑姑你其实有想过来找我？"

景元道："想找你的时候没办法找，能找的时候隔了太久，终究还是没能找到。按理说，即便是祭鼎，也只是需要血肉里的气运而已，我怎么都想不到你会困在鼎中。"

兰茵好奇道："为何非要祭鼎？我看那铭文上说有凤凰羽青龙鳞，这些还压不住一只鱼精吗？"

不留客道："肯定不是真的。倘或是真品，就不用活人祭鼎了。"

"那鱼精在颍江中称王称霸，虽然只是一条鱼精，却击退过蛟龙，寻常妖怪都不敢与它争锋。当年我在这片地方为王的时候，两岸的百姓一年少说祭祀两次，还修建了神祠供奉，它的胃口和本事自然是越来越大。"景元淡淡道。

兰茵闻言皱眉道："受了这么多香火还要作恶？"

景元莞尔："有些生灵总是贪心不足的。"

景熠道："而且铸鼎所用的'凤羽'其实是孔雀羽，我们感恩这些妖怪愿意帮忙，称其为凤凰羽。龙鳞倒是真的，不过第一次铸鼎效力不足，那个时候鱼精还没有受重伤，根本压不住它。第二次一只青龙动了恻隐之心，将鳞片落在了姑姑枕边。"

景熠盯着一个方向，陷入了回忆：“龙鳞是很难熔化的东西，池子里的铁水烧了好几日，连边缘都没化开。铸鼎的人说，还缺一个有帝王之气的引子。明宫送来了小姑的血，量却不够。”

器灵们和尤星越一时默然。

不错，即便有真正的龙鳞凤羽，想要炼化成功也并非易事。

景熠轻轻闭了下眼睛：“一共造了两次鼎。”

第一次铸造出的鼎没有效用，于是再次推进池子里熔化。

明宫送来了青玉般的龙鳞，铸鼎的匠人和修士们欢欣鼓舞，然而龙鳞入池，四日都未有熔化的迹象。

帝王的血泼下去，龙鳞边角只是微微化开。彼时已经是深夜，修士们聚在一块，忧心地守着铸鼎池。

“还不化。”

“要不再向陛下要一碗血？”

“单单靠血，只怕是陛下先撑不住！陛下的身子原本也不怎么好。”

“四天了，陛下每日都着人过来问。”

“水路不通，于社稷有碍……只是这缺的东西……如何说得出口呢？”

“你们到底缺什么？我去找！”景熠一把掀开帘子，着急道，“今早驿站送来消息，颖水区域暴雨，鱼精的伤势已经在好转了，借着暴雨掀起巨浪重新入了江，两岸屋舍倒塌，死伤颇多！如今连日阴雨，受灾之地万一起了瘟疫……”

景熠一身风尘，神情疲惫，他连着奔波几日，从颖江一路上来，见到了各样的惨状。

因为暴雨，水路不通，陆路受阻，赈灾的粮食不能及时到位，两岸百姓……竟易子而食。

景熠想到在路上见到的惨状，眼睛一酸。他逼回眼泪：“如果疫病蔓延，不只是颖江两岸，只怕附近几城都要受难。先帝……无能，国库并不充盈，若真有大灾，后果不堪设想！”

“诸位，此实危急之刻，熠恳请诸位万万不能懈怠。”他深深向修士匠人们作了一揖。

修士们赶紧避开景熠的大礼，口中道：“当不起。”

一个匠人上前施礼，侧身让出身后的池子：“殿下，并非是我们推托，而是……你看。”

景熠疾步上前，只见铁水池子里浮着一块比成年男子手掌略大的鳞片，通体呈青色，正是龙鳞。

“还没有熔化？四日前明明已经入池。”

修士苦笑道：“几千年的神龙鳞片，哪有那么容易就能收用？说到底，神龙肯送来一块鳞片，已经是看在陛下勤政爱民的分上了。”

即便是与人族交好的神兽们，也因为先帝昏庸而心灰意冷，选择避世不出。能得这么一块龙鳞，已经非常幸运了。

匠人跟着道：“龙鳞送来的时候，还沾着新鲜的龙血呢。若是真的能炼化这块鳞片，必然能镇得住那只鱼精。”

景熠定定地看着铁水中的龙鳞：“还要几日？”

几日？

匠人：“若是用灵力和阵法共同炼化，还需三年。”

非要在帝京铸鼎，就是为了底下的龙脉气运。

景熠摇头：“三年？已经等了四年，就没有别的办法？再等三年，只怕鱼精的伤就好了，到时候两岸生灵涂炭。”

坤定二年铸鼎，今年是坤定六年，还是没有成功。

匠人迟疑道：“并非没有别的办法，只需……只需一个身怀帝王之气的活人……祭鼎。”

最后两个字说得极轻。

景熠陷入沉默，四下一时安静下来。

匠人又连忙笑道：“皇子们天潢贵胄，身份金贵，自然是不能献身的，我们再想想别的办法。”

他咽下了后半句——何况也不是什么皇子都有帝王之气，先帝留下的八个皇子里，只有这位由陛下亲自教养，年纪轻轻已经初具帝王相了。

一修士道：“我们在底下刻了大阵，汇聚龙气与帝王之气，也许能早日炼化。”

景熠抓住袖子，指节用力到发白，片刻后道：“有一批新的金到了，诸位去看看吧。”

修士和匠人们恭敬地退出去，景熠挥退其他宫人。

镇山河迟迟不能成，烧着池子也十分费银钱。

景熠慢慢走向铸造池。

以铸造池为中心，地面上刻画着巨大的阵法。景熠踩上阵法的时候，阵法感应到了所需的帝王之气，微微一亮。

景熠没有错过阵法的亮光。他有些恍惚，看来自己也有所谓的帝王之气？

当年小姑还是颖州公主的时候，摸着他的头发，笑着说：“我们景熠，很有才能。”

“殿下？那边要您的手令才能放我们进去。”一个赶回来的匠人疑惑地看向景熠。

景熠从走神里清醒过来：“我跟你们去。”

又四日，铸造池中铁水滚烫，龙鳞并无熔化的迹象，明宫送来了第二碗、第三碗鲜血。

第七日，帝称病，罢朝。

第十六日，颖州吉城送来了疫病的消息。

“吉城有瘟疫，死者共计六人，染病者不知。吉城与并城、咸城粮食告急……”

景熠站在外殿，听着屏风里帝王的咳嗽声：“着令——咯咯——令吉城闭门，从禾城调粮食……”

第十六日晚，帝王的寝宫送来了第四碗血。

送血来的宫人面色凝重，修士们的脸色也不好。“怎么不劝劝？即便有龙气护体，也经不住这样耗！

“谁敢劝？谁又劝得动？”

第十七日晚，景熠支开了铸造池边的所有人。他穿着一身黑色的朝服，慢慢地靠近铸造池。

每踏近一步，阵法便微微亮起一次。

热浪越来越近，火舌似的舔过裸露的肌肤。景熠站在铸造池边缘，他忍了忍，小声道：“我有点害怕。”

太烫了，真不知道扑下去的时候会有多烫。

宫殿之中自然无人应答，也无人听见他跳下铸造池时的声响。火烧得那么旺，转瞬就吞噬生命，甚至赶回来看火的匠人也没察觉到任何异常。

晨曦照亮铸造池的时候，匠人揉揉布满血丝的眼睛，突然惊喜道：“化了！龙鳞化了！”

听到欢呼声的匠人和修士纷纷跑过来，每个人都在池子边看了一眼，不敢相信自己的眼睛。

“肯定是血！血有用了！快快快，快去禀报陛下！”

送信的宫人飞似的飘进了寝宫，帝王双手都包着柔软的布巾，唇边有淡淡的笑意：“是最近难得的好消息，送信给景熠了吗？”

宫人摇头：“还没来得及。”

帝王低头咳了几声：“去送吧，他会很高兴的。”

等这件事成了，也能顺理成章地将景熠立为太子……

何止是帝王呢？朝野内外欢庆，龙鳞既然化了，那么大鼎落成近在眼前。一天的时间，帝王的桌案堆满了护送大鼎入江的请柬。

傍晚时分，送信的宫人惊恐地跑进了寝宫：“陛下！”

帝王一口咽下药汁，放下碗，微微皱眉：“有什么事这么慌？”

宫人不管朝堂之事，难道是宫里铸鼎之处走水了，慌成这个样子？

宫人扑通跪下，他一头磕在地上，发髻凌乱，声音都在发抖：“……奴四处都找不到殿下，能去的地方都去了，就是找不到。”

帝王撑着桌案直起身，她身形单薄清瘦，威势却极重，闻言眉心微锁：“他那么大一个人，还能走丢了？”

宫人抬起头，却不敢看帝王的脸色，他垂着视线，身体在衣服下微微发抖，说：“服侍殿下的宫人说……殿下昨日去看铸造池，之后就再没回来过。”

床榻上久久没有声音，宫人敬畏爱戴这位女帝，于是悄悄抬起头，觑着女帝，时刻准备叫御医。

帝王缺少血色的面容有那么一瞬间露出了类似于茫然的神色。

运筹帷幄的君主，竟没能立刻听出宫人的言下之意。

景熠道：“我跳下去之后，意识其实还是清醒的。现在想来，当时有一道很清澈的灵力护住了我的身体，应该就是龙鳞。此后几天的时间里，我一直醒醒睡睡。”

景熠虽然负责监督镇山河的铸造，但是他对修炼可以说一无所知，直到现在学了如何运用灵力，才知道当时护住自己身体的是一道极其温和的灵力。

尤星越对景元道：“最后是怎么确定他跳下去了？”

景熠也好奇地看向景元。他跳下去那一刻并没期望有人记得他，所以当他从鼎内完全清醒，抚摸着鼎上铭文的时候，内心不是不震动的。

景元道：“修士们找个人还是做得到的。”她令宫人找出景熠常穿的衣物，满怀希望地召见了修士们。

修士们做法找人，她撑着身体一路从寝宫跟到了铸造池边。修士看了眼卦象，慢慢跪了下来，伏在地上，哽咽道：“殿下……殿下他在……”

即便过了几千年，想到当年的场景，景元依然微微皱起眉：“那都是很多年前的旧事了。”

她显然是不想说，景熠却追问：“那瘟疫呢？我下水镇住了鱼精，瘟疫可解了？”

受宠的孩子永远都有恃无恐，在景元面前，景熠一直都是当时那个备受宠爱的小皇子。

景元果然拿景熠没办法，无奈道：“瘟疫遏制住了，将镇山河送往颖江的时候，就找到了对症的良方。”

尤星越给景元续了一杯热茶：“现在有个学说。”

景元颔首道谢：“什么学说？”

尤星越道：“因为乾朝，尤其是坤定年间出土的文献很少，大家也没找到景熠的名字，所以有部分学者觉得……景熠是你的孩子。”

当着女帝本人的面八卦，真的好刺激。

景元略感冤枉：“……我一生未曾嫁娶，上天也没赐我一个伶俐聪慧的女儿，又怎么会有这么大的儿子？”

景熠都被这种大胆猜测震住了：“我是哀帝的小儿子，生母早早便去了，怎么会是小姑的儿子？”

不过景元对景熠，也确实将其当作儿子来看了——她这一生不打算婚配，可江山还要往下传，而哀帝的女儿都已经出嫁，大一些的儿子们更是已经定了型。

景熠比景元小了十四岁，聪明仁善，他出身虽然差一些，但是正经的皇子，客观来说，景熠日后继位面对的阻力更小。景元登基后，将景熠接到身边，当作亲生孩子一样养大，姑侄两个感情极好。

景元喝了口茶，难得热闹，她有了点闲聊的心思，道：“我那个没出息的愚蠢兄长，我与他是一母同胞的亲兄妹。”

不留客撕了一包薯片，爬到景熠怀里，他俩齐齐看向灵帝景元。

景元顿了顿，好笑地看了他们一眼：“我那个哥哥当太子的时候还行，登基后却日渐混账起来。沉迷修仙炼丹，总想着一颗丹药下去，长生不老白日升仙，还找了几个术士在宫里炼丹。荒废社稷不说，他为了收集药材更是闹得民不聊生。”

景熠惭愧地低下头道：“我有这样一个父亲，实在不是什么能说得出口的身世。”

不留客摸摸景熠，哄他：“不怕，他都死了。”

景熠：“……”

好像被安慰到了。

景元道：“那时候还有些神兽留在世间，他为了取麒麟血，四处抓捕麒麟幼崽，自此亲近人族的神兽们彻底隐世不出了。所以说他蠢，到处给人添麻烦。如果没有他得罪神兽一族，后来镇压鱼精何必如此麻烦？”

器灵们听到这里，面上顾及着景熠，没有说话，心里却都在点头：是真的蠢！

景元继续道：“后来底下有百姓过不下去了起义，朝廷没打过，他就琢磨着招安封王，还想把我嫁过去和亲。

“我怎么可能同意呢？反正都有人起义，也不差我一个。有意思的是，他自己吃丹药吃死了，后世又把他的死栽赃到我身上。此后野史、正史有多少杜撰？任由他们说去吧。”

尤星越感慨道：“陛下的经历可以说十分戏剧化。”

景元一笑，道：“我在轮回司，看之后天下分分合合，不过是‘轮回’二字，所以多年没有行走人间，竟然错过与景熠相逢的机会。”

尤星越看向景熠，轻笑：“虽然世事轮回，但总有人为众生舍生忘死。”

景元也看了眼景熠，端起杯子：“以茶代酒。”

尤星越：“敬人世。”

尤星越喝了口奶茶，把不知道跑到哪里去的话题拉了回来：“我和无宴说请陛下过来，一开始是想请陛下帮我们一个忙，没想到有意外之喜。”

景熠收获了小姑姑，景元收获了小侄子，店里的他和器灵收获了史学家们研究了很久到目前还不知道的历史。

景元道：“什么忙？”

尤星越将从镇山河打捞到联动的事情全部交代出来：“……大概就是这样的，我有两个朋友很想给你做一套衣裳，到时候再拍几张照片。”

景元了然：“原来是这样。”她略作思索，道，“理应如此。我坐镇轮回司，已经多年不曾行走人世，若不是老板有这个想法，我和景熠不知道什么年月才能重逢。”

尤星越惊喜万分，他没想到这件事这么简单就成了，赶忙拿起手机给裁非打视频通话。

等了一会儿裁非那头才接通，一向整洁的器灵头发乱糟糟的：“干吗？”

尤星越道：“给你找到了模特。”

裁非手里拿着一沓带有提花暗纹的面料，一时没反应过来：“模特？”

尤星越转动手机，对准了端坐的景元：“中央灵帝，原乾朝女帝。”

景元微微颔首，她对裁非的第一印象不错——她很喜欢尤星越，所以连带着也愿意高看尤星越身边的器灵。

“你好。”

裁非手里的面料哗啦啦掉在地上，好一会儿才反应过来，感觉自己身在梦里：“真能找到啊……”

景元淡然：“古往今来，凡生前杰出者，死后大多会收到轮回司的挽留，有些人会同意，有些人则选择轮回。故而若去轮回司逛一逛，大约能见到不少历史上的熟人。”

“说是这样说……其实我和晨初一开始是觉得，要是能请飞眠将军来就很不错了。”裁非只感觉头重脚轻——太梦幻了吧！居然真的能给女帝做衣服！

兰茵给景元量了身体数据，裁非千辛万苦地拉住了要连夜乘机飞去颖江市和偶像见面的颜晨初。

闹哄哄折腾了一个多小时，景元看看尤星越眼中的困意，起身告辞：“时间不早了，就不叨扰了。”

尤星越确实困得厉害，强打起精神：“陛下明日再来，让景熠和您一起出去逛逛人间。”

景熠摊开钱包：“我如今有工资！每月都有！”

景元理了理他的衣服：“好，我明日再来，你在店里乖一些，不要给老板添乱。”

尤星越点头：“明日再与陛下闲聊……”

时无宴终于抬起头，不留客的门突然开了。

景元挑眉。

时无宴端坐在尤星越身边，道：“不早了，你回吧。辛苦你来一趟。”

景元笑了两声，冲尤星越眨眨眼，背手踩着雪出去了。

景元一走，店里的器灵看看时间，也纷纷出去了——他们都住在先前租的房子里。

兰茵走到门口，拎起不留客和“装死”的超薄。

店里空下来。

尤星越终于忍不住：“哈哈哈哈……你以前怎么这么呆？”

他知道时无宴只堵一个缺口是因为没想到两个都要堵，简而言之，就是有点木。联想到时无宴刚来店里的时候，如果没人招呼他，他可以一天都像个神像似的站在原地一动不动。

尤星越听说过，往复这样的天生灵神，许多东西是无师自通的。但显然，情商这种东西没办法自学成才。

时无宴垂着眼睛：“你还笑我。”

尤星越十分没有良心，笑倒在椅子上。

尤星越次日醒过来的时候，已经是上午十点多，待他收拾好走出去时，景熠已经和景元出去逛街了。

下午，尤星越将春联挨个装箱发出去，抽奖已经完成了，这些东西要在物流停运前送到中奖人的手里。

六七天后，颜晨初给尤星越发来了好几个图片。尤星越没点开大图，就惊喜地给颜晨初发去信息：布料这么快出来了？

颜晨初大概很累，只回了三个字：“钞”能力。

尤星越失笑，点开大图。

这是三块不同颜色的锦缎布料——朱红、玄色和黛蓝，用提花工艺分别织出了“日”“月”和“福”。铭文经过加工处理，线条更加柔和优美趋近于图案，四个铭文为一个中空的菱形，作为一整个暗纹。

颜晨初又发来一个视频和一段语音。

视频里是一块玄色的锦缎，能看得出质地厚重密实，暗纹能极大程度地提升布匹的质感和层次感。暗纹中更是织入了金线，隐隐有流动的光彩。“华贵”两个字不需要漫天去说，只要展开布料，在日光下看它流泻出灿若云霞的华彩，就不得不惊叹它的美丽。

古人所谓的“天衣”，想象仙人们用云霞织做衣服，其流光溢彩也不过如此了。这样的锦缎做成衣服，甚至只需要最简单的裁剪和设计。因为锦缎本身已经足够华丽，设计和装饰太多，反而会显得累赘。

颜晨初：“织金锦缎，加钱加班硬是赶出来的。尤老板，配得上我们陛下和小皇子吗？”

尤星越失笑，回道：“自然是十分相配的。”

颜晨初休息一会儿，发了一串语音过来：

“我和裁非商量着，打算把这十几个铭文作为同一个系列。

“其实老板的话给了我和裁非新的想法。只是把铭文用在古代装束上好像有些单一，这些铭文既然是瓷国文化的一种，完全可以作为国风元素，做成印花印在T恤或者小包上。”

尤星越窝在椅子上，窗外还在下雪，他忍着困意道：“等你们腾出手，帮我再做两件衣服吧？”

颜晨初道：“什么样的衣服？”

尤星越道：“是古董拟人系列的衣服。本来说从妖界回来就出的，一直拖到现在。不过我暂时还没有什么头绪，只能麻烦你们给我留些布料出来。”

颜晨初灵光一闪：“镇山河不行吗？”

尤星越犹豫：“这不太好吧……”

对外界来说，镇山河还在颍江市博物馆，就连市博物馆也是这么认为的……

颜晨初兴致勃勃道：“这有什么？网上出国宝拟人的美妆博主那么多，再说了，由景熠亲自出演，那就不是拟人，而是化人了。”

几个月前那条拟人视频播放量上千万，却没有几个观众知道，几个“演员”里有一个是货真价实的古董。

尤星越略作犹豫："……我是想请景元和景熠拍个视频，但是直接扮镇山河，嘲讽性是不是太强了？"

市博物馆宣传镇山河很卖力，管理局看着这个架势都很心虚——玻璃柜里的鼎就是个障眼法，管理局已经加班加点地在搞复制品，连尤星越都去帮了点忙。

尤星越想起在家里看动画片的景熠，他仅剩的良心有微微的不安。

颜晨初诧异："您什么时候这么讲道德了？"

尤星越："……"

颜晨初道："现在工作室还有几个人，过年都不打算回去，而且现在布料已经下来了。我们先做陛下的衣服，老板你要是有想法，今晚把景熠的尺寸数据也发过来。"

尤星越："我再想想。"

不留客抽奖送出去的春联陆陆续续到了粉丝手里。

离得近的粉丝率先收到春联，在话题里晒出各种图。参与抽奖的有九万多人，奖品却只有三百副春联，没中奖的粉丝只能在屏幕后咬着被子到处评论。

有个抽中的幸运儿"菜菜圆圆"特意发了开箱短视频，视频里春联用的红纸是从外面买的，印着金色边框和花纹，春联上写着千古名句，字迹飘逸洒脱。一开始大家以为都是打印出来的春联，拿到手后吃惊地发现全部都是纯手写。

很快，话题里多出了不少晒图的动态，大家将图片拼起来，发现每个人收到的春联都有些不一样。

总共三百副春联，除去离得远还没收到的，凡是拿到手的基本都晒了出来，一百多份春联，份份不一样。而且能明显看出三个风格，没一会儿就有好几个书法爱好者冒头。

满堂花醉：本来就没抽中，现在一看晒的图，发现还是手写的，更心痛了。

十二只：是手写的，全都是，而且看得出有三种笔迹，感觉有几份和兰茵大师的笔迹很像。不过我也只是个业余的，有没有懂行的朋友出来看看？

不留客的粉丝里卧虎藏龙，过了一会儿，有真正的书法家出来说话。

周全岸：你手里的确实是兰茵大师的作品。不愧是兰茵大师，飘逸灵秀，又有凛然的筋骨，果真是仙姿俊逸，超凡脱俗。若是能写成帖子，必然是书法界的一大宝物！其余两位我实在看不出，字迹倒十分不俗，@不留客，不知道是哪两位大师？

周全岸可是个相当有名的书法大师，他都称呼为大师，可见书写春联的人的水平有多高。不一会儿，另一个被认证的大号也来到话题评论。

江承：除去兰茵大师的手笔，另两位着实是功底深厚，而且自成风格。一者笔力遒劲，当真是力透纸背，撇捺之间锋芒隐现，很有杀伐气。另一位大师风格平和端正，走势看似含蓄清美，实则充满气势。

江承和周全岸都是颇有名声的书法大师，有这两人现身，话题里更热闹了，甚至引来一些圈外人的围观。不留客本来就是做古董生意的，关注不留客的网友大多对传统文化感兴趣。又因为兰茵在，所以有大量书法爱好者关注了不留客。

一时间，话题里所有粉丝好奇得百爪挠心，大家都在追问这些春联到底出自谁之手。

拜托，这可是被大师叫成大师的人！

小狐狸呀：有没有一种可能，就是老板本人？话说有的人就是这样啦，也许看不出来有什么特殊的本事，但是人格魅力直接拉满。

红豆糕：不要忽略老板的刺绣啊，真的很牛的……有人出十几万买他那件长衫呢。他只是年纪轻不怎么做绣活而已，你要是懂刺绣的话，就会知道他的水平有多牛了。在刺绣这件事上，他就是个上课睡觉还考年级前十的学霸。

翠玉：对啊，不要因为人格魅力就忽视老板的能力啊！老板的刺绣很绝的！从那次拟人视频就看出来了，视频的重点基本都在拟人古董上，他不抢任何风头，想呈现什么给观众的时候，会心甘情愿地去做一个引路人。

底下至此歪了话题，开始扒起尤星越的刺绣。强大的网友很快找出了尤星越以前的刺绣作品。不过对于网友来说，最熟悉的刺绣作品就是在古董拟人视频中惊艳亮相的长衫。

黑色的锦缎长衫，明亮鲜活的牡丹刺绣，领口坠着珍珠串……穿衣裳的人，比珍珠还清润养眼。可惜这件衣服亮相几次后，就很少被穿出来。现在再次被网友翻出来，不了解刺绣的人看着长衫上的牡丹，对比其他刺绣，产生了一种奇特的感觉。

好像老板经手过的刺绣更像活的。

五星好评：有人觉得老板的绣活很特别吗？一种说不上来的感觉，盯着看一会儿，总有花苞下一秒就要再次盛开的错觉。

尤星越打完雪仗坐下来休息，抽空看了下账号后台，他不紧不慢地点开话题，大概搞清楚了情况——

时无宴他们三个临摹原帖的时候，只有头先几张春联模仿了原帖的字迹，后面基本我行我素了。

起因大概是兰茵“小酌两杯”之后，激情写了一副春联，戚知雨深受震动，随即开始放飞自我。

所以这就导致三百副春联的笔迹各不相同，最开始有几副春联还像模像样地模仿着原贴，兰茵开始自由发挥后，另外两个人也从临摹转到了自己的风格。

至于那个讨论自己绣工的内容，尤星越完全没有点开的兴趣。

尤星越关掉评论区，慢悠悠举起手机，对准雪地上的几个人拍照录视频——

景熠和戚知雨在打雪仗，不，在用雪打仗。

戚知雨可是身经百战的将军，三两下掀翻景熠，往景熠领口塞了好几个雪球。景熠屡败屡战，屡战屡败，多次被摁倒之后怒而起身，一把扯开了蛇皮袋，露出已经缩小的本体。

景熠举起镇山河，在积了几天雪的地上用力一扣，铲起一鼎的雪，兜头倒在戚知雨身上。

飞溅的雪溅到围观的兰茵身上，兰茵猫似的甩甩手，嫌弃地走远了——她的本体是书画，很不喜欢水，赏雪可以，玩雪就算了。

时无宴抱着一头雪的不留客和灼灼，远远地站在一边。

小马和不留客都顶着一脑袋的雪，时无宴认真地帮他们掸开积雪。

尤星越分别拍了戚知雨、兰茵和时无宴，截掉不该出镜的器灵们后，发到了网上。

不留客：连线题，猜猜三副对联分别对应谁?

尤星越发完动态，放下手机，没一会儿，电话忽然响起来，有陌生号码来电。

尤星越有一个号码是工作专用，基本属于半公开的状态。

尤星越接通电话：“你好，不留客尤星越。”

“真是尤老板啊！我是帝京惊鸿刺绣艺术馆的负责人，偶然在网上看到了您的刺绣作品，十分惊叹您的技艺，很想将您那件牡丹长衫收入我们艺术馆，您有意向吗？”

尤星越心想，都隔了好几个月，怎么突然有人来问那件长衫？我怎么说也是个5G“冲浪”选手，怎么每次到了自己身上，就总是不能及时地、清楚地吃到瓜呢？

尤星越没有听过“惊鸿艺术馆”，不过国内确实有不少艺术馆。国内的私人艺术馆，其中一部分是不差钱的收藏家在手中的藏品达到一定数量后，选择将藏品保存在艺术馆内，有的还会开馆进行展览。

有收藏琥珀的，有收藏画作的，也有收藏宝石的，其中每一种收藏细分下来又能有不同种类。

老院长那幅骏马图就被收藏在一位苏绣收藏家手里，尤星越以前在福利院做的刺绣大多是跟着老院长卖掉的。不过对于尤星越而言，他上过身的衣服是决计不会卖的。

尤星越神情微妙：“谢谢你的欣赏，不过长衫我穿过了，会留在家里。”

“要不您先听听报价？我们老板真的非常喜欢您这件长衫上的苏绣，实在是太灵动了。我们惊鸿艺术馆收藏了几百件优秀的苏绣作品，都保存得非常完好。我给您订机票，您亲自来我们艺术馆看看？”

雪地上，戚知雨一脚踹开雪堆，追着景熠跑。兰茵不知道什么时候接过了灼灼和不留客，灼灼四蹄都湿透了，伸着右前蹄让兰茵细细擦拭。时无宴弯腰抓了一团雪放在手心，不知道在捏什么。

“不了，先生，”尤星越看着古玩店一大家子，他最近哪里都不想去，“长衫不仅穿过还有特殊意义，不对外出售和展览。”那件长衫是古玩店第一个拟人视频中的重要道具，就算只是挂在衣柜里，也不会卖出去，“市面上有很多更优秀的苏绣作品，请馆长和老板们多多关注。我还有一些私事，再见。”

尤星越挂断电话，看见时无宴背着手向自己走过来。

时无宴摊开手，手心里是一个小小的五角星：“看。”

尤星越好笑：“你怎么这么喜欢星星？”

时无宴拨了下五角星：“很可爱。”时无宴手心里的五角星越来越小，最终被压成拇指大小的一个冰块。

“对了，”尤星越笑着道，“上次的荷包，我再给你做一个吧。我看你天天戴，做两个换洗。”

时无宴却摇头，他散开手心的冰块和寒意，抬手扫落尤星越发间的一点雪花：“做针线伤眼睛，我戴着也不会脏。”

帝京，惊鸿艺术馆内。艺术馆的朱老板殷切地看着挂断电话的中年男人：“怎么样，答应了吗？”

馆长摇摇头：“人说了，穿过的东西就不卖了。”

朱老板着急道：“你没说价格啊！我出三十万！”

馆长无奈道：“说了。我估计人家不缺钱。”也不知道朱老板是怎么了，今天突然过来找他，说看上了一件长衫，非要让他去和人家联系。馆长一开始直接答应了——朱老板别的不多，就是钱多，只要看上的东西，溢价几倍几十倍也要拿下来。结果朱老板刚报出长衫主人的名字，馆长心里就一咯噔：好家伙，不留客的老板啊！

不留客最近可太有名了！

镇山河出水的时候，他可是主播，市博物馆都没得到直播的权利！

馆长磨不过朱老板，硬着头皮打电话过去问。好在不留客老板性格和网上传的差不多，为人很周全，三言两语挡了回来，还给了台阶下。

虽说是碰了钉子，也是软钉子。馆长无奈极了：“人家说那件长衫是他穿过的，人还好好的，哪有把衣服送过来的道理？”馆长低声劝道，“再说了，这位老板也不知道是什么背景，最好还是别得罪。您知道他会刺绣，怎么不知道他后台硬？”

朱老板长长叹了口气，他拿出手机：“其实我不认识他。你看，我今早发现我一个关注的设计师转发了一个动态，我一眼看到这件长衫就觉得喜欢。”

馆长凑过去看。

原来是一个衣服品牌转了不留客的一条动态，解释了长衫上的牡丹花确实分别出自不留客老板和华章设计师裁非之手。朱老板的太太是华章粉丝，花七万多收下了华章的一套秀场成衣，恰好朱老板本身就是刺绣爱好者，为了太太也关注了华章。

馆长看着牡丹花，不知道为什么，总觉得这牡丹花似乎格外鲜活漂亮，连花瓣舒展的姿态都更自然。

朱老板好奇道：“你刚才说这小老板有背景，什么背景？几十万都不肯卖。”

馆长从绣花图里醒过神：“就是因为不知道是什么背景才吓人。您知道镇山河吧？”

“知道！前段时间出水的重鼎，国宝级别的文物！听说还有出水直播，可惜我搞不懂那些，好不容易找到，人家直播都结束了。”

老板摸摸啤酒肚：“可是这跟小老板有什么关系吗？”

馆长看着“吃瓜”永远只能吃到一半的朱老板，心累道：“您还真不知道？人家是镇山河出水的主播。听说颖江市的市博物馆当时都去了专家，结果直播是不留客老板开的！后续研究镇山河铭文的时候，人家还给专家组送去了可靠资料。这资料可不得了，一送过去，那边专家组赶紧又分出了一组专门来研究。您和太太最近不是很喜欢华章吗？这两家要联动出新衣服了！”

朱老板摸啤酒肚的手都停了：“我都不知道。那我刚才冒昧地要你打电话过去，是不是太侮辱人了？”

馆长道：“那可不是。”

朱老板有点犯愁：“哎哟，我刚才那股轴劲儿上来了。这样，华章联动的话，我们去买上百八十件挂在展馆里！”

馆长：“……”

尤星越并不清楚这次由春联引起的事件，颜晨初的想法让尤星越考虑了很久，最终他还是请裁非和颜晨初为景熠做一套衣服。

因为这次拟人的古董……

尤星越深思熟虑后，选择了黎朝铭文简牍三百六十七片以及镇山河。

他选镇山河，既不是为了省事，也不是为了挑衅博物馆，是因为景熠看了古玩店第一条拟人视频后露出的神情——那是很柔软很怀念的眼神。

他还抓着自己演自己的戚知雨问了很久：“演自己是什么感觉？大家都喜欢你吗？”

……

戚知雨被追问得哭笑不得，只好说：“要不让老板给你出个镇山河拟人？”

景熠犹豫：“真的可以吗？会不会让老板为难？”

景熠语气虽然迟疑，眼睛却明亮。

尤星越便懂了景熠内心的想法，他莞尔：“你不想以镇山河的姿态出现在喜欢你的人面前吗？”

景熠想了想：“当日出水，我知道他们的喜爱就足够了。我只是希望他们不要继续误会小姑，我是自愿祭鼎的。她是真正的千古一帝。”

尤星越一口答应：“好！那就做一个镇山河拟人。”

镇山河很特殊，特殊在它是镇山河与景熠。

以景熠的身份，以镇山河的身份，将祭鼎的原委在所有人面前展现一次。

如此光明正大，但也……悄无人知。

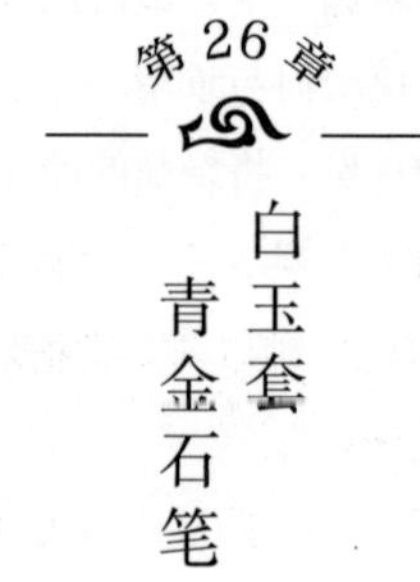

第26章 白玉套 青金石笔

古玩店里，会客室的桌子上放着十来卷简牍，其中一卷摊开。

尤星越和景元面对面坐着，景元慢慢翻开手中的一卷简牍：“此物拟人？”

景元是个相当好说话的君王，尤星越提出这个想法的时候，景元惊奇之下也没有拒绝。她托着下颌，看了眼专心看字典的景熠。

乾朝时期所用的文字和现在的简体字区别巨大，景熠好好玩了几天，发现自己甚至看不懂如今的菜单，于是收心开始学习现代知识。

景元收回目光，尤老板这想法可真有趣，让镇山河去演镇山河：“什么样的视频？我可以看一看吗？”

她虽从未上过戏台扮角色，但是逢场作戏还是会一些的，若是难度不高，可以一试。

尤星越拿出手机，找到第一条拟人视频，点击播放，道：“大概就是这样的视频。”

几分钟后，景元摇头笑了笑。她在轮回司里当了近千年的灵帝，没见过这样的视频：“难怪飞眠不愿意回来任职，人世确实好玩。”

尤星越道：“轮回司还没通网？”

景元道：“只有判司那边有网。轮回司自诞生起就是那副样子，想要从根本上改变轮回司的运行方式，要花不少功夫。你看五方灵帝五年一轮值，似乎比灵王们轻松一些。其实每年换班的时候总要闹出许多事来。每个灵帝行事风格不同，我这个坐镇中央的，不值班时也到处填缺补漏。”

确实。越是古老，越是难以更改，底下的根系盘结越多越难理清。

视频播放到最后，尤星越放下手机："第一条视频里有四个古董，我这次想拍两个。正好简牍和景熠的年岁差不太多……可能略长个两三百年吧，差不多是同一时期。"

景元伸出手指，将进度条拖到开头，她看着秦飞眠一刀劈开虎符，突然岔开话题道："这是飞眠自己的虎符吧？她以前常常把玩它，如今送给老板了？"

尤星越点头："承蒙将军信任。"

景元无声笑了笑，慢慢道："很久没有人叫飞眠'将军'了。"

说来荒谬，秦飞眠生前其实没有正式受封过将军，所以飞眠一直很喜欢别人叫她将军。

尤星越安静地听着。

虽然拍的时候尴尬，但秦将军好像还挺喜欢这条视频的。灼灼有一次说漏嘴，说秦将军无聊的时候就会去翻一次评论区，开小号把所有说虎符扮演者像秦将军的弹幕和评论全都点了赞。

景元侧过脸，看了眼景熠："景熠一定也很喜欢这个想法吧？"

尤星越也看过去。

景熠正在写儿童字帖，他还不习惯水笔，拧着眉，写得很认真，不知道的还以为在批改奏折。

尤星越眉眼柔和："我想应该是吧，一直抓着知雨询问拟人视频的拍摄过程。"

景元道："如果老板需要，我当然很愿意效劳。不过扮演简牍……实在有些难为我，老板看起来可比我文雅多了。"

景元做了二十年公主，三十年女帝，至今当了一千多年的灵帝，君王心深似海，泰山崩于前而不变色，哪里有文人墨客的儒雅清正？

在景元看来，尤星越比她更贴合简牍的气质。古语所谓潇潇君子，如竹似玉，说的大抵就是尤老板这样的人。

景元翻看手里的简牍，这是上好的玉竹，杀青后呈现温润的青白玉色，时隔多年入手依然温润。

简牍沉沉压在掌心，仿佛两千年的岁月尽在手中。展开简牍，其上的横竖撇捺行云流水，是被遗忘多年的文字。

谁能扮演它？谁会有超脱的气度、端方的仪态和说不尽故事的眼神？

最好的扮演者分明在眼前。

景元摇头笑道："我着实演不来这个，还是请老板为我换一个吧。"

尤星越："让我想想库房里有什么差不多年代的东西。"

不留客库房里的东西横贯古今，但有些东西压根不适合拿出来。

景元兴致勃勃："玉玺如何？坤定十一年，我重新打了个玉玺，现在还在我手里呢。"

尤星越："不了吧，这个太贵重了。"

这东西要是拿出来，不留客的门槛就别想要了。当时虎符出世，在没有历史名人的加成下，都在古董圈子炸开了雷霆。

真有玉玺现世，古玩店大约要永无宁日了。

人说身外之物生不带来死不带去，但是这帮灵神死之前都从自己身上拿了什么东西走？

尤星越简直要扶额了。

景元还挺遗憾，道："那容我再想一想还有什么东西更加合适。"

虽然现在景元扮演的古董还没确定，但是景熠的镇山河拟人是定下的。

华章也在过年之前收到了所有的布料——这么短的时间内能留出所需的布料，确实是"钞"能力。

尤星越诧异地问："你们不是定了六种暗纹？怎么这么快就出了？别为了赶时间花太多钱。"

裁非跷着腿，道："哪儿能？我正要问问你呢，你认识惊鸿刺绣艺术馆的朱老板吗？"

尤星越没想到还有后续："不认识。不过前几天刺绣馆的馆长来问我卖不卖那件牡丹纹的长衫。"

裁非吃惊："你卖给他了？"难道老板提前打探清楚了刺绣艺术馆老板的背景，卖衣给他们换了人情？

尤星越奇怪地看了他一眼："你在脑补些什么？我是那么舍己为人的人吗？"

裁非："……呵呵。"

尤星越也回敬了一个不冷不热的笑容："二郎腿会导致脊柱侧弯。"

裁非默默放下腿，随后想起自己没有脊柱，于是又翘起来："做衣服要花时间，成品出来应该是过年之后了，正好我们也过个安生年。做镇山河衣服的时候，你抓紧把拟人的古董定下来，然后把图片和详细信息发给我，我和晨初好早点做设计。不过现在忙起来了，今年没办法去店里玩了。”

裁非想到一开始的企划是简牍和镇山河，道：“你真不想做简牍的拟人？我都有灵感了。”

在褙子上绣满铭文，走动的时候，铭文便款款地流动起来。谁穿这个最合适？当然是尤星越！

裁非打量尤星越，他和景元没有沟通，但此刻想法出奇一致起来，他也认为尤星越更贴合简牍。

尤星越摘下眼镜：“我再想想。”

女帝不是演员，拟人是要找个贴合女帝的古董。但是什么样的东西能和女帝定乾坤、掌寰宇的气势相称呢？

解决这个问题的是景元，她从自己的私库里找出了一件很有意思的东西——一支笔，白玉套青金石毛笔。

景元道：“原本有一顶冕旒，后来想着这东西和玉玺一般麻烦，就算了。”

天子戴冠冕，前后十二旒。

所谓冕旒，是天子在祭祀、大朝会等重要场合所戴的冠。冕旒出世，震动可能不比玉玺小多少。

尤星越还挺感动，陛下好歹比时无宴靠谱些，拒绝过玉玺之后没拿个冕旒出来，否则他还得拒绝第二次。

而景元拿来的这支笔，主体为白玉材质，顶部镶嵌青金石圆珠，笔尖被批红所用的颜料染得微红，看得出是当年常用的东西。

景元轻描淡写：“不算多稀罕的东西，只是比较特别。它恰好是当初拟定鼎上铭文的那支笔，若是老板想做镇山河的拟人，便恰好成一套吧。”

尤星越先是一怔，随后接过笔：“是那支笔啊。”

景元略有些疑惑：“不合适吗？我一时竟然想不起还有什么更恰当。”

尤星越握着这支多年不曾再落纸行文的白玉套青金石毛笔，忽而一笑：“不，很合适。”

他在想什么样的东西能有万钧的气场，女帝却送来了一支笔。

帝王心术制衡朝堂，但在景熠面前，无所不能的帝王只是他的小姑姑而已。

翻覆云雨的手，捏着轻易不向外人道的温情。但今天，可以隐晦地向所有人说一说了。

尤星越由衷道："这次的视频，应该会很精彩。"

不知道多少年后，史学家们从破碎简牍、泛黄纸张中拼凑出乾朝坤定年间的所有真相，最后发现竟然和一条视频里的内容所差无几时，是种什么样的感受？

尤星越收回思绪，细细观察这支白玉青金石毛笔。

白玉套青金石毛笔，笔顶为青金石，笔管由一整条白玉雕刻，刻的是一只盘旋而上的龙，龙首张口，正对笔顶处的青金石。

这雕刻十分巧妙有趣味，看上去如同白龙吐珠。

瓷国有悠久的玉文化，乾朝之前的墓葬和遗址中出土过大量玉制品。而青金石自古也备受推崇，用以象征青天。

这支白玉套青金石毛笔闲置多年，柔软的笔尖染着旧年的朱红。看得出，这支笔一定是景元生前最爱的物品之一。不过写完镇山河铭文后，这支曾被万分爱惜的御笔搁置至今。

景元留下这支笔，回想了几件和笔有关的事后，飘然回了轮回司——临近年关，她也有些公务。

尤星越将白玉笔放在架子上，全方位拍了照片发给裁非和颜晨初。

裁非发了个消息：漂亮啊，玉质毛笔？什么来历？我还怕你真给我整个玉玺出来。

尤星越：没什么，是景元陛下用过的笔，全名盘龙白玉套青金石笔，材质主要是和田玉和青金石。

裁非：陛下用的笔？成吧。不管你演不演简牍，我先给你把衣服做出来，这灵感来了就收不住。

尤星越沉吟片刻，回复：你做吧。

他将景元回想的几件事整理出来，发给裁非。

裁非挺激动的，关掉手机，拿出简牍拟人的设计稿，继续修改细节。

瓷国每年一度的"人类大迁徙"过后，年味儿陡然浓郁起来。

尤星越开始采买各种年货。这是尤星越第一次过这么热闹的年，他都有些手忙脚乱，去逛超市的时候这帮大龄儿童也不省心，呼啦啦全跟在尤星越身后。

尤星越这辆车是五座的，上车的时候就超载了，兰茵果断变回本体，被不留客抱在怀里。

景熠抱着自己二十厘米高的本体，仰着头看着老板："我和我自己可以算一个吗？"

景熠的修为进步得很快，过几天，将本体再缩小一些，就能试着将本体完全炼化融入身体。

随着本体缩小，鼎的重量也减轻了不少，景熠现在已经可以坐交通工具了。

不过景熠的进步和往复没什么关系。

时无宴讲课讲得云里雾里，景熠基本是意会的。

景熠能这么快把自己炼化，主要是景元偶然检查景熠的修行功课时，丝毫不惊讶地发现小侄子一点基础都没有，上来就直接奔着修炼成神去了。于是她拎走了景熠，并且让尤星越拉走了时无宴。

往复用处不大的授课遭到打断，还疑惑了很久。

戚知雨举手："算两个的话我也可以变回去。"

尤星越道："凶器就算了，大过年的被人看到多吓人。"

戚知雨可是开了刃的。

戚知雨乖乖放下手。

尤星越看着一车眼巴巴的器灵，叹气："行了，不超载。"

到了超市后，尤星越和时无宴就像多胎家庭带孩子逛超市，他们俩在前面推着车，后面坠着大尾巴。

算了，不管他们了。

尤星越拿起清单，一一对应着买年货。

"爆竹……谁写的爆竹？这儿可是市中心，说了很多遍了，现在不让放爆竹。"

尤星越拿着购物清单，看着上面和印刷体一模一样的字迹，头疼道："大后天年三十，谁再给我捣乱……晚上就不许喝酒。"

店里几个器灵，除了景熠和时无宴，谁都有可能干这种事。

不留客、兰茵、戚知雨都写得一手好字，模仿一个印刷体实在是不在话下，只有时无宴是乖的。

听到老板放狠话，原本跟在后面装作看年货，实际上竖着耳朵偷听的器灵赶紧跑开。

不留客和景熠蹲在玩具货架前面，不留客不时指着其中一个告诉景熠："这个是挖掘机哦。你喜欢挖掘机吗？可以去江边玩沙子。"

景熠："……不喜欢。"

不留客有点遗憾："好吧。"

景熠从不留客可爱的小脸上看出了和老板如出一辙的慈祥。

超薄暂时待在戚知雨的手机里，撺掇戚知雨："给陶桃买一把菜刀，让屠龙知道世事险恶的道理！"

戚知雨："……你消停点吧。"

超薄意犹未尽："你看！前面好像有卖饰品的，买个发卡给魏鸣思吧，让紫檀有点危机意识。"

戚知雨表情麻木："我要告诉老板你天天看宅斗小说和宫斗片。"

兰茵在逛图画区的时候，碰到了熟人——绘画班的学生。

学生和家里人一起出来买年货，在拥挤的过道里与老师兰茵狭路相逢。

学生：救命！

他眼睁睁看着父母激情上前，一把握住兰茵的手。这对父母看到兰茵，激动得不知道如何才好。

兰茵开着班，她和戚知雨的想法一样，找一个安身立命的工作，好好传承发扬传统技艺。所以她不收红包不收礼，就算在国内名声远扬，也只是专心教画，专心绘画。

这可是难得能与兰茵大师搭上话的机会。夫妻俩对视一眼，一左一右拉住兰茵，嘘寒问暖，其间掺杂着对不争气儿子的抱怨。母亲甚至从包里掏出购物卡往兰茵手里塞："兰老师别客气，一点心意。"

兰茵：救救我救救我。

尤星越对兰茵的困境一无所知，他正在挑牛排——景熠和不留客都很像小孩，喜欢一些新奇的东西。

时无宴拿着两块差不多的牛排："你喜欢哪一块？"

尤星越探过去看，时无宴手里是两块同一个牌子的牛排，包装差不多，位置好像也一样："有什么区别吗？"

时无宴认真道："左边这个死得早一点，右边这个死得迟一点。"

尤星越站直身体："谢谢，不是很想吃了。"

轮回之神的本事是这么用的吗？

逛完超市，尤星越想和来之前一样把一帮器灵和年货全都塞进车里，塞到一半，他看着还在车外没进去的器灵们，沉默了。

家里现在人多，买的年货也多，而且除了尤星越自己清单上的，器灵们也买了自己想要的东西，导致光是年货就能塞满车。

器灵们无辜地站成一排。

尤星越："你们现在有两个选择：一，我把你们塞进去；二，我带东西走，你们自己溜达回去。"

戚知雨看看天色，他晚上还想和陶桃在店里玩，于是毫不犹豫道："老板，把我塞进去吧。"

于是几分钟后，在障眼法的遮掩下，直刀、画卷，还有小鼎被关进后备厢。

传世的古董们和年货挤挤挨挨。

尤星越花两天的时间备齐年货，塞满了古玩店。器灵们都是醒来后第一次过年，被五花八门的习俗和过年所用的玩意儿吸引得团团转。

尤星越挨个发任务："知雨，这是司寻、貔貅、金蟾、紫檀、灼灼还有严漆之的过年礼物，麻烦你和陶桃出去跑一趟。"

戚知雨和陶桃正好要出去玩，便顺道将礼物送了过去。

"兰茵，帮忙写一下家里和店里的春联吧。哦，记得不要送出去了。"

兰茵掩面。她上次即兴写的春联，被左邻右舍看到，不小心全都送出去了。

"景熠……景熠带不留客出去玩吧。

"超薄，今年冬天下大雪，你一个器灵，亏电亏得都坚持不了三个小时，你真的不羞愧吗？"

超薄心虚地关机了。前几天雪停了去打雪仗，超薄带着本体出去了，撑了两个小时不到便没电了，而后爬到了尤星越的手机里。

尤星越把这帮器灵都轰出去，把手下意识在桌上一放，果然碰到了常用的杯子，他端起来喝了点热水。

时无宴望着他："那我呢？"

尤星越笑吟吟的："陪我回一趟福利院吧。"

今年三十不回福利院过年，得提前把年货送到福利院。

嗯，还要去看看小燃。

尤星越开车往福利院去。

颖江市的雪停了，路上的积雪已经被清扫干净，虽然市里人少了，车却没少——过年了，忙着走亲访友，从钢筋混凝土的世界里找回一点人情味。

时无宴道："我明年去考驾照。"

尤星越专注路况，路上车多，幸好积雪化了，他抽空道："怎么想起来这个？"

时无宴道："我给你开车，你坐在旁边吃东西。"

尤星越差点笑出声："别打扰我啊，开车呢。"

时无宴点头："嗯，我不说了。"

到福利院的时候，天色已经有点晚了。

戚知雨他们会去绘饮楼吃饭，尤星越和时无宴则会留在福利院吃晚饭。

令尤星越惊讶的是，钟家一家都在福利院，甚至灼灼也在，乖乖地被小燃抱在怀里，扮演一个一动不动的小布马。

秦飞眠，不，钟卿这会儿没有灵王的记忆，正捏着灼灼的前蹄翻来覆去地看。

钟父很崩溃："卿卿……你不觉得这个小马和之前闹……的那个一模一样吗？"

钟卿拨了拨小红马的耳朵："嗯？这不是秦飞眠的小马吗？可能是无良商家仿造的吧，还挺可爱的。"

灼灼不会当着这么多人的面说话，只是骄傲地在心里回答：对呀对呀，小马超可爱的！

灼灼在夏藿身边并不受拘束，现在幼儿园放假了，她没事儿就出来玩耍。

小马儿喜欢奔跑，先前下雪的时候从雪地上哒哒哒地跑过去，留下一串脚印，然后引来孩子们争论这到底是什么动物的脚印。

钟父和钟母将信将疑："是这样吗？"

尤星越远远看了一会儿，笑道："等会儿我拍个视频，发给将军看。"

时无宴道："我帮你拍。"

两人说着话，走进福利院，院长惊喜地走出来："到了到了，我正说怎么天黑了还看不到人。是不是堵车了？天这么冷，今天也是巧了，钟先生一家也在……"

院长看到尤星越身边的时无宴，和两个人手里满满的年货礼物，先是愣了下，随即笑了，招呼尤星越和时无宴："快进来坐，怎么又买这么多东西？"

尤星越道："超市做活动，有满减。"

福利院里十几个人，闹哄哄凑了两桌，早早吃完饭，院长给福利院的孩子发了红包，从大到小都有。

福利院其实送出去不少孩子，有些出去了还回来，有些出去了就音信全无，到现在，每年还联系福利院的已经不多了。

今年福利院的日子比以前好过很多。

院长发完了小孩们的红包，站在尤星越和时无宴面前犹豫几秒，将手里的红包拿出来，递给尤星越和时无宴。

时无宴一怔："我也有吗？"

院长笑呵呵道："都有都有，家里的孩子都有。就几块钱，讨个喜庆吉利，别嫌弃。"

尤星越接过红包，他很自然地伸出手去接另一个红包："没事，我算是他老板，我帮他收着。"

院长笑了，反手去拍尤星越接红包的手："哪有这么霸道的？"

那会儿还是小瞎子呢，就见天欺负其他小孩。

时无宴眼睫微动："老板不应该给我发红包吗？"

尤星越被院长拍了手背，缩回手，似真似假地叹了口气："失策了。"

时无宴莞尔。

院长慈爱地抚摸尤星越的手背，院里最让她操心的孩子也苦尽甘来了。

第27章 过年

尤星越和时无宴在福利院待到十点多才准备离开，钟家人已经先走了。

院长今天很高兴，福利院很久没这么热闹过了——颖江市的经济逐渐好了，福利院里健全的孩子基本都领养出去了，院长操劳忙碌了一辈子，陡然闲下来觉得有点没意思。

今天却很热闹，领养孩子的几家今天轮流来拜年。

院长送尤星越和时无宴到门口，依然不舍地拉着尤星越的手：“以后要好好的，别总欺负人。”

尤星越：“嗯，我乖呢。”

院长拍拍尤星越：“就嘴上说话好听。星越脾气不错，有时候爱捉弄人，不过心地是很好的，他小时候，”院长顿了顿，温和道，“受了很多苦。别看他天天开心，其实很少有交心的朋友，你是他这么多年来，第一个带回家玩的。”

时无宴：“星越这样好的孩子，以后会平安健康，万事顺遂。”

院长道：“要真是这样，我就能放心了。这孩子刚来福利院的时候，眼睛看不见，福利院没钱给他治病，好在后来自己好了。”

院长第一次见到尤星越的时候，尤星越大约两岁不到的年纪，院长诧异这样漂亮的小孩怎么有人舍得丢。等到尤星越摸索着自己站起来，院长才发现这玉雪可爱的娃娃是个瞎子。那个年代，一个出生在贫困家庭还看不见的小孩，确实很容易成为负担。

院长从他怀里找到一张纸，上面歪歪扭扭地写着几个字，勉强能认出是“尤星越”三个字，不知道是写字的人根本不认字，还是特意用不习惯写字的手写的。这么小的孩子，眼睛看不见，可能都不知道被抛弃了吧。

院长很心痛，摸摸尤星越的小脸：“好孩子，以后在新家过。”

院长抱着尤星越回到福利院，发现这孩子出乎意料地活泼黏人，尤星越就算看不见，也会跟在她后面到处跑，说话又清楚利索。他看不见，不熟悉环境还要跟着人跑，经常摔跤，跌得一身青青紫紫。他摔倒了也不哭，自己爬起来爱惜地拍拍衣服，继续跟在院长后面，和福利院里比他大的孩子打闹，玩输了也不撒泼。院长要是做绣活，他就坐在一边自己玩。后来尤星越摸熟了福利院的环境，天天自己进出，也不要人带着。

尤星越越长越漂亮，来领养的家长一茬又一茬，看到他都喜欢得不行，但得知尤星越看不见之后，又很快放弃了。

院长很理解，就算着急也没办法。福利院里的孩子差不多都被领养走了，只剩尤星越，他大概是天生不知愁的性格，依然乐呵呵地过。院长有时候背地里抹眼泪，尤星越就把藏起来舍不得吃的糖全都放到院长的枕头下面。

好在尤星越过了四岁，眼睛逐渐好了，慢慢竟然跟正常的小孩差不多。尤星越是小瞎子的时候到处顽皮，能看见的时候反而乖巧了，主动跟着院长学刺绣，手指上经常扎得冒血。他虽然没名气，学刺绣的年份短，但是做出来的绣活却很灵动，碰到对眼的老板，还能卖个高价。

院长现在年纪大了，仰头看着现已长大成人的尤星越，孩子们都找到归宿了，最操心的这个也最争气，总算能放下心来了。

“院长，我想吃饺子，你初一的时候煮吧，煮的时候戳破两个，这样我明年就能多挣点。”

过年煮破了饺子叫“挣了”，讨个好彩头。

院长一腔愁绪全被尤星越搅和了：“那是要自己煮破的，怎么能戳破呢？”

尤星越指着时无宴道：“让他煮，肯定破。”

院长哭笑不得：“这么晚了，赶紧回去吧。路上小心点，到家跟我说一声。”

尤星越惦记着饺子：“我们初一晚上再来，院长记得给我留一碗饺子，要有破了的那种。”

“给你喝菜汤！”院长拿着一袋糖果往尤星越怀里塞，“这是前几天买年货时候看见的，很久没见过这种糖了，拿回去吃。”

尤星越笑着推辞："不了，家里好多呢，留着发给邻居的小孩吧。"

院长道："甜得要命，除了你谁爱吃？"

尤星越才不接，院长一辈子省吃俭用，凡是好的都舍不得自己留着。他三步并作两步往后退，可惜他忘了自己在台阶上，一下踩空，整个人向后仰："我……"

院长吓了一跳。好在时无宴眼疾手快伸手扶住了尤星越，尤星越有点不好意思地笑了下。

院长将糖果放在尤星越怀里，开始赶人："快回去吧，天气预报说今晚又要下雪。"

回到古玩店，尤星越去洗澡，时无宴拆开红包。两个红包里都是崭新的十元纸币，时无宴抽出纸币放在手心，似乎想从这两张只有版号不同的钱币上看出什么来。

"怎么了？"尤星越出来后问。

时无宴道："这是压岁钱。"

尤星越点头："对。本来要年三十发的，不过今年小燃有了新家，大年三十估计不来福利院过，所以今天提前发了。"

时无宴将纸币放回纸包里，压在尤星越的枕头底下，轻声道：

"愿你无忧无愁，岁岁平安。

"所有期望的，都会达成。

"所有喜爱的，都会得到。

"从此岁月多眷顾，千秋如此刻。"

尤星越放下毛巾："轮回之神的祝愿，我可是会当真的。"

尤星越早上醒过来的时候，窗户外面又纷纷扬扬地下着大雪。

今天就是年三十了，尤星越洗漱完换好衣服。

器灵们都在店里，桌上放着热乎乎的粥。尤星越疑惑道："从绘饮楼拿回来的吗？"

时无宴："是景熠他们对着菜谱做的。"

尤星越"哦"了一声，坐下来，摘掉眼镜，很有兴致地拿起勺子："我尝尝，他们还会做菜。"

“等等！老板，还有菜！”戚知雨端着一个“小锅”走过来，表情居然有几分严肃。

尤星越疑惑：“你们今天这么勤快？”

戚知雨和兰茵基本没有厨艺，古玩店的“几张嘴”平常都靠外卖以及大小饕餮的各种投喂。

“今天是年三十，陶桃在教我们做菜呢，晚上正好吃年夜饭。”戚知雨小心地将“锅”端过来，放在桌子上。

尤星越看着面前的“锅”，笑道：“这是从哪儿买来的锅？造型还挺别致的。”他拿起筷子，轻轻敲了下“锅”，“这是个鼎的造型吧？怎么这么……眼熟？”

时无宴道：“是镇山河。”

尤星越：“……”他戴上眼镜，在雾气后看清了“锅”的样子——果然是缩小的镇山河，“突然不饿了，你们这么搞……景熠他能同意吗？”

景熠前段时间还因为被三百六十度拍摄害羞呢，这就拿本体煮菜了？

“同意的！知雨还和屠龙一起片了鱼片。所谓物尽其用，如今本体不需要镇守大阵，有别的作用也不错！”

景熠突然探头出来，他正在包饺子，包得歪七扭八，看样子下水就能煮破：“而且我们忘了买锅！用我的本体凑合一下。”

兰茵笑吟吟道：“过年了，体验一下钟鸣鼎食的生活。”

景熠有点伤心：“老板不吃吗？是觉得我煮得不好吗？我还留了一碗给小姑。”

你能打击一个两千岁孩子的信心吗？不能。

尤星越微笑道：“不是不好，是我突然想起来一点别的事。”

景熠道：“什么事呀？”

“也不是什么大事，景熠，你该准备去念书了……”尤星越微笑道，“青铜器是合金，含有铅，对人类的身体不好。”

虽然店里现在没有“人”，但尤星越觉得小妖怪吃多了也会中毒。

景熠眨眨眼，露出震惊的表情。

尤星越道：“景熠就算了。陶桃和知雨，你们是在提醒我，你们化学历史都没及格这件事吗？”

年三十要忙的事很多，陶桃下午的时候回了绘饮楼——神兽们也要过年，饕饕一族举族迁进了妖界，过年也得回去团聚。戚知雨依依不舍地送陶桃回去。陶桃临走的时候把屠龙留了下来，让屠龙在古玩店里过年。

古玩店里是没有厨房的，要做年夜饭得去租房。

厨房里，尤星越把冰箱里的东西拿出来解冻："中午就随便吃一点吧，晚上做得丰盛一些。"

尤星越一边切菜一边道："你们谁去把春联贴上？"

兰茵抱着不留客去贴春联。

这么多人里，会做饭的其实不多，好在会打下手，择菜、切菜这种事有屠龙上手。

超薄负责报菜谱。

在尤星越的记忆里，年夜饭一般都做得很丰盛，至于会不会有很多剩菜……尤星越不担心。

因为店里人多，胃口大——景熠的巅峰饭量，是装满他本体的分量。

年夜饭一共准备了十六个菜，在家里做了六个，剩下十个是打包来的年夜饭外卖。

陶桃一家虽然去妖界过年，但是绘饮楼还开着，接年夜饭生意，大部分菜都是从绘饮楼带回来的。

等一切忙完已经是傍晚时分。尤星越做好菜就往沙发底下的毛绒地毯上一坐，镇定地看着其他人端菜。

等冷菜热菜全部上桌，戚知雨从屋子里抱出一坛酒，拍开封泥，倒出琥珀色的酒液。

尤星越酒量一般，只要了一小杯。

一桌人吃饭，超薄和屠龙还不能化形，超薄放着春晚，屠龙对自己做的菜挨个做问卷调查。

吃饭的时候，不留客晃着小腿："听不到爆竹声，总感觉少了点什么。没那么热闹了。"

戚知雨也道："是啊。爆竹声中一岁除，没想到现在不让放爆竹了。"

兰茵有点嫌弃："不放也好，我在侯府的时候，过春节放爆竹，结果把屋子点了。"

景熠和时无宴则比较好奇现世的烟花到底是什么样子的。

尤星越喝了酒，笑着问：“这么想听爆竹声？”

景熠点头。

尤星越打了个响指：“超薄，放一段儿。”

超薄领命，立刻用自己重金购入的立体音箱放了一段爆竹声。

尤星越问道：“到位了吗？”

所有人：“……”

超薄得意道：“我新买的重金属音箱怎么样？是不是特别酷炫？爆竹声都有点电音。”

时无宴没懂，问道：“那你可以把自己充满电吗？”

超薄看了看自己连着插座的充电器，突然感觉键盘一痛：“不……不能。”

一顿饭吃了一个多小时，八点多尤星越的手机开始涌入各种消息，尤星越打开看了一眼，是一些有交情的顾客在群发祝福消息。

聊天软件里，先前为了联动拉的群一直都在，群里所有人都在发红包，只有超薄在快乐地抢红包。

金蟾发了一张和献钱狮一家的合照，和小貔貅吵闹了十几分钟。

超薄投屏，一边放着春晚，一边开着小窗抢红包，顺便看不留客账号下的评论——大年三十，一入夜就有粉丝在账号底下发“过年好”。

景熠、戚知雨和兰茵坐在一块看春晚。

尤星越喝了点酒，总觉得脸上很烫：“这酒后劲儿好足。”

时无宴：“头疼吗？”

尤星越：“晕晕的想睡觉，还很热。知雨，这是什么酒？”

戚知雨转头：“陶桃说是埋了一百年的青梅酒。”

尤星越：失策，就应该一杯都不喝。

迷迷糊糊间，尤星越听到手机响了，是颜晨初的来电，一接通却是裁非的声音。

裁非不知道在什么地方，那头吵得要命，他大声道：“衣服做出来一件了——走鲲鹏物流给你发过去！”

尤星越：“……你发信息给我不好吗？”

裁非很快乐，他披着新布料做出来的被子：“不，我还要跟你说过年好！”

话音刚落，租房的门铃响起来。离门最近的戚知雨打开门，被门外乌泱泱的人震住了。

魏鸣思手臂搭在季歌肩上，季歌发间戴着紫檀。

紫檀难得能待在美人头发里，快乐地打招呼：“晚上好！”

顾珉抱着小貔貅，笑着举起来：“过年好！”

小貔貅螺旋式甩尾：“快，来蹭蹭我的财运！”

司寻和康白丽夫妇站在一块，夫妻两个手里都拎着礼物。

司寻比刚来古玩店开朗多了，冲戚知雨挥挥手：“知雨哥！我们来拜年啦！过年好！”

灼灼坐在秦飞眠肩上，一人一小马凑在一起说悄悄话，见戚知雨开门，秦飞眠立刻带着小马往门里挤。

夏藿稳重得很，她晃晃手里的礼物，笑道：“来给老板拜个年。”

戚知雨愣了愣：“哦，快请进。”

尤星越正在忍受裁非那边的噪音，刚要挂断电话，发现玄关处挤进了更多的人和器灵。

貔貅踩着所有人的头顶跳过来，兜头砸进尤星越怀里，接着又踩踩尤星越的肩膀：“我来看你啦！你一定想死本貔貅了！”

领头的顾珉笑着道：“老板，过年好！”

尤星越忍不住笑了：“过年好，随便坐吧。”

客厅的窗户开了条缝，过量的热气顺着缝隙溜走一些。

时无宴看着尤星越被一群人围着，他表情有些无奈，可眼睛里却有浅浅的笑意。他伸手摸了摸袖子里的荷包，听到里面蝶贝互相碰撞发出轻轻的响声。

从来没有这么热闹过。时无宴虽然不懂得如何参与，但是……

尤星越忽然道：“我想喝酸奶！”

时无宴道：“我去给你拿。”

灼灼跳到桌子上：“小马也要！”

不留客连忙挂上时无宴的手臂：“我也要！”

时无宴生疏地拢住两个小孩：“都有。”

裁非打电话过来，除了拜年，还提醒尤星越别把拟人视频的剧情忘了。

好在尤星越在器灵们的干扰下依然没有忘记正事，趁着古玩店暂停营业，在过年期间写好了剧本。

华章的工作室过年也还在运行——据裁非透露，留在工作室的几个人都是颜晨初的同学，原生家庭不好，过年也没回去。

因为工作室一直没有停工，人手也够，所以年初六一过，三套衣服就全都送了过来。

这三套衣服不算赶工，做得很细致，不像上一次视频里尤星越的那件长衫，刺绣都没完成。

尤星越拆开快递，将三套衣服拿出来。

在乾朝坤定年间，黑色、红色以及紫色备受推崇。不过镇山河本身是金色的，只有一些受到锈蚀的地方才呈现出其他颜色，而盘龙白玉套青金石笔为白色和青金色。

裁非和颜晨初设计的时候很头疼。一方面，从拟人的角度来看，金白服饰更贴合本体颜色，但另一方面，裁非和颜晨初都知道，黑色与朱红色更适合景熠和景元。毕竟在坤定年间，尊崇红黑两色，天子冕服也是上玄下红。

最终敲定的方案里，景元的是一套冕服，上衣是玄色，但是暗纹用了贴近青金石的颜色，配饰全为白玉。景熠的衣服是一套玄色深衣，头上戴的则是金冠，正好呼应镇山河的颜色。这两种制式的衣服都是景元和景熠穿过的，两人试了下，果然很合身。

时无宴道："这件是星越的。"

尤星越展开最后一件衣服，这是三套里唯一没有按制式做的衣裳。

这套衣服的制式、绣文更像是各朝代的混搭。

窄袖玉白长衫，布料垂顺感绝佳，袖口做了类似于护臂的装饰，比起正经制式的长衫更多几分干脆利索。外配一件半透明竹青褙子，用黑色丝线绣上铭文。就如同裁非所形容的，穿上这件衣服走动时，铭文仿佛顺着肩背缓缓流淌而下。

超薄欣赏衣服的同时，不禁想起抠图做特效的庞大工作量，心有余悸道："老板，咱们去哪儿拍？能尽量出实景吗？我真是怕做特效了。"

尤星越道："出实景没问题啊，我下午联系一下影视城那边。"

"实景？"景元疑惑道，"是指拍视频的场地吗？"

尤星越点头："对，如果是实际的场地，超薄就能少做一点特效。附近有影视城，那边有搭建出来的仿古建筑，不过可能无法还原当时的风貌，只能说凑合用。”

当时做特效的时候，尤星越真的很担心超薄一不小心过载，当场自燃。

景元道：“去轮回司如何？我是个恋旧的人，故而所住的宫殿还是当年的样子。”

超薄偷偷在心里惊呼：好家伙，老板的剧本好像就挺还原当时的情景，还去轮回司里拍视频，这跟穿越回去拍纪录片有什么区别吗？

第28章 视频

轮回司和妖界相似，处在另一个空间中，不过妖界与人间只有一个入口连接，轮回司与人世之间却有许多交融之处。水面、镜子、岔路口……灵体会从空间重叠处入黄泉路。但修为了得的灵神不受空间的束缚，上天入地，三界任意往来。

“轮回司地域广阔，十八层刑罚司与判司在枉死城之后，我与另外四方灵帝的宫殿都在丰都。”

时无宴：“此处就是丰都。”

丰都还保留着千百年前的风貌，乍一看很有古代盛世的感觉，路上的灵体也很多，街道两边开着各种纸扎店。

轮回司亦有天地，天是灰青色。

忘川是大河，从天上来，黑色河水冲开黄泥，横穿盘绕整个轮回司，冰凉的雾气弥漫整个河面。

青雾般的天被冷冷水雾连接到河面，忘川支流很多，架设的桥梁上蒸腾着水汽。难怪时无宴每次回到古玩店，身上都沾着薄薄的水汽。

尤星越脚步一顿，抬头向上看。他披着一件鹤羽大氅，水雾被大氅柔软的羽毛挡在身外。

时无宴：“怎么了？”

轮回司里寒气重，尤星越如今虽然不是普通人类，但湿气大，温度低，也还是不好受，特意多加了一件外套。

超薄一开始强烈希望在丰都逛一逛，现在躲在景熠怀里瑟瑟发抖，刚下来走了一段路，已经靠电池续命了。

其实轮回司作为灵体的安息之所，灵气是很浓郁纯净的，适宜灵体生存，行走在街道上的灵体都在这样的灵气下恢复了生前的样貌。

同样，这样的环境对超薄这样的器灵不仅没有坏处，还有好处，可惜超薄的硬件不是很争气，电池在低温条件下续航能力差。

等出了正月，报个班学一些与电脑硬件相关的知识，以后慢慢想办法给超薄换零件……嗯，其实好像还有必要学一学炼器。

尤星越看了眼关机的超薄，加快脚步，笑着道："没什么，我在想能不能看见你的本体。"

时无宴忽而想起自己第一次见尤星越时的场景，眼睫微垂，唇边却染上几分笑意。

景熠跟着仰头，左看右看，吃惊："往复的本体在天上？"

他是第一次来轮回司，新奇之余四处张望，丰都是他姑姑生活了几千年的地方，他对此处充满了好奇。

景元指了个方向，道："在那儿。"

景熠一边走一边竭力仰头去看，半晌摇头道："看不见。"

景元莞尔，道："当然看不见。在青天之高处，忘川之源头。别说你，我也没见过呢。整个轮回司里见过往复本体的，大概只有随侍郁荼。"

郁荼是往复的随侍。每隔几百年，往复的本体会纠缠上化为实体的执念，它们看不见更摸不着，只能由郁荼亲自送去不留客。

景熠惊叹："那有其他人见过吗？"

果然是轮回之主，和大家闺秀一样轻易不露面呢。

"当然有，"景元偏头看了眼尤星越，"远在天边，近在眼前。"

历任不留客老板都见过往复的本体，不过这位最特殊，还见了往复本人。

尤星越清了清嗓子："超薄觉得冷，我们先去宫殿里把视频拍了吧。"

五方灵帝的宫殿分别占据不同的方位，这五位灵帝的年纪和喜好不同，听说东方灵帝年纪最大，要追溯到万年前，昼伏夜出不说还喜欢住在洞里，所以专门去妖界搬了一座山，挖了个洞作为住处。

景元的宫殿位于正中，果然是正宗的乾朝时期的建筑。

女帝果然是很恋旧的人，仿照乾朝的皇宫在轮回司里又建了一个。不过两千多年逝去，宫殿内部的装饰发生了一些变化。宫殿里外是没有宫人内侍的，但跑着很多可供役使的纸扎人，做得活灵活现，没有一点阴森的感觉，反而十分可爱。

尤星越他们一进宫殿，柱子后就多了两个小脑袋。

景元拍拍手："真晴真雨，倒茶。"

两个穿着直裾的小纸人清脆地应了一声。

真晴和真雨穿着相同颜色的直裾，头上还戴着纸花，看上去像一对十六七岁的兄妹。

两个小纸人沙沙地跑开，过了一会儿，真晴和真雨抬着茶盘回到正殿——真是抬着的，一边走一边发出声音："嘿咻嘿咻。"

尤星越越看越喜欢。

景元接过茶盘，挨个摸摸纸人的头顶，笑道："我爱清净，所以宫殿里没什么人手，招待不周，老板需要什么直接告诉我就好。"

"挺好的，我没见过乾朝的风貌呢，"尤星越没见过这样的纸扎，捧着热茶好奇地盯着两个小纸人，"你们好呀。"

"哎呀哎呀。"真晴捂住脸，躲在真雨身后，"说话了说话了。"真雨拖着真晴迈着小碎步跑回了柱子后，又趴在柱子后偷偷看他们。

纸人跑起来的时候，没有明显的脚步声，要是跑得急了，就会发出簌簌的声响。

景元笑了一声："小孩儿，胆子也小，老板别在意。"

尤星越承认自己被可爱到了："很可爱。"

热茶到手，超薄也重新开机了："好家伙，从桥上过的时候差点给我冻得卡机。"

尤星越脱下鹤羽大氅，顺便回了超薄一句："谁让你不好好修炼，店里就你懒。"说完，尤星越拿出剧本，正色道，"剧本大家都看过了，一会儿拍摄的时候，无宴会拿着摄像机，大家注意不要走到镜头外面……"

确实是剧本，除了修改过的台词，还有各种注解。女帝与景熠都不会演戏，尤星越更不是专业导演，所以只好在细节处多下功夫。好在剧情这东西是尤星越根据当年的实情写出来的，充其量是多了点艺术加工。写剧本的时候，景元就在一旁，口述了当年的情景，所以拍摄基本是情景还原，难度不高。

景元握着剧本，饶有兴致地听完，随即一挥袖——寝宫里立刻恢复了当年的陈设，同时，景元也将衣服顺道换上了。

做衣裳的锦缎布料全都是有暗纹的，冕服配有龙凤刺绣，没有刺绣的地方，暗纹像一篇说不尽的文章。

景熠比画了一会儿，发现自己并不能像小姑姑那样熟练运用灵力，只好窘迫地拿着衣裳躲到屏风后。

景元笑吟吟道："嗯，不错，有当年的感觉。至于当年的宫人……"景元左右看了看。

时无宴道："这不难。"他伸手在围观的纸人身上一指，这些看上去轻飘飘的纸人仿佛有了货真价实的肉身。尤其是真晴和真雨，看看自己的新样子，不时摸摸对方，笑了一会儿。

超薄连上摄像机，他按捺住心中的激动和期待，道："老板快去换衣服，我都有点等不及了。"

尤星越去屏风后换了衣裳，手里拿着一卷简牍，他手指很长，屈起的时候骨节清晰。

简牍长而温润，他也修长文雅，从屏风后走出来的时候，褙子上的黑色绣纹像蜿蜒的黑色河流。

景熠取出本体，默念一会儿口诀，小镇山河恢复原本样貌。

按照时间线，炼化龙鳞后，帝王撰写铭文，随即铸鼎成功，所以景元和景熠并不在同一个场景里。

景元跪坐在矮桌后，盘龙白玉套青金石笔搁在笔架上，她拿起一锭墨研磨，看着浓墨遇水化开，此刻当真有了回到两千年前的错觉。

她手上动作一顿，看向不留客的老板。那年轻的老板站在往复身边，正眉眼弯弯地说着什么，随后走过来，将装着简牍的木箱打开。景元垂目一笑，润了润笔，铺开面前的简牍。

当年她也是这么坐在寝宫里。景熠离开后她重病了几日，大鼎铸成之前，匠人和修士们前来询问铭文的情况，她挥手让他们退下，只说自己会亲自撰写。她撑着身体坐在矮桌前，一时也说不清到底是哪里疼，只觉得怎么能这样累。宫殿里的侍从垂手低头，不敢直视，不敢言语。

景元执笔，面无表情地撰写出要刻在镇山河上的铭文。写了没有两行，就忍不住抬头向宫殿外看一看，总觉得下一刻，那一手教导出来的孩子会在内侍的通报下走进宫殿，笑吟吟地对她说：“小姑姑！你看我这次的差事办得好不好？”

内侍会一如既往地提醒他：“殿下！殿下！你应当叫皇上。”

摄像机架子上，超薄盯着屏幕里站好位置的三个身影：“准备好了吗？我数三、二、一，开始！”

景元回过神，下意识看了眼殿门，景熠悄悄冒出头，跳起来冲景元挥挥手。

景元一笑。

超薄刚刚开始拍摄：“……陛下！你现在不要笑啊！你很哀痛，哀痛你知道吗？”

景元忍着笑意：“好，我很哀痛。”

那已经是两千年前的心痛了，她得好好找找感觉。

景熠悄悄缩回去。

……

春节的气氛还没退去，华章先在账号上发布了新的消息。

华章：以新的形式传承优秀文化，古老的文字不仅能在纸页上焕发光彩，也会在锦绣中重获新生。

随文案附了两张长图，将所有提花暗纹布料的图片做了拼接。

华章一共定制了六种布料，采用“日月明寿福康”这六个字作为暗纹，几个字体重新做了设计和加工，让字体更适合作为装饰。这次的提花暗纹采用了织金的工艺，“福寿康”三个字，华彩流光，云霞灿烂。而更霸气的“日月明”，反而没有那么夺目的光彩，只是在灯下隐隐有光，以不同的形状排列在玄黑、朱红以及明黄的布料上。

如果说“福寿康”三个字做出来的提花布料视觉效果是光明灿烂，那么“日月明”便是山河巍巍，庄重肃穆。都是锦缎，都是提花工艺，却能给人截然不同的感觉。

尽管乾朝时期的冕服并没有这样的工艺，但是用今朝的本事和技艺复刻前人的图案并无不可。

裁非做设计的时候想得特别开——反正都是一家人，一个前一个后而已，有什么要紧的。

就在网友们为放出来的布料图片神魂颠倒的时候，华章发了第二条动态。

华章：量身制作的华服已经送到，不知道@不留客老板能不能给我们透露一下拟人视频的制作进度？

原来联动是指华章为拟人视频提供服饰？

网友直接沸腾了，纷纷涌入不留客的账号下追问拟人视频的进度。

在无数人的追问下，不留客更新了动态。

不留客：您的拟人视频正在加载中，本次参演古董有：镇山河、铭文简牍、乾朝盘龙白玉套青金石笔。无奖竞猜，这会是一个什么样的“故事”？

抑或是一个什么样的“史实”？

一石激起千层浪。

不留客过年后的第一条动态，直接炸蒙了粉丝和围观的网友——虽然大家都猜到，老板一个月没更新，肯定在酝酿大事。但……这是不是太大了？直接是镇山河？

镇山河还没有露过面，公布铭文内容后，镇山河在网络上已经有一大批的喜爱者。谁都知道镇山河现在还在研究中，而镇山河还收藏在市博物馆中，目前甚至还没有展出。这可不是无名无姓的宝贝，背后的故事任由老板畅想。到时候要是编得不好，或者过几年发掘乾朝大墓，凑齐了镇山河的历史怎么办？还有个难题——老板要怎么拍摄镇山河？上一条拟人视频里，不仅有扮演古董的人还有古董，如果拟镇山河，难道是做个特效吗？

网友们翻出了前一条拟人视频，越看越疑惑。

前一条视频里，虎符、直刀、玉笏以及玉壶春瓶四个古董被剧情串联在了一起。那么这三个古董要如何演绎？

DXX：镇山河、书写着铭文的简牍，还有……嗯，盘龙白玉套青金石笔？我知道镇山河跟简牍有一点点关系，但是那个青金石笔是怎么回事？也是乾朝的？我怎么有种很不好的预感，老板你要搞什么？

和“DXX”有一样疑惑的网友千千万万，他们看得很困惑，也很忧心——和镇山河相关，老板你可长点心，搞得不好小心挨骂！不得不说，关心喜爱不留客的网友里，有一部分人确实很有当预言家的潜质——不留客的新动态发出不久，有些单纯喜爱镇山河，或者讨厌不留客的网友摸到了不留客的动态下。

对于喜爱镇山河的人来说，他们的担心其实是相当有道理的——如果找来的演员不合适怎么办？如果编的故事很离谱怎么办？镇山河到现在都没有展出，就算这个老板真的见过镇山河，他就能呈现出镇山河的风采吗？

快乐菜狗：蹭我们镇山河的热度？现在镇山河还在市博物馆，你们也敢蹭？镇山河拟人，笑死，你们上哪儿找一个合适的人来拟镇山河？

华衣：某家古玩店不是号称馆藏堪比博物馆吗？简牍就算了，还搞个什么笔，想蹭镇山河的热度卖货？尊重历史行不行？

可怜玉人：我就想问问，有谁记得镇山河出水的时候是老板做的直播？有谁记得铭文之谜解不开的时候，是老板送去了简牍？有谁记得专家组研究的铭文是直接从简牍上复制的？网上镇山河的仿妆那么多，都是为了蹭热度吗？而且带着笔怎么了？万一这支笔是写简牍的呢？

苏城的某个角落，昵称为“可怜玉人”的女生猛灌了一口饮料，越翻评论越觉得生气。她深吸一口气：“不能气不能气，气到自己无人理。”

她不会知道，几天后，她这条评论会因为预言成功而被顶到了热评第一。

不留客再次营业了，不过现在还没到开春，南北街上游人不多，最热闹的店应该就是不留客了。

超薄闭关剪辑，尤星越给盘龙白玉套青金石笔拍了几张照片，简单介绍了这支笔的构造、年代，随后就将笔还给了景元。

这支笔意义非凡，尤星越不会私留：“这支笔，还请您带回去。”

景元拿到手把玩片刻：“放在老板这里吧。我以前收着它是因为它有别的含义，如今已经不重要了。放在手边，反而徒增伤心。”景元偏头，视线看向一个方向。

尤星越顺着看过去，景熠正抱着书学拼音，背得昏天黑地。

尤星越一笑：“好，那我就不客气了。”

尤星越收起笔，休息室外传来任一帆的声音：“老板，卢馆长找你。”

卢韬副馆长？尤星越歉意地一笑，“来客人了。”

景元不甚在意，指了指景熠：“我去教他。”

因为不知道卢韬来到底是为什么，尤星越请他进了休息室。卢韬进来后，一眼看见景元和景熠，被两人相似且过于漂亮的容貌震了一下，愣了几秒才道：“我是为了网上的事儿来的。”

景元正在给景熠看的书做标注，察觉到卢韬的视线，便抬起头，淡淡扫过卢韬，略微颔首后收回眼神。她生有一对乌沉沉的凤眼，像压着夜幕的繁星，深沉却也明亮。

这气场！卢韬心里吃了一惊，竟然有点束手束脚的感觉。

尤星越请卢韬随意坐："卢馆长喝茶。你也看到网上的消息了？镇山河拟人的事儿没跟你们打招呼，是我们的不好。"

卢韬看尤星越神情平和，看上去一点也没受网上腥风血雨的影响："我上班正好路过不留客……唉，网上的消息我也都看见了，市博物馆是暂时保管镇山河，这么个大鼎又不是我们造的，这是全国的宝物！我来是想问问，要不要我们转一下你们的动态？"不留客老板慷慨地将简牍上所有内容都打印下来留作研究，铭文更是送给华章发扬，卢韬有时候听见馆内的员工说一些不着调的话，心里都很窝火。

尤星越愣了一下。他没想到卢馆长会说出这样一番话。

"镇山河"确实在市博物馆，不留客用镇山河出拟人视频，市博物馆不痛快是人之常情。何况不留客相较于市博物馆确实不够官方，尤星越完全理解网络上一部分不友好的言论。

卢韬道："有些人不能说坏心眼，但确实有很强烈的门户之见和领地意识。"卢韬是个少有的敞亮人，他要是不开明，也不会力排众议，在耗资巨大的联展上请来手作达人作为嘉宾。卢韬担心网上的言论影响到尤星越，"我是真喜欢上一条视频。你看看，这给古董带来了多大的讨论度？古董一下就活过来了！你可千万不要受到网上言论的影响，至于这个拟人嘛，就算是国宝级的演员，也不一定能把古董的气韵完全呈现出来……"卢韬滔滔不绝间，没发现景元和景熠看了他好几眼。

尤星越先是感动，随即哭笑不得，好不容易才让卢韬相信自己是真的没有受到网络言论的影响。

卢韬喝了茶，咂咂嘴："你心态稳定就是最好的，要是需要转发或者评论支持，只管找我啊。"临走前，他乐呵呵道，"其实我觉得老板你朋友的气质就特别好，都可以演女帝了！也不知道你哪里来的这么多气质一等还漂亮的朋友。"

尤星越："……"

景元："……"

景熠默默低下头，努力当作没听见。

两天后，在新动态讨论沸腾的时间，不留客放出了新的拟人视频。这一次，粉丝们怀着忐忑的心情点进了视频。视频前几秒是熟悉的黑屏，随后突然响起一道幽微的落水声，这落水声并不大，却让戴着耳机的观众心中无端一紧。紧接着，一个熟悉的嗓音徐徐道："乾朝，瓷国历史上浓墨重彩的一笔。"

是老板的声音！这次是老板配画外音吗？观众们精神一振，越发好奇内容。但是紧接着，画外音里多了一道女声，和尤星越清越温润的声音混合在一起。

"乾朝嘉成十六年，颖州公主称帝，改年号为坤定。"女声稍低，和尤星越的声音相和，轻柔者娓娓，冷淡者款款，只听了几句，观众脑海中已经有了画面感。

"先帝有一幼子，名熠，与众皇子不同，聪慧仁善，品性高洁，帝甚爱，读书习字，皆亲教导。"屏幕渐渐亮起，出现在观众视野中的是一支摇晃的笔杆。它有细润的白玉质地，笔杆上雕刻着栩栩如生的盘龙，笔顶是一颗青金石。笔杆轻轻摇晃间，镜头对准了这支笔下的简牍。

镜头逐渐拉远，极其有质感的布景在观众眼前铺开——青窗杏梁，玉饰压帘。

绣着龙纹的帘幕后，是镶嵌各色宝石的七宝床，床一侧摆着长案。穿着深衣的皇子熠趴在桌案上，撒娇一样道："我不懂，小姑姑，收个税都有这么多的事？"他是这宫殿里最受宠爱的小皇子，面前纵然坐着天下万乘之主，也不过是他的至亲之人。

桌案后，身着冕服的人并未说话，只是轻轻笑了下，用白玉的笔杆敲了敲皇子熠的额头。

内侍勤勤恳恳地提醒道："殿下，您现在应该叫陛下。"

皇子熠还不满双十，他生得飞眉凤眼，俊美灵动，穿一身绣着蟒龙的深衣，是个金贵的、神采飞扬的小殿下。他被教训了也不在意，拉着冕服的袖子，依然道："就叫小姑姑！姑姑，让我出去跑马吧！"

就在观众们情不自禁露出笑容的时候，画面突然定格，那混合的画外音又响起来了。

"坤定二年，颖州突降暴雨，颖江中妖物作恶，冲毁农田。"

"同年三月，君令出帝京，聚天下之金以铸鼎。皇子熠摄其事。"

"坤定五年，鼎成，盖因无帝王之气，不成用。熔鼎，再铸。"

听到这画外音，观众们心里一咯噔。

画面一转，在广袤巍峨的宫殿前，皇子熠一身风霜，匆匆走下台阶。他面容没怎么变化，神情却成熟了很多，穿一身便于行动的衣裳，眉眼冷冷，身后跟着一串士大夫。

“殿下，佩洲的金收不上来……”

“殿下，奎城的路坏了，说是送不过来……”

“殿下……”

画面定格在皇子熠翻飞的衣袂上，随即屏幕上像着了大火，画外音依然没有停止。

“坤定六年，颖州一城起瘟疫，水灾泛滥。皇子熠令工匠退出铸造池，以身祭鼎。”火焰逐渐退去，画面中还是那熟悉的寝宫，帝王跪坐在长案后，内侍跪在地上，“陛下，找不到，真的哪里都找不到。殿下他最后去过的地方，是铸造池。”

帝王手里的笔久久没有落下。

“帝甚哀恸，罢朝六日，亲笔撰写铭文，赐名镇山河。”

两道声音同时低下来，与其说是毫无起伏，不如说是有一种沉沉的疲惫感，让人一听，就生出厌烦来。

“同年五月，鼎成。选良辰吉日，出帝京，赴颖江。”

画面再次亮起来的时候，观众看到的是怒涛的江面。高台铸在江面上，台下江水汹涌，汇聚成巨浪重重拍在岸边，台上放着一只被层层布匹包裹的巨物。壮硕的汉子掀开绸缎织成的布匹，露出了其下的镇山河。风浪扑面，壮汉尚且不能站稳，它屹立在此，岿然不动。

金鼎现世，江水中怒涛都为之停滞，风不能掀起巨浪，江河的气势仿佛在这一刻输给了镇山河。

身着冕服的帝王一手轻抚大鼎。在她看不到的地方，一个半透明的身影出现在她身边，皇子熠眉眼间全是笑意，低头用眉心碰了碰帝王的手指。

从此，再也不会有人这样教训他了。

有人撤走了布匹，力士上前推动镇山河，这座风雨不动的巨鼎却能被十数个壮汉推动。因为这鼎中的灵体，也等待着镇守山河的这一天。

随着巨鼎向下，皇子熠闭上眼睛。

画面突然一黑，只有巨鼎入水时的轰隆巨响。那落水声透过耳膜，砸在所有观众心中，让他们眼眶通红。

画外音道："坤定七年，江波平稳，水运通畅，两岸百姓安居乐业，至此山河稳固。特此记为文字，如不能史书列传，则有口口相传，立祠祭祀，永世不忘。"

视频还没放完，可是观众们的眼泪已经要止不住了。

屏幕里传来很轻的声音，随即是竹片碰撞的声音，画面亮起来。

这一次，不再是那宫殿，也不再是那书案，是在玻璃窗边，在车来车往的现代。

那支敲过皇子熠额头的盘龙白玉套青金石笔搁在笔架上，尤星越一身长衫褙子，他将简牍卷起，连同白玉笔一起放在博古架上。画面最终定格在白玉笔和简牍上，键盘的敲击声响起来，两个画外音再次出现，但这一次，两个声音都有浅浅的笑意，咬字轻快：

"建国一四五年，十二月二十六日，多云转晴。"

"距坤定六年两千一百一十年整，镇山河出水。"

视频总时长为六分零七秒，概括六年太短，讲一个故事却恰好。但是……真的只是一个故事吗？为什么真实感如此强烈？就连点开视频前就抱着否定态度的网友，一时也挑不出问题。

毁形象？并没有，即便以最苛刻的眼光来看，女帝和皇子熠的扮演者都完美符合他们的想象。不，其实他们对女帝和皇子的形象完全没有概念，可看到两位扮演者之后，脑子里只有一个想法——是这样的，就应该是这样的。

视频里的女帝没有台词，但中兴帝王从容平和、力挽山河的形象却稳稳立住了。

一代明君，后世野史如何编派如何诟病，依然抹不去她的功绩。她鲜少疾声厉色，甚至也未必意气风发，但家国社稷、政策民生就在轻描淡写之间。而景熠……备受宠爱的小皇子或许就应该是这样的形象吧？虽然一身玄色深衣，但那明亮灿烂的笑容和神情，却和镇山河如此相像。不是长得像，是给人的感觉像。

视频播放完毕，观众却久久不能从剧情中抽离。打开视频之前，他们构想了不同的版本，独独没想到这一次的视频是这样的形式。本以为会是第一条视频那样，扮演者和古董同时出现，串联出一个惊心动魄的故事。但这次不论是简牍，还是玉笔，它们是浩瀚历史的旁观者、记录者。

千百年后，后人打开陵墓，复原破损的简牍与绢布，从泛黄史书里追寻过去的痕迹。

因为能看到来处，所以去路变得更清晰更坚定。

羲和：直接给我看蒙了……老板啊，你们从哪里搞来的大鼎复原品？

过了一会儿，ID为“快乐菜狗”的评论被顶上来。

快乐菜狗：我现在被啪啪打脸！从选角到服化道再到建筑，真的挑不出一点毛病。

这条评论下“哈哈哈”成了一排。

除去剧情，视频里亮点密集。

服饰上，女帝的冕服和皇子的深衣，制式和图案完全正确，布料所用的后世提花工艺，与古代形制相得益彰。

冕服上玄下朱，绣十二章纹，山川河流皆在绣纹之内，气吞寰宇的霸道尽在不言之中。

皇子的深衣也很有意思。所谓深衣，是将上衣下裳缝合在一起。

这件深衣红色绲边，金银线绣蟒纹，配饰全是黄金，颜色较为鲜亮。配色冲淡深衣的肃穆感，庄严中多出几分轻快。

如果说冕服和深衣在制式和配饰上是尽全力还原两千年前的实物，那么尤星越扮演简牍所穿的衣服就是完全贴合了简牍的气质。

长衫和褙子完美勾勒出修长身形。观众们看尤星越起身走的那两步，总觉得应该有竹海被风拨动的沙沙声响才对。

还有网友关注视频内的取景。

浅尝一口：看建筑以及宫殿内部的陈设，我国现在还有哪里有保存如此完好，还让进去拍摄的古建筑？你们是直接穿越回了两千年前拍了个视频吗？

一个六分多钟的视频，从服装、道具、特效、拍摄场地以及选角、剧情、文案全是重点。

……

超薄翻看着评论，感觉快要笑死在评论区：“老板，有个网友说咱们的视频每一秒都是重点，哈哈哈哈哈。”

尤星越正在教景熠打字，闻言抽空问道："反响怎么样？"

超薄看了眼数据："视频投放了十五分钟不到，现在是六万多的播放量，一万条弹幕和六千条评论。好家伙，这弹幕和评论跟刷的一样。"超薄看了一会儿，得意扬扬道，"有人夸我特效做得好。"

尤星越道："那当然了，没有你我可怎么办？"

景熠抬头："什么叫特效？"

尤星越道："特效就是……这么解释吧，咱们拍大鼎入水的时候，不是在忘川河上拍的吗？但是忘川河与颖江是不同的，所以需要超薄把拍出来的忘川河，伪装成颖江。"

拍摄大鼎入江时，冥龙潜在忘川河下，用尾巴搅动河水，所以视频上能看到波涛汹涌，是因为底下有冥龙。

视频的反响非常好，尤星越看了看时间，给裁非打去电话。

裁非已经看过视频："太神了，老板。"

尤星越矜持道："过奖了，也就是跟你们的服装差不多厉害。"

一人一器灵进行了友好的商业吹捧，你来我往十分钟后，尤星越打住话头，问："你接下来准备怎么办？现在视频刚放出去就已经有这个反响，等过几天肯定能给你们带来大量的关注，别浪费这个流量。"

"放心，错过这个机会我会哭的，好吗？晨初用铭文图案做了一件日常服装，早就给你寄过去了，你今天肯定能收到。明天开门营业的时候记得全员穿上，给我们打个广告，谢谢啦！"

尤星越笑了一声："要我给你带货？行啊，你求求我。"

裁非无语："你说你这个人，要答应就直接答应呗，还绕个弯。"

裁非说快递下午会到，下午三点多的时候还真的到了。这次送来的东西很多，尤星越撩开帘子看了眼外面的客人，果断使唤时无宴出去取快递。

今天是周三，古玩店正常营业。店里来了不少客人，大冷天还出来参观古董的，多是熟客。熟客们大多是颖江本地人，对家门口的古玩店与有荣焉，早早将不留客的账号设置了特别关注，所以大部分熟客是第一拨刷到拟人视频的。而视频放出之后，顶着冷风跑来不留客的本地客人更多了。

评论区有很多问题，别说从来没有到过不留客的网友们，就连常常来打卡的颖江市本地人也有相同的疑问：真的是在颖江市江边拍的吗？为什么他们住在颖江边上的没看见搭棚子呢？话说老板真的搞了个复制品出来？可以放在店里展览吗？

任一帆被问得欲哭无泪——真不是保密，他是什么都不知道啊！客人们只好眼巴巴地盯着休息室的珠帘，等着老板现身。

珠帘掀开，客人们眼前一亮。

珠帘落下，时无宴走出来，客人眼前一暗。

有个熟客鼓起勇气上前，还没走到时无宴面前，又在时无宴的注视下默默缩回去了。

不知道为什么，总感觉老板的朋友压迫感十足。

时无宴从外面取来了快递，用小推车送到休息室。裁非不知道做了多少东西，送来好几个大包。尤星越拆开包裹，里头放着十几件毛衣。

超薄和不留客都凑上来围观："这是什么？"

尤星越道："是裁非他们准备线上销售的衣服。"

送来这么多，肯定是要送给顾珉他们的。

毛衣分成好几个尺码，有两件一看就知道是给不留客和时无宴做的，一个出奇小，一个出奇大。

不留客拿起那件小的套在身上，尺寸正好。

米白色毛衣假两件形式，立领是鸽灰色，质地柔软，袖口和衣摆上织着小小的"福"字。正面右下角有三个大号的"福"，笔画被轻微改动过，摞在一块，最底下的"福"仿佛承受不了重量似的，被压得软趴趴的。

明明只是铭文，看起来却好像跟人一样有情绪。

时无宴拿起吊牌："这件衣服叫'福气堆叠'。"

尤星越笑道："喜庆，适合过年。"

"这里还有毛衣链。"不留客从小袋子里哗啦啦倒出一把链子，尤星越拿起来看。

毛衣链下面的坠子是金属质地的"福"字，最底下是一小串流苏。

超薄眼馋道："看起来不错啊，我也想要。"

不留客已经把衣服套上了，他玉雪可爱，穿着小毛衣，一蹦起来胸口的吊坠也随着甩动，给温暖的毛衣增添了几分俏皮。

不留客道："可是你没有人形呀。"

超薄道："这不公平！你们都有！电脑为什么不能穿毛衣？"他还在屏幕上甩出一连串的表情包，"老板，你不能偏心！"

尤星越拿毛衣往时无宴身上比了比："嗯，我多偏心呀。只有你一个器灵有十九个机械键盘，两个薄膜键盘，四个有线鼠标，六个无线鼠标，七十多盘键帽以及五套音箱。"

戚知雨打了三个刀鞘，兰茵买了几百个（用不上的）画框，只有超薄，有如此多花哨的配件。

超薄突然心虚："……老板，你怎么记得这么清楚？"

超薄每月有工资，给自己买了一堆东西，尤星越有时候还送。

尤星越笑着道："因为我偏心，自学计算机组成原理是为了给你造个兄弟姐妹，不是为了你。"

超薄是电器，虽然有灵力维护元件不会老化，但是电子器物总归要与时俱进，所以还是要维护更新。为此尤星越买了好几套东西回来，拆完了准备收进柜子里，结果一打开柜子，发现超薄的键盘鼠标和各种外接硬盘塞满了柜子。

超薄屏幕一红："我错了，老板。"

罗言辉是个在校研究生，就读于国内双一流名校，他虽然是个理科生，但同时也是历史爱好者。

他结束一天的实验，回到宿舍，和一样留校做实验的室友打过招呼后，果断瘫倒在椅子上。

寝室里开着空调，罗言辉犹豫了一会儿，放弃打游戏，坐起来打开手机，登录博览APP。

他的ID赫然是"华衣"。

刚打开软件，罗言辉就被后台几百条信息吓了一跳，点开一看，原来是两天前的评论"火了"，他一头雾水。

作为一个业余历史以及文物爱好者，罗言辉对网上爆红的不留客有所耳闻。但真正注意到不留客，还是因为十二月份的镇山河出水直播。

罗言辉第一眼看到镇山河的时候，就被镇山河震住了，看到铭文翻译后，更是被镇山河背后的故事所折服。他每天一做完实验就在镇山河的话题里逛，还借了图书馆里与青铜器相关的书籍。所以当不留客发动态表示要出镇山河拟人视频的时候，罗言辉内心是十分抵触的。他发自内心地觉得，没有人能演出镇山河的风采。国内影视圈里还海选呢，结果每年的古装剧千千万，有几个能尊重历史人物的？罗言辉气愤之下，在不留客的动态下留下了评论，事后虽然觉得自己语气比较激烈，但是因为忙于盯实验，把这个事忘了。

今天发现自己的评论被顶成了热门评论，底下的评论都是整齐划一的“看看这个会不会被打脸”。罗言辉眉毛一皱，那股不服输的劲儿立刻上来了，他点进了不留客的主页。果然，不留客的拟人视频已经发出。

罗言辉戴上耳机，手机横屏，悠然点开了视频。

开头质感绝佳的画外音、几乎还原的布景，都让罗言辉狠狠吃了一惊——这真的只是个小视频？

而当帝王与皇子出现时，分明只有一分钟左右的互动，罗言辉却有种强烈的感觉——就应该是这样的氛围，天下一统的中兴君主和她疼爱且期待的接班人。此刻，罗言辉已经完全忘了自己点开视频的初衷是什么。

六分钟的视频放完，罗言辉眨了眨眼睛，感觉眼眶发酸。

前面都忍住了，可是当画外音说出“多云转晴”的时候，罗言辉突然被这毫不出奇的一段记录击中了内心最柔软的地方。他拿起手机，又把视频来回看了好几遍，才激动地点开评论区，然后看到了“快乐菜狗”自打脸的评论。

怎么办？真的要承认自己被打脸了吗？好丢人，但是装死也很尴尬的，好吧！

“兄弟你怎么了？”室友拿着零食放在罗言辉桌上，看着罗言辉发红的眼眶，吓了一跳，“你被分手了？不对，你没有女朋友。别哭啊，有事儿跟哥几个好好说。”

罗言辉才不想在朋友面前丢脸，含糊道：“没什么，今天监测数据搞得要死要活的，担心毕不了业……”

室友：“吃点零食，缓解缓解压力。”

罗言辉接过室友的零食，随手刷了下页面，就见不留客居然更新了。

罗言辉下意识点进更新。

不留客：@华章，这件“福气堆叠”很不错，模特费用结一下。

罗言辉点开文字下的图片，图上是两个挺拔的高个青年，穿着一模一样的米白色毛衣，胸口垂着一个类似铭文的毛衣链，银色金属材质，垂下的流苏中和了金属的冷光。

毛衣正面的右下角处堆着三个挤挤挨挨的铭文，压得最下方的铭文塌陷一点。

拿着手机的是不留客老板，毛衣很能凸显他温柔的气质。他对着镜头比了个“V”的手势，手机挡着下半张脸，只露出眉眼，眼睛里笑意深深。另一个更高一些，五官轮廓没有一点能挑剔的地方。

图片上还有注解，果然是铭文上的“福”字，经过艺术加工后，织在了毛衣上！

罗言辉“噌”地坐起来，手比大脑快，在新动态下留言。

华衣：怎么卖？在哪儿买？

室友短时间内被罗言辉吓了两次，忍不住担心罗言辉的精神状态，瞄了下罗言辉的手机，脱口而出：“这不是不留客吗？你前几天还说这家网红店特别能蹭热度来着，你还关注呢？”

罗言辉：“……”

他现在就算删除评论，也在室友面前自打脸了。

不只是罗言辉，屏幕前其他刷到动态的网友也纷纷留言想要。

毛衣板型好，落肩设计显得宽松休闲，立领则增添了几分正式。颜色处理得温馨自然，让人一下联想到冬日落雪时候，裹在柔软被褥间的场景。毛衣链更是点睛之笔，编织黑绳，银色金属的铭文，底下坠着飘逸细软的黑色流苏。搭配毛衣，日常简约又不失设计感，有些网友甚至想要单买毛衣链。

对于大部分网友而言，他们当然眼馋视频里的衣服。冕服深衣，以及老板的长衫褙子，制衣的布料本身就是锦缎，而且有特殊设计的提花暗纹，绣工极其精美，想也知道应该不便宜。

在不留客发动态之前，他们谁也没想到这次的联名出的竟然是带着铭文元素的日常毛衣。谁看了不心动？但他们也怕太贵，这是华章第一次出非古装的衣服，而且华章怎么也算个网红品牌，定价高也不是不可能……

在网友们的催促中，华章姗姗来迟，随后公布了毛衣的设计理念、用料材质、上架时间、尺码以及售价。

粉丝看着屏幕上的价格，震惊地想：这么亲民的价格吗？冬天的毛衣，最大码的加厚款也才二百一十七元，还是铭文的联名款，这个价格真的……太实惠了！

市博物馆。

卢韬看了视频，激动之情久久不能平复，在办公室里走了好几圈才冷静下来，去食堂吃饭。今天的食堂格外热闹，一大群人凑在一起，正好是馆内不太喜欢古玩店的一帮人，现在不知道在讨论什么，声音还挺大。卢韬越走越近，终于听到他们在讨论什么。

“视频也就那样。”

“这复制品和真品太像了，对了，找的演员有点眼熟啊。”

“这好像是之前上面下来的指导员吧？之前一直留在我们这儿，年前调走了。”

“这毛衣好好看！”

“好像还挺良心的……有点好看啊。”

卢韬坏心眼，凑过去问：“想要什么？”

一群人闹了个大红脸，绝不肯承认自己对不留客改观：“没什么！”

至于暗戳戳地关注和收藏，那就是只有他们自己知道的事了。

……

傍晚下班的时候，尤星越把毛衣包装起来，送给任一帆，然后在群里发了信息，让顾珉几人来拿衣服。裁非一口气送来十几件，按人头算，还多出好几件。任一帆拿着衣服兴高采烈地发了朋友圈，下班就欢天喜地跑回家了。

顾珉拿衣服的时候还带来了新的消息：“听说神祠那边已经在看风水了，这个月月底就会放消息出来。”新建神祠大概是政府招标了，也是件麻烦事，不过颖江市做事一向雷厉风行。

尤星越意外于颖江市的动作效率，展颜笑道：“一会儿告诉景熠，他肯定很开心。”

戚知雨和陶桃一起放学回来，兰茵也回了店里，尤星越将衣服分给他们。

结缘出去的几个器灵中，只有司寻修炼出了肉身，严漆之也只是有个人形，没有身体。不过毛衣链每个器灵都分到了一条，可以挂在本体上，金蟾的毛衣链则等尤星越去商超的时候带过去。

华章趁着热度上架了铭文毛衣。裁非和颜晨初把库存都放了上去，他们觉得准备的库存够多了，工作室上下都歇了口气，准备在大秀举办之前休息一段时间。结果衣服早晨六点半上架，到晚上十一点的时候售罄，网店里催单的消息挤得后台快要爆炸。

裁非一头雾水：毛衣走量不走价，备货是之前的五倍，结果一天的时间就直接卖空了？

裁非进后台发现买到货排队等着发货的很多顾客，一看昵称就知道是不留客的粉丝，反倒是华章的老顾客们因为手慢没抢到。

其中有个叫“老板么么哒”的，跟不留客话题主持人是一个昵称，一口气买了十件，让本就不富裕的库存雪上加霜。

华章从来不搞饥饿营销，备货充足。老顾客们不急不慢地打开网店，看着灰色的购买按键，陷入茫然——怎么就售罄了？

而此刻博览软件，不留客话题里，一帮早早抢到毛衣的粉丝们在晒单狂欢。

伴随毛衣的热销，古玩店的第二条拟人视频播放量达到了两千七百多万。超薄不时看一看数据，从一开始的震惊到现在的麻木——这一回，是真的出圈了。

研究古建筑的关心视频到底是在哪里取的景。国内还有保存如此完好的乾朝建筑？抑或是老板自己花钱搭的？服装行业的则从布料、工艺以及裁剪设计各个方面分析视频内的服装，还有一部分商家试图从尤星越这里要到铭文的授权。甚至还有影视行业以及各个娱乐公司试图挖人。最后一部分敢打电话来的则是收藏家或者博物馆，想要从尤星越手里购买视频中出现的简牍、盘龙白玉套青金石笔以及镇山河的复制品。

尤星越的手机从视频放出去后就没有消停过。

有人将视频无授权转载到了国外一个叫飞鸽的视频平台上，该平台有多个语言版本，用户数量惊人。等超薄发现的时候，盗版视频已经有近十万的播放量。最恶心的是，盗视频的竟然还标注其他国家的标签。

超薄立刻投诉，平台下架了盗版的视频，随后超薄注册账号，将两个拟人视频全都投放在国外网站上，不过他和之前那个盗视频的犯了同一个错——忽略了翻译。

尤星越不知道超薄在飞鸽平台上注册了账号，他正忙着应付政府的电话——

市政府负责神祠建设的人亲自打电话给尤星越，负责人为镇山河祠内的神像发愁许久。

国内的庙宇和神祠都有神像坐镇，就算是乡村里修的土地庙，也会放座陶瓷的土地公公呢。

镇山河祠也一样，负责人希望能在神祠内放置镇山河复制品，但制作高精度复制品难度颇高，工期也长。

正发愁的时候，负责人看到了古玩店的拟人视频："尤老板，打扰你了。我看了不留客的拟人视频，对出镜的镇山河非常感兴趣。如果是复制品，我们想从你手里请复制品坐镇神祠，也会按金额补偿给老板的，绝对不让你吃亏。"

负责人觉得自己不会被拒绝——古玩店明明有了镇山河的复制品，却一直没有对外展出，那说明什么？说明老板是个和气人，不愿意打市博物馆的脸！既然这样，不如原价卖给他们。负责人越想越觉得有道理，美滋滋地等着尤星越的回复。

尤星越心道：那就是个真鼎啊，我哪儿来的复制品？

超薄和不留客都在听电话，超薄在屏幕上打了一串的"哈哈哈哈"，小声跟不留客吐槽："他们肯定不知道我们店里拍视频都上真的。"

别说鼎了，女帝都是真的。

尤星越歉意道："实在太不好意思了。镇山河是特效制作，因为请了专业的团队，所以看上去……比较真实。"

特效？负责人大失所望，想想又觉得很合理："好吧，打扰您了。"

负责人客套几句后挂断电话，面对同事们期盼的眼神，无奈道："人家说是特效。"

有个不怎么看大片的同事说："嚯，那视频里看着跟真的似的，他们该不会是舍不得卖给我们吧？那可是大噱头。"

负责人白了他一眼："别搁这儿小人之心了，真图流量，老板怎么不直接在店里摆上？少在外面说瞎话啊。"

同事百思不得其解："我还是觉得太真了，一点都不像假的。"

同一时间，希国。

许辰打开手机，照常逛飞鸽软件，他主要关注的标签是"瓷国""美食""种田""功夫"，刷了不到几分钟，首页给他推荐了一个视频。

视频封面是熟悉的瓷国风格，标签为"瓷国""功夫"。

点开视频，短暂的黑屏过后，悠远苍凉的号角声响起来，一枚带有金色铭文的虎符从屏幕正中浮出。短短几分钟视频看完，许辰久久无法平静。

坐在许辰身边的血族亲王，"你在看什么？给我看看？"

许辰没理他，伸手将他推到一边，血族亲王锲而不舍地伸头看向朋友的手机屏幕，只见弹幕滚过去：

“看我发现了什么？我竟然在飞鸽上看到了不留客！”

“瓷国的瓷器果然很漂亮，这种红色和美女非常相称！”

“为什么没有翻译？”

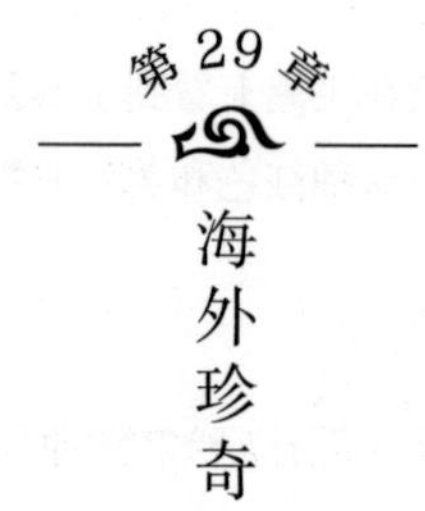

第29章 海外珍奇

亲王从屏幕上收回视线，了然：原来是想家了。他试探着叫了一声：“辰辰？”

许辰没有回答他，亲王干脆凑过去一起看视频。

亲王的瓷国语言非常好，观众们听不懂的台词他可以毫无压力地理解，所以也比只能看画面的观众更有代入感。

拍得非常好，瓷国人似乎天生就擅长这样柔和含蓄的叙事方式。

许辰犹豫片刻，打开了投放视频的账号主页。

果然，对方是瓷国人，账号内只有两个视频，投放时间都在今天，播放量齐齐突破五万。第二条视频更长，足足有六分多钟。

第二条视频台词更多，瓷国的语言具有独特的韵味，一字一音，读起来有铿锵顿挫之感。

对于亲王这种外国妖而言，瓷国是个富有奇特韵味的国度。历史悠久，文明不曾中断，它古老且神秘，厚重而又活泼。

而旁白里一男一女的声音截然不同又和谐相融，半文半白的台词，既贴近史书，又不像文言文晦涩，大大降低了看视频的门槛。旁白配合画面，讲述了一个皇室子弟为了黎民百姓跳入铸造池的故事。

亲王静静听着，以一个旁观者的角度，看着一个活泼阳光的青年逐渐成熟，当旁白说到“鼎成”时，亲王一时感慨惋惜，震撼钦佩的情绪混杂，竟然说不出是什么感受。叙事方式其实并不激烈，也没有大量的配乐进行烘托，就这么轻描淡写娓娓道来，反而更加隽永深刻。

亲王看得入神，他一直都知道瓷国的人民热爱自己的土地和文明。

不过和亲王比起来，其他外国网友就不那么幸运了——第二条视频更长，台词更多，语言虽然有隔阂，语气却能传递情绪，观众们听出旁白在讲述一个漫长悲伤的故事。

可是他们听！不！懂！

平台的机器翻译智能程度低，完全无法表达原句的意境，甚至还会出现错误翻译。

所以听不懂的国外网友们，只能欣赏巍峨雄阔的宫殿，仿佛连绵群山，自有一番威严；或者研究演员华美的衣着，镜头每一次拉近，都叫屏幕前的外国网友惊叹不已——暗花织金的布料，未曾见过的形制，共同组成视觉盛宴。

许辰看完视频，许久才稳住因为激动而颤抖的手，用弹幕给两个视频做翻译字幕，最后将两个视频转发了出去。

许辰本身是个顶级特效师，在飞鸽平台上的大号有几千万粉丝。他经常会做一些具有瓷国风格的炫技视频，吸引了大批对瓷国文化感兴趣的网友。

视频刚刚转发出去，就有粉丝顺着转发摸进了原视频。很快，世界的很多角落多了不同语言的惊叹："瞧瞧我发现了什么好东西！"

许辰特意为视频做的翻译更是得到了数万条感谢评论，不少国外网友都为自己不能理解原文而感到惋惜。

因为视频爆火，不少美妆主播或者个人设计师开始模仿妆容、自制服装，大部分仿妆的主播得出一个结论：演员们本来就很漂亮，他们可能只是化了底妆。

而自制服装的很快放弃：仿照样式已经非常困难了，他们还根本找不到视频中衣服所用的布料。不过就算如此，这些有几分相似的模仿视频也得到了不少的点赞和评论，更掀起了热潮。

当然，除了外国的"人"，还有一些其他生灵，也听到了视频的消息。不过他们的关注点则是"瓷国古董"和不留客。

一位坐标在瓷国的视频创作者惊讶地发现自己国家的视频火了，正好他买的毛衣到货了，顾不上洗，他直接穿上身拍照片发上飞鸽平台，还附上了尤星越和时无宴的合拍照片，表示衣服非常柔软，价格便宜。

当外国网友意识到，竟然有和视频中同样设计元素的衣服时，他们用翻译软件，千辛万苦找到售卖平台，等待他们的只有缺货提醒。

与希国相隔大半个世界的瓷国内，超薄完全不知道随手发在飞鸽上的视频竟然爆火。还是看了博览APP某日不留客的热搜，超薄才发现自己无心插柳柳成荫。

热搜里热度最高的是一个视频，将不留客在飞鸽上的视频弹幕和评论一一进行翻译，工程量巨大。

尤星越简单扫了一眼视频："你什么时候在飞鸽发的视频？"

"是有人盗视频转载到了飞鸽，有个老粉过来私信我的。还打其他国家的标签。我去投诉下架了他的视频，然后注册账号重发视频。那盗视频的居然还好意思跟我对骂。"说到后面，超薄的语气已经得意起来。

"然后呢？"

"他能骂得过我吗？我当场让往复帮我又连了一个键盘，开好几个小窗口跟他骂！"

尤星越：到底是电脑精，这都行……

时无宴听到超薄毫不犹豫地把自己供出来，没说话，耳朵却有些红。

尤星越道："你这不就是吵架作弊？"换到人身上，就是一张嘴不够使再长几张。尤星越看看手里的书，感慨道，"肉体苦弱，机械飞升。"

超薄还刷着飞鸽的评论："咦——我说这个视频怎么突然火了，原来有个几千万粉丝的账号转发了我们的视频，还发了私信过来。"

尤星越看着书，随口问："什么私信？"

超薄："他问我们是不是没有翻译，他愿意免费做翻译。"

尤星越抬起头："你发视频没做翻译？"

超薄理直气壮："老板，你台词写得不好翻译，搞成大白话怪难受的。"

电脑精也是写代码的，但是如何把比较文雅的瓷国语言翻译成同样文雅有韵味的外文，那就太难为超薄了。

尤星越起身走过来："翻译确实是个大问题，我看看他的翻译。"如果只是直译，尤星越和超薄都能做，甚至软件翻译也可以，但是直译在很多时候难以传达语句的美。

超薄打开页面，聊天界面上有翻译截图，尤星越看了一遍，眼睛微微一亮。

时无宴放下笔："翻译得很好吗？"

尤星越有点兴奋，回头看着时无宴：“嗯，我感觉他应该也是瓷国人。”

超薄道：“那联系他？”

尤星越道：“我来吧。”既然飞鸽上已经有乱打标签的盗视频情况，那么自己经营账号就很有必要了。

尤星越敲几下键盘，发送了私信。

语言是很奇妙的东西，它是文明的一部分，也是日常传递信息的一种方式。

古玩店的两条拟人视频风格不同，前一条有更直白的视觉冲击力，后一条侧重叙事，文案多的视频对翻译要求更高。

外文很好的瓷国人是最好的翻译人选。不过有几千万粉丝的博主免费做翻译……不会觉得浪费时间吗？

尤星越发完信息，才觉得之前的消息发得有点草率了，但是飞鸽没有撤回功能，他托着下颌想了想，没想通，起身回去继续看他的专业书。

不留客跑进来扑进尤星越怀里，举起水果罐头：“我想吃！”

尤星越帮他开了罐头，顺手抱到时无宴怀里。

不留客抱着水果罐头，仰头和时无宴对视，表情微微震惊——可以坐在往复怀里吗？

时无宴略作迟疑，放下笔，摸了摸不留客的头发。

不留客晃晃小腿，低头吃罐头。他越来越像个有血肉之躯的活物了，可能再过一段时间，连普通的人类都可以看见他。

尤星越发完信息后顺便点进“X”的账号，翻看对方的投稿视频。没想到尤星越刚看了两个视频，那边就回复了。

超薄：“老板，对方回了。”

尤星越诧异道：“这么快？”

X：您好，我确实非常喜欢您的视频，愿意做免费的翻译。

尤星越沉吟，随即回复。

不留客：您好，非常感谢您的喜欢，我也看了您的视频，原来您也多次宣传瓷国文化。能得到您的翻译真是太惊喜了。翻译是件很麻烦的事，回复您信息时因为太过高兴所以没有细想，如果翻译耽误了您的本职工作，我会很愧疚。

此时希国。

许辰有点紧张，这是他这么些年来第一次试着和国内的人沟通。

X：不忙的！我非常空闲，我还可以帮你们做双语字幕。

许辰一紧张，发出去才发现自己太热情了。

亲王伸头去看："怎么了？"看了看聊天界面，突然道，"不留客？是那个古董店吗？他的老板是不是叫尤星越？"

许辰很奇怪："你怎么知道？你偷偷去过了？"

希国血族因为和往复有约定，亲王这么多年来从没有踏足过瓷国地界。而且因为约定，血族在瓷国的生意都没有血族愿意去照料，只有竞争力最弱的贵族才会被分配到瓷国。

亲王跟他解释："去年在瓷国的血族惹了麻烦，得罪了不留客的老板，怪他们眼瞎，没想到不留客背后竟然是往复。"

许辰："……什么蠢货？"

亲王附和道："他脑子不好的，要是脑子好，也不至于被排挤到瓷国。"瓷国地盘虽然大，但是血族的生意已经收缩了，而且规矩多，本地妖怪太强，血族不爱往那边去。

许辰和亲王是在一场跨国宴会上相识的。因为聊得来，两人成了极好的朋友。亲王当时离开瓷国时，将一件藏有自己灵体碎片的吊坠送给许辰。后来许辰意外身亡，碎片融入了许辰的灵体，而亲王在血族内乱中受伤，需要碎片疗伤，故而再次前往瓷国。

许辰找出网络上尤星越的照片："这是你知道的那个不留客老板吗？"

亲王看到一张双人照，眼睛有一秒变回了红色："是他！他身边的人是往复。当年我求取你灵体的时候，见过往复一面。"

寻常的亡魂入轮回司后见不到往复，亲王要从轮回司带走一个灵体，这事儿连五方灵帝都不能做主。亲王百般恳求，又许下多个诺言，才得以见到往复一面。

亲王永远都会记得自己第一次见到往复的场景——

轮回司宫殿高耸巍峨，忘川河冰冷的雾气弥漫，往复从沉睡中醒来，五方灵帝站立在旁，他修长的身形隐没在薄薄的雾气后。

往复的声音和终年没有浪潮的忘川一样平静："你要从轮回司带走灵体？"

亲王单膝跪在殿外，仰起头和生死之神对视，那一刻，他仿佛要溺死在忘川之中。

亲王揉揉眉心，感觉那段记忆快要变成他的心理阴影了。

许辰迟疑地看向面前的电脑：也就是说，这会儿和他聊天的不留客老板，和亲王所说的尤星越是一个人，是往复的至交好友。

和许辰一样，不留客这边，超薄和尤星越确实觉得有点奇怪。

超薄道："哇，他有千万的粉丝，为什么对我们这么热情？"

尤星越也不太理解，他指尖敲了敲桌子，还没想好怎么回，聊天页面上多了新的信息。

X：您好……我是……

尤星越疑惑：难道是认识的人？或者是不留客的粉丝？

隔了几分钟，X才再次发信息：我是瓷国人，叫许辰，现住希国的血族领地，是从轮回司离开的灵体，或许您可以向往复询问我。我真的很闲，没什么事。我已经很多年没有回过瓷国了，如果帮助同胞传承文化，我会很开心的。

血族？尤星越下意识看向时无宴，他知道的血族有好几个，但是在血族地盘上的瓷国人……难道是那个被血族亲王带走的瓷国人？

时无宴正在看不留客吃水果罐头，他对尤星越的一举一动总是很敏感，尤星越只是看了他一眼，时无宴便抬起头，向尤星越递去疑问的眼神。

尤星越笑笑："没事。"

许辰大概是怕尤星越不信，发来好几条信息。

X：你看我放出去的那些视频，其实就是闲来无事才做的。

X：我前几天看视频，突然听到自己的母语，真的很激动。

尤星越回复许辰。

不留客：如果翻译视频文案真的不打扰你，有你作为翻译是我们的荣幸。至于想家……不回来看看吗？

打断一个人的骨头，也难以打断一个人的思念。

X：我没办法回去。我是灵体，往复虽然允许我离开轮回司，但是我的躯体是亲王借助血族力量帮我重塑的，所以我不能离开血族领地。

尤星越一时默然。死而复生，怎么可能没有代价，明明肉身活着，却被束缚在一个地方，难怪许辰说自己很闲。

X：不过等我和亲王死了，就可以回去了。

尤星越惊讶。

不留客：你死后灵体还会回归故土？

X：嗯。不仅我，德恩的灵体，就是血族亲王，他的灵体也会随我回到轮回司。

超薄一直在窥屏，此刻震惊道："这这这……这不是没有成本的生意吗？租出去一个，到期了还能赚一个。"

更别提希国那边还答应了很多条款！天知道他几个月前真的以为许辰的灵体白送给了血族亲王，没想到是租借的！

原来你是这种往复！

尤星越双手离开键盘，一手抵着下颌，目光在这句话上扫过好几遍，这才转头看向时无宴。尤星越也很吃惊，这无成本还净赚的做法，很熟悉……

时无宴果然立刻抬头，他放下不留客："怎么了？"

尤星越冲他一笑，道："不愧是我朋友。"

超薄突然想起了店里那些自己跑来的器灵，他和紫檀的成本应该算比较高的——到付六十二元呢。

嗯对，无本的生意老板经常做。

呵，果然是"志同道合"的好朋友。

有许辰做翻译，古玩店日后投放视频的文案质量不需要担心了。

尤星越要了许辰的地址，准备给他寄一些国内特产，毕竟在异国他乡找到地道的瓷国物品还是挺难的。更别提许辰走不了太远，一定需要家乡特产安抚一下思乡之情。

许辰特别感动，他告诉尤星越，待他回到故乡一定会报答尤星越。

尤星越从文字里都看出了许辰的激动：不用客气，只是一点吃的玩的。

不留客在飞鸽上掀起的瓷国风浪潮比尤星越想象中更久，只投了两条视频，不留客的账号就涨了二十来万粉丝。

永远不能低估古老文化的吸引力。

视频的热度持续上升的同时，颖江市的天气也不再那么冷了。

不留客是线的集合，待在他身边的器灵都会受到正面影响。如意和缠枝两个小器灵修为比超薄还要弱不少，更容易受到不留客的影响，来店里一段时间后，如意和缠枝年前就吸收了足够的力量，依靠沉睡来消化融合。小器灵睡过了整个新年，其间也没人敢去动兄妹两个——对于店里其他器灵来说，兄妹俩实在是太脆弱了。

现在冬天即将过去，兄妹俩在春天快要到来之际醒了过来。

尤星越捧着两个小器灵，仔细观察了一会儿。黑漆盒内部，寻常人肉眼所不能看到之处，两个灵体明显比沉睡前稳固了很多。

尤星越放下心，将如意和缠枝交给不留客："你们大哥今年去朋友家过年了，前几天出去参加讲座，现在还在外面，等你们大哥回来了，我就带你们去见见他。"

严漆之一路碎碎念着陪严复白去了严家大哥家里过年，好在也没待太久，严复白初二就被弟子接走了，正好等着大学开学去做讲座，暂时回不来。

裁非寄来的衣服转了一圈，又转回帝京去了。

缠枝刚睡醒，还有些迷糊，器灵贴了贴尤星越的手指，道："谢谢老板。"

尤星越笑了笑，用绢布小心擦拭过缠枝："别客气。"

不到一周的时间，不留客在飞鸽网站上的粉丝数稳步上升，同时也收到了一些奇怪的评论——有些人开始质疑不留客视频中展现的文化是否来自瓷国。

"真的是瓷国文化，不是其他国家的东西吗？"

"感觉这种配色一点都不像瓷国的风格。"

超薄偶尔看到这样的评论，总感觉下一秒就要被气死。

戚知雨和兰茵也为此注册了飞鸽账号，将自己之前的视频打上瓷国标签，搬运到飞鸽平台。

可是这也挡不住质疑。

尤星越也不是不知道，只是澄清实在是一件难事。

一周之后，不留客、戚知雨、兰茵以及许辰几个人联合发布了一个视频，标题为"瓷的一百种写法（待补充）"。

这个阵容十分豪华，网友们还没看视频，就已经嗅到了大制作的感觉。

视频非常短，配着很有节奏感的鼓声和瓷国传统的乐器声。

开头是一片耀眼的红色，沾着金色的毛笔落下，大开大合地写出了一个"瓷"字。

书法。

镜头忽然转换，再次清晰的时候，“瓷”字旁静置着一根绣花针。

刺绣。

哗啦，镜头忽然拉远，戚知雨握着一杆沾满墨汁的红缨枪，耍完几个枪花，将红缨枪向地上一插，头也不回地转身离开。

墙上赫然是一个硕大的“瓷”。

最后这一幕惊到了无数外国网友，就连瓷国人都惊掉了手里的零食：这也太酷了吧！教练我想学这个！

网友们此刻再回想标题，顿时理解了标题的含义：书法、武术、刺绣写出了自己国家的名字，怪不得要叫“瓷的一百种写法”呢。

哦……还有个待续，难道以后真的会凑齐一百种吗？

可能天底下，只有瓷国的底蕴够他们这么玩吧？

原国机场。

老人一身铁灰色的正装，衣裳、领带和皮鞋干净整洁，头发梳得一丝不苟，他戴着一副银边眼镜，看着有六十多岁，中等身材，肩背依然挺拔。他拎着一只皮箱，登机的步伐从容平稳，身上有一种岁月沉淀后的优雅平和，排队的人忍不住多看老人一眼，老人颔首回以微笑。

待老人坐下后，手提箱里传来一个小小的声音：“这么挤……”

旁边座位的男子疑惑地左右看了看，老人不动声色地放下手提箱，仿佛什么都没有听见。

手提箱中再次响起声音的时候，已经是普通人类不能听见的对话——

“感觉在海水里泡得都要生锈了呢。”

“终于要回国了，打了好久工才攒到机票钱。”

“你们说不留客的老板真像网站上说的那样吗？”

“谁知道呢？我又没见过不留客老板。”

……

该航班将在九个小时后抵达瓷国。

第30章 回归

镇山河神祠在春暖花开的季节正式动工。除去颖江市本地官媒，还有不少网络媒体跟进镇山河神祠的建设，引起不少文物爱好者的注意。

经过去年的春山花鸟图真品现世、严家漆器活力再现、市博物馆与收藏家三日联展、镇山河出水……这些让颖江市在网络上知名度极高。

这些事件或多或少都和不留客沾边，不留客已经从不靠谱的网红店转变为颖江市不能不去的打卡点。

旅游旺季即将到来，博览上某千万粉丝的旅游博主发起“春暖花开的时候，你最想飞去哪个城市？”的投票，颖江市的票数一骑绝尘。

评论相当统一：

“去不留客！”

“去颖江市看不留客！还有博云观、市博物馆，各种小巷子，正在施工的镇山河祠。”

“同去不留客，网上围观一年，终于能亲眼见到老板了。”

三月到五月是旅游旺季，各省市的旅游局准备开始发力。

颖江市旅游局也不例外，局长特意组织动员大会：“同志们！新一年的旅游旺季又要到了！我听说这几年网络宣传非常火，同志们有没有什么新媒体方案？争取今年的旅游业绩再创新高！”

局长说完，员工们面面相觑，半晌没有人说话。

局长：“大家还没有头绪吗？没关系！我这个老东西今年和大家一起学习网

络宣传，让颖江市也做个网红城市。”

底下一个实习生嘴快：“可是局长，我们颖江市今年真的很红，过度宣传会不会引起网友反感？”

局长疑惑：“今年不是还没开始宣传吗？”

实习生掏出手机：“有个叫不留客的古董店是非常火的打卡点，三月来颖江市的高铁票已经卖完了，连去隔壁市的机票都售空了。”

局长有些恍惚：“不留客比我想象的还有号召力。”

镇山河祠原址盖了观景台，而且江边风大潮湿，也不是绝佳的地点。

神祠选定的新址靠近颖江，原本是荒废的小型游乐园。虽然刚刚开始拆除，但是颖江市不少本地人都等在围栏外面，举着手机拍摄。

围观的除了人类，还有古玩店的器灵们。

景熠也在，他悟性不错，景元又很会教，现在已经能短时间将本体炼入肉身，此刻站在围栏外，看着现代的大型机器推倒游乐设施。

这是景熠第一次看拆迁，不禁疑惑：“拆这里没事吗？”

此处虽然不是民居，但也是经营场所。景熠跳铸造池之前学过几年治国，知道土地对民生的重要性。

尤星越道：“价格谈拢之后才拆的，这片游乐园经营不善，停业很久了。你看那些游乐设施已经有锈蚀痕迹。现在很多大型商超内置小型游乐场，刮风下雨都能营业，这种小游乐场难以生存。”

金蟾在的商超四层就有小型滑冰场和游乐场。

景熠点头：“那就好。”

旁边一个阿姨笑眯眯地转过来：“你还担心人家老板吃亏啊？我在附近住了三十多年了，老板凭拆迁赚不少，总比一大块地方放这儿强得多！”

游乐场荒废快十年了，这片不算很繁华的地区，一直没有人买。

景熠冲她笑了笑。他戴着口罩，笑起来的时候眉眼微弯，显得十分温柔：“真好。”

尤星越站在时无宴身边，冷风都被时无宴挡在外边。

他看着因游乐场拆除而哼哧哼哧搬家的尘妖，道：“你放心。建神祠是上下都商量好的，一定是利大于弊。”

镇山河的铭文会被刻在石碑上，立在祠堂外，千百年后人生代代，山河依旧，碑文传唱这段历史。

景熠道：“能被纪念很好，但还是不打扰大家的日常生活更重要，毕竟祠堂只是一种象征。”

希望国泰民安，百姓安居乐业，每个夜晚亮起的每一扇窗户里都有欢声笑语。他偶尔醒来的夜晚，在冰凉的江水中，眺望岸上的灯火，便觉得看不到未来的前路也没有那么可怕。

景熠在现代社会待了一段时间，知道这个世界已经不再有皇权王室，在靠近真正的平等和自由。

他真的，很期待这个世界。

不等尤星越说话，一旁的人扭过头来，盯着景熠：“可不兴说这种话。”

景熠愣了一下：“嗯？”

那人道：“我们修建祠堂，是为了感恩也是为了铭记这种精神！我们不仅要建祠堂，还要祖祖辈辈地传颂镇山河的铭文故事，好让我们的子女知道，我们有英雄的血脉……”他滔滔不绝地说起来，景熠一开始还认真听着，后来表情就变得有几分苦恼——好像被老学究抓着教训啊。那人感慨过后，深吸一口气，总结陈词，“你不能说它不重要，因为这不是一个祠堂，是一种传承。”

景熠用力点头：“对！”

其他器灵们看着景熠被抓着教训，凑到一起偷笑。

尤星越和古玩店的器灵们看了一会儿热闹，发现这里尘土飞扬的，又及时散开了。

今天是休息日，尤星越下午要去一个收藏家家里看藏品，所以待了一会儿就掐着时间开车去往收藏家家里。

其实和颍江市本地人一样关注镇山河祠堂的，还有一帮外地妖。在某些只有妖怪身份证才能注册的论坛上，冒出了不少和不留客相关的帖子：“不留客的人类老板好像有两把刷子”“有点意思，颍江市开始建神祠了”“我记得颍江市有个快成半神的小貔貅吧？还出远门来揍妖怪”“扒一扒不留客开业一年来都结缘了哪些器灵”“不留客真的值得去吗？”……

自从不留客再次现世，有大量妖怪和器灵都在默默关注。

人世中除了人类创造的器物，还有妖怪们炼制的法器。自从大量妖怪搬去妖界，许多没有及时醒来的法器便遗留在人世。

不留客收留的器灵，本体多为人类制作。法器们对不留客一直抱着观望态度，他们还真不敢轻易托付。何况不留客之前有一两任老板喜欢强买强卖，有不少法器最后和不留客闹得很不愉快。那两任老板是妖怪，都被权财迷了眼，这任老板是人类，难道真的能视金钱如粪土吗？

心存这种忧虑，有些器灵一直不敢去。现在镇山河建神祠的消息确定，原本只是观望的器灵们心动了。他们当中不乏能飞的，于是驮着同伴，带着家当，直奔颖江市。

尤星越深夜才开车回到南北街，停好车后，不留客挂在尤星越肩上，尤星越和时无宴一边说话，一边往回走。

尤星越："收藏家中走眼的还是挺多的。这趟路上花了好几个小时，结果只有独山玉的手把件和一支凤钗有点意思。"

不留客："其实那个琉璃的酒樽也不错，但是要价太高了。其他的东西竟然没有几件真品，可惜。"

时无宴安静地听着，走了几步，他脚步一顿，道："店里很热闹。"

尤星越一怔。

不留客外层有时无宴特意布下的结界，为的就是防止灵气泄露，这就导致了不留客和尤星越反而对店里的器灵不敏感。

尤星越心里有种不好的预感，他加快脚步，打开古玩店的门——

一件袆衣自带了个塑料模特，正试图把自己套上去。

旁边的凤冠不时指挥："歪了歪了，唉，这个模特不好。"

青铜剑喝彩道："不愧是皇后袆衣！化形后定是绝世美人！"

博古架旁边竟然还有一套编钟："接着奏乐接着舞！"

桌上摊着一只紫檀木的珍宝盒，里头放着大小各种印章，正聊得起劲。

蓝琉璃的酒樽正往一套汝窑茶具里倒酒，茶具们互相碰了下，欢呼："为我们的相聚干杯。"

酒樽："干杯！"

这么多混乱的器灵中，一位老者坐在椅子上，悠然地修理着手中的怀表。

超薄瑟瑟躲在本体里，他本来是在店里打游戏顺带看家，没想到会有一帮器灵等在门口，就算知道他们可能是施着障眼法来的，还是吓蒙了，赶紧开门把他们放进来，没想到这些器灵一点都不认生。

超薄心力交瘁，终于明白老板被不靠谱器灵折磨的感受了，一时忘了给尤星越发信息。

尤星越深吸一口气，一步跨进来，身后时无宴也跟着进来，关上门。

器灵们慢慢安静下来。

往复的威慑力不容小觑。

尤星越环视一圈，忍了忍，笑着说："你们一下也来得太多了。"

两千多年历史的骨印章，一看就能追溯到三千多年前的陶罐，不能成套但是保存很好的凤冠袆衣，还有一套编钟更是重量级的……

器灵们悄悄打量一眼古玩店，发现他们好像闹得太欢腾了，店里原来的器灵被他们吓得都没敢说话。

尤星越差点心梗，转向唯一的人形器灵："老爷子，请问您是……"

老人一身铁灰色正装，笑着道："哦，没什么，海下古沉船而已。前几年才爬上岸，近日在网上找到了不留客开业的消息。"他拎起手边的手提箱，"这是还陪着我的一些小东西。"

打开手提箱，里面的"小东西"纷纷冒头打招呼……

"嗨，老板，我是青花瓷。"

"区区景泰蓝碗而已啦。"

"在下给兄妹们丢人了，小小内画鼻烟壶。"

一只玉鼎小心翼翼道："吾是炼丹之仙器，请问这里也收吗？"

一柄长刀跟着道："在下斩妖刀，法器一件，另有同胞妹妹飞仙剑，老板也收？"

尤星越缓缓舒出一口气，保持微笑，指了指架子："都收。麻烦大家自己分门别类，禁止买卖的种类请自行上架子。"

器灵们自觉地根据本体将自己归类到不同的博古架上，这一趟一共来了四十多个器灵，单是一盒子骨质印章就有六个，汝窑茶具有六只。

汝窑的茶具正悄悄把酒倒回蓝琉璃酒樽，酒樽灌了一肚子酒，不知道往哪里倒——没修炼出肉身的器灵可以尝到味道，却不能吃东西。

编钟努力将自己挪到了不占地方的位置，紧贴着玻璃展柜。

闹哄哄的店里终于安静下来，不留客抱着如意和缠枝，超薄终于松了口气，关掉了音箱。

尤星越摘下眼镜，轻轻叹了口气。

投奔来的除了人类的古董，还有几位法器仙器，可以统称为灵器。其中玉鼎、斩妖刀、飞仙剑是仙器。

炼制后的灵器，自诞生便有充沛的灵力，上品灵器多有自我意识。当年大战，旧主陨落后，灵器们相继陷入沉睡。后来春雷惊破山川泥土，短短几十年立起高楼大厦，高铁穿山越岭，机场平阔方圆。

灵器们从大梦中醒来，只觉得世间天翻地覆。和寻常的古董不大一样，他们因为一直在妖怪神兽身边，所以不能像古董那样适应人类社会。

斩妖刀化形后是个俊美且有点邪气的高大男子，他坐在椅子上，怀里抱着极度社恐的妹妹飞仙剑："人类社会变化太厉害了，我们一时适应不了。像我们这样出来的是少数，大多藏在偏僻处，甚至深山老林里。"

尤星越道："你们在人类社会有工作？既然稳定下来有了自己的生活，还想要结缘吗？"

斩妖刀静默了两秒："一是很怀念当年还在旧主身边的日子，二是……"斩妖刀颓废道，"你们还要什么学历，我们没有那种东西。"

玉鼎道："他还好呢，脸好看，当保安都比一般的保安多挣六百元。老夫就惨了，每日在天桥底下算命，还被城管追着跑。"说着，他辛酸地擦擦眼睛。

仙器们遇到的麻烦一点都不仙气。

"我是当年出使海外的大船，遇到风暴后沉船，前些年才醒过来，几日前在网上找到了不留客的消息，特意赶回来。"老人轻拍手提箱，笑吟吟地说，"这里面除了器灵，还有船上保存还算完好的古董，也有我从国外收来的。说来惭愧，攒下的钱都买古董了，如今买完机票，浑身上下不剩什么了。"

手提箱中所有器灵齐声道："我们不能移动，虽然算不上稀世奇珍，身价微薄，但在异国他乡日夜思念家国，还请老板不要嫌弃。"

尤星越失笑："这有什么好嫌弃的？能留存至今，哪一样不是奇珍？"

尤星越将茶饮放在老人面前："不敢说慧眼识人，能给诸位找到最合适的有缘人，但一定会尊重你们的想法。"尤星越微微一笑，"既然到家了，就请安心休息吧。"

三月开春，温度有回升的迹象，迎面吹来的风已经有了暖意。

投奔不留客的器灵们只用了几天的时间，便完全适应了古玩店的生活节奏。本体为妖族法器的器灵们更是长松了一口气，尤老板比传言中更通情达理，并不限制器灵。

器灵们相处融洽，也让尤星越松了口气，能腾出空专心处理堆积的事务——年前预约好的纪录片拍摄，应付市旅游局热情的开会邀请，还需要给家里突然增多的器灵找一处更合适的房子。

接连奔波几天，尤星越周日终于能够正常休息。

时无宴在尤星越手边放上一盏红茶，在尤星越身边坐下：“累坏了？”

尤星越笑着摇摇头，端起瓷杯，看着茶汤里晃着日光，懒洋洋地说：“不累，就是觉得耳边终于安静了。”

新来的器灵基本都是话痨，只有自称归渡的古沉船性格稳重。现在器灵和不留客在新房里聚会，古玩店总算安静下来。

尤星越抿了口茶，面前忽然多了一只尖底海船模型。

模型尺来长，宽度接近长度的一半，甲板风帆俱全，连窗户都是可以开合的，用料是红檀芯，凑近能闻到浅淡木香。

尤星越惊喜：“好漂亮！这是归渡的原形吗？”

归渡笑着点头：“本体太大，无法用于展览，索性雕个把件请老板过目。”

尤星越：“谢谢。你的本体是远洋的货船？”

归渡叹息：“不错。当年满载丝绸香料出海，可惜因为风暴沉入海底，那时候力量微小，别说救治船员，连自保的能力都没有。”

不等尤星越出言安慰，归渡收拾好心情：“难得休息，说这些打扰老板的兴致了。我有个请求。”

尤星越已经了然：“您不想结缘吧？”

归渡笑道：“老板如何猜到的？”

尤星越：“沉船归渡，一生的夙愿就是回港。此处虽然不留客，但归渡并非远客，而是归人。”

短短一句话，数十年异乡漂泊的苦楚涌上心头，归渡竟有些哽咽：“多谢老板。”

道谢的话还没说完，归渡敏锐地察觉不留客内多出了一道陌生灵力。时无宴已经稍稍侧脸，看向珠帘后。

下一刻，郁茶的身影凭空出现，他急切地敲敲门板："往复，您的本体今日有些奇怪。我查看过，却看不出症结所在，请您速速至轮回司查看。"

尤星越放下杯子：郁茶看不见的问题？难道是线？

时无宴疑惑："我并未察觉异常。"

虽然这么说，时无宴还是及时起身，望向尤星越："我先……"

尤星越不能放心："我同你一起去，万一与线有关，我也好顺便解决。"

郁茶连连点头："正是！"

尤星越发信息让超薄和知雨回来看店，同时歉意地看向归渡："劳烦您在不留客回来前……"

尤星越歉疚极了，他看出归渡今天有话要说，却被突发情况打断了，等回来一定要先解决归渡的问题。

归渡非常理解："往复身系灵界，老板尽管放心前往，店里我来看顾。"

灵界的运转关乎三界灵体，时无宴立刻带着尤星越和郁茶回到丰都。

时无宴的本体玉轮位于轮回司正中的上空，向下垂落白光结界，驱散水汽青雾，一架长桥横跨白光。

灵体入轮回，便要从这桥上过。

此刻桥下挤满灵体，怯怯不敢上前。五方灵帝与值班灵王都在桥上，蹙眉望着桥正中的白光。

景元伸手探入结界："依然是热的。"

时无宴回来后，景元上前禀报："往复，玉轮所布下的结界今日忽然升温，灵体们畏惧异常温度不敢入内。我们不知道玉轮内部是否发生变化，所以暂停轮回，请您回来查看。"

灵界寒冷，发热的结界令灵体忐忑不安。

时无宴向白光伸出手，高处的玉轮缓慢下降，最终却落到了尤星越面前，时无宴神色如常地收回空无一物的手。

"外表并无破损，内部灵力运转正常，"时无宴语气平静，"我在人世未曾感受到本体有恙。"

灵体们又眼巴巴地望向尤星越。

尤星越摇头："没有线的痕迹，而且玉轮受线缠绕多年，总不至于一日之间因为线而异变。”

尤星越迟疑片刻，伸手接过悬在面前的玉轮，入手的瞬间，他愕然：“确实不如以前那么冷了。”

时无宴一点玉轮，眼睛里飞快闪过一抹惊讶：果真温热了一些。

是他肉身上的变化，影响到了本体吗？

时无宴：“我没有任何不适，想来玉轮的变化不影响轮回运转。”

“你们都散去吧，”时无宴回头看向桥下，“我将回到本体内修复两日，等我脱离本体时再运行轮回。”

尤星越捕捉到时无宴刹那间的神色变化，知道时无宴对玉轮的变化已经有所猜测，然而尤星越依然不能放心，道：“你这边要紧，我等你。”

时无宴垂下眼睛：“嗯。叫郁荼将寝殿收拾出来，你就近住下。”

郁荼领命退下，五方灵帝和桥下的灵体也很快散去。

尤星越问：“你有什么头绪吗？”

时无宴迟疑几秒，手心轻按胸口：“似乎是因为我比以往热了一些。”

时无宴和刚出水的景熠一样——他由灵体修炼出肉身，本体高悬轮回司。肉身与本体独立存在，但又互相影响。

尤星越展颜：“难道是不留客的红尘焐热了你这块寒玉？”

时无宴：“……又打趣我。”

时无宴闭上眼睛，随即化为白光融入本体，眨眼的时间，似乎有一根白线在尤星越与时无宴之间绷紧。不等尤星越看清，那线又消失于无形。

玉轮慢慢降落在尤星越手中，尤星越蹙眉。

那根线……难道是他看错了？

不，尤星越双手拢住玉轮，仔细感受。

半晌，他睁开眼睛，莞尔：“原来如此。”

此时，古玩店内。

超薄收到尤星越的信息后，立刻顺着信号跑回了本体：“归渡！往复是不是出大事了？老板怎么走得那么急？”

归渡安抚超薄：“不必忧心。往复近日都在古玩店，若本体有大变故，他一定第一个知晓。既然是随侍来传话，应该只是小事。”

超薄悬着的心放下来：“你说得对。”

归渡提醒："可以叫知雨不必急着往回赶，以免叫其他器灵担忧。"

超薄连连道："你说得对，我现在跟知雨说。"

安心下来的超薄噼里啪啦给戚知雨发去一段信息，然后忍不住转动摄像头偷瞄归渡。

"你今天还要出远门吗？"超薄问。

归渡从来到不留客后，时常外出，超薄能观察归渡的机会不多，他猜测归渡是急着想找有缘人才总是独自出行。

这是连尤星越都没注意到的，超薄一直在悄悄观察归渡。

归渡本体有近一千四百年的历史，诞生意识足有一千三百年。

在不留客的器灵中，归渡不算最年长的，却最有长者的气场。生于两千多年前的景熠在归渡面前简直像个孩子。不留客就更别提了，他外表就是个孩子。

超薄的本体和灵体太年轻了，甚至还没尤星越大，一直非常仰慕年长器灵。

归渡笑着摇头："日后应当很少远行了。"

超薄试探："是找到有缘人了吗？你这么快就要走了？"

归渡失笑："并不是。当年驾驶我出海的船员殒命海中，我离开海底的时候带走了他们的遗物，这些天出门是为了让遗物代替主人回归故土。"

归渡心中一动："我听器灵们说，你一直待在不留客，不打算结缘？"

"是啊。我觉得待在老板身边挺好的，老板倒是不烦我，"超薄纠结，"但看着器灵们一个个结缘，又觉得能见证契约人的一生是很值得的。"

归渡看着这个年轻的器灵："是你想结缘，还是看着同伴们选择了有缘人，为自己的不合群而感到焦急呢？"

超薄叹气："我也分不清。裁非帮着结缘人设计衣服，灼灼给姑获鸟带小孩……是不是结缘就能找到自己的事业？"

归渡笑着摇摇头："错了孩子。你提的器灵我听不留客说过。裁非是器灵也是设计师，只是找了志同道合的同行人；灼灼天性喜爱孩子，故而选择了姑获鸟。器灵和有缘人之间一直是互相选择，对于你这样年轻的孩子来说，先要找自己，再去找有缘人。"

超薄的摄像头歪了歪："你要结缘吗？"

"我老了，"归渡温和地回答，"从我沉入海底的那一天起，我的命运就不再是寻找新的航线，而是返航。和那些背井离乡的器灵一样，一生都在寻找归途。"

归渡轻抿茶汤：“我的孩子，我们都有自己的航线，只是偶尔与人类那短暂但灿烂的一生同行。”

超薄似乎有些明白了。

灵界的状况与归渡所猜测的一致，玉轮只是微微发热，并没有其他问题。

时无宴在本体内闭关两日，确认玉轮可以支撑轮回司运作，便化身出来。不留客事情太多，他不想将尤星越耽误在灵界。

时无宴刚从本体内化形出来，就听见尤星越笑吟吟道：“你不要动，就站在那儿。”

时无宴乖乖站在原地，只是小幅度侧脸望向尤星越：“怎么了？”

尤星越：“我猜你闭关两日，没找到玉轮发热的原因。”

时无宴点头。

尤星越心情不错：“那看看这个吧。”

尤星越伸手在他与时无宴之间一挑，竟然钩起了一根若有若无的白线。

这线细如发，干净得像一线雪色。因为连着时无宴的一头飘忽不定，所以时隐时现。

时无宴：这是他与星越之间的联系？

玉轮承世间因果，几十数百年才能被一根线缠上，时无宴在人世待了一年，竟然有了牵挂。

尤星越：“你虽然是超脱尘世之身，但行走于尘世，又和我这个不留客老板待在一块，竟然被牵绊住了。这线太脆弱，如果不是你化入本体时灵力波动太大，我都看不见它。”

时无宴迟疑地触碰线，手指虽然穿过了白线，却在某个瞬间有了触感：“它竟是热的。”

这丝线源源不断地向时无宴、向玉轮传送人世的温度，这才是玉轮发热的原因！

尤星越：“去年我救牡丹花于濒死之时，你说你不懂世间生灵的纠葛，不明白为何一线能吊住季歌的性命。”

时无宴展颜：“我如今懂了。”

————正文完————

番外 怀袖

颍江市今年热得格外早，五月初艳阳高照。不过北方的初夏再热也热不到哪里去，太阳晒得人昏昏欲睡。

今天是周日，古玩店闭门谢客，离得近的器灵和结缘人全挤在古玩店里，几双眼睛有意无意地瞄向会客室。

不留客在休息室找到尤星越时，尤星越刚刚净完手，时无宴从袖中抽出一方干净的帕子递给尤星越。

不留客：“星越！外面有个小器灵找我们哦。”

帕子上浸满灵神独有的香气，连带着尤星越的袖子都染上了香气。尤星越歉意道：“你自己去接待一下好不好？我这里有点事情。”

尤星越示意不留客看桌子。

桌上摆着一方玉匣，玉匣外有一层忘川的水汽凝成的白霜。这是盛放往复本体的玉匣，看来玉轮缠了线，时无宴送来解线。

时无宴却道：“解线不急于一时，轮回司五年一次工作总结，近几日都没有要事。你先处理器灵的问题。”

尤星越想了想，也是，大不了熬一个通宵解线。

外间。会客室的纱帐落下来，代表有客来临。

纱帐内立着一道身影，她是灵体形态，通身半透明，因为修为不足，灵体飘忽难以稳定。周围的一切对她来说都如此陌生，为了寻求安全感，她抽出袖子里的折扇，将它紧紧贴在心口。

“别怕，这次轮到我保护你了。”

折扇上的灵光微弱地跳动了一下。灵体等了几分钟，忽然听到脚步声靠近，很快，修长的手指先探进纱帐，刻意顿了一顿，给帐子内的人留足了整理表情的时间。

灵体立刻挺直腰背，稍微整理发丝，让自己看上去整洁干净。

紧接着，纱帐掀开，走进来两个年轻男人，先进来的青年手里还牵着不留客。

这个人一定就是不留客的老板！

灵体紧张地学着现代人类打招呼的方式：“你……你好。”

尤星越的视线在灵体上一扫而过，随即微微挑眉——他第一眼差点将这灵体误认成器灵。

实际上这个灵体是灵煞，手里拿的扇子才是本体，两者之间连着一根线。

线呈嫩黄色，色泽极其鲜艳明丽，从粗细和颜色光芒来看，灵煞与折扇间已经密不可分，也难怪尤星越第一眼险些认错。

尤星越比了个请的手势：“请坐。我是尤星越，古玩店的老板，不知道该怎么称呼你？”

灵体道：“我叫李英英，是……”

她有些迷茫，低声道：“我记不大清自己是什么年间出生的。”

李英英摊开手，将手中之物展现在尤星越面前：“此次前来，是为了我的朋友，怀袖。”

怀袖雅物，这位器灵的本体果然是一柄折扇。

十六方、美人肩、古方头、白牛角的鸟眼钉。

李英英略作犹豫，还是打开折扇，让尤星越一睹正反扇面。

正反扇面上有诗词图画，字迹极纤美娟秀，却与常见的古文不完全相同，似乎是从原本文字上演化来的新文字。

难道和铭文一样，是一种失传的文字吗？

李英英道：“我听说不留客收留天下的器灵，所以想为我的怀袖寻一个容身之所。”

尤星越没有直接上手，他接管古玩店已经有两三年，眼力非同当初，折扇灵体虽然没有显现，他也能看出折扇的修为还算深厚，只是不知道为什么，器灵虚弱得惊人。别说化形，甚至连开口说话的能力都没有。

尤星越道："不留客确实收容天下器灵，但需要器灵自己决定，不留客和我都不能无视器灵的意愿。你虽然与器灵亲密无间，但能替她做主吗？"

李英英："我和手帕交共同制作了怀袖，这么多年来她保全我的灵体，而我害得她虚弱至此，连开口都做不到。"

时无宴闻言挥袖，桌上多了一鼎琉璃香炉，青烟袅袅间，李英英和折扇上的灵光都稳固许多。

怀袖虚弱的声音响起："我……我不留！你还没有找到她！没了我，你哪里都去不了。"

灵煞是极阴之物，畏惧日光和阳气。器灵可以光天化日下自由出入，灵煞却要躲在阴暗处苟活。

李英英道："时移世易，这么多年过去，她恐怕早就再世为人了。倒是你，这么多年来一直被我的执念所拖累。"

怀袖挣扎道："不，我不能放心你。我陪了你这么多年，我舍不得离开你。"

李英英双手捧起折扇贴着脸颊，她当然不舍得怀袖，却知道自己必须要放怀袖自由："怀袖，你该自由了，我也该放下执念前去轮回……"

趁着李英英劝告怀袖，尤星越后退一步，靠近时无宴。

这是想说悄悄话。时无宴配合地低下头，灵力悄无声息地覆盖住两人。

尤星越小声道："李英英徘徊人世恐怕有数百年了，执念如此深重，按照常理，是不是该化作灵煞？"

时无宴低声回答："她在人世已有六百多年，确实应当化为灵煞。但是她寄宿在器物内，器灵为她承担了怨气。这些负面的情绪影响器灵的修为，所以器灵不断衰弱。"

灵体属于轮回司，固执地停留人世，终究是害人害己。

尤星越点头："难怪，我看她与折扇几乎融为一体了。"

灵体藏于器物，时间一长便能化为器灵，但折扇已经诞生灵智，所以数百年下来，李英英和怀袖的关联越来越紧密。

不留客道："怀袖的灵体一边被怨恨腐蚀，一边又被李英英的线牵绊着存活，所以这些年也没有到无可救药的地步，但也只是不死不活地吊着而已。"

"这样倒是很棘手，"尤星越歪头，"怀袖与李英英的关联若不解除，恐怕不能再找有缘人。”

“即便二者分开，李英英依然难入轮回。”时无宴道。

尤星越和不留客同时望向时无宴。

时无宴道：“灵界使者公务在身，世间三百年的灵煞必须带入轮回。李英英却六百年都未曾入轮回，或是负责她的灵界使者失职，丢失了魂灵，或是她以手段逃避拘魂。若是后者，她要受罚。”

尤星越忧心：“如果真是后者，能以她灵体上的功德抵销过错吗？”

时无宴歪头：“若是功过相抵，也可不受处罚。只是消了功德，下一世未必能再为人。”

尤星越沉吟：“如果她为轮回司效劳，是不是也能算作功德？”

时无宴颔首：“算。轮回司素来缺人，若她领了轮回司的差事，便可以将功折罪。”

轮回司上下都缺人手。一来轮回司的魂灵大多希望继续轮回，愿意留下的魂灵本就不多；二来即便是选拔灵界使者，要求也颇为严格，符合标准者少之又少。

尤星越一拍手，展颜笑道：“那就好了。”

尤星越三人说话间，李英英和怀袖的争论以怀袖被强行劝服结尾。

李英英不舍地轻抚扇骨：“老板，我们商量好了。怀袖留在店里，我也该去往轮回。你们有个什么合同来着？”

尤星越道：“李小姐，恐怕不能。”

李英英愕然：“为何？！”

尤星越道：“你寄存在折扇内太久了，已经和折扇以及器灵产生难以分割的联系。换句话来说，你和怀袖现在就像一对长在一起的双胞胎，需要外力才能强行断裂你们之间的联系。”

李英英：“这……这会伤到怀袖吗？”

尤星越道：“会。怀袖是器灵，而初生的器灵依靠与生灵的联系才能继续存在。她虽然形成意识数百年，但受怨气侵蚀，全靠你与她的联系才保全灵体。若是断开联系，恐怕会伤及她的根本。”

李英英：“可是有位蛇妖姐姐说，我继续待在怀袖身边，真的会害死她。可我也不能离开她，岂不是要将她折磨致死？”

尤星越回头看了眼身后的时无宴。

时无宴微微弯起唇角，全然是由他做主的模样。

尤星越道："你可以寻一位轮回司的高层为你们两人分割灵体，虽然也有伤害，却比断线轻许多。"

李英英眼中迸发出希望。

"但是……李小姐，你可是故意逃避轮回司拘魂？"

李英英的灵体飘忽几下，她握住怀袖，低下头："是。"

怀袖艰难道："老板，看在我家小姐生前救死扶伤的分上，能否请轮回从轻发落？"

尤星越道："这就不是我能说了算的。"

他让开两步，示意李英英看身后的时无宴："这位是轮回。"

时无宴道："负责你的灵界使者拘魂失败，事后必定因你受罚，你想从轻发落，首先要取得灵界使者的原谅，再清算你躲避拘魂的账。"

李英英没想到灵界使者竟然会因为自己受罚，内心顿时涌上负罪感："不知怎么才能当面向灵界使者道歉，我愿意尽我所能地补偿。"

时无宴凝视李英英片刻，抬手拈了一缕香炉青烟丢在地上。

白雾中袅袅升起一个名字，随即锁链的声音由远及近，很快到了近前，一只苍白的手拨开白雾，出现在古玩店里。

"在下灵界使者柳岚，见过往复。"

柳岚对尤星越欠身："尤老板。不知两位招属下所为何事？"

时无宴道："你看这灵煞，是你当年丢失的吗？"

柳岚望向局促的李英英，眼睛微微睁大，顾不上稳重，大声道："是她！六百年！你尸骨所在的乱葬岗我找了，你的衣冠冢我找了，我连你娘家夫家的祖坟都找了！最后还是无果。总使扣了我十年的薪俸！你知道我那十年是怎么过的吗？"

李英英惊恐地搂住怀袖："对不起对不起……"

怀袖一样惊恐："对不起对不起……"

尤星越好奇："你们轮回司扣工资这么凶？"

一下扣十年的？

时无宴轻声辩解："丢失灵体乃是重大过失，所以罚得狠些。"

柳岚含泪道："总使认为我能力不足，不仅扣了薪资，百年内还不允许升职。"

李英英：我竟然害得柳岚这么惨!

尤星越道："她藏于器灵的本体内，器灵也是灵体，遮盖了她的气息，故而你找不到。"

柳岚："原来如此！所以你现在是想通了，准备入轮回，才来找我求原谅？"

李英英走上前，款款一福："都是我的错，我身无长物，只要你说，我愿意当牛做马来赔偿……"

柳岚连连摆手："别！我也不怪你，就是搞不懂你为什么过了六百年都不去轮回司。"

时无宴道："你不必因我在此而宽容。"

柳岚神情复杂道："属下真的不生气。此女名唤李英英，靖代元嘉年人，死于战乱，她的夫家嫌她没有以死明志，不肯装殓她的尸骨，还是她的手帕交在她出生地立了衣冠冢。我到处找她时也去衣冠冢前看过，唯有那手帕交数十年雷打不动地扫墓祭拜。第一年她在，后来十五年一晃而过，她还在。偶尔听她祈求，全都是希望你下辈子投个好人家，平安健康。"柳岚说到这里，有些动容，"世间真情何其珍贵，我心生不忍，便在她祭拜后的当夜入梦，请她做法事召来你的灵体。但法事也没用，她铺路修桥刻你的名字，年年月月祭品不断地烧给我，恳请我早日送你入轮回。我气的不是被扣薪俸，是这样的好心好意被辜负了。"

李英英哽咽道："她是不是叫牧芸？她如今好吗？"

柳岚点头："是这个名字。至于如今……轮回多次，她已经不是你认识的那个牧芸了。"

错过一次，生生世世再难相逢。

李英英以手掩面："可我死后躲进折扇，是为了再见她一面！"

柳岚要气死了："她和你的衣冠冢都在你们的出生地，你却藏在身死处……人海茫茫，那时候又没有电话通信，你如何寻得到？"

李英英展开怀袖，抚摸扇面上的文字，泣不成声。

时无宴："这扇面的诗，似乎还没有题完。"

李英英："我一直等她为我续上最后一句。"

尤星越道："扇面上的题字我从未见过，是你独创为与牧小姐通信所用？"

李英英怀念道："是。只有我和她认得。这不会影响怀袖吧？有缘人会因此嫌弃她吗？我并非书法大家，又是这样胡乱写的文字……"

见她情绪激动，尤星越莞尔："嫌弃的人，怎么会是有缘人？你也并非独一例，瓷国有女书，传女不传男，只在女性间流通。而且正是你和牧芸之间的情谊纠葛，才催生出了怀袖。"

时无宴道："柳岚虽然原谅了你，但你躲避拘魂触犯了轮回司的律法，需要将功赎罪。"

李英英连连点头："应当如此。"

柳岚眼睛一亮，对时无宴躬身："属下前些年升任总使，恳请往复将她赐给属下作为编外人员，为属下处理人世间的杂务。"

轮回司也有编外人员，多是和李英英一样办差赎罪的灵体。

李英英在器灵身边养了多年，已经有了些许修为，比寻常灵体厉害得多。

尤星越一拍手："你没有差事的时候可以暂住古玩店，等怀袖养得精神一些，再请无宴帮你分割灵体。"

李英英走到柳岚身边，"我会努力赎罪的！"

柳岚拍拍李英英的肩膀："牧芸的功德一直都护持着你，等你赎了罪，还能用功德兑换点好东西！"

李英英："好东西？"

柳岚掰着手指数："可以看情况选择父母的性格、家境或者自己的容貌、身高……"

李英英："可以选性别吗？"

柳岚眨巴眨巴眼睛："可以吧。"

李英英捧起怀袖，放在唇边轻轻一吻："若我还能为人，恳请让我与你再世相逢。"

柳岚挠挠头："你如果没有别的事，就先跟我回轮回司，去判司那里消了在逃人员的名字。"

李英英不好意思地笑了下："好。"

柳岚对时无宴和尤星越道："属下还有公务在身，这就带她下去了。"

时无宴点头。

李英英临走前多次轻抚怀袖，郑重地将怀袖交托给不留客：“劳烦您爱护。”

不留客立刻紧紧抱住怀袖，怜爱地轻轻抚摸扇骨：“姑娘，不怕。”

疲惫至极的怀袖在不留客的安抚下陷入沉睡。

尤星越：“照顾器灵是不留客的本分。不必这样舍不得，你赎罪至少得有百年的时间，等你下了职就来见她吧。”

李英英一福身，跟在柳岚身后离开。

柳岚领着李英英走了，尤星越道：“我们去解线吧。”

尤星越回到休息室，就着被纱帘滤过一层的阳光打开了玉匣。

玉匣打开，两枚啮合在一起的玉轮陷在柔软的丝织物里。

这是时无宴的本体，轮回。由不同大小的两枚齿轮组成，即便躺在玉匣中，小玉轮也勤勤恳恳地绕着大玉轮的内圈旋转。它通身玉白，因为结构紧密，在日光下呈现出近乎脂膏质地的细腻光亮。但它并不是温润的羊脂白玉，玉轮坚不可摧，齿轮啮合时发出的声音格外清脆。

两枚玉轮上缠绕着数十条线，颜色各异，看似纤细，活物似的纠缠在齿轮之间，每当小玉轮滚动，那线便收紧一分，小玉轮执着地向前滚动，即便被线束缚也要循环往复地进行下去。

线终究无法违拗玉轮的意志，不甘不愿地松开些许，转而缠上另一节齿轮。

小玉轮重新运转起来，因为摆脱了纠缠的线，快乐的小玉轮哧溜一下转了半圈，成功错过了尤星越探过去的指尖。

尤星越一怔，他伸出去解线的手指停在半空，连小玉轮的边角都没摸到。

玉轮承担轮回的职责，常年悬在轮回司的青天上，鲜少和外人接触，围观的器灵和结缘人都是第一次见轮回，没想到他竟然有这么轻快的一面。

过了好几秒，尤星越收回手抵在唇边笑了两声：“哈哈哈，跑得这么快！”

时无宴在尤星越的笑声里睫毛颤动几下，他抬起手臂，宽大的黑色袖袍下探出两根苍白的手指，不偏不倚地按住了小玉轮。

小玉轮执着地跑了两个齿轮，可惜这次制止它的不是外力，而是时无宴的意志，它只能停在原地。

直到小玉轮完全停止运动，时无宴才收回手。

尤星越收起笑容，双手从匣中取出玉轮，仔细观察玉轮上线的分布情况，一边询问一边动手解线：“距离上次清理没多久，怎么又缠了这么多线？”

玉轮是轮回的具象化，虽然被众生间的牵绊纠缠，但也不是轻易就能被攀扯的，往往数百年的时间过去，才有那么一根格外执着的线挂上齿轮。

只是一旦有了第一根、第二根、第三根……就可以更轻易地束缚玉轮。

这世间，唯有生灵间的情爱牵绊最不讲理，任你是天生地养的灵神，也无处可逃。

时无宴歉意道："给你添麻烦了。"

尤星越正钩起一根黑线绕上指节，将它微微扯开以测试强度，闻言掀开眼帘，道："哪里麻烦？我刚才是关心，可不是抱怨。"

玉轮比第一次接触时暖了些许，几乎接近人的体温，拿在手里温度正好。

时无宴在尤星越对面落座，他低着眉睫，望着尤星越解线的动作："前些日子，刑罚司下六层一批灵煞刑满，过轮回时缠了些许线。"

尤星越疑惑："一批？"

"是一批，总数超过四万。"

秦飞眠突然从窗子外冒出来，头上还顶着气定神闲的小红马："本来要分批送入轮回，但这批灵煞生前罪大恶极，在刑罚司拘禁太久，灵智已经模糊，拖延太久会损伤灵体的根本，只好一股脑打包送入轮回了。而且自从上次玉轮发热，轮回运转起来对灵体更加温和了。"

轮回司虽然不能插手人间之事，但总是与人间息息相关。

乱世之中，刑罚司短时间内就会收容大批灵煞。这些怨气冲天的灵煞没有经过超度，一旦经过往复的本体进行轮回，就会化成惊人的执念和线，死死纠缠在玉轮上。

秦飞眠常常从角落里冒出来，尤星越已经被吓习惯了。

尤星越真是服了："……你们是真不拿往复当人看。"

灵煞若是好处理，就不会担一个"煞"字。

四五万的数量，恐怕关押时都必须分散在不同区域。因为灵煞有互相吞噬的习性，玉轮如果不能高效迅速地处理大批量灵煞，就会养蛊似的养出个妖孽出来。

"不对，"尤星越忽然轻轻眯起眼睛，"无宴说最近轮回司在开会，你怎么跑出来了？翘班？"

秦飞眠尴尬地笑了两声，抄起一天班没上过的灼灼，慢慢往后退："我突然想起来有一点事情需要处理，先告辞了……”

灼灼在她怀里蹬蹬腿：“飞眠眠，我不想走呀！飞眠眠！”

秦飞眠不顾小马的抗议，一把拉上窗户：“再见！”

正在做海报的超薄羡慕极了：“小马真好，秦将军和夏藿轮流带她出去玩。老板老板，我们什么时候团建？”

尤星越眼都没抬一下：“冬天团建。”

一到冬天，电池就歇菜的超薄：“……”

尤星越耳边终于清净，他将玉轮细细看了一遍。线这东西，剪不断理还乱，清理线是个很精细的活计，摒弃暴力拆解的前提是找清楚线的走向。

只不过……线和线之间也是互相打结的，增加了解线的难度。

看到尤星越的手指被死结绊住时，时无宴眉心微蹙，唇角下压——这是个十分鲜明的歉疚表情。

尤星越注意到他的表情，莞尔一笑：“比上次要乱一点，但线的强度弱得多。放轻松，没那么棘手。”说完，尤星越再次低下头。

他已经完全理清楚头绪，略静静心后，就开始解线。

尤星越拈起一根黑线，将它抽离玉轮。感受到线上传来强烈的排斥和憎恶，他唇边的笑意稍稍收敛。刚才的拉扯都只是试探而已，当线察觉到尤星越下定决心清理自己时，就会剧烈抗拒排斥——

玉轮灵力充沛，线依附其上可以不断吸取灵力壮大自身，直到某日修炼出自我意识。所以在目的达成前，线会不惜一切代价反抗任何试图摘除它的力量。

黑线被抽出的部分拉直，倏然变得锋利起来。

时无宴搭在扶手的手指轻轻动了一下，玉轮上灵光微微闪现。

不等时无宴有所动作，尤星越适时撤回手，再收得慢几秒就会被黑线擦破皮肤，而线头一旦沾血，便会循着血气钻入肌体，寄生在人体中。

尤星越屈指轻轻弹了下黑线，一层浅浅的红色立刻附着在黑线表面，强行柔化黑线。

尤星越这才重新拈线，指尖稳稳捏住被红光覆盖的地方。

线向来如此，至坚至柔。

哪怕尤星越对线的掌控力是世间少有的，面对敌意如此强烈的线，也需要小心再小心。

见尤星越游刃有余，时无宴松了手上的力道，敛眉垂目，任由尤星越处理本体。

清理的过程绝算不上愉快。

尤星越的动作很轻，即便如此，线的反抗也时刻刺痛时无宴。

线绞在本体上，每一次为了反抗而收紧，连带着牵扯时无宴的五脏六腑。

时无宴靠在椅背上，虽然是一副眉目不动的模样，但在一边偷看的超薄通过最新款超清摄像头的仔细观察，线反抗最剧烈的时候，时无宴的眉心会轻轻地皱一下。表情的变化十分轻微，显然是不希望影响尤星越。

没想到扯开第三根线的时候，尤星越目光向上扫了一下，忽然开口："我现在忽然很庆幸。"

时无宴果然将注意力转移到尤星越身上，他望向尤星越："什么？"

尤星越道："幸好当时我和不留客都不知道你有意识。"

时无宴展颜："倘或知道我有意识，便不会动手了？"

尤星越想了想："至少得犹豫好几天。"

时无宴疑惑："为何？店里的器灵大多由你养护。"

对于修为低微的器灵，自身灵力不足以抵抗岁月侵蚀，依然需要借用外力养护本体。诸如紫檀、超薄和如意、缠枝两兄妹，长期放置，不仅本体会随着时间流逝而老化，就连灵体也有衰弱消亡的危险。至于超薄，本体作为电子产品，定期的清灰保养至关重要，超薄的定期保养一直是尤星越亲自动手。倘或修为到了裁非那个地步，则足以自养，不需要操心。

尤星越答非所问："你见我保养过知雨他们吗？"

除非器灵本体受损，否则尤星越轻易不会替修出人形的器灵保养他们的本体。

当然没有。时无宴摇头。

尤星越语气轻快，他一心二用，聊天并不影响他解线的速度，道："我是凡人出身，一想到你们能化成人形，就觉得下不去手。"

时无宴："我当时吓到你了？"他沉睡之中被人的体温唤醒，自然是惊愕万分，正在理线的尤星越看见他后同样吃了一惊，竟说不上来谁受到的惊吓更多。

尤星越捏着线，他也想起了第一次见面的场景，难得露出心有余悸的表情："吓了一跳，这辈子没有这么心虚过。"

想想都尴尬到窒息的程度，不仅没有经过时无宴的允许抚摸本体，还失手将鲜血滴上了玉轮。

能犯不能犯的忌讳全犯了一遍。

时无宴莞尔。

超薄来得迟，此刻好奇疯了："怎么了，怎么了？"

尤星越想了想，反正他上辈子欠债这辈子还的"事迹"在古玩店已经是无人不知，索性连这件丢人事也一并交代出来："也没什么，不过是当年郁荼第一次将往复的本体送到我手中……"尤星越简单概述了第一次见到时无宴的场景。

超薄听完，整个文档顷刻间被"哈哈哈"占满："直接上手，还被往复抓个正着！哈哈哈！"

器灵的本体格外重要，轻易不会交托给其他人触碰。

尤其对于已经化形的器灵来说，本体和妖物的原形一样，虽然不是隐秘，但也算是隐私。

超薄越想越替尤星越尴尬："幸好往复的化形和老板一样是男性，不然老板一定更尴尬！半夜想到都会翻来覆去一晚上，反复后悔到天亮的程度。"

尤星越已经放下玉轮，托着脸看向超薄："我怎么听不留客说，你们器灵不在乎性别。"

超薄道："一般不在乎，但是老板你是凡人出身，你在乎啊！"

大多数器灵陪伴在生灵身边，对性别有清晰的认知，但不在意，化形时往往会选择创造自己的人类或者印象最深的结缘人的性别。

那些修炼出肉身的器灵行走于人世，时间一长，或许会稍稍注重一些。

尤星越轻轻笑了下："哦，不在乎就好。正好我也不在乎，下次给你换套全粉皮肤，怎么样？"

超薄惊恐："不要！"他当然很喜欢粉色，无奈他的本体厚重老旧，配粉色外观一定是灾难现场！而且看老板的表情就知道大概率是显黑的荧光粉。尤其是老板手里还有大学买的笔记本，银白色的轻薄款，就连电池续航都比他久。

决不能被轻薄款的小妖精比下去！为了避免真的被爱记仇的老板换掉外观，超薄原地黑屏。

尤星越这才收回视线。

尤星越"欺负"超薄的时候，时无宴只是望着他，等超薄关机，他才道：

“男女不过是皮囊之别。”

尤星越托着脸：“灵神往复想来比其他器灵更不在意外表。”

时无宴默了一瞬，慢慢道：“我初见你，并不在意你形貌怎样，年岁几何。你之于我，是尤星越，是不留客老板，是解我红尘困顿之人。”

而对于时无宴，对于轮回而言，皮囊骨肉只是随时都可以舍弃的躯壳外物，唯有寄宿其中的魂灵无可取代。

尤星越偏偏是轮回都无法动摇的魂灵。

此番是时无宴的剖白之言，但指望尤星越谦虚是不可能的——他笑盈盈听完这一段肺腑之言，道：“看来我的教学效果很不错。”

轻松的玩笑开过，尤星越重新投入解线的工作，时无宴不再打搅他，闭目小憩。

玉轮上最后的线格外棘手，尤星越不想当着超薄摄像头的面干出划伤自己的糗事，因此格外当心。

最后一根线被尤星越笼在手心，逐渐变成一捧浅红的光点，纷纷扬扬地融入皮肤。

时无宴忽然身心俱轻，睁开了双眼。

尤星越将光洁的玉轮捧到时无宴面前：“喏，红尘在你身外了。”

时无宴接过，玉轮被尤星越的体温焐得温热，他垂目笑了笑：“无牵无挂的只是本体罢了。”

交心挚友，恰如李英英六百年苦寻的偏执。

后记

HOUJI

《不留客》的实体书终于和大家见面啦！

实体版《不留客》的故事精简不少，也对措辞用句做了很多调整，希望提高大家的阅读体验，大家可以保持轻松愉快的心态读完整个故事。毕竟创作《不留客》的初衷，是想用文字给予大家一段短暂但温馨的陪伴。

这篇文的很多灵感来自苏州博物馆和《国家宝藏》《河西走廊》等纪录片。在存稿期间，虽然还没有正式动笔，但我已经对要写的器灵们有了比较基础的想法……唯独对主角尤星越和时无宴没有很清晰的印象，直到专门为他去逛苏州博物馆后。

苏博建筑极具园林风格，回廊设置了许多六角小窗，正对小院，人站在不同的窗前，恰好能看见不同的院落景色，真正是移步换景。苏博内有各种中式拱门，沿着石子路走到门前向里看，景在框中，如同一画。

我当时就想，古玩店的老板必定要是这样一个人——他一定如白墙灰瓦一样简素，小桥流水一样灵动。时无宴则不同，他应该更肃穆，是“光而不耀，静水流深”。一动一静，互动起来才会有趣吧。

不知道大家还记得《不留客》开篇描写的古玩店的大窗吗？用木质中式拱门装饰，尤星越坐在窗后的椅子上，就像是裱在卷轴里的人物图像，这灵感就来自苏州博物馆的移步换景。

参观苏博是在夏末的下午，光线强烈，一进入展馆，刺眼的阳光逐渐被建筑巧妙地转化成了光影。展馆的灯光柔和，展柜打光充足，让人的目光都停在珍奇古董上，凑近一点甚至能细数它们身上的伤痕或灰尘。参观的游客非常多，形成人流穿行在各个展柜之间，有人驻足就有人举步，而无论游客是走是停，不论他们之间交谈什么，这些历经风尘的古董只是静静伫立在人流里，目送游人来来去去，一批又一批。它们送的何止是我呢？也许曾在颠沛流离或者锦盒木匣中如此目送数千年历史烽烟。身在展馆中，很难不产生强烈的好奇心——如果古董有灵，当我们这些后来者注视它们时，它们会用什么样的目光回望？导游慷慨激昂时，被谈论的古董是否会用无人能听见的声音谈论旧年风景？

苏博馆藏众多，书画瓷器、金银青铜等两万多件。世间罕见秘色瓷、真珠舍利宝幢……印象最深的是一柄菱形暗格纹剑，这柄青铜剑铸造于春秋战国时期，在看到它之前，我对青铜器的印象是起伏的铜锈，但菱形暗格纹剑时隔多年依然金光明灿。我在构思“镇山河”篇章的时候，特意找出了那柄菱形暗格纹剑的资料，重新见到它的时候，在我的设想里，镇山河也应该是历久弥新的，一如景熠这个角色，虽然过了千百年，但初衷不改。

有些藏品因为脆弱或者过于珍贵，展出的是复制品，这又叫我好奇，复制品会不会俏皮地打趣本尊“虽然金贵，但是不能见人”呢？而本尊是无奈还是叹惋呢？于是我又有了仿品器灵兰茵的构思。

逛到快要结束的时候，我预想《不留客》的基调应该是偏向沉静平和的，甚至是弥漫尘土气息的，直到我看见一尊黑白玉石猫坐像，它侧身坐着，尾巴圈在身前，被放在一个小木架上，俏皮灵动栩栩如生，雕刻它的工匠也许含着笑意和爱意刻出了它这般模样。我见到它立刻联想到《十一月四日风雨大作二首・其一》里那句“溪柴火软蛮毡暖，我与狸奴不出门”。第一次读就觉得亲切，没想到主战派的爱国诗人陆放翁也有躲懒偷闲的心思，也是我第一次发现书本里的先贤有这么生活化的一面。千百年的时间相隔化为虚无，我与古人的距离如此之近。

这些纵穿文明、横渡时间的古董，看着展柜外形形色色的参观者，到底是什么感想？而我处于博物馆内，如同置身五千年历史之中，既深感一己之身如蜉蝣草芥，微不可见；又惊叹人类文明深远璀璨，馆藏数万也只是冰山一角。

漫长的人类文明，短暂的人类寿命。张若虚的《春江花月夜》里写道：“人生代代无穷已，江月年年望相似”，文物和江月一样，从存在便注视这时光流逝。最令人惊叹的是时光长河波涛汹涌，冲散数朝历代，但许多手艺并没有断代，被珍藏的文物依然有新品出现，新的漆器、木雕、字画……

文明就算死去一万遍，也会在灰烬里重生一万遍，而器物哪怕只剩下残片，也是文明的一刀刻痕。所以《不留客》不应当哀婉低沉。器灵们从沉睡中醒来，拂去风烟尘土，以幼童般澄澈的眼神望向新的时代，可能会为现代化的都市震惊，也一定会有被时间抛弃的烦恼，但最终都会开启新的缘分。

离开苏博后，我回去看了《假如国宝会说话》，片中的文物风格多变，不同的国宝气场也不同。它们何尝没有自己的经历？怎么会没有自己的性格？ 然而这个主题毕竟太大了，我只是这五千年下的朝菌蟪蛄，所以干脆放弃过于宏大的叙事，从器灵和人的联系入手。

器灵诞生于人手，之后或辗转流落他乡，或沉入河流泥土，漫漫一生，和谁人萍水相逢？又和谁人倾盖如故？而尤星越是牵线人，广开古玩店大门，让器灵与客人相见，如有志同道合者，就彼此结缘，化作一线落入他手中。

尤星越也并未被忘却在时间之外，不留客和时无宴都是同行者。他手中的千丝万缕，都是说不尽的缘分故事。

如果《不留客》能传达我十分之一的感受，就是我的荣幸了。

鱼之水

2023年8月28日